Amadeus Firgau
SORLA FLUSSKIND

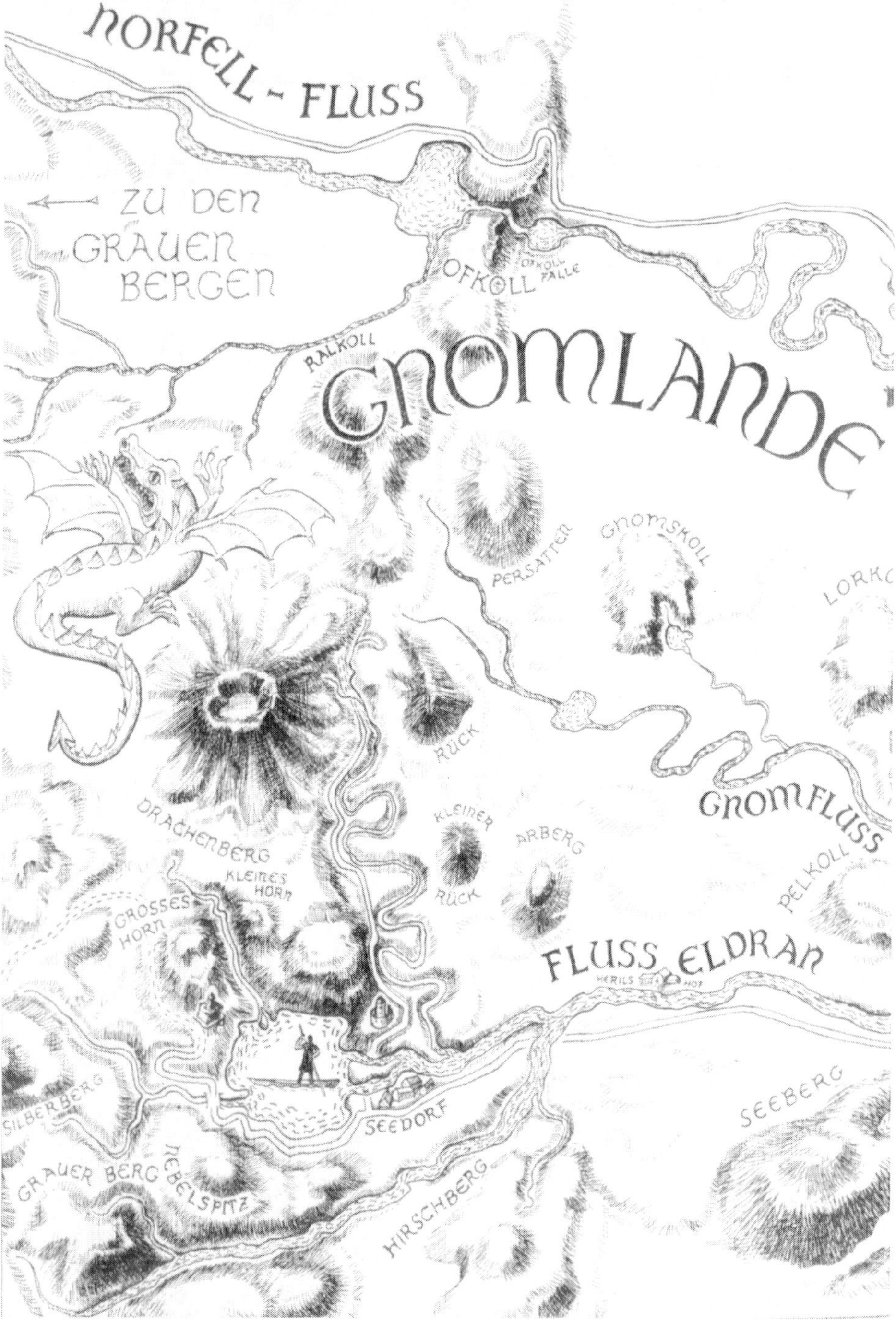
NORFELL - FLUSS
ZU DEN GRAUEN BERGEN
OFKOLL
OFKOLL FÄLLE
RALKOLL
GNOMLANDE
PERSATTER
GNOMSKOLL
RÜCK
GNOMFLUSS
DRACHENBERG
KLEINES HORN
GROSSES HORN
KLEINER RÜCK
ARBERG
PELKOLL
FLUSS ELDRAN
HERILS HOF
SILBERBERG
SEEDORF
SEEBERG
GRAUER BERG
NEBELSPITZ
HIRSCHBERG

*Amadeus Firgau, geboren 31. 12. 1943, studierte in Berlin, arbeitete in Stuttgart und lebt heute mit seiner Familie in einem Dorf nahe Saarbrücken. „**Sorla Flusskind**" ist der erste Band der fünfteiligen Sorla-Saga.*

Band 1: Sorla Flusskind
Band 2: Sorla Schlangenei
Band 3: Sorla Drachenvetter
Band 4: Sorla Feuerreiter
Band 5: Sorla Schlangenkaiser

„Es ist das Vorrecht der Kinder,
in den Rachen der Gefahr zu laufen,
und die Pflicht der Erwachsenen,
ihnen hinterher zu rennen."

Die abenteuerliche und mystische Geschichte eines Menschenkindes, das zu den Gnomen geschickt wird, um dort zu lernen. Bis hin zu den ‚Tiefen Mysterien des Urgrundes' führt uns der phantastische Roman Sorla Flusskind.

Spannend und einfühlsam, voll eindringlicher Symbolik, weckt dieses Buch wieder die Sehnsüchte und Träume des Kindes, welches in jedem von uns lebt.

„Ein Simplicissimus der phantastischen Literatur!"
(Medien-Informations-Dienst, Frankfurt/M.)

Amadeus Firgau:

SORLA FLUSSKIND

Ein fantastischer Roman

Amadeus Firgau
27 / 8 / 2017

Band I des Sorla-Zyklus

Shaker Media

Bibliografische Information der Deutschen Nationalbibliothek
Die Deutsche Nationalbibliothek verzeichnet diese Publikation in der
Deutschen Nationalbibliografie; detaillierte bibliografische Daten sind
im Internet über http://dnb.d-nb.de abrufbar.

Kartenzeichnung von Michael Soder, das Schildkröten-Logo vom Autor.
Titelbild: Fotolia_2206423 © fotofrank - Fotolia.com
Copyright Shaker Media 2014
Alle Rechte, auch das des auszugsweisen Nachdruckes, der
auszugsweisen oder vollständigen Wiedergabe, der Speicherung in
Datenverarbeitungsanlagen und der Übersetzung, vorbehalten.

Printed in Germany.

ISBN 978-3- 95631-145-1

Shaker Media GmbH • Postfach 101818 • 52018 Aachen
Telefon: 02407 / 95964 - 0 • Telefax: 02407 / 95964 - 9
Internet: www.shaker-media.de • E-Mail: info@shaker-media.de

INHALTSVERZEICHNIS

Seite:

I Der Vater — 9
Oltop und der Dieb / Tok am Baum / Frau Maren erscheint / Flucht zum Fluss / Flasse auf der Insel / Die Fähre nach Stutenhof / „Das Bunte Pferd" / Flucht aus der Kammer / Blumen und Apfelblüten / Tainas Traum

II Die Mutter — 23
Steine gegen Taina / Chrebil / Der wärmende Fels / Gwimlin der Vielseitige / Wie Goli starb / Herils Hof / Ein Fest für Ramlok / Erneut verstoßen / Verspätete Botschaft des Steines / Vertrag mit Laschre / Der geschmückte Elsbeerenstrauch / Glücksspiel und Elster / Wie Gemmele starb / Die Geburt / Laschre will das Kind füttern / Gneli besucht Taina am Fluss / Sorlas Glygi

III Kindheit am Fluss — 58
Herils Flucht und Tod / Das Amulett im Nest / Über das Befestigen einer Halskette / Rafell kämpft mit dem Igel / Sorla geht in den Berg

IV Im Pelkoll — 70
Zwei Wächter / Die Prüfung / Audienz bei Gneli / Bratschnecken und das Alte Moos / Gobil der Meisterschleifer / Gwimlin und die Murmeln / Kalenderkunde und Kirschenmus / Der Unfall auf der Kreuzung / Sorlas Lehrer / Gwimlin verschwindet

V Beim Kirsatten — 90
Suchtrupp im Regen / Die Amsel und der Kleine Bär / Ungutes Erwachen / Bär vor der Erdhöhle / Der gemarterte Gnom / Rafells Heldentaten / Nachricht von Gwimlin / Sorlas Entführung

VI Die Höhle der Chrebil — 104
Wie Tannes starb / Kampf in der Schlammgrube / Wie Gwimlin erstarrte / Grausiges Mahl / Grisus blendender Einfall / Ein Chrebilweib verliebt sich / Flucht aus der Chrebilhöhle / Ein Kleiner will ein Held sein / Sorla schläft unter Unterkiefern

VII Die Norfell-Auen — 120
Sorla spricht mit dem Keiler / Bad im Norfell-Fluss / Zwerge lieben Gold / Minzen-Muhmes Süßigkeiten / Flasse erkennt Toks Mal / Erlen im Wasser / Die Elfensäule / Wildschweine im Ried / Wisente / Unterschlupf im Natternhemd / Mond und Schlange / Sorlas Verwirrung / Flucht durchs Grasland / Grisus Kampf im Dunkeln / Sorlas erster Schlangentraum / Greste und die Krähen / Drei Frauen zu Pferde

VIII Wintersonnwend   **146**
Golbi der Schreiber / Schlangenjäger / Anod und die vier Schwestern / Deutungen in der Küche / Gimkins Rat / Gwimlins Geschenk / Die mutigen Rabenreiter / Grestes Gelübde / Das alte Jahr wird versenkt / Rad der Erlaubten Neugier

IX Die Tiefen des Pelkoll   **163**
Der alte Quarzstollen / Das Tor und sein Wächter / Eine verborgene Tür / Viele Stufen hinab / Wisu gewährt zwei Wünsche / Der Höhlensee / Verdammte der Tiefe / Der Träger des üblen Lichtes / Frösche und Brennesseln / Hüpfender Kot / Raubschnecken und Krebse / Die winzige Riesenschnecke / Zwei Glygis suchen den Ausgang / Der Fall durch die Decke / Das Wesen im Ruderboot / Sie beantwortet drei Fragen / Ein Jahr wird verschlafen

X Das Los des Wächters   **193**
Pferd, Schlange, Dieb / Wintersonnwend von unten / Sie wird zornig / Wie Gwimlin Sorla rettete / Der Schlangenfluss / Ein Quasrat / Riesige Murmeln / Rettende Stiefel / Sorlas Sprung von der Schnauze / Sorla verkauft sein Glück / Gerkins Speer

XI Gespräche über Schlangen   **209**
Der Arm der Schlange / Gnelis Beschluss / Erzfeinde der Gnome / Wie die Gnome in die Welt kamen / Girlim der Schweigende

XII Die Karlek-hanan   **219**
Der sprechende Rucksack / Wölfe / Die Beute des Luchses / Die Leiche im Baum / Was die Wildsau fraß / Der Steinkreis / Kinder im Schnee / Laschre erinnert sich / Blick auf Stutenhof

Glossar   **229**
Personen, Orte, Götter etc.

ERSTES KAPITEL: DER VATER

Oltop wurde zu Recht „der Kahle" genannt. Die Glatze reichte bis zum feisten Nacken, und mit dem Dolch, der eine Flaumfeder zerteilen konnte, schabte sich Oltop jeden Morgen und jeden Abend den Bart aus dem Gesicht.

Es war längst dunkel. Oltop hörte, wie seine Männer vor dem Zelt von ihren Taten beim heutigen Raubzug prahlten. Auch er war zufrieden. Im Handspiegel neben der Laterne betrachtete er sein frischrasiertes breites Gesicht, und als er den Spiegel etwas drehte, erschien darin das Glitzern des erbeuteten Geschmeides, das hinter ihm auf dem dunklen Zeltboden lag. Dazwischen bewegte sich eine Hand und ergriff vorsichtig ein Kleinod.

Oltop wirbelte herum. Eine schwarzvermummte Gestalt sprang zurück und hastete mit zwei Sätzen zum Zeltausgang. Doch Oltops Hand war schneller! Wie ein Blitz zuckte sie vor und schleuderte den Dolch. Mit einem unterdrückten Schrei brach der Fremde zusammen, das Messer im Bein.

Vom Lagerfeuer rannten die Männer herbei. Oltop hatte den stöhnenden Dieb auf den Rücken gewälzt, um ihn zu durchsuchen. Es fand sich keine Waffe, kein Geld, nichts außer einer langen, geflochtenen Seidenschnur.

„Fesselt ihn damit", rief Oltop. Zwei seiner Männer banden dem Dieb die Hände auf dem Rücken zusammen, warfen das lange Ende des Seiles über einen Ast, zogen es drüben wieder herunter, dass sich dem Gefesselten die Arme nach hinten hochreckten, und verknoteten es am Baumstamm. Sein Kopf hing vornüber, vom linken Oberschenkel rann Blut.

Oltop winkte. Einer der Männer reichte ihm eine lange, geflochtene Lederpeitsche. Er ließ die Peitsche durch die Luft zischen und schlug zu. Stöhnend krümmte sich der Dieb.

„Du Narr", knurrte Oltop, „keiner bestiehlt mich ungestraft!" Er unterbrach sich, eilte ins Zelt, und nach wenigen Augenblicken kehrte er brüllend zurück.

„Ein Stück fehlt! Wo ist es?"

„Keine Ahnung", flüsterte der Dieb, „du hast mich doch durchsucht."

Oltop trat ihm in den Bauch.

„Hast du es weggezaubert?"

„Ich weiß von nichts, frag deine Männer."

„Meine Männer bestehlen mich nicht! Verreck, du Schwein!" Oltop trat dem Dieb erneut in den Bauch. Der würgte und übergab sich.

„Schaut her!" Einer der Männer zeigte auf das Erbrochene am Boden. Mit seinem Schwert fischte er etwas metallisch Glitzerndes heraus und schleuderte es ins Gras. Ein anderer schüttete Wasser darüber, bis es sauber war.

„Der Anhänger!", rief Oltop. „Ich wusste, etwas fehlt!" Er nahm den Gegenstand an sich und hielt ihn ans Licht des Lagerfeuers. Es war ein golden glänzendes Ding, länglich-flach und kaum halb so lang wie ein kleiner Finger, am einen Ende mit einer ringförmigen Verbreiterung. Auf beiden Seiten war es unregelmäßig mit Edelsteinen besetzt.

Oltop warf den Anhänger hoch und fing ihn wieder auf. „Mich bestiehlt man nicht", lachte er und schlug dem Dieb den Peitschengriff über den Kopf. Aus der Platzwunde rann Blut über das Gesicht. Oltop wandte sich zum Gehen. „Schlaf gut!", rief er. „Falls du morgen noch lebst, wirst du es bedauern."

Er verschwand im Zelt. Die Männer wickelten sich nahe dem Feuer in ihre Decken. Bald waren alle eingeschlafen außer dem Wachposten, der in unregelmäßigen Abständen das Lager in weitem Kreis umrundete.

„Prinz Tok-aglur", wisperte eine Stimme. Der Gefesselte hob mühsam den Kopf und sah wenige Schritte vor sich eine schwach schimmernde Gestalt. In einen weißen Mantel gehüllt, stand dort eine ältere Frau. Sie schien über dem Boden zu schweben, auch konnte man die Bäume durch ihren Körper erkennen.

„Prinz Tok-aglur, wann kehrst du heim, um deine Pflicht zu erfüllen?"

„Frau Maren, Ihr wisst, dass ich zum Dieb geboren bin. Ich habe den Schlüssel zur Schatzkammer von Batiflim gefunden und verloren. Ich muss ihn wiedergewinnen!"

„Du bist ein Narr, Prinz. Ich sehe, dass du gefesselt und am Verbluten bist. Nun rette dich oder stirb!" Damit verblasste die Erscheinung und verschwand.

Vor dem Dieb stand der Wachhabende. „Was flüsterst du da?", fragte er misstrauisch.

„Ich bete." Der Gefesselte war kaum zu hören. „Ich bereite mich auf den Tod vor."

„Tu das", höhnte der andere und schlenderte weiter.

Der Dieb keuchte vor Anstrengung. Aus den Augenwinkeln beobachtete er, wie der Wachposten hinter dem Zelt verschwand. Dann murmelte er: „Oh Seil, im Namen Ak'mens, löse dich!" Das seidig glänzende Seil erzitterte; der Knoten, mit dem die Hände des Diebes rücklings gefesselt waren, begann sich zu bewegen; die Schlingen schoben sich ineinander, auseinander und glitten wie eine Schlange um die Handgelenke, bis auf einmal der Knoten gelöst war und der Dieb stöhnend auf dem Boden zusammenbrach. Auch der Knoten am Baumstamm öffnete sich. Das Seil fiel geräuschlos neben dem Mann zu Boden, wo es sich aufrollte und liegenblieb. Der Dieb ergriff es und kroch, das linke Bein nachziehend, in den Schatten. Die Dolchwunde in seinem Bein brannte wie Feuer, der Blutverlust hatte ihn so geschwächt, dass ihm schwarz vor Augen wurde.

Geschrei aus Oltops Lager weckte ihn. „Wo ist der Hund?", brüllte Oltop. „Wer hat ihn befreit?"

Auf allen Vieren schleppte sich der Dieb weiter ins Dickicht. Er hörte, wie die Männer ausschwärmten. Er riss einen Streifen Stoff aus dem Kittel und begann, das blutende Bein oberhalb der Wunde abzubinden. Ein Holzstück benutzte er als Knebel, um den Verband durch Drehen enger zu schnüren. Er biss sich auf die Lippen, um nicht vor Schmerzen laut zu stöhnen. Erst als die Wunde aufhörte zu bluten, verknotete er den Knebel und kroch weiter. Es war höchste Zeit, denn die Männer kamen, in Abständen von wenigen Schritten den Wald durchkämmend, immer näher. Die zunehmende Schwäche aber zwang ihn häufig anzuhalten. Dann presste er das Gesicht ins Moos und kämpfte gegen den Drang an, in Verzweiflung zu ertrinken. Einmal waren die Männer so nahe, dass er sich nicht zu rühren wagte. So lag er lange ohne Hoffnung, doch schließlich entfernten sich die Rufe wieder.

Nach einer Stunde erreichte er den Fluss, dessen Strömung kleine, im Mondlicht blinkende Wellen aufwarf. Einen Steinwurf weiter flussabwärts waren die schwarzen Umrisse einer weidenbestandenen Insel zu erkennen.

Der Dieb ließ sich ins Wasser gleiten. Sofort erfasste ihn die Strömung, und während sie ihn flussabwärts zog, versuchte er der Insel entgegenzuschwimmen. Seine Bewegungen wurden matter, und er war schon fast an der Insel vorbeigetrieben, als es ihm endlich gelang, einen der ins Wasser hängenden Weidenäste zu ergreifen. Er zog sich mit letzter Kraft ans Ufer. Dann schwanden ihm die Sinne.

*

Die Fliegen summten in der heißen Mittagssonne. Manchmal krabbelten sie auf dem gebräunten Oberkörper des nackten Mannes umher, der schon stundenlang auf einem schiefen Weidenbaum saß; oder sie gerieten in sein langes, zottelig braungraues Haar. Die kleineren Fliegen wedelte der Nackte lässig fort, die dickeren jedoch, die blauen oder schwarzen Brummer, fing er mit einer blitzschnellen Handbewegung und zerknackte sie zwischen den Zähnen.

Vor ihm, im Schatten einiger in den Boden gesteckter Laubzweige, lag ein schwarzgekleideter Mann mit dunklen Locken. Seine Augen waren geschlossen, der Atem ging flach und kaum hörbar. Das linke Hosenbein war aufgetrennt, der Oberschenkel mit Lehm und Schilf verbunden. Um den Liegenden war eine Doppelreihe weißer Kiesel aufgeschichtet.

Der Nackte befühlte den Puls des Schlafenden. Er nickte. Am Weidenstamm lehnten zwei Fischspeere aus Schilfrohr; diese nahm er und verschwand zwischen den Büschen.

Erst am späten Nachmittag kehrte er wieder. An einem aus Binsen geflochtenen Ring hingen zwei Fische. In der anderen Hand hielt er ein gefaltetes Huflattichblatt, gefüllt mit Himbeeren und Traubenkirschen. Er legte Fische und Früchte beiseite. Dann beugte er sich über den Schlafenden.

Dieser zuckte unruhig, blinzelte, schloss aber wieder die Augen und drehte seufzend den Kopf.

„Genug Schlaf jetzt", sagte der Nackte und kitzelte den anderen mit einem Weidenzweig im Gesicht, bis dieser prustend die Augen öffnete.

„Oho! Du kannst gucken! Lang schläfst du, zwei Tage, zwei Nächte! Ich denk schon, die Augen wachsen zusammen." Der Nackte klatschte sich fröhlich auf die Schenkel.

Der andere versuchte sich aufzurichten. Zu seiner Überraschung ging es besser als erwartet. Er stützte sich auf den Ellbogen. „Hast du etwas zu trinken?" flüsterte er heiser. Der Nackte verschwand im Schilf und kam nach wenigen Augenblicken mit einem gefalteten Huflattichblatt wieder, in dem er Wasser trug.

„Flusswasser", sagte er und kniete nieder, um dem anderen das Wasser einzuflößen. Der Mann trank gierig und sank aufatmend zurück.

„Danke", sagte er.

„Hoho! Tut gut!" Der Nackte hockte sich wieder hin und nahm einen Fisch, den er roh zu essen begann. „Du musst auch essen."

„Nein, danke, jetzt nicht."

„Iss", sagte der Nackte nachdrücklich und hielt den zweiten Fisch seinem Gegenüber unter die Nase. Dieser setzte sich vorsichtig hin, ließ aber das verwundete Bein ausgestreckt. Dann biss er zögernd in den Fisch. Das rohe Fleisch schmeckte wider Erwarten recht gut, und er merkte jetzt, wie groß sein Hunger war.

„Fisch ist gut!", lachte der Nackte. „Sag, wer bist du?"

„Oh verzeih." Der andere nahm den Fisch aus dem Mund. „Ich heiße Tok-aglur. Du kannst mich Tok nennen. Ich komme aus Hernoste, das sehr weit von hier entfernt ist. Und wie heißt du?"

„Ich bin Flasse! Flasse der Weise, Flasse der Einsame, Flasse der Geistermann! Ich weiß viel. Ich rede mit Geistern. Wenn kranke Leute kommen, heile ich sie. Das bin ich!"

„Ich glaube, ich habe dir mein Leben zu verdanken, Flasse."

„Oh ja!" Flasse freute sich. Er hielt eine Hand hoch und zählte mit der anderen die gespreizten Finger ab. „Einmal: ich finde dich nachts am Ufer, wie einen toten Fisch. Ich ziehe dich hoch aufs Land, dass du nicht weggespült wirst oder gefressen. Zweimal: die fremden Männer kommen auf die Insel. Ich verstecke dich. Ich schwimme mit dir zur Sandbank. Ich warte, bis alle fort sind. Dreimal: ich verbinde deine Wunde. Ich heile das Wundfieber. Mann, du warst heiß wie Glut unter der Asche! Viermal: ich mache Schatten für dich. Ich gebe dir oft Wasser zu trinken, gestern und heute. Fünfmal: ich vertreibe die Wassergespenster. Die kommen jede Nacht und wollen dich holen. Ich lege Schutzsteine um dich. Ich tanze und singe und vertreibe sie." Stolz betrachtete Flasse die gespreizte Hand.

Tok-aglur lächelte und sagte:" Ich möchte dir gerne etwas geben, Flasse, als Zeichen meines Dankes. Magst du Gold?"

Flasse fiel vor Vergnügen auf den Rücken und zappelte mit den Beinen. „Oh Tok, du machst Witze! Du hast nichts. Auch nicht dein wunderschönes Seil, das sich aufknoten kann."

Tok-aglurs Gesicht erstarrte. Flasse klopfte ihm auf die Schulter. „Ich bin nicht dumm. Du denkst vielleicht, Flasse ist ein bisschen dumm." Er wurde ernst. „Hör zu. Bald kommt der Winter. Ich habe warme Kleidung genug. Ich brauche kein Gold. Aber mir gefällt dein Bogen mit den schönen Pfeilen, die immer treffen. Diese Waffe behalte ich."

Tok-aglurs Unterkiefer fiel herunter. „Was weißt du von meinen Sachen?"

Flasse klatschte vergnügt in die Hände. „Du kommst auf die Insel. Du versteckst all deine Sachen. Ich schaue zu." Er unterbrach sich und fing blitzschnell eine fette Fliege, die er beiläufig in den Mund steckte. „Du gehst weg mit deinem Seil, und ich spiele mit deinen Sachen."

Er beugte sich vor. „Dann willst du Sachen stehlen von den Männern. Du schleichst gut. Aber du hast Pech. Die Männer fesseln dich und schlagen dich. Nicht schön." Flasse schüttelte betrübt sein Haupt.

„Woher weißt du das alles?"

„Oh, ich war da. Ich schleiche auch sehr gut. Du schleichst wie ein Dieb. Ich schleiche wie eine Katze."

Tok-aglur schaute ihn mit neuem Respekt an. „Flasse, ich schenke dir gerne meinen Bogen und die Pfeile. Du hast sie wirklich verdient."

Flasse lachte und kratzte sich am Kopf. „Tok, du verstehst nicht gut. Ich habe schon alles. Ich habe auch den Bogen und die Pfeile. Die anderen Sachen brauche ich nicht. Ich schenke sie dir, wenn du fortgehst. Noch ein Tag, und du bist gesund genug." Flasse zog das Huflattichblatt mit den Früchten heran: „Iss die Beeren, Tok. Sei fröhlich."

*

Wo der Gnomfluss in den Fluss Eldran mündet, bildet der Ausläufer eines Bergs, den die Siedler jetzt Schweinsberg nennen, der in der alten Sprache der Gnome aber Pelkoll heißt, eine Halbinsel, die von beiden Flüssen begrenzt wird. Dort liegt die befestigte Siedlung Stutenhof, bewohnt von Holzhändlern und Hirten, die an dieser geschützten und leicht zu verteidigenden Stelle ihre Pferde- und Schweineherden weiden; über den Gnomfluss führt eine Holzbrücke nach Stutenhof. Über den Fluss Eldran, der zwar meist flach, aber zweihundert Schritt breit ist, wurde eine Fähre eingerichtet. Entlang dem Westufer des Flusses Eldran führt die Alte Straße nach Norden in die Berge, nach Süden zu den Städten am Meer.

Tok-aglur war den ganzen Vormittag auf der Alten Straße nach Norden gewandert. Er hatte gehört, dass Oltop dieselbe Richtung genommen habe. Jetzt sah er am Ufer gegenüber den Palisadenzaun und die Schindeldächer von Stutenhof. Er wusste, dass hier irgendwo die Anlegestelle der Fähre sein müsse, und sah sich um. In der Nähe stand ein Pfosten mit einer Glocke, an deren

Schwengel ein kurzes Tauende gebunden war. Er läutete einige Male, dass es über den Fluss schallte.

Mittlerweile waren noch zwei Männer dazugekommen.

„Hoffentlich schläft der Fährmann nicht", sagte Tok-aglur. Die beiden Neuankömmlinge schauten ihn scheel an und knurrten etwas. Tok-aglur wandte sich wieder dem Fluss zu. Drüben hatte ein Floß abgelegt. Es bewegte sich in gerader Linie herüber, trotz der starken Strömung und obwohl der Fährmann reglos am Heck stand. Wie es näherkam, sah Tok-aglur, dass am Floß ein dickes Seil befestigt war, das sich flussaufwärts im Wasser verlor. Weiter nördlich lag eine kleine Insel mit Erlen, dort schien das Seil befestigt zu sein. Die Aufgabe des Fährmanns bestand nur darin, das Ruder so zu halten, dass die Strömung die Fähre über den Fluss trieb.

„Sehr schlau", bemerkte Tok-aglur und bückte sich nach seinem Gepäck. Da spürte er einen spitzen Gegenstand in seinem Rücken.

„Bleib genau so, oder ich stech dich ab", sagte der Mann hinter ihm. Der andere hatte sich mit gezogenem Schwert vor Tok-aglur aufgebaut.

„Oltop wird sich freuen", sagte er grinsend.

Als die Fähre anlegte, war Tok-aglur kunstgerecht gefesselt und von den beiden Männern flankiert.

„Wer zahlt für den da?", fragte der Fährmann, ohne sich groß zu wundern.

„Er zahlt für alle!" Einer der Männer griff nach dem Beutel, der an Tok-aglurs Gürtel hing, und leerte ihn in seine Hand. „Nicht schlecht." Er klimperte mit den Münzen. „Wir werden auf dein Wohl trinken." Der andere lachte. „Er wird es nötig haben!"

Tok-aglur sagte nichts. Er dachte aber bei sich, dass Atne, die Göttin des Glücks, ihn zur Zeit nicht gerade verwöhne.

Das „Bunte Pferd", die einzige Herberge in Stutenhof, war eines der ortsüblichen Blockhäuser und hatte eine geräumige Gaststube mit niedriger Balkendecke. Dort saßen Oltop und seine Männer, als Tok-aglur hereingeführt wurde.

„Der Dieb!", brüllte Oltop und sprang auf. Genauso rasch setzte er sich wieder, denn er hatte sich den Kopf an der Decke gestoßen.

„Gut gemacht!", rief er. „Bringt ihn her." Er musterte Tok-aglur höhnisch, griff nach der Peitsche und holte aus. Unvermutet ließ er sie wieder sinken.

15

„Hör mal", sagte er beinahe freundlich, „du hast Glück, Dieb. Wenn du gescheit bist, lasse ich dich sogar laufen. Sag mir nur, warum wolltest du gerade den Anhänger stehlen?"

Tok-aglur sah in Oltops schmale, lauernde Augen.

„Also?" Oltop hob die Peitsche.

„Der Anhänger ist ein Erkennungszeichen", erklärte Tok-aglur schnell. Damit erlangt man Zutritt zu den Katakomben von Kriteis."

„Ich kenne Kriteis gut. Es gibt dort keine Katakomben."

„Natürlich kennst du sie nicht, Oltop. Sie sind ja geheim! Dort wurden vor langer Zeit die Könige von Kriteis bestattet. Du kannst dir vorstellen, was man da findet: goldenen Schmuck, Edelsteine, herrliche Waffen!"

„Und wem zeigt man dieses Erkennungszeichen?"

„Ein Dämon bewacht den Eingang. Man muss den Anhänger hochhalten und einen bestimmten Satz sagen."

„Ich hoffe für dich, dass du nicht lügst, Dieb", knurrte Oltop. „Nun sag mir den Satz."

„Oh, er ist in einer Sprache, die man heute nicht mehr kennt. Ich glaube nicht, dass du den Satz verstehen oder dir merken könntest, Oltop. Ich selber habe vier Jahre auf das Studium dieser Sprache verwandt." Tok-aglur lächelte verbindlich.

„Höre, Dieb. Ich werde dich mitnehmen nach Kriteis. Du wirst uns helfen, die Katakomben zu finden und die Schätze zu heben. Wenn du gelogen hast, wirst du deine Mutter verfluchen, dass sie dich geboren hat."

Oltop gab den Männern ein Zeichen. Sie packten Tok-aglur, warfen ihn auf einen Tisch und hielten ihn fest. Einer riss ihm die Stiefel von den Füßen.

"Pass auf, was wir für dich haben!", rief Oltop. Er ließ sich einen breiten Lederriemen geben und nahm seinen Dolch. Vier Männer setzten sich auf Tok-aglurs Beine, als Oltop seine Füße hinter den Achillessehnen durchbohrte. Dann zog er den Lederriemen hindurch und knotete ihn zusammen. Tok-aglur schrie vor Schmerzen, und der Wirt eilte entsetzt herbei. Doch als er Oltops Männer sah, zog er es vor, im Hintergrund zu bleiben.

„Diesmal wirst du uns nicht weglaufen", höhnte Oltop und schlug ihm in die Magengrube. „Bringt ihn in die Kammer!" Zwei Männer schleppten den stöhnenden Tok-aglur zur Besenkammer. Sie warfen ihn hinein und schlossen die Tür.

„Wein für alle!", brüllte Oltop. „Morgen geht's nach Kriteis!"

*

Der Mann langweilte sich. Es war mitten in der Nacht, und die Ablösung sollte erst in einer Stunde kommen. Er gähnte und rieb sich die Augen. Wozu diesen Dieb bewachen, der sowieso nicht weglaufen konnte! Aber Befehl war Befehl. Da hörte er einen Knall aus der Kammer, danach ein leises, gleichmäßiges Klopfen.

„Was tust du da, Dieb?", rief er.

„Oh, nichts Besonderes", kam die Antwort. Dann war es still. Erst nach einigen Minuten begann es wieder leise zu klopfen. Der Mann ergriff sein Schwert und öffnete vorsichtig die Tür. Da saß der Dieb, an Händen und Füßen gefesselt, und sah ihn freundlich an. Der Mann holte die Kerze vom Tisch und leuchtete in die Kammer.

„Was hat da geklopft?", fragte er misstrauisch.

„Ich weiß nicht", sagte Tok-aglur. „Aber wenn du schon mal hier bist, könntest du mir helfen. Es ist mir was ins Auge geflogen. Kannst du es sehen?"

Der Mann hob die Kerze und beleuchtete Tok-aglurs Gesicht, ohne aber in die Kammer zu treten.

„Ich kann nichts sehen", brummte er. „Ist das ein Trick? Ich komme nicht herein, so blöd bin ich nicht."

„Bleib ruhig, wo du bist. Aber schau noch mal in meine Augen. Was siehst du?" Der Mann sah Tok-aglur in die Augen.

„Ich sehe ...", begann er, dann brach er ab und fasste sich an die Stirn.

„Ja, schau her! Schau her!", flüsterte Tok-aglur. „Du siehst deine Mutter. Sie ruft dich!"

„Ja, meine Mutter", murmelte der Mann. Er schwankte ein wenig.

„Deine Mutter ruft dich! Komm her!" Tok-aglur hielt den Blick des Mannes gefangen. „Wir tauschen jetzt die Plätze. Du kommst herein, und ich mache dir Platz."

„Ja, ich komme", sagte der Mann. Er ließ das Schwert fallen. Tok-aglur drückte sich an die Seitenwand der Kammer, damit der Mann eintreten konnte. „Setze dich leise hin. Lausche auf die Stimme deiner Mutter." Benommen nickend, setzte sich der Mann mit seiner Kerze an die Rückwand. Tok-aglur wälzte sich, so gut es ging, durch die Tür in die Gaststube hinaus. Dort kniete er sich hin, drückte mit seinem Körper die Kammertür leise zu, und ließ sich wieder zur Seite fallen, um nach dem Schwert zu tasten.

Hinter ihm kicherte jemand unterdrückt. Tok-aglur fuhr herum, konnte im Dunkeln aber nichts erkennen.

„Wer ist da?", keuchte er. Jemand kam mit leisen Schritten näher, und Tok-aglur konnte die Umrisse einer schlanken Frau eher ahnen als sehen.

„Ich bin Taina, die Hausmagd", wisperte es aus dem Dunkeln. „Ich habe euch beobachtet. Es war lustig." Sie kniete sich zu ihm.

„Ich habe hier sonst nicht viel zu lachen", sagte sie leise. „Halte jetzt still, dann schneide ich deine Fesseln durch." Nach dem Geräusch zu urteilen, hatte sie ein kleines Messer dabei, mit dem sie Tok-aglurs Hände befreite. Dann beugte sie sich vor, um seine Füße zu untersuchen. Er konnte den Duft ihrer Haare riechen.

„Du Armer!", murmelte sie. „Was haben sie mit deinen Füßen gemacht! Sie sind ganz kalt und geschwollen!" Sie schnitt den Riemen zwischen den Füßen durch. Dann begann sie seine Füße zu kneten, damit das Blut wieder zu strömen begann. Tok-aglur stöhnte leise auf. „Schon vorbei", flüsterte sie. „Es sieht nicht allzu schlimm aus."

„Kannst du das sehen? Es ist doch völlig dunkel hier!"

„Oh ja! Ich kann sehr gut im Dunkeln sehen, besser als alle Menschen hier", bestätigte sie leichthin. „Und hier sind deine Stiefel, zieh sie an, rasch!" Sie stand auf. „An der Tür liegen deine Sachen. Bald kommt die Ablösung, dann müssen wir fort sein!"

„Wir?", fragte Tok-aglur, während er sich abmühte, einen geschwollenen Fuß in den Stiefel zu schieben. Er schaute hoch auf die schlanke, dunkle Gestalt über ihm.

„Ich komme mit", sagte sie einfach.

Draußen war es stockdunkel. Tok-aglur musste sich wie ein Kind an der Hand führen lassen. Die Stiefel waren unerträglich eng. Leise stöhnend stolperte er hinter Taina her. Der Wind trug den Geruch von Pferde- und Schweineställen herüber.

„Auch wenn deine Füße wehtun, wir müssen uns beeilen", flüsterte Taina. „Die Wache wird bald abgelöst, und dann ..."

„Wo willst du hin?", fragte Tok-aglur.

„Wir sind gleich am Tor", antwortete Taina. „Es wird nicht bewacht."

In diesem Moment erscholl Geschrei aus dem „Bunten Pferd".

„Schnell!", rief Taina und zog den humpelnden Tok-aglur hinter sich her. „Hier ist das Tor. Hilf mir, den Querbalken wegzuschieben!"

Da hörten sie, wie eine Tür aufgestoßen wurde. Sie drehten sich um und sahen, wie, einen Steinwurf entfernt, zwei Männer mit Fackeln das „Bunte Pferd" verließen.

„Schnell fort", zischte Tok-aglur. „Sie haben uns noch nicht gesehen."

Taina zog ihn nach links fort ins Dunkle. Tok-aglur konnte fühlen, dass sie an der Palisadenwand entlang liefen. Nach vielleicht sechzig Schritten blieb Taina stehen.

„Hier ist der Wachturm. Aber die Leiter ist fort!" Ihre Stimme zitterte.

„Das macht nichts", antwortete Tok-aglur leise. Er nahm das Seil von seinem Gürtel und flüsterte: „Oh Seil! Im Namen Ak'mens, bring uns auf diesen Turm!" Er fühlte, wie das Seil sich Schlinge um Schlinge aus seinen Händen löste, an den Balken des Wachturms hoch kroch und sich straffte. Tok-aglur packte das Ende fest mit beiden Händen.

„Ich gehe als erster hoch", flüsterte er ihr zu. „Dann ziehe ich dich nach." Wieder atmete er den Duft ihrer Haare.

„Mach schnell", sagte sie.

Tok-aglur wollte die Füße an der Balkenwand abstützen, doch waren die Schmerzen zu groß. So hangelte er sich Hand über Hand am Seil hoch. Kurz darauf stand auch Taina auf der Plattform des Wachturms. Als die beiden sich an der Außenseite der Palisaden herabgelassen hatten und Tok-aglur gerade sein Seil am Gürtel befestigte, hörten sie Oltops Gebrüll: „Durchsucht jeden Winkel! Geht in die Häuser! Verdammt will ich sein, wenn wir diesen Kerl nicht finden!"

„Bald werden sie uns hier draußen suchen", sagte Tok-aglur. „Wenn wir sie nur auf eine falsche Spur locken könnten!"

Taina lachte leise. „Warte hier!" Sie huschte im Dunkeln davon.

Tok-aglur schaute in den Himmel, wo breite, schwarze Wolkenmassen im Wind vorüberjagten und den Mond verdeckten. Ihn wunderte, dass Taina selbst jetzt, wo er nicht die Hand vor Augen sehen konnte, sich so gut zurechtfand. Er fragte sich auch, wie sie überhaupt aussah.

„Da bin ich wieder", flüsterte es neben ihm. „Ich habe die Fähre losgemacht. Nun wird Oltop denken, du seist über den Fluss Eldran geflohen. Er wird dich auf der Alten Straße suchen."

„Und wohin gehen wir wirklich?" Tok-aglur war versucht, sie in seine Arme zu nehmen, doch dann fiel ihm ein, dass er nicht wusste, wen oder was er da umarmen würde.

„Wir gehen den Gnomfluss hinauf", antwortete Taina. „Dort leben keine Menschen, dort gibt es Wälder von Kirsch- und Apfelbäumen. Dort duften die Wiesen. Dort bringe ich dich hin."

*

„Du mein Geliebter", wisperte Taina. Sie räkelte wohlig ihren weißen, schlanken Körper im Gras neben Tok-aglur.

„Du bist schön", sagte Tok-aglur. Er fuhr mit der Hand durch ihre langen, blonden Haare, hielt sie gegen das Mondlicht und sah zu, wie die Strähnen sachte wieder herabglitten. „Drei Tage sind wir jetzt hier, und es war die schönste Zeit meines Lebens."

„Rede nicht so", flüsterte sie. „Es klingt wie Abschied, und du sollst mich nicht verlassen."

„Ich werde dich nicht verlassen. Du wirst mit mir kommen, hörst du?" Sachte und zärtlich küsste er ihre kleinen Ohren.

„Stört es dich nicht", fragte sie ihn ängstlich, „dass meine Ohren nach oben so spitz sind? Alle hier sagen, ich sei nicht ganz menschlich."

„Ich habe es gesehen. Nein, Liebes, es stört mich nicht. Vielleicht hast du Elfenblut in dir. Das würde erklären, warum du nachts so gut sehen kannst." Tok-aglur sammelte eines der herumliegenden Kleidungsstücke zusammen und legte sie Taina als Kissen unter den Kopf.

„Elfenblut? Das ist schön", lächelte sie. Ihre Augen waren groß und dunkel, aber Tok-aglur hatte sie im Sonnenlicht gesehen; so grün wie das Moos im Wald, wie tiefe, verwunschene Teiche.

„Weißt du, ich habe meine Eltern nie gekannt", sagte sie. „Es ist hübsch zu denken, dass ein Elf dabei war. Obwohl ich gar nicht glaube, dass es noch Elfen gibt."

„Es gibt sie. Ich habe selbst schon Elfen gesehen. Sie sind sehr schön." Er küsste sie: „Aber nicht so schön wie du!"

Taina schwieg und schloss lächelnd die Augen. Tok-aglur legte sich neben sie: „Vielleicht bist du eine Sidh, weißt du."

„Eine Sidh? Was ist das?"

„Die Sidh sind ein uraltes Volk aus der Zeit, als dies noch die Welt der Elfen war. Sie haben viel Elfenblut in sich und sind noch heute mit ihnen befreundet. Es sind sehr friedliche und kluge Leute. Sie leben aber nur noch in wenigen Gegenden, vor allem am Meer. Wenn du wirklich eine Sidh bist, kannst du stolz auf dein Volk sein."

Taina stützte sich auf den Ellbogen und sah Tok-aglur an. „Jetzt bin ich noch glücklicher, dich getroffen zu haben", sagte sie. „Ich bin bisher nur herumgestoßen und verhöhnt worden. Niemand hat mir etwas beigebracht. Ich musste immer bloß die Dreckarbeit machen."

„Hat denn niemand gesehen, wie schön du bist?", fragte Tok-aglur.

„Früher schon. Weißt du, ich habe schon viel Schlimmes mitgemacht, Tok. Drum bin ich vorsichtig geworden. Ich habe ein altes Kopftuch um und schmutzige Lumpen an; jetzt beachtet mich niemand mehr."

„Du solltest hier weg", sagte Tok-aglur. „Wie hat es dich überhaupt nach Stutenhof verschlagen? Du bist doch nicht hier geboren, oder?"

„Nein, sicher nicht. Ich wurde als kleines Kind aus dem Meer gefischt. Lache nicht, Tok! Mein Pflegevater erzählte mir das. Er war ein kleiner Fischer und lebte irgendwo an der Bucht von Ailat. Er sagte, ich sei in einer Kiste gelegen, die auf den Wellen trieb. Ich hatte hübsche Kinderkleidung an und trug dieses Amulett." Sie zeigte auf ihren Hals, wo an einer schmalen Kette ein winziger Metallschild glitzerte. „Ich weiß gar nicht, wozu es gut sein soll." Sie sah Tok-aglur an und wurde ernst. „Als mein Pflegevater starb, wurde ich nach Ailat-Stadt verkauft."

Sie seufzte und schwieg. Tok-aglur konnte sich ungefähr denken, was Taina seit ihrer Kindheit durchgemacht hatte. Und doch hatte er nicht die Absicht, sie mitzunehmen; weder aus Dankbarkeit noch aus Zuneigung. Er mochte sie wirklich gern, und vielleicht war sie die schönste Frau, die er je kennengelernt hatte; aber er war hinter dem Schlüssel zur Schatzkammer von Batifilm her und musste ihn Oltop wieder abjagen. Taina konnte ihm da nicht helfen.

„Was denkst du, mein Geliebter?", flüsterte Taina. Er drehte sich auf den Bauch und sagte: „Ich denke, dass ich nicht in der Haut des Mannes sein möchte, der mich bewachen sollte."

Taina kicherte. „Was machst du entsetzlicher Dummkopf in der Kammer, statt vor der Kammer aufzupassen?", brummte sie in Oltops Tonfall. Dann änderte sie die Stimmlage: „Oh, der Dieb schlug mir vor, wir sollten die Plätze tauschen!" Sie warf sich lachend über Tok-aglur und bedeckte seinen Rücken mit Küssen.

„Du bist auch sehr schön, Tok. Aber ein seltsames Mal hast du da." Sie tippte auf ein dunkles Muttermal auf seiner rechten Hinterbacke. „Es sieht aus wie ein umgekehrtes Herz."

„Ein Familienerbstück", sagte Tok-aglur leichthin und setzte sich auf. „Wir sollten uns anziehen und dann schlafen. Mir wird kalt, dir nicht?"

Taina lag noch lange wach. Sie träumte mit offenen Augen in den Sternenhimmel. Das ist mein Mann, dachte sie.

Als sie endlich einschlief, war ihr, als läge sie in einem Boot, gewiegt von den Wellen des Meeres. Eine Frau beugte sich über sie, und ihre langen, blonden Haare flossen wie Goldbäche herab. Die Frau sah Taina liebevoll und traurig aus einem seltsam hellblauen Gesicht an.

Taina erwachte, als die Sonne ihr ins Gesicht schien. Sie blinzelte und drehte sich wohlig zu Tok-aglur hinüber. Aber Tok-aglur war nicht mehr da. Mit ihm verschwunden waren sein Seil und das übrige Gepäck. Seine Spuren führten zum Fluss hinunter und verloren sich.

ZWEITES KAPITEL: DIE MUTTER

Vom Schweinsberg aus wirkte Stutenhof besonders friedlich. Die kleinen, grauen Häuser duckten sich innerhalb der rechteckigen Befestigung zusammen. Dünne Rauchwolken stiegen aus den Kaminen und verrieten, dass das Mittagessen gekocht wurde. In den Koppeln außerhalb Stutenhofs grasten Pferde; derbe, kleine Tiere mit grauem Fell. Von hier oben schienen sie wie Punkte, die langsam über die Wiesen zogen. Etwas näher sah man die winzige Gestalt von Krewe dem Sauhirt übers Feld gehen, kenntlich durch drei umher tollende weiße Hunde, die ihm halfen, die Schweineherde zum Eichenhain am Schweinsberg zu treiben.

Tainas Augen brannten. Zehn Tage war sie Stutenhof ferngeblieben, hatte tags vom Schweinsberg aus den Ort beobachtet und war nachts herangeschlichen, um zu lauschen. Sie hatte gesehen, wie Oltops Männer ein Haus anzündeten. Es brannte vollständig ab, und die Stutenhofer hatten alle Hände voll zu tun, damit das Feuer nicht auf die anderen Häuser übergriff. Sie hatte zugeschaut, wie drei Särge auf dem Totenfeld vergraben wurden. Jetzt aber war sie sicher, dass Oltop und seine Männer verschwunden waren.

Als sie auf das Tor zu schritt, traf sie der erste Stein. „Hau ab, du Schlampe!", schrie jemand vom Wachturm. Sie taumelte und wischte das Blut beiseite, das ihr über das Auge lief. Der zweite Stein traf ihre Schulter, der dritte den zum Schutz hochgerissenen Unterarm.

„Hört auf!", rief jemand. Es fiel kein Stein mehr. Taina erkannte die Stimme; Hrudo, ein abgedankter Soldat, der für die Ordnung in Stutenhof zuständig war und in Zeiten der Gefahr die Verteidigung der Siedlung organisierte. Jetzt erschien er an der Brüstung des Wachturms.

„Hör her, Taina!", rief er. „Du hast uns Unglück genug gebracht. Hier will dich keiner sehen. Verschwinde!"

Taina drehte sich um. Mit brennenden Augen ging sie hinunter zum Gnomfluss und flussaufwärts; zurück, woher sie gekommen war.

Abends tauchte vor ihr die Blumenwiese auf, wo sie mit Tok-aglur gelegen hatte. Sie warf sich ins Gras und weinte.

*

Diese Nacht war kalt. Es war die Nacht vom Apfelmonat zum Mond der Brombeeren. Taina dachte sehnsüchtig an Tok-aglurs Mantel, unter dem sie beide warm gelegen hatten. Sie kroch in einen Haufen dürren Laubs, konnte aber nicht schlafen. Die Blätter raschelten bei jeder Bewegung, und wenn sie sich still verhielt, hörte sie die Beine winziger Tiere knistern und kratzen. Wie viele Zecken hatten sich an ihrem Körper festgebissen? Taina schauderte.

Da vernahm sie, wie Metall auf Stein schlug. Das Geräusch kam vom Fluss. Sie richtete sich vorsichtig auf und schaute hinunter. Am Ufer bewegte sich eine Reihe dunkler Gestalten stromaufwärts. Sie waren nicht sehr groß und, soweit Taina an ihren Umrissen erkennen konnte, kaum menschenähnlich mit ihren langen Armen und vorgestreckten Köpfen. Nun sah sie auch die Augen; mattrot glühten sie und spähten ruckartig bohrend umher. Taina versuchte das Entsetzen, das in ihr aufstieg, zu unterdrücken, nicht zu schreien, sich nicht zu rühren. Vielleicht blieb sie unentdeckt.

Die Gestalten kamen näher. Taina sah jetzt, dass alle mit Spießen bewaffnet waren. Einige hatten Säcke oder Bündel geschultert. Gelegentlich knurrten und zischten sie einander halblaut an. Ob sie sich unterhielten oder stritten, war nicht klar.

Der vorderste blieb stehen. Er zeigte mit seinem Spieß den Hang hinauf, wo Taina kauerte. Ein Tumult von Zischen und heiserem Grunzen brach los, die Augen leuchteten rot, und die ganze Meute rannte knurrend auf Taina zu. Diese sprang schreiend auf und rannte blindlings in den Wald davon. Das Gejohle und Geknurre schwoll an. Taina sah gut genug, um den Baumstämmen auszuweichen. Aber auch die Verfolger fanden sich im Dunkeln zurecht. Mit ihren kleinen und gedrungenen Körpern waren sie sogar im Vorteil, denn unter den niedrigen Ästen, denen Taina ausweichen musste, rannten sie durch.

„Oh Atne, hilf!", stieß sie hervor, während die Zweige ihr ins Gesicht peitschten. „Gib, dass der Wald sich lichtet!" Doch die Bäume standen unerbittlich dicht. Schon flog der erste Spieß, verfehlte sie und bohrte sich in ein Gewirr von Ranken, das Taina den Weg versperrte. Sie schrie auf und stürzte nach rechts davon. Zum Fluss, dachte sie. Ich muss zum Fluss!

Tatsächlich wurde in dieser Richtung der Wald lichter, auch ging es leicht bergab. Mit langen Sätzen hetzte Taina den Hang hinunter. Mit stechenden Lungen kam sie am Fluss an und drehte sich um; ihre Verfolger waren weit zurückgeblieben, näherten sich aber jetzt rasch und johlten, ihrer Beute sicher.

Taina warf sich in den Fluss. Das Wasser war eiskalt und riss sie mit. Sie wurde umhergewirbelt, schluckte Wasser, schlug gegen Felsen. Schließlich wurde die Strömung ruhiger; Taina gelangte mit Mühe ans andere Ufer, wo sich hinter einigen Felsen Sandbänke gebildet hatten.

„Große Atne", keuchte sie, „ich danke dir!" Müde und zerschlagen kroch sie ans Ufer und brach zusammen. Doch lange blieb Taina so nicht liegen. Ein kalter Wind strich den Gnomfluss herab, und sie begann in ihren nassen Kleidern so zu frieren, dass vor Zähneklappern und Zittern ihr ganzer Körper sich verkrampfte. Taina kroch in den Windschatten eines der Felsen, die am Ufer lagen, und lehnte sich gegen den Stein. Er fühlte sich fast warm an, verglichen mit ihren kalten Gliedern. Taina schloss die Augen.

*

Sie träumte, sie läge auf der Blumenwiese. Tok-aglur umarmte sie und hüllte den warmen Mantel um sie beide. „Wie kann man nur so nass herumliegen", tadelte er. „Du hättest dir den Tod holen können, in dieser Kälte!" Sie seufzte behaglich und kuschelte sich noch dichter an ihn. Plötzlich spannten sich seine Muskeln an. „Da vorne ist etwas", flüsterte er. „Sei ganz still! Rühr dich nicht!"

Taina öffnete die Augen. Vor ihr lag der Fluss im trüben Grau der frühen Morgenstunden. Am anderen Ufer bewegte sich eine Schar hässlicher Gestalten flussaufwärts, gleich denen, die sie in der letzten Nacht gejagt hatten. Es waren aber wohl dreimal so viele.

Taina wollte sich hinter den Felsen zurückziehen und merkte, dass sie kein Glied regen konnte. Sie war vom Felsen umhüllt! Bis zum Hals im Stein eingeschlossen! Sie wollte schreien, doch im selben Moment legte sich eine riesige Hand vor ihren Mund, und Taina brachte keinen Ton heraus. Sie konnte kaum atmen, sie konnte den Kopf nicht einen Fingerbreit drehen, so fest presste sich die Pranke gegen ihr Gesicht.

„Das darf nicht wahr sein", schrie es in ihr. „Das ist ein böser Traum!" Doch nichts änderte sich. Sie war bewegungslos im Felsen gefangen; dicht vor ihren Augen sah sie Daumen und Zeigefinger einer steingrauen, runzligen Hand, dreimal so groß wie die eines Menschen. Und jenseits des Flusses stapften noch immer die hässlichen Gestalten am Ufer entlang. Alle waren bewaffnet. Ihre dunkelhäutigen, graugrünen Fratzen mit den gebleckten gelben Zähnen erinnerten an die von mageren, bösartigen Affen. Sie waren kaum größer als zwölfjährige Kinder, liefen aber vornüber gebeugt und winkelten ihre langen Arme an, damit diese nicht im Ufersand schleiften.

Taina fiel auf, dass die Augen nicht mehr rot leuchteten. Im Gegenteil, sie waren zusammengekniffen; einige dieser Wesen hielten sogar die Hand vor die wulstigen Brauen, als wollten sie die Augen vor dem schwachen Licht der Morgendämmerung schützen. In sichtbarer Eile strebten sie den Fluss entlang nach Norden und waren bald verschwunden.

„Chrebil", brummte eine Bassstimme dicht an Tainas Ohr. Die graue Pranke löste sich von Tainas Mund und verschwand aus ihrem Blickfeld. Gleichzeitig lockerte sich der Fels, der Tainas Körper eingeschlossen hielt. Ein kalter Luftzug strich über sie, und Taina schauderte. Jetzt erst merkte sie, wie warm und geschützt sie die Nacht verbracht hatte. Der Fels öffnete sich weiter, und Taina sah, dass es zwei breite Arme waren, die sie umfasst gehalten hatten.

Taina war frei. Rasch trat sie ein paar Schritte nach vorne, außer Reichweite dieser Arme. Dann erst wandte sie sich zu jenem seltsamen Felsen um. Er war größer als sie und noch breiter als hoch. Erst als Taina nach den Armen suchte, unterschied sie vier Gliedmaßen, die eng an den massigen Rumpf angelegt waren und durch die grauweiß gekörnte Färbung mit diesem zu verschmelzen schienen. Jetzt ähnelte das Ding einer gigantischen steingrauen Kröte, nur klobiger, felsbrockenhafter.

Irgendwo muss es doch Augen haben, dachte Taina. Doch sie konnte nichts dergleichen entdecken. Es war schon schwer genug, nicht in die Täuschung zurückzufallen, hier liege ein großer, verwitterter Fels; rau und hellgrau, wo er trocken war, und an einer Seite glänzend schwarz, wo das Flusswasser ihn umspülte.

Tainas Gefühle waren widersprüchlich. Sicher hatte dieser lebende Felsblock sie aus der Kälte der Nacht, wahrscheinlich auch vor dem Tode gerettet. Andrerseits, wenn dieser scheinbar flechtenbewachsene Kloß lebte, dann war er das abgrundtief Hässlichste und Unförmigste, was ihr je vor Augen gekommen war. Schaudernd dachte sie an die runzlige, steingraue Riesenpranke, die sich vor ihr Gesicht gelegt hatte.

Taina räusperte sich. „Ich möchte dir danken", sagte sie versuchsweise. „Du hast mir sehr geholfen."

Der Fels rührte sich nicht. Inzwischen war die Sonne hinter den Bergen aufgegangen. Licht und Wärme erfüllten das Flusstal, die Wellen glitzerten. Noch immer lag der Fels still da, wie es Felsen tun. Taina hörte die Vögel zwitschern und sah zu, wie sie hin und her über den Fluss schwirrten. Eine Waldtaube schwebte gurrend heran und landete vor Tainas Füßen. Sie trippelte kopfruckend am Ufer entlang auf den Felsen zu.

Im nächsten Moment schoss etwas durch die Luft, schneller als ein Augenlid zuckt. Mehrere Schritt weit war ein Arm des Felsenwesens vorgeschnellt. Nun zappelte die Taube in der grauen Riesenfaust. Das Felsenwesen winkelte seinen Arm wieder an, wobei der Ellbogen im Rumpf versank, und öffnete ein Maul, so breit wie zwei Handspannen. Die Taube verschwand darin, das Maul klappte zu, und wieder sah Taina nur den Felsen in der Sonne. Sie wandte sich ab und ging das Ufer entlang flussabwärts.

*

Nach Stutenhof konnte sie nicht zurück. Aber eine Stunde nördlich davon, nahe der Alten Straße, lag das Anwesen von Heril dem Hengst. Dort wollte Taina um Arbeit nachfragen. Das hieß, dass sie am Ufer des Gnomflusses zurückwandern musste, um bei Stutenhof den Fluss Eldran zu überqueren. Einmal noch würde sie im Freien übernachten müssen, doch war es nahe Stutenhof weniger gefährlich als hier in der Wildnis.

Vorläufig genoss Taina den warmen Spätsommertag. Sie hatte genug Beeren, Pilze und Nüsse gefunden, um den schlimmsten Hunger zu stillen, und schritt nun gemächlich über die trockenen Uferkiesel am Fluss entlang. Dies war einfacher, als den dichten Wald zu durchqueren, der bis an den Uferstreifen reichte und manchmal die Äste bis auf den Fluss hinausstreckte. Taina wollte auch nicht zum nördlichen Ufer zurückwechseln, obwohl dort die Apfelwälder und – weiter stromabwärts – die weiten Blumenwiesen waren. Zu sehr hatten die rotäugigen Kreaturen der letzten Nacht sie erschreckt.

Sie roch einen brenzligen Duft, wie Pfeifenrauch, süßer allerdings als das Zeug, welches die Männer im „Bunten Pferd" pafften. Wenn hier Holzfäller oder Fallensteller waren, so rauchten sie ein edles Kraut. Taina lauschte, hörte aber keine Stimmen, keine Schritte oder Arbeitsgeräusche. Vorsichtig ging sie weiter, sich nach allen Seiten umsehend.

„Hier oben bin ich, schöne junge Frau", sagte jemand. Taina blieb wie angewurzelt stehen und sah hoch. Auf einem Eichenast, der quer über sie bis auf den Fluss hinaus reichte, saß ein Männlein mit einer Angel; nicht größer als ein Kind, aber mit einem beachtlichen weißen Bart, der starr und spitz nach vorne weg stand. Im braunhäutigen Gesicht glitzerten helle Äuglein.

„Gestattet, dass ich mich vorstelle", sprach der Kleine und schwenkte den Arm mit seiner Pfeife. „Ich bin Gimkin vom Pelkoll, genannt der Wässrige!"

Taina lachte. „Weshalb der Wässrige?"

Der Kleine lüpfte seinen spitzen Hut und hielt ihn hoch. „Deshalb, meine Teuerste." Ein Wasserschwall ergoss sich aus dem Hut über Taina.

„Ich hoffe, Ihr wollet mir diese erläuternde Vorführung nicht verübeln", kicherte Gimkin. Taina wusste nicht, was sie sagen sollte. Noch immer triefte aus ihren Haaren, sie stand in einer riesigen Pfütze.

„So genau wollte ich es gar nicht erklärt haben", meinte sie schließlich.

„Oh, ich habe der Namen viele." Gimkin stopfte mit wichtig gesträubten Brauen seine Pfeife. Die Angel schwebte solange neben ihm in der Luft. „Und ich kann sie alle erklären."

„Lieber nicht", wehrte Taina ab.

„Nun denn, worüber könnten wir sonst plaudern?", fragte Gimkin. „Sintemal Ihr es für richtig erachtet, mir Euren werten Namen vorzuenthalten. Doch ich will Euch nicht zu nahe treten, so wahr ich Gimkin der Fischreiche heiße." Er warf seine Angel aus, und der Haken hatte das Wasser noch nicht berührt, als schon eine Forelle herausschnellte und zubiss. Gimkin riss die Angel hoch.

„Oh, welch trefflicher Fang!", jubelte er und schlenkerte den Fisch zu Taina hinüber. Er war so schwer, dass sie ihn fast fallen ließ.

„Wollet ihn bitte für mich halten, Edelste, dieweil ich herab komme, für Feuer zu sorgen." Gimkin kletterte behende den Ast entlang und am Eichenstamm herunter. Wie er vor Taina stand, reichte er ihr gerade bis zur Hüfte. Er zeigte auf eine sonnige Stelle am Ufer.

„Dort wollen wir den Fisch braten, meinet Ihr nicht, meine Holde?", schlug er vor und stapfte auf die bezeichnete Stelle zu. Nun schichtete er einige Steine zusammen und legte seine Pfeife darauf. Den Fisch hielt er eine Handspanne darüber, drohte ihm, er solle sich wohlverhalten, und ließ ihn dann in der Luft schweben. Danach schnippte er mit den Fingern, und aus der Pfeife flackerten lustige Flammen. So klein das Feuer auch war, es war hell und heiß. Die Forelle begann zu brutzeln, die Haut bräunte sich und sprang auf. Es roch köstlich.

„Wertes Fräulein", meinte Gimkin, „so Ihr mein bescheidenes Mahl mit mir teilen wollt, wünsche ich einen guten Appetit."

Er zerlegte den Fisch und reichte ihr die Hälfte. Taina wartete vorsichtig ab, welchen Streich Gimkin jetzt wohl ausgeheckt hatte. Aber offensichtlich war das Angebot ernstgemeint, und sie ließ sich nicht länger bitten.

„Lieber Gimkin", sagte sie mit vollem Mund. „Entschuldige, dass ich so unhöflich schien. Ich war etwas durcheinander, vor allem, als das Wasser aus deinem Hut kam. Natürlich will ich dir meinen Namen nicht verheimlichen. Ich bin Taina vom Stutenhof, aber dort wurde ich weggejagt."

„Es betrübt meine Ohren, so Schmerzliches zu hören, holde Taina", teilte Gimkin mitfühlend mit. „Die Menschen sind doch recht unberechenbare Geschöpfe, nicht wahr? Da ist doch unsereiner zuverlässiger!"

„Was meinst du damit, Gimkin? Bist du etwa kein Mensch?"

Gimkin verschluckte sich und hustete fürchterlich. Es dauerte lange, bis er wieder genug Luft holen konnte. „Meine teure Taina, dies war ein grober Scherz, den Ihr mit einem feinfühligen und ehrbaren Gnom nicht hättet treiben dürfen!"

„Oh lieber Gimkin", rief Taina und nahm ihn in ihre Arme, „das wollte ich gewiss nicht! Ich habe vorher noch nie einen Gnom gesehen! Aber ich weiß jetzt, dass Gnome besonders nette und zartfühlende Wesen sind." Sie gab ihm einen Kuss auf die Stirn.

Gimkin sank selig zurück und schloss die Augen. Gleichzeitig breitete sich eine sanfte Röte über sein Gesicht. „Allerliebste Taina", hauchte er, „dies ist fürwahr ein schöner Tag für mich!"

Taina lächelte. Sie stand auf, um am Fluss etwas Wasser zu trinken. Als sie zurückkam, sagte sie: „Du kennst dich doch hier aus, Gimkin. Was sind das für Wesen, die rotleuchtende Augen und sehr hässliche Gesichter haben? Sie sind etwas größer als du."

„Chrebil!", rief Gimkin. „Habt Ihr Chrebil gesichtet?"

Taina nickte. „Gestern nacht. Sie marschierten flussaufwärts, insgesamt zwei Dutzend. Sie sind scheußlich!" Taina schüttelte sich.

„Dies ist eine gar schlimme Nachricht, meine Liebe", meinte Gimkin bedenklich. „Kaum hundert Jahre sind verflossen, da wehrten wir sie ab, als sie den Pelkoll überfielen. Wir trieben sie zum Chrebilwald zurück, wohl vierzig Meilen von hier gen Süden. Seitdem ließen sie sich nicht mehr blicken, Atne sei's gedankt. Ich möchte wohl wissen, verehrteste Taina, was sie im Schilde führen!"

„Und noch etwas", sagte Taina. „Kennst du Felsen, die leben und Vögel fangen?"

„Ihr spracht die Alte vom Fluss, liebe Taina?"

„Gesprochen eigentlich nicht. Dieses Felsending hat mich letzte Nacht versteckt und gewärmt, als ich vor den Chrebil floh."

„Solches ist fürwahr eine seltene Ehre, meine holde Taina. Sie ist, nebenbei erwähnt, kein Felsending, sondern ein Flusstrollweib und die einzige ihrer Art. Gar mancherlei vermöchte ich von ihr zu erzählen, doch will ich Euch nicht langweilen, so wahr ich Gimkin der Einsilbige heiße."

„Oh, erzähle ruhig von ihr, Gimkin", bat Taina. Aber Gimkin runzelte seine braune Stirn: „Nun beginne ich mich zu fragen, wo mein verehrter Oheim, Goli der Furchtlose, solange weilt. Denn wisset, meine Schöne, eben hier war er mit mir verabredet. Seit drei Stunden schon harre ich seiner."

„Es wird ihm doch nichts widerfahren sein?"

„Oh, gewisslich nicht, meine Teuerste. Mein verehrter Oheim ist umsichtig und kampferprobt, ein Meister der Armbrust zudem! Was sollte ihm zustoßen?" Gimkin zerrte sich am Bart, trotz entgegengesetzter Beteuerungen offensichtlich besorgt. „Doch mag es nicht falsch sein, ihm ein wenig entgegen zu schlendern." Er nahm seine Pfeife und Angel an sich und stand auf.

„Und wenn wir ihn verfehlen?", fragte Taina.

„Ein trefflicher Einwand!", lobte Gimkin. „Wir wollen ihm eine Nachricht hinterlassen." Er hob einen der herumliegenden Steine auf und sprach: „Höre, oh Stein! So einer nach Gimkin vom Pelkoll fragt, alsdann antworte, er sei seinem Oheim flussabwärts entgegen gegangen, gedenke aber bei Anbruch der Nacht wieder hier zu sein. Dies merke dir!" Damit legte er den Stein sorglich auf einige andere Steine, richtete sich auf und sagte: „Nun lasset uns fürbass schreiten, meine anmutige Schöne!"

So gingen sie am Ufer entlang stromabwärts; der kleine Gimkin voran und Taina, die Mühe hatte, seinen hurtigen Schritten zu folgen, ohne ins Laufen zu verfallen, hinterher. Die Nachmittagssonne sandte ihre Strahlen schräg durch die Blätter und warf grüngoldenes Licht auf die Ufersteine und das Wasser des Gnomflusses.

Gimkin breitete die Arme aus und blickte nach oben: „Oh dieser herrliche Baldachin grünen Laubes! Welch vielfältigem Getier er Nahrung und Zuflucht spendet!" Schmunzelnd wandte er sich Taina zu: „Ihr müsst wissen, liebe Taina, dass ich schon häufig Gimkin der Raupenfreund genannt wurde." Damit drehte er sich um und marschierte weiter.

Taina folgte ihm. Es fiel ihr auf, dass Gimkin mit seiner Bemerkung über das Getier in den Bäumen wohl recht gehabt hatte; noch nie zuvor hatte sie so viele Raupen gesehen wie gerade jetzt. Sie ließen sich an Spinnfäden vor Tainas Gesicht herab oder setzten sich auf ihre Schultern und krochen ihre Arme entlang. Auch ihre Haare waren bald voll krabbelnder, sich windender Raupen. Es half wenig, wenn Taina den Kopf schüttelte, dass die Raupen nach allen Seiten davon purzelten. Denn kurz danach war sie wieder bedeckt von neuen Raupen in allen Größen und verschiedensten Farben.

Taina wunderte sich in ihrer Verzweiflung nur, wie gelassen Gimkin diese Raupenplage ertrug. Er jedenfalls schritt munter aus, als kümmerten sie ihn nicht. Er wirkte sogar ausgesprochen vergnügt. Und tatsächlich: Auf Gimkin saß nicht eine einzige Raupe! Taina ging ein Licht auf.

„Gimkin!", schrie sie. „Lass diese Scherze!"

Gimkin prustete vor Lachen. „Oh, allerliebste Taina!", rief er aus und wischte sich die Tränen aus den Augen, „wer vermag diesen kleinen Lebewesen ihre Zuneigung zu verübeln? Und wisst Ihr nicht, dass jede Raupe ein Wunder der Schönheit in sich birgt?" Er schnippte mit den Fingern. Da waren alle Raupen verschwunden, und statt ihrer schaukelten Hunderte von Schmetterlingen umher. Taina war in eine Wolke zart farbigen Geflatters gehüllt. Ihr Ärger schmolz dahin.

„Gimkin, du bist unmöglich", lachte sie. Die Schmetterlinge schaukelten in alle Richtungen davon, auf der Suche nach Licht und Blumen. Nun aber drängte Gimkin Taina weiterzugehen. Er war zunehmend besorgt und zerrte sich alle paar Augenblicke am Bart.

Von den Ufersteinen vor ihnen erhob sich ein surrender Schwarm schwarzglänzender Fliegen. Gimkin blieb stehen. Nach einigen Augenblicken ließen sich die Schmeißfliegen wieder auf den Steinen nieder. Taina trat neben

Gimkin und sah, wie sie gierig auf etwas Dunkelbraunem, Klebrigem herumkrochen: halb angetrocknetem Blut.

Die beiden sahen sich nach allen Seiten um, ohne etwas Auffälliges wahrzunehmen. Gimkin ließ seinen misshandelten Bart wieder los, um Taina an der Hand weiterzuziehen. Da strich eine Krähe über den Fluss und fiel über ihnen im Geäst ein. Sofort erhob sich wütendes Krächzen. Wohl vier oder fünf Krähen flatterten streitend und sich jagend durch die Bäume. Taina und Gimkin schauten hoch. Über ihnen hing kopfüber der verstümmelte Leib eines Gnoms, sein linker Fuß war mit Waldreben an einem dicken Erlenast befestigt. Schmeißfliegen umsurrten in Wolken die klaffenden Wunden.

Taina begann zu zittern, die Beine knickten unter ihr zusammen. Gimkin sagte heiser: „Mein armer Oheim Goli. Das haben gestern nacht die Chrebil ihm angetan." Nach einiger Zeit sah er auf Taina herab und fügte hinzu: „Einen würdigeren Tod hätte Goli der Furchtlose verdient. Ich will doch erkunden, wie es sich zugetragen habe! Lasst uns ein Stück Weges weitergehen und nach Spuren eines Kampfes suchen!" Er nahm Taina bei der Hand und half ihr auf. Nur wenige Schritte weiter sahen sie einen toten Chrebil bäuchlings am Ufer liegen.

„Diese Scheusale!", knurrte Gimkin. „Nicht einmal die eigenen Toten bestatten sie. Nichts ist ihnen heilig!" Er zeigte nach vorne: „Und dort, seht nur!" Drei weitere Chrebil lagen da still und seltsam verrenkt.

„Mein ehrwürdiger Oheim war ein großer Kämpfer!", rief Gimkin. „Es erleichtert mein Herz zu sehen, dass er vier Feinde in die ewige Nacht mitreißen konnte, bevor er überwältigt wurde. Die Gnome vom Pelkoll werden ihn nicht vergessen!"

Er nahm Tainas Hand und fügte hinzu: „Und nun, meine liebe Taina, ist die Stunde des Abschieds gekommen. Ich werde mich um meinen verstorbenen, lieben Oheim kümmern", er schluckte ein wenig, „und Ihr habt noch einen weiten Weg vor Euch."

Taina streichelte seine Hand. „Lieber Gimkin", antwortete sie leise, „es tut mir leid, dich in deinem Kummer allein zu lassen. Ich hoffe nur, dass wir uns einmal wiedersehen." Sie küsste ihn auf die Stirn. Dann wandte sie sich rasch ab und ging.

*

„Wer ist da?", keifte die Stimme eines alten Weibes in die Nacht hinaus. Zwei Hunde bellten wie irrsinnig hinter der hohen Hofmauer. Taina stand vor dem verschlossenen Tor.

„Ich bin Taina von Stutenhof", rief sie, „und möchte herein!"

„Was treibst du dich nachts herum?", schrie das Weib zurück.

„Ich bin aufgehalten worden; ich wollte schon abends hier sein! Im Namen Frenas, welche die Frauen schützt, lasst mich nicht länger hier draußen stehen!"

„Frena hat hier nichts zu sagen", kam es zurück. „Hier gilt der Wille Ramloks des Mächtigen!" Das Weib kicherte.

„Lasst mich rein! Von mir aus auch in Ramloks Namen! Ich habe Angst, und mich friert!"

Eine zweite Frauenstimme mischte sich ein: „Was ist da los? Kann man nicht schlafen?"

„Da ist eine draußen, die will rein!"

„Dann schau nach, alte Schlampe. Mach schon!"

Hinter der Hofmauer wurde es ruhig, nur die Hunde knurrten noch. Schließlich knarrte ein Fensterladen. Eine blakende Laterne wurde suchend hin und her geschwenkt.

„Komm näher ran, dass man dich sieht!", schrie das alte Weib. Taina trat in den Lichtschein.

„Die lass ruhig rein, Alte", sagte die andere Stimme. „Heril wird nichts dagegen haben, oder?" Beide Frauen kicherten. Die Laterne verschwand, und Taina stand wieder im Dunkeln. Nun hörte sie, wie ein Riegel zurückgeschoben wurde. Trüber Lichtschein drang aus dem sich öffnenden Türspalt.

„Komm rein, Kleine", rief die zweite Frau. Taina trat durch die schmale Tür, die sich neben dem großen Tor geöffnet hatte. Hinter ihr schloss die alte Frau wieder zu. Taina stand im Hof des Anwesens, auf einem der Trittsteine, die es einem bei feuchtem Wetter ersparen sollten, in den Schlamm des von Regen und Pferdehufen aufgeweichten Bodens zu treten. Neben ihr hielt die Alte, zerlumpt, klein und mager, die Laterne hoch. Vor Taina stand die andere Frau, etwa vierzigjährig, hochgewachsen und kräftig gebaut, auf grobe Weise gutaussehend. Sie hielt ein Schwert in der Hand, lässig gesenkt, aber bereit. Ihre Augen musterten Taina schnell und gründlich.

„Bring sie in den Kuhstall, Alte", sagte sie. „Da kann sie im Heu schlafen. Morgen schaue ich sie mir näher an."

So begann Tainas Aufenthalt auf dem Hof von Heril dem Hengst. In den nächsten Tagen wurde sie mit zwei anderen jungen Frauen zum Reinigen der Ställe eingeteilt. Es waren grobknochige Mädchen, denen es Spaß bereitete, zwischendurch Scheingefechte auszuführen mit allem, was ihnen als Waffen dienen mochte: Heugabeln, Sensen, dem Schlachtbeil und manchmal auch den Schwertern, die in der Halle aufgereiht standen. Taina war entsetzt, wenn sie sah, wie eines der Mädchen, brüllend den Dreschflegel schwingend, auf die andere losrannte. Diese aber parierte geschickt mit der Mistgabel, die sie gerade hielt. Dann lachten beide und arbeiteten weiter. Taina erfuhr, dass es Schwestern waren. Sie hießen Perte und Prata und waren die Töchter von Penta – der Frau mit dem Schwert, die Taina hereingelassen hatte – und Heril.

„Weißt du, Taina", erklärte Perte, „wenn wir Frauen nicht kämpfen könnten, wer sollte dann den Hof verteidigen?"

Prata nickte. „Heril braucht keine Männer auf dem Hof, solange er uns hat!"

Tatsächlich lebten hier nur Frauen, außer Heril natürlich. Aber dieser war unterwegs zum Pferdemarkt in Fellmtal und wurde erst in einer Woche zurück erwartet.

Der Hof war gut befestigt und leicht zu verteidigen. Nahe den Ställen stand ein überdachter Ziehbrunnen, an den sich lange Viehtränken aus ausgehöhlten Baumstämmen anschlossen. Die Ställe selbst lagen innerhalb der Mauer; ihre Dächer dienten zugleich als Wehrgänge zur Verteidigung. In der Mitte des Hofes stand eine große Ulme mit breit ausladender Krone. Diesen Bereich hatte man Ramlok dem Mächtigen geweiht. Am beeindruckendsten fand Taina den breiten Opferstein mit der angrenzenden Feuerstelle. Auf ihn blickte von einem Pfahl die kleine Holzfigur eines fliehenden Pferdes herunter. Ein einfacher Holzbock stand daneben, an dessen vorderem Ende ein grob geschnitzter Pferdekopf angebracht war, so dass das ganze Gestell vielleicht ein Pferd vorstellen mochte, auch wenn der Zweck nicht ersichtlich war.

Heril brachte aus Fellmtal eine junge Stute mit, die er neben dem eigenen Pferd herlaufen ließ. Im Hof sprang er ab und übergab die Zügel der beiden Pferde Taina, die gerade vorüberging.

„Du bist neu hier." Er musterte sie. „Wie heißt du?" Taina fiel auf, wie groß und kräftig Heril gebaut war. Seine Haare, schöner als die vieler Frauen, hingen in langen, hellblonden Zöpfen über die Schultern, sein Gesicht blickte grob und wild. Nach Akzent und Aussehen war er offenkundig ein Angehöriger der barbarischen Stämme im Norden.

„Taina heiße ich", flüsterte sie erschrocken.

„Keine Angst, meine kleine Stute", lachte Heril und klatschte ihr aufs Gesäß. „Los, versorge die Pferde!" Er drehte sich um und ging ins Haus. Noch lange, während sie die Pferde striegelte, dachte Taina an ihn.

Am nächsten Morgen, als sie mit den anderen Frauen an der großen Tafel bei der Milchsuppe saß, trat Heril ein und rief ihr zu, sie solle mitkommen. Taina stand zögernd auf.

„Tu, was er sagt, Dummchen!", lachte Penta. „Er ist der Herr auf dem Hof." Die Alte klopfte mit dem Holzlöffel auf den Tisch und rief: „Er wird dich schon nicht fressen!" Sie verschluckte sich, hustete und rang mit weit geöffnetem zahnlosem Mund nach Luft. Perte, Prata und vier andere junge Frauen kreischten vor Vergnügen. Taina rannte schamrot hinaus.

Auf dem Hof stand Heril und hielt die neue Stute am Halfter.

„Komm mit", sagte er. „Ich bringe sie zum Hengst. Du sollst zuschauen."

Kaum war das Gatter der Koppel geöffnet und die Stute hineingelassen, preschte sie los, froh über Wiese und Auslauf, machte Sprünge wie ein Füllen, ohne den Hengst zu beachten; der aber trabte heran, schnell, stolz, tänzelte schnaubend, umrundete sie und drängte sie gegen den Zaun. Sie wollte ausbrechen, er schnitt ihr den Weg ab. Sie wich zurück, er presste sich hart an sie und ließ sie nicht frei. Nun schnoberte er an ihrem Hals, die Stute blieb zitternd stehen. Da bäumte der Hengst sich auf und besprang sie.

„Sieh her, wie sie die Beine breit macht!", rief Heril und packte Taina an der Hüfte. „Und schau, der Hengst! Die Kraft seiner Männlichkeit!"

Taina stand regungslos. Falls Heril vorhatte, es dem Hengst nachzutun, wie würde sie handeln? Sie war sich ihrer nicht sicher. War nicht Tok-aglur ihr Mann? Sie versuchte die gemeinsame Zeit auf der Blumenwiese bei den Apfelwäldern zurückzurufen. Wie weit lag das zurück!

Doch Heril ließ sie wieder los. „Jetzt hast du gesehen, wie man Ramlok den Mächtigen erfreut!", lachte er. Dann klatschte er ihr aufs Hinterteil und schickte sie zurück zur Arbeit.

*

In den folgenden Tagen bekam sie Heril kaum zu sehen. Und wenn sie ihm einmal über den Weg lief, schien es, als kenne er sie nicht. Allerdings war auch viel für das Herbstfest vorzubereiten. Karrenweise wurde Sand vom Fluss gebracht, um den Hof damit zu streuen. Strohgirlanden und Kränze aus Ulmenzweigen wurden geflochten, als Schmuck für die Türen der Ställe und des Hauses. Die Alte scheuerte Bottiche aus, die Heril benötigte, um süßes Bier in großen Mengen herzustellen.

Eine eigenartige Aufgabe war Taina zugefallen. Penta brachte ihr ein kleines Hengstfohlen und band sein Halfter an Tainas Handgelenk; sie sollte es immer bei sich haben. Nachts schlief das Fohlen bei ihr im Stroh. Morgens ging sie mit ihm zu einer Stute, die Milch hatte, und danach über die Weiden. Es war kaum zu bändigen vor Freude.

Der Zweck des Auftrags war Taina unklar, aber da es eine angenehme Beschäftigung war und sie das Fohlen sehr schnell liebgewonnen hatte, fragte sie nicht weiter. Wenn sie sich ins Gras setzte, legte sich das Fohlen daneben. Es kaute ein bisschen an ihrem Rock, oder es stellte sich neben sie und pustete ihr aus weichen Nüstern ins Ohr. Auch gefiel ihr, sein Fell zu striegeln und seine Mähne zu kämmen. Da es ein glänzend dunkelbraunes Fell hatte, wenn auch mit schwarzem Aalstrich, nannte sie es „Haselnuss".

„Taina", sagte Penta einmal zu ihr, „weißt du schon, wie dein Fohlen heißt?"

„Ja, Penta. Ich nenne es Haselnuss."

„Es heißt Heril!", schrie Penta mit plötzlicher Wut. „Und wehe dir, wenn du es anders nennst!"

Bevor Taina sich von ihrem Schreck erholte, war Penta im Haus verschwunden. Taina zuckte die Achseln. Dass die Leute auf Herils Hof etwas absonderlich waren, hatte sie schon gemerkt.

Der große Tag war herangekommen; das Herbstfest und, wie Taina erfuhr, zugleich das Ehrenfest Ramloks des Mächtigen. Bereits vor Sonnenaufgang wurden die Pferde gestriegelt, ihre Mähnen und Schweife geflochten und mit bunten Stoffstreifen geschmückt. Heril selbst säuberte den Opferstein unter der Ulme, wusch ihn mit neuem Bier und legte eine breite Holzplatte darauf, die von vielen Axt- oder Schwerthieben zerfurcht war. Das Bildnis Ramloks schmückte er mit Ulmenzweigen. Dann erst begaben sich alle ins Haus, wo die Kinder die übliche Dickmilch mit Fladenbrot aßen. Die Frauen und Heril aber, zu Tainas Erstaunen, setzten sich nicht dazu, sondern tranken im Stehen etwas Wasser.

Aus der Küche kam die Alte mit einem Korb. Sie hatte nussgroße Kuchen gebacken, mit Honig, Nüssen und besonderen Kräutern, die sie seit Wochen für diesen Tag gesammelt und getrocknet hatte. Alle Erwachsenen bekamen je einen dieser winzigen Kuchen. Taina wunderte sich.

„Sollen wir davon satt werden?"

„Warte nur, mein Schätzchen", kicherte die Alte, „du wirst den Bauch noch voll genug kriegen!" Die Umstehenden lachten, und Taina verdrückte sich mit ihrem Fohlen in die Ecke des Raumes.

„Auf, Heril! Auf, ihr Frauen!", rief Penta, als alle ihre Kuchen bekommen hatten. „Ramlok der Mächtige soll nicht warten!" Sie nahm ihr Schwert und schritt hinaus. Hinter ihr ging Heril mit Perte und Prata. Die Alte folgte, wobei sie Taina am Arm nahm. Das Hengstfohlen trippelte nebenher. Dann kamen die übrigen Frauen und Kinder. Draußen versammelten sich alle vor der Ulme.

Penta stand vor dem Opferstein. Das Schwert hatte sie mit der Spitze in den Boden gerammt, so dass es freistehend in der Sonne blitzte.

Taina fühlte sich benommen und zugleich hellwach. Woher kam das? Sie hörte das feine Zittern der Ulmenblätter, und doch war sie weit weg von allem; sie sah die Dinge und Menschen ganz klein vor sich. Dann wieder erschien alles viel zu nahe: Pentas Gesicht hing dicht vor ihr, das riesige, blanke Schwert strahlte in Tainas Augen und erfüllte ihren Kopf mit Blitzen. Feurige Schauer durchfuhren sie. Ihre Haare sträubten sich.

„Hört, ihr Frauen", rief Penta. Jedes ihrer Worte hallte in Tainas Kopf hin und her und zerplatzte schillernd. „Heute ist Ramloks Tag. Er hat uns beschützt. Unsere Pferde sind gesund und stark. Auch uns hat Ramlok Gesundheit und Kraft gewährt. Wir schulden ihm Dank für ein gutes Jahr." Die Frauen johlten zustimmend.

Taina schien es plötzlich, als sei sie auf einer weiten Steppe. Der Wind fuhr durchs gelbbraune Gras, das sich in Wellen duckte. Nur Ramloks Bildnis war zu sehen: ein geflügeltes Pferd auf einem Hügel. Es bäumte sich auf und schlug mit den Flügeln.

Im nächsten Moment war sie wieder bei den Frauen im Hof. Das Bildnis Ramloks war klein und hölzern starr. Seine Augen leuchteten in der Sonne. Es sah Taina an. Ihr Kopf dröhnte.

„Höre auch du, Heril!", rief Penta. „Wem schuldest du deine Manneskraft? Es war Ramlok, der dir ein Jahr voll Kraft verlieh. Was er verlieh, das wird er wieder fordern."

„Ich weiß, was ich dir schulde, oh Ramlok!", sprach Heril.

„Hört, ihr Frauen!", rief Penta. „Wir werden Ramlok ein Opfer bringen: Herils Leben!" Sie hob das Schwert.

„Herils Leben! Herils Leben!", schrien die Frauen. Sie begannen vor und zurück zu schwanken. Auch Taina rief die Worte im gleichen Takt, ihr Körper wiegte sich, und das einzige, was sie dachte, war: Ich glühe, und doch ist meine Haut eiskalt.

Da fuhr ein heißer Wind über sie hin, und sie fand sich auf der fahlen Steppe. Vor und neben ihr wogten die dunklen Rücken vieler Pferde.

„Bringt Heril!", hörte sie eine Stimme. Taina schnaubte und blähte die Nüstern. Sie wollte ausbrechen, war aber zwischen den anderen Stuten eingekeilt. Ihre helle Mähne flatterte im Wind.

„Bringt Heril!", rief Penta. Taina war wieder bei den Frauen vor dem Opferstein. Die Alte schob Taina vorwärts zur Ulme.

„Sie meint dein Fohlen. Geh schon!", zischte sie. Taina taumelte nach vorne und zog das Hengstfohlen mit sich.

„Halte seinen Kopf fest. Drücke ihn gegen den Stein", sagte Penta. Taina drückte den Kopf des Fohlens herunter, bis er auf der breiten Holzplatte über dem Opferstein lag. Es sah Taina aus feuchten Augen an. Seine Beine zitterten.

„Ramlok, wir schicken dir Heril!", rief Penta und ließ das Schwert blitzend herabsausen. Es durchschlug den Hals des Fohlens und fuhr tief ins Holz. Der Körper brach im Sand zusammen, den Kopf hielt Taina immer noch fest. Die Frauen schrien. Schon eilte die Alte mit einer Holzschüssel herbei. Perte und Prata hielten den Rumpf an den Hinterbeinen hoch und ließen ihn über der Schüssel ausbluten. Penta griff mit der Hand in das Blut und schmierte sich einen roten Streifen quer über die Stirn. Nun drängten sich die Frauen um sie; Penta strich jeder mit der triefenden Hand übers Gesicht. Auch Taina spürte auf einmal auf ihrer Stirn das heiße Blut. Wo es trocknete, spannte die Haut unter der bröckelnden Kruste.

„Entzündet das Feuer!", rief Penta. Perte kam mit einer brennenden Fackel aus dem Haus gerannt. Jetzt erst sah Taina den mannshohen Holzstoß, der auf der Feuerstelle aufgeschichtet war. Perte stieß die Fackel tief hinein; sofort prasselten die Flammen hoch empor. Penta packte den Fohlenkopf bei der Mähne und schleuderte ihn ins Feuer, dass die Funken sprühten. Die Mähne loderte auf.

Taina starrte in den aufsteigenden Qualm, und schon war sie mitten drin, sie stieg in ihm auf, das Fohlen am Halfter führend, hinaus in die blaue Luft, weit weg. Da war wieder die fahlgelbe Steppe, und der Wind wehte heiß.

„Nun lauf, kleiner Heril", sagte sie. Das Fohlen wieherte und schlug aus. Es trabte einige Schritte weiter, drehte sich noch einmal um und sah Taina an.

„Lauf, mein Fohlen", rief Taina und winkte. „Und grüße Ramlok!" Das Fohlen sprang bockbeinig umher, fiel dann in Galopp und raste davon. Bald war es ein Punkt, der im Horizont versank.

„Trinkt!", rief Heril. „Heute ist ein Festtag! Trinkt mein Bier zu Ehren Ramloks!" Er stand neben einem offenen Fass und schwenkte eine Schöpfkelle. Die Frauen scharten sich um ihn und ließen sich die Krüge mit schäumendem Bier füllen. Nur Taina kauerte noch immer beim Opferstein. Penta brachte ihr einen Krug. „Hier, trink!", sagte sie.

„Ich habe eine Steppe gesehen", flüsterte Taina, „und Pferde."

„Natürlich", lachte Penta. „Ich war auch dabei. Wo ist dein Fohlen jetzt?"

„Ich habe es auf den Weg zu Ramlok geschickt", antwortete Taina und trank gierig aus dem Krug. Das Bier war süßer, als sie es vom „Bunten Pferd" in Stutenhof gewohnt war. Es hatte aber einen seltsam herben Beigeschmack. Auch die kleinen Kuchen hatten so geschmeckt.

Wieder überkam sie die Benommenheit. Sie merkte kaum, wie Heril ihr einen frisch gefüllten Krug in die Hand drückte. Neben ihr war Penta damit beschäftigt, die Hinterbacken des Fohlens mit dem Messer herauszulösen. Taina sah es, aber es war ihr gleichgültig. Perte und Prata steckten die beiden Fleischbatzen auf einen Spieß und schleppten ihn hinüber zum Feuer, wo sie von den anderen Frauen johlend und Krüge schwenkend begrüßt wurden.

„Hört her, Frauen!", rief Penta. „Wir haben ein Opfer gebracht und hoffen, dass Ramlok der Mächtige es annimmt. Ramlok wird uns ein Zeichen geben, ob er uns weiter Kraft und Gesundheit gewährt. Kann Heril den Hengst spielen, ist Ramlok uns gnädig. Kann er es nicht, werden wir auch ihn opfern."

Das wäre schade, dachte Taina in ihrem brausenden Kopf; sie trank noch einen großen Schluck. Halb war sie auf der heißen Steppe und drängte sich mit den anderen Stuten Kruppe an heißer Kruppe, zugleich aber stand sie mit eiskalter Haut in Herils Hof und atmete schwer.

Heril sprang zwischen die Frauen. Er war nackt. „Ihr Frauen!", brüllte er, „ich bin euer Hengst! Seht!" Die Frauen sahen es. Die Kinder schrien vom Haus her in ehrfürchtigem Entsetzen. Tainas Beine zitterten.

Heril warf die Arme hoch und stampfte mit großen Schritten im Kreis herum. „In mir ist Ramlok!", brüllte er. „Wo ist die neue Stute?"

„Hier steht sie!", hörte Taina ein paar Frauen neben sich rufen. Jemand packte ihre Hand und zog sie hinüber zum Holzgestell mit dem Pferdekopf, dessen Zweck sie nie verstanden hatte. Jetzt begriff sie, und als Perte und Prata sie ergriffen und rittlings drauf setzten, legte sie sich schon von selbst nach vorne auf den Bauch, bis ihr Kopf gegen den hölzernen Pferdekopf stieß. Penta hob Tainas Röcke hoch und warf sie ihr über den Kopf: „Da hast du deine Stute, Heril!"

Im Dunkel ihrer Röcke schloss Taina die Augen und erwartete Heril. Zugleich war sie die Stute auf der hellen Steppe, bedrängt von einem riesigen Hengst. Und dann sah sie von weit oben zu, was geschah: Dort unten im Hof wimmelten kleine Gestalten, die im Gleichtakt hüpften und schrien, während in ihrer Mitte der Hengst eine neue Stute deckte. Dann versank sie in blauer Leere.

*

Die Frauen saßen am Kaminfeuer. Einige bessertern Geräte und Kleidungsstücke aus, andere hatten Unschlitt ausgekocht und zogen Talglichter. Draußen rüttelte der Sturm an den Läden.

„Hört nur, wie das neue Jahr sich austobt", plauderte Penta. „Wenn du dich so vorbeugst, Taina, sieht man schon, dass du schwanger bist." Taina nickte. Sie hielt den Kopf über eine Näharbeit gebeugt, so dass die Haare nach vorne fielen und ihr Gesicht verdeckten.

„Auch du hast Ramloks Segen abbekommen", fuhr Penta fort. „Gut für deine Schwangerschaft; du wirst ein strammes Kind gebären, Heril wird stolz sein."

„Penta, ich möchte dich alleine sprechen", flüsterte Taina. Penta sah sie prüfend an, stand dann auf und ging voraus in die Küche.

„Also?"

„Penta, ich weiß nicht, ob Heril der Vater ist. Wenige Wochen davor war da ein anderer Mann ..."

„Und? Hat dir die Mondfrau kein Zeichen gegeben?"

„Es war eine unruhige Zeit voller Angst und Not. Ich hatte der Mondfrau kurz vorher geopfert und seither nicht wieder."

Die beiden Frauen sahen sich an. Penta sagte: „Heril duldet auf seinem Hof kein Kind, dessen Vater er vielleicht nicht ist. Du wirst morgen früh den Hof verlassen."

In der Morgendämmerung trat Taina durch die kleine Pforte hinaus ins Freie. Die Alte reichte ihr wortlos den Rucksack und eine zusammengerollte Decke; dann schloss sie die Tür. Der Wind hatte sich gelegt, doch war es sehr kalt geworden. Eine dünne Schneeschicht bedeckte alles weiß. Taina hüllte sich in die Decke, warf den Rucksack über eine Schulter und ging der Morgensonne entgegen.

Hier wurde ich hinausgeworfen, dachte sie, aber in Stutenhof warfen sie Steine nach mir. Ich kann dorthin nicht zurück. Dann erinnerte sich Taina an ihre Kindheit in Ailat-Stadt, wie sie für ihre Besitzer betteln musste, welche Gefälligkeiten sie zahlenden Kunden erweisen musste. Schließlich war sie geflohen, in irgendein fernes Dorf, wo sie niemand kannte. Und dann war sie Tok-aglur begegnet, der sie sitzen ließ. Zuletzt nun dies. Sie lachte bitter. Ich möchte nicht zurück zu den Menschen. Ich möchte allein sein, und wenn ich umkomme. Ich möchte zurück zum Gnomfluss.

Während sie durch den Schnee stapfte, hatte sie eine unklare Vorstellung, wie sie erfroren im Schnee lag, während Wölfe sich hungrig anschlichen. Und wenn schon, dachte sie. Gimkin kann mir helfen. Ich muss ihn nur finden.

Mittags hatte sie den Schweinsberg erreicht, an dessen Fuß Stutenhof seine friedlichen Rauchfahnen in die Winterluft schickte. Im Osten blinkten die Stromschnellen des Gnomflusses. Nahe bei Stutenhof überquerte sie die alte Holzbrücke zum südlichen Ufer und wandte sich flussaufwärts.

Bevor es dunkel wurde, fand Taina eine hohle Eiche, in die sie hineinklettern konnte. Sie nützte das restliche Tageslicht, um die Höhlung mit trockenem Laub auszufüllen, das sie unter den Eichenkronen zusammenscharrte. Dann verkroch sie sich darin und versuchte, in ihre Decke gehüllt, zu schlafen.

Nachts begann es wieder zu stürmen. Die morsche Eiche knarrte und zitterte; durch Ritzen und Löcher jagte der Wind, und Taina fror bis auf die Knochen. Bei Morgengrauen verließ sie ihren Unterschlupf, ohne einen Augenblick geschlafen zu haben, und ihr war so kalt, dass sie, in ihre Decke gehüllt, zitternd und gekrümmt einher taumelte.

Die Ufer waren vereist, aber in der Mitte des Flusses brauste das Wasser noch ungehindert. Nach einigen Stunden erreichte Taina die Stelle, an der sie sich damals von Gimkin verabschiedet hatte. Jetzt erst ging ihr die Sinnlosigkeit ihrer Suche auf. Wie findet man einen Gnom, dessen Zuhause das Berginnere ist? Hatte sie geglaubt, er würde hier sitzen und auf sie warten?

Sie stolperte weiter. Da war die Stelle, wo Gimkin den Fisch gebraten und sie ihm einen Kuss gegeben hatte.

„Ach, Gimkin, mein Freund", flüsterte Taina, „wo bist du nur?"

„Hör mal her", quäkte eine feine Stimme. Taina zuckte zusammen und sah sich um. Niemand war zu sehen.

„He, du, hörst du mich?" Es schien vom Boden neben Tainas Füßen zu kommen, aber dort lagen nur Steine.

„Ich höre dich, aber ich sehe dich nicht."

„Du siehst mich. Ich bin ein Stein. Welchen Gimkin meinst du?"

„Gimkin vom Pelkoll", sagte Taina verdutzt. Sie konnte nicht feststellen, welcher der vielen Steine mit ihr sprach.

„Dann habe ich eine Nachricht für dich", quäkte es.

„Eine Nachricht von Gimkin?", jubelte Taina. „Lieber Stein, sag schnell!"

„Ich soll ausrichten, er sei seinem Oheim flussabwärts entgegen gegangen, gedenke aber bei Anbruch der Nacht wieder hier zu sein."

„Wieso? Sein Oheim ist doch längst ..." Da verstand Taina.

„Soll ich es wiederholen?"

„Nein danke, Stein", flüsterte Taina. „Aber weißt du, wo Gimkin zu Hause ist?"

Stille. Der Auftrag des Steines war erledigt. Das Gefühl hoffnungsloser Einsamkeit brach über Taina herein. Jetzt spürte sie wieder die Kälte. Nie konnte sie alleine hier überleben! Um in Stutenhof Gnade und Aufnahme zu erflehen, war es zu spät; nie würde sie bis dorthin kommen, denn schon die kommende Nacht würde sie nicht mehr durchstehen. Was blieb ihr, als sitzen zu bleiben und auf das Erfrieren zu warten?

Sie spürte das Kind sich in ihr regen. „Du armer Wurm", flüsterte sie, „wer soll dich wärmen, wenn ich erfroren bin?" Ihr fiel das Felsending ein, das sie einst gewärmt hatte, das Flusstrollweib, wie Gimkin es nannte. Taina erhob sich mühsam und stolperte weiter.

Es dämmerte schon, als ihr die Gegend vertrauter erschien. Taina taumelte vor Schwäche. Als sie stehen blieb und sich umsehen wollte, wurde ihr schwindlig, und sie musste sich an einem Baumstamm festhalten.

Viele Felsblöcke lagen am Ufer, einer davon war vielleicht das lebende Felsending. Aber es konnte genauso gut längst woanders sein.

„Hallo!", rief Taina mit schwacher Stimme. „Wo bist du?"

Keine Antwort. Sie starrte die Felsblöcke an, die grau und klobig am Ufer lagen.

„Ich brauche Hilfe! Hörst du mich? Ich kann nicht mehr!"

Das Wasser sprudelte an den Felsen vorbei und gluckste unter den Eisplatten am Uferrand. Taina fühlte sich beobachtet. In den Baumwipfeln rauschte drohend der Wind.

„Bitte, in Frenas Namen! Wenn du hier bist, dann antworte!"

Ein paar Krähen flogen krächzend auf. Irgendwo hinter Taina knackte etwas im Wald. Taina sah sich verstört um. In ihr war der bohrende Gedanke: Du bist ganz alleine hier, niemand hört dich, nur Wölfe wirst du herbeirufen, oder die scheußlichen Chrebil.

„Frena?", brummte eine Bassstimme. „Was kann Frena für deine Dummheit?"

Ein heißes Glücksgefühl durchjagte Taina. Das Felsending hatte geantwortet!

„Wo bist du?", fragte sie. Keine Antwort. Die Verzweiflung kroch wieder in Taina hoch.

„Ich sterbe, wenn du mir nicht hilfst!", schrie sie.

„Dann stirb", knurrte es. „Keiner hat dich gebeten, hier herum zu laufen." Jetzt hatte Taina den Felsen ausgemacht, von dem die Stimme ausging. Sie sprach ihn direkt an.

„Du hast mir schon einmal das Leben gerettet! Weißt du nicht mehr?"

„Was hat es genützt?", kam es unwirsch zurück. „Jetzt stirbst du doch."

„Ich will nicht sterben, ich will nicht!"

„Alle sterben einmal", grollte es. „Du bist nichts Besonderes. Lass mich zufrieden."

Taina brach schluchzend zusammen. Jetzt war alles aus. An der Hartherzigkeit dieses Felsendings war ihre letzte Hoffnung gescheitert. Ihr Kind würde nie geboren werden. Sie sprang in verzweifelter Wut auf.

„Du stures Stück Dreck!", schrie sie mit überschnappender Stimme. „Was hat mein Kind dir getan, dass du es sterben lässt? Hat es kein Recht, geboren zu werden? Was bist du Besonderes, dass du so hartherzig bist? Soll Frena dir verzeihen, du herzloser Klumpen, ich tu's nicht!" Schwer atmend stand sie da. Eine Antwort bekam sie nicht. Sie bückte sich, um einen Stein aufzuheben, den sie auf das Felsending schleudern konnte. Aber alle Steine waren im Eis des Ufers festgefroren. Hilflos weinend sackte sie zu Boden.

Wenige Schritte hinter sich hörte sie ein Knurren. Sie fuhr herum. Dort standen im Dämmerlicht zwei Wölfe, grau gegen den Schnee. Geduckt, die Schwänze eingeklemmt, die Ohren zurückgelegt, trabten sie jetzt im Halbkreis etwas näher. Sie knurrten wieder. Taina sprang auf. Die Wölfe wichen etwas zurück, kamen aber gleich wieder heran. Ihr Knurren wurde lauter, die Ohren waren jetzt steil hochgestellt, sie hechelten gierig.

Da fuhr etwas Graues, Massiges an Taina vorbei und schmetterte auf den einen Wolf herab, dass das Blut herausplatzte. Im selben Moment ergriff diese Riesenfaust den anderen Wolf und schlug ihn gegen den vereisten Boden. All das hatte keinen Atemzug lang gedauert, und als Taina sich zu dem Felsending umdrehte, war alles wie zuvor.

„Du bist schwanger, höre ich", brummte die Bassstimme.

„Ja", flüsterte Taina verstört.

„Ich hab mir immer ein Kind gewünscht", murrte das Felsending. „Aber ich war nicht hübsch genug." Taina starrte ihr Gegenüber mit offenem Mund an. Sie erinnerte sich: Gimkin hatte es das Flusstrollweib genannt. Aber an diesem krötenähnlichen Felskloß war beim besten Willen nichts Weibliches zu erkennen.

„Ich werde dir jetzt helfen", grollte das Ding. „Aber wenn das Kind da ist, will ich es haben."

*

Vor mehr als hundert Jahren war das Flusstrollweib auf ihren ziellosen Wanderungen zum Gnomfluss gekommen. Dieser Fluss gefiel ihr wegen der Forellen, wegen der Felsen am Wasser und der Wälder, vor allem aber weil wenigstens hin und wieder ein Gnom vorbeikam und mit ihr sprach. Denn sie war einsam. Hässlich war sie und obendrein die einzige ihrer Art. Wenn nicht ein Felsentroll einst eine Flussnixe am Ufer überrascht hätte, dann hätte es auch sie nie gegeben. Sie war schon bei der Geburt so hässlich, dass die Nixe nur einen Blick auf ihr Kind warf, es erschreckt fallen ließ und in den Wellen verschwand. Da zeigte sich die Überlebensfähigkeit, die das unförmige Balg von seinem Trollvater geerbt hatte. Es schlug sich von der ersten Stunde an alleine durch; niemand half ihm, niemand redete mit ihm. Erst die Gnome, die sich an dem felsenhaften Aussehen des Flusstrollweibes nicht störten, brachten ihr das Sprechen bei. Zunächst lernte sie deren Gute Sprache der Berge, dann, da ja viel Zeit war, auch die vergleichsweise sehr einfache Sprache der Menschen hierzulande. Nun hatte das Flusstrollweib etwas, womit sie sich in den langen Zeiten der Einsamkeit beschäftigen konnte; sie sprach mit sich selbst. Sie nannte sich Squompahin-laschre, das bedeutet in der Sprache der Gnome „alter, einsamer Fisch".

Im letzten Jahr war jedoch viel geschehen. An die Nacht, als sie Taina gewärmt und vor den Chrebil versteckt hatte, musste sie noch lange denken. Als das zitternde Mädchen sich zufällig gegen sie lehnte, hatte sie ihren Arm um es gelegt, ganz gegen ihre Überzeugung. Sie kam sich deswegen noch lange dumm vor. So etwas sollte ihr nicht wieder passieren, nahm sie sich vor. Und nun war es doch passiert; sie hatte sich auf Monate mit Taina eingelassen und, sie warf es sich grimmig vor, sie sogar liebgewonnen. Aber das Kind würde sie behalten. Sie war lange genug einsam gewesen. Sie hatte ein Recht darauf.

*

Zur bevorstehenden Geburt hatten zwei Gnomfrauen ihre Hilfe angeboten. Seit einigen Tagen stand nahebei ihr kleines Zelt. Die Abende waren mild und voller Blütendüfte, und so hockten sie gerne bis spät in die Nacht mit Taina und Squompahin-laschre am Ufer. Beide hatten braune, kleine Gesichter mit vielen

Falten, und ihre weißen Haare waren so straff zu Zöpfen geflochten, dass die spitzen, großen Ohren weit vom Kopf abstanden.

Gilse klopfte ihr Pfeifchen aus und wandte sich Gemmele zu, die im Rucksack stöberte. Sie sprach leise zu ihr in der kehligen, wohlklingenden Sprache der Gnome. Gemmele zog ihren Kopf aus dem Rucksack und erwiderte: „Verehrte Gilse! Ich halte dafür, dass wir Taina zuliebe auf den Gebrauch der Guten Sprache der Berge verzichten. Im übrigen pflichte ich dir bei; auch mir ist nicht entgangen, dass unsere liebe Taina zunehmend betrübt wirkt." Sie wandte sich Taina zu. „Nicht wahr, meine Teuerste? Verhehlt uns nicht, so Euch etwas bedrückt. Ist es die bevorstehende Niederkunft?"

Taina schüttelte den Kopf. „Nein, Gemmele. Es ist, dass ich mein Kind weggeben soll. Ich spüre es in mir und freue mich, und dann fällt mir ein, dass Laschre nur darauf wartet, es mir wegzunehmen." Sie begann zu weinen. Die Gnomfrauen sprangen gleichzeitig auf, wobei Gemmele ihren Rucksack umstieß und Gilse darüber stolperte. Sie stellten sich vor Taina. Da diese kniete, konnten sie ihre Köpfe nahe an deren Gesicht bringen und ihr eindringlich in die Augen sehen.

„Habt nur Mut!", rief Gilse, und Gemmele rief: „Verzaget nicht!" Aber Taina weinte nur noch mehr. Die beiden Gnomfrauen sahen einander besorgt an.

„Hört, meine Liebe", versuchte Gilse es erneut. „Man weiß nie, was Atne, die Göttin des Glücks, für uns bereithält. Vielleicht findet sich später eine Lösung, an die wir jetzt nicht denken."

„Es ist wohlgetan, dass du an Atne denkst, liebe Gilse", warf Gemmele ein. „Wir sollten aber auch Frenas, der Schützerin der Frauen, gedenken, die sicher bei Atne ein Wörtlein einlegen kann. Ein Opfer mag sie beide günstiger stimmen, nicht wahr?"

„Du hast recht wie immer, kluge Gemmele," lobte Gilse. Sie nahm Taina bei der Hand. „Kommt, meine Liebe, und lasst uns das Opfer vorbereiten. Es wird Euch auf andere Gedanken bringen."

Taina nickte und wischte sich über die Augen. „Ihr seid beide sehr lieb. Ich danke euch für den guten Rat."

Gemmele hatte in der Nähe einen Ort gesehen, den sie sehr passend fand; eine kleine Waldlichtung, eingesäumt von weiß blühenden Schlehensträuchern, und in der Mitte stand ein einzelner Elsbeerenbusch, ebenfalls von weißen Blüten bedeckt.

„Dies deucht mir der richtige Ort, um Frena ein Opfer zu bringen", sagte Gilse, und Gemmele nickte voller Entdeckerstolz. Auch Taina konnte sich der heiteren und doch feierlichen Stimmung dieser kleinen Waldwiese nicht entziehen.

„Überlegt, Taina, was Ihr Frena darbringen könntet", sagte Gemmele.

„Ich will Frena meine schönen Haare schenken." Taina nahm die hellgoldenen Strähnen, die bis zur Hüfte reichten, in ihre Hand und hielt sie hoch.

„Sie haben Tok-aglur gefallen. Doch wo ist er jetzt? Ich will ihn vergessen; nur an mein Kind will ich denken. – Gebt mir ein Messer."

Gilse hatte ein kleines, scharfes Messer dabei, und Taina begann, die Haare Strähne für Strähne abzuschneiden. Einmal hielt sie seufzend inne, dann schnitt sie entschlossen weiter. Gemmele sammelte die Strähnen in ihrem hochgehaltenen Rock.

„Und jetzt?", fragte Gilse.

„Jetzt", sagte Taina, „ schmücken wir den Elsbeerenbusch damit." Sie nahm eine Strähne und lief auf den Busch in der Mitte der Lichtung zu, dessen weiße Blütendolden im Sonnenlicht strahlten.

„Kommt und helft mir!", rief sie. Sie schüttelte die Haarsträhne auseinander, dass die Haare sich golden flimmernd über die Blüten verteilten und in der Sonne glitzerten. Gilse und Gemmele waren nachgekommen und zerzausten jetzt ebenfalls goldene Strähnen, um die Blütenzweige zu schmücken.

„Wunderschön ist das", seufzte Gemmele und trat einen Schritt zurück. Sie prallte gegen etwas Massiges, das sich grob und kühl anfühlte. Erschreckt fuhr sie herum. Da saß das Flusstrollweib.

„Was machst du denn hier?", fragte Gemmele, vor Überraschung ganz ohne Höflichkeit. Keine Antwort.

Da nahm Taina eine Haarsträhne und hielt sie Squompahin-laschre hin.

„Mach mit, Laschre. Hilf uns den Blütenbusch schmücken." Das Flusstrollweib rührte sich nicht. Taina hielt ihren Arm weiterhin ausgestreckt. „Frena zu Ehren."

Langsam hob sich ihr eine graue Pranke entgegen und öffnete sich. Taina legte die Strähne vorsichtig hinein. Squompahin-laschre streckte ihren massigen Arm hoch über den Elsbeerenbusch. Die Strähne hielt sie mit drei klobigen

Fingern gegen die Sonne, und in einer leichten Brise tanzten die Haare golden flirrend durch die blaue Luft auf die Blüten herab.

„Oooh", seufzte Gemmele entzückt. Doch als sie sich wieder nach Squompahin-laschre umdrehten, sahen sie gerade noch, wie ihr massiger Körper in vierbeinig wiegendem Passgang im Wald verschwand.

*

Auf dem Heimweg fragte Taina: „Und wie erfahren wir, ob Frena unser Geschenk gefiel?"

„Das ist höchst schwierig zu entscheiden, meine verehrte Taina", antwortete Gilse.

„Die Zukunft mag es erweisen", fügte Gemmele hinzu. „Aber genau weiß man es nie, liebe Taina. Denn vielleicht wäre es Euch ohne Opfer genauso gut ergangen; oder, sofern es Euch schlecht gehen sollte, vielleicht wäre die Unbill ohne Frenas Schutz noch größer, wer weiß?"

„Nur äußerst selten kommt es vor", warf Gilse ein, „dass Frena einer Opfernden ein wirklich deutliches Zeichen gibt. Und in unserem Fall fiel heute wohl nichts Entsprechendes vor."

„Höchstens, dass Laschre dazu kam und mitmachte", meinte Taina.

„Ja, das war fast ein Wunder, liebe Taina."

„Da ist es mit Atne doch viel klarer", sagte Gemmele, die noch mit der vorigen Frage beschäftigt war. „Da hat man doch gleich gewisse Kunde."

„Wieso?", fragte Taina.

„Nun, liebe Taina, wisst Ihr das nicht? Der Göttin des Glücks zu opfern ist wie ein Glücksspiel. Man schenkt ihr nichts, man macht einen Einsatz. Verliert man ihn, so weiß man, dass Atne nicht hold gesinnt war."

„Mir fällt eben bei, wie wir Atne opfern können", rief Gilse eifrig. „Ähnlich wie es Gneli, unser altehrwürdiger Klanchef einmal tat!"

„Dies ist ein trefflicher Hinweis!", stimmte Gemmele zu. „Kommt schnell, Taina!" Voller Tatendrang fasste sie Tainas Hand und wollte loseilen.

„He!", rief Taina. „Ich kann nicht so rennen!" Sie hielt ihren schwangeren Leib mit beiden Händen. Den ganzen Heimweg über machte sich die arme Gemmele Selbstvorwürfe und war gar nicht zu beruhigen.

Nachdem sie am Ufer einige Forellen gebraten und gegessen hatten, sagte Gilse: „ Nun wollen wir uns dem Opfer für Atne zuwenden. Sagt an, teure Taina, was führt Ihr an wertvollem Gut mit Euch, mit dem wir das Glück zu prüfen vermöchten?"

„Ich hab eigentlich gar nichts", sagte Taina. „Vielleicht die Wolldecke?"

„Nein, liebe Taina. Aber was ist mit dem Amulett, das Ihr tragt?"

„Das hab ich ganz vergessen." Taina hielt es vor ihre Augen. Der winzige metallene Schild glitzerte in der Sonne.

„Wozu es wohl taugen soll? Ganz gleich, ich opfere es."

Gilse nahm ihr das Amulett vom Hals und holte ihre Steinschleuder hervor: eine kleine Ledertasche an zwei langen Riemen. „Hört zu, Taina. Ich werde das Amulett in die Höhe schleudern. Wenn es wieder herunterfällt, müsst Ihr es auffangen. Gelingt es Euch, so ist Atne Euch wohlgesonnen. Fällt es aber in den Fluss oder zwischen die Steine am Ufer, so dass es verloren ist, nun, dann war Atne euch nicht hold."

„Und macht Euch keine Sorgen", warf Gemmele ein. „Sollte auch das Amulett jetzt verloren gehen, bedeutet solches nicht viel. Denn wankelmütig ist Atne! Wen sie heute missachtet, den mag sie schon morgen verwöhnen."

„Und umgekehrt", murmelte Taina düster.

„Nun ja", gab Gemmele zu. „Doch lasst uns beginnen."

Gilse legte das Amulett in die Ledertasche und wirbelte sie an den Riemen herum, zwei-, dreimal und immer schneller, bis mit einem Ruck das Amulett glitzernd in die Höhe schoss und gegen den blauen Himmel kaum noch zu sehen war.

Im selben Moment stieß ein Vogel von einem benachbarten Baumwipfel ab. Taina sah, wie er, schwarzweiß mit langen Schwanzfedern, hoch über ihr flatternd verharrte, das Amulett packte und dann in langgestreckten Bögen über den Wald wegflog.

„Was war das?", fragte Taina mit offenem Mund.

„Eine Elster wohl", sagte Gemmele, „aber fragt mich bitte nicht, was das jetzt zu bedeuten hat."

*

Die ersten Wehen setzten drei Tage später ein, in der sechzehnten Nacht des Schlehenmonats. Die Mondsichel war so dünn wie ein Messer. Doch Tainas scharfen Augen reichte das Licht der Sterne, um die Umrisse der beiden Gnomfrauen am Ufer und wenige Schritte entfernt die massigen Konturen des Flusstrollweibs zu erkennen.

„Dies wird eine böse Nacht", murmelte Gilse. Taina, die sich gerade von den Wehen erholte, sah erschreckt auf.

„Nein, nicht Eurer Wehen halber", beeilte sich Gilse zu sagen. „Es ist die Nacht Taras, der Jagdgöttin."

Taina erinnerte sich. In dieser Nacht war Tara toll vor Zorn und Lust. Sie jagte durch die Wälder, über die Ebenen, unter den Wolken hin. Vor Morgengrauen wollte sie ihr Opfer haben. Taina schüttelte sich.

„Ihr wisst, Taina, dass unten im Pelkoll uns Tara ziemlich gleichgültig sein kann", plauderte Gemmele. „Aber nun sind wir hier draußen am Fluss." Gilse nickte bedeutsam.

Taina hörte nicht mehr zu. Die Wehen hatten sie erneut gepackt, und sie stöhnte laut vor Schmerzen. Zwar kaute sie Streifen von Weidenrinde und andere Kräuter, welche die Gnomfrauen ihr zur Schmerzlinderung besorgt hatten, aber dennoch – die Schmerzen in ihrem Leib schienen sie zu zerreißen.

„Hab dich nicht so", brummte Laschre. „Wenn du jetzt schon jammerst, wie wirst du erst bei der Geburt schreien?"

„Was faselt Ihr", tadelte Gemmele. „Ihr macht es unserer lieben Taina dadurch ..."

Eine kreischende Horde brach über sie herein. Überall glühten rote Augen im Nachtdunkel. Schwarze Gestalten trampelten über Taina hinweg, die sich am Boden in ihren Wehen krümmte. Kreischen und Knurren gellten ihr in die Ohren, dazu dumpfe Geräusche kämpfender Leiber. Alles aber übertönte plötzlich Laschres Bass: „Fahrt zur Hölle, Chrebil!"

Taina hörte mehr, als sie sah, wie Laschres Riesenfäuste mit blitzschnellen, wuchtigen Schlägen unter den Chrebil wüteten. Diese heulten entsetzt auf, doch wenige Momente später war alles still.

Taina sah das Ufer bedeckt von toten Chrebil, dazwischen kauerte Gilse und beugte sich über eine reglose Gestalt.

„Meine liebe Gemmele", flüsterte Gilse. „Hörst du mich?" Doch die arme Gemmele rührte sich nicht. Gilse schluchzte auf und nahm Gemmele in ihre

Arme. Dann, im Sitzen gleichförmig vor- und zurückschwankend, stimmte sie ein leises Klagelied an in der Guten Sprache der Berge.

Taina setzte sich weinend dazu. Auch Laschre wuchtete sich herbei und brummte, man hätte besser aufpassen sollen. Sie alle wussten, welch gütiges Wesen sie mit Gemmele verloren hatten. So hockten sie beieinander; Gilse leise singend, Taina schluchzend, Laschre verhalten brummend, während sie einen toten Chrebil nach dem anderen in den Fluss warf und davontreiben ließ.

Wieder setzten die Wehen ein. Taina unterdrückte ein Stöhnen nur mühsam. Gilse legte Gemmeles Leichnam behutsam auf die Uferkiesel und wandte sich um.

„Über den Toten dürfen wir die Lebenden nicht vergessen", sagte sie. „Da die arme Gemmele nicht mehr unter uns weilt, müsst Ihr mithelfen, werte Squompahin-laschre."

„Was soll ich da helfen können?", brummte Laschre.

„Oh, gerade Eure beachtliche Kraft ist hier gefragt, meine Teure. Und nun ziert Euch nicht, sondern haltet Taina unter den Achseln hoch und stützt sie, dass sie bequem in hockender Stellung zu verharren vermag." Die letzten Worte sprach Gilse sehr dringlich, denn Tainas Stöhnen war lauter geworden, auch wurden die Pausen zwischen den einzelnen Wehen immer kürzer. So streckte Laschre ihre Arme wie dicke graue Balken nach vorne, griff unter Tainas Achseln und hob sie leicht vom Boden ab. Gilse aber kniete sich neben Taina; sie sprach beruhigende und zugleich lobend-anfeuernde Worte. Zwischendurch wischte sie mit einem feuchten Tuch die Schweißtropfen von Tainas Stirn oder legte ihre Hand prüfend auf Tainas Bauch.

„Gilse", keuchte Taina, „ich glaube nicht, dass ich das durchhalte."

„Mein Kindchen, es geht vorbei, auch wenn es jetzt schlimm ist."

„Gilse, sterben wäre wohl leichter."

„Mein Liebes, atme jetzt tüchtig durch, statt so töricht zu reden. Und jetzt drücke wieder, drücke!"

„Gilse, es wird immer schlimmer!", stöhnte Taina, und dann schrie sie vor Schmerzen laut. Doch Gilse war bereits dabei, mit geschickten Händen das Neugeborene entgegenzunehmen; erst den Kopf und wenige Momente später das ganze Körperchen. Sie hielt es an den Füßen hoch und säuberte Mund und Nase, bis das Kleine ein schwaches, hohes Wimmern von sich gab.

„Recht so", kicherte Gilse, „schrei nur tüchtig." Gegen den grau dämmernden Himmel war das Kind, das sie noch immer an den Beinen hochhielt, deutlich zu erkennen. „Und sehet nur, der neue Tag bricht an!" Gilse hüllte rasch das Neugeborene in eine bereitgelegte Decke. Sie band die Nabelschnur ab und schnitt sie durch.

„Squompahin-laschre, seid nun so gütig, unsere Taina vorsichtig zu Boden gleiten zu lassen", sagte sie. Dann legte sie das eingehüllte Kind in Tainas Arme.

„Hier, meine Liebe. Es ist ein Junge, gesund und erstaunlich kräftig. Ihr könnt Euch freuen."

*

Taina erwachte vom Greinen eines Säuglings. Ihr Kind! Es war nicht mehr in ihren Armen! Sie fuhr hoch und sah sich um. Wenige Schritte weiter hockte die massige Gestalt Laschres in der Abendsonne. Sie hatte das Kind in ihrer Pranke und hielt ihm eine kleine zappelnde Forelle vor.

„Lass das Schreien", knurrte sie. „Friss endlich den Fisch."

„Laschre!", schrie Taina. „Mein Kind, was machst du mit meinem Kind!"

„Halt dich raus", brummte Laschre. „Es ist meines. Ich füttere es."

„Gib mein Kind zurück", kreischte Taina und stürzte sich auf Laschre. Diese wehrte Taina mit einem kleinen Ruck ihres klobigen Ellbogens ab. Taina wurde auf den Boden geschleudert, dass die Uferkiesel rasselten. Laschre aber schlenkerte unbekümmert das Fischlein vor dem Gesicht des Kindes hin und her. Heulend vor Zorn und Verzweiflung rappelte Taina sich hoch und stürzte sich erneut auf Laschre, nur um wieder rücklings auf den Ufersteinen zu landen.

„Lass das", brummte Laschre. „Was wir im Winter ausmachten, gilt."

„Ich habe es geboren", zischte Taina. Vor ohnmächtiger Wut krallte sie sich in die eigenen Schenkel, dass das Blut zu fließen begann. „Und es braucht mich jetzt!"

Aber Laschre hörte nicht mehr zu. Sie versuchte die junge Forelle dem Kind in den Mund zu stopfen. Das Kind begann zu husten, seine Ärmchen flatterten ziellos auf und ab.

„Du Vieh!", kreischte Taina mit überschnappender Stimme. „Du bringst es um!"

Das Ufer entlang kam Gilse mit eilig trippelnden Schritten gerannt. „Verzeiht meine längere Abwesenheit", rief sie atemlos, „aber ich musste im Pelkoll Bescheid geben wegen der armen Gemmele. Nun sagt bitte, weshalb Ihr so schreit?"

„Mein Kind!", rief Taina, „Laschre will mein Kind umbringen!"

„Dummheit", brummte Laschre. „Ich füttere es. Jetzt ist es satt; es schreit auch nicht mehr." Das Kind lag in Laschres Pranke, die kleinen Arme und Beine zuckten nur schwach.

„Ich fürchte, es erstickt gerade", sagte Gilse und ging auf Laschre zu. „Gebt es schnell her, vielleicht kann ich es noch retten."

Laschre hielt ihr verdutzt das reglose Körperchen hin. Gilse nahm es an den Fersen hoch, schüttelte es ruckweise und schaute immer wieder in seinen krampfhaft geöffneten Mund. Plötzlich griff sie mit zwei Fingern hinein und zog den kleinen Fisch am Schwanz heraus. Das Kind regte sich noch immer nicht. Gilse drückte ihren Mund an den seinen und begann es zu beatmen. Laschre und Taina sahen hilflos zu.

Erst allmählich fingen die Arme des Kindes an, ein wenig zu zucken.

„Ich glaube, es lebt", hauchte Taina. Gilse jedoch ließ nicht nach, dem Kind ihren Atem einzuflößen. Nun bewegten sich die Ärmchen kräftiger. Man sah, dass der kleine Leib sich von selber atmend hob und senkte.

„Es lebt", flüsterte Taina. „Mein Kind!"

Gilse hüllte das Kind in seine Decke und stellte sich, es im Arme haltend, vor Laschre hin.

„Meine verehrte Squompahin-laschre", sagte sie streng. „Dies ist kein Kind, wie Ihr es wart. Es hat, wie Ihr wohl sehen könnt, noch nicht einmal Zähne. Es muss gesäugt werden wie ein blindes Kaninchenjunges. Und da Ihr keine Brüste habt mit Milch, müsst Ihr es Taina anvertrauen. Sonst wird es sterben."

Es war lange Zeit ganz still. Die Sonne hatte das Flusstal verlassen: es wurde kühl. Man hörte abendliches Gurren der Tauben in den Baumwipfeln und das schnelle Plätschern und Gurgeln des Wassers zwischen den Ufersteinen. Taina setzte sich hin, denn sie war erschöpft. Gilse hielt das Kind in ihren Armen.

„Es ist mein Kind", brummte Laschre. „Taina mag es säugen, bis es stark genug ist, Fisch zu fressen." Taina atmete auf.

„Aber es bleibt mein Kind", wiederholte Laschre. „Darauf habe ich lange gewartet. Und ich gebe ihm den Namen. Es heißt Sorle-a-glach."

„Was bedeutet das?", fragte Taina Gilse.

„Das sind Worte aus der Guten Sprache der Berge", antwortete Gilse, „und sie heißen: Molch ohne Vater."

*

Taina stillte ihr Kind und summte vor sich hin. Laschre hockte massig daneben.

„Deine Milch schmeckt dem Kind", brummte sie.

„Ja."

„Das Kind hat hinten einen Fleck."

„Ich weiß. Ein umgekehrtes Herz auf dem Po."

„Was bedeutet das?"

„Dass sein Vater Tok-aglur ist."

„Ist das wichtig?"

„Ja."

Laschres Pranke fuhr ins Wasser und holte einen zappelnden Flusskrebs an die Luft. Sie hielt ihn Taina hin.

„Da! Der Schwanz ist weich. Den Rest gib mir."

Taina packte den Krebs am graugrünen Rücken. Er fuchtelte mit den Zangen und schlug den Schwanz vor und zurück.

„Danke, Laschre", sagte Taina und biss zu.

„Weißt du", nuschelte sie kauend, „ich möchte mal wieder was andres essen als rohen Fisch und so. Brot! Früchte! Braten! Honig! Du lieber Himmel, waren das Zeiten!"

„Du musst nehmen, was du kriegst."

„Sei nicht böse, Laschre. Du hast mich gut versorgt. Doch ohne Ramloks Segen hätte ich den Winter vielleicht nicht durchgestanden."

„Ramlok! Pah!"

„Was hast du gegen ihn?"

„Ein Männergott!"

„Wieso? Männer haben manchmal auch ihr Gutes."

Laschre brummte etwas Unverständliches. Taina nahm das Kind hoch und legte es vorsichtig an die andere Brust. Da hörte sie in der Nähe einen Eichelhäher warnend krächzen. Sie blickte auf. Den Fluss herauf näherte sich eine Gruppe von Gnomen. Vier von ihnen trugen an Stangen einen Tragestuhl, in dem eine zusammengekauerte Gestalt saß. Taina erkannte Gilse unter den vorderen Gnomen und winkte ihr zu. Gilse grüßte aber nicht zurück. Als die Gnome näher kamen, sah Taina, dass Gilse mit beiden Händen einen zugedeckten Steinkrug so vorsichtig in den Händen hielt, dass sie nicht einmal lächeln konnte. Jetzt waren sie herangekommen. Der Tragestuhl wurde abgestellt, und hinter ihm tauchte – als einer der Träger – Gimkin auf.

„Gimkin!", schrie Taina. „Mein Lieber!" Sie sah sich nach einer geeigneten Stelle um, wo sie ihr Kind ablegen konnte, aber schon stand Gimkin vor ihr und hob abwehrend die Hände.

„Liebste Taina! Behaltet das Kind im Arm, auf dass Ihr als liebreizendes Bild der Mutterschaft uns allen die Herzen öffnet. Wer hätte ein solch erquickliches Wiedersehen erhoffen mögen, als wir unter traurigsten Umständen uns trennten!" Gimkin hob feierlich die Hände. „Und nun, Teuerste, lasset mich Euch unserem Altvater der Pelkoll-Sippe vorstellen, dem höchst ehrenwerten Gnomenfürsten Gneli dem Gewaltigen!"

Er wandte sich der zusammengekrümmten Gestalt im Tragestuhl zu. „Oh Gneli, Altehrwürdiger! Hier steht mit ihrem Kind die junge Frau Taina; eine Menschenfrau zwar nur, doch auch mit elfischen Ahnen gesegnet. In den Sälen des Pelkoll ist sie bekannt ob der seltsamen Umstände ihrer Mutterschaft und, nicht zuletzt, der Liebenswürdigkeit, mit der sie selbst den grimmigsten Gnom bezaubert. Als ihre Freunde können bürgen: die verehrte Gilse, ich selbst und, falls sie noch unter uns weilte, die beklagenswerte Gemmele."

Die kleine, magere Gestalt erzitterte. Die linke Hand zuckte und tastete nach etwas, das sie nicht fand. Ein Gnom eilte herbei und reichte Gneli ein kleines steinernes Zepter, das zwischen sein Bein und die Lehne gerutscht war. Jetzt straffte sich der Körper ein wenig, das kahle, kleine Haupt mit dem weißen, dünnen Bart hob sich, und zwei wasserhelle Augen funkelten Taina an.

„Taina", flüsterte Gneli der Gewaltige, „ich sehe dich. Es war den Ausflug wert. In den tiefen Sälen des Pelkoll werde ich deiner gedenken."

Die Gnome hoben den Tragestuhl hoch, drehten ihn vorsichtig flussabwärts und gingen, wie sie gekommen waren. Gimkin winkte noch rasch mit der freien Hand, bevor er die Tragestange packte und Taina den Rücken zukehrte.

„Ich bin noch da, liebe Taina", hörte Taina hinter sich Gilses Stimme. Taina wandte sich um.

„Ein Geschenk für Euer Kind!" Gilse hielt den Steinkrug hoch. „Gneli der Gewaltige schickt diesen Glygi. Es ist eine Ehre, die einem Nichtgnom sonst nicht zuteil wird."

„Glygi?"

„Ein Gnomenstein, wie Ihr sagen würdet. Er befindet sich in diesem Krug. Jedes Gnomenkind hat seinen eigenen Glygi, der es sein ganzes Leben begleitet."

„Ich bin sehr dankbar, Gilse, aber ich verstehe gar nichts."

„Wir brechen die Glygis aus den tiefsten Adern der Berge. Besondere Kräfte schlummern in ihnen! Doch ein neuer Glygi ist wie ein kleines Kind; er entwickelt sich, lernt, wird geformt. Kein Glygi ist wie der andere! Was dieser Glygi hier bewirken mag, kann jetzt noch keiner sagen. Euer Kind mag damit spielen. Wenn sie beide älter sind, sehen wir, was aus ihnen geworden ist."

„Dann zeig ihn doch mal, den Glygi."

„Oh nein! Äußerste Sorgfalt ist geboten! Niemand darf den Glygi berühren, nur die Mutter, die ihn ihrem Kinde reicht. Nur so erkennt der Glygi seinen Besitzer und Lebensgenossen." Gilse hob eindringlich die Augenbrauen. „Also fasset nun vorsichtig in diesen Krug, verehrte Taina, und übergebt den Glygi Eurem Kinde."

Taina griff in den Steinkrug und fühlte dort einen kleinen, nahezu eiförmigen Stein. Sie ergriff ihn und hielt ihn gegen die Sonne. Nichts war zu sehen zwischen ihren Fingern. Sie drehte die Hand hin und her, aber das Ding blieb unsichtbar.

„Glygis wollen oft nicht gesehen sein, liebe Taina. Und dieser hier ist ja noch jung und unerfahren; er hat wohl Angst. Nun aber gebt ihn bitte Eurem Kinde, bevor etwas dazwischenkommt."

Taina hielt ihre Hand vor das Gesicht des Kindes und sah, wie dieses nach dem Ding zwischen ihren Fingern griff. Es schien den Glygi sehen zu können. Jetzt hielt es ihn fest und krähte vergnügt.

„Und wenn das Kind den Glygi verliert, Gilse?"

„Seid unbesorgt, werte Taina. Ein Glygi geht nicht verloren." Gilse nahm den Steinkrug unter den Arm und verbeugte sich. „Lebt wohl, liebe Taina. Zu lang schon habe ich verweilt und muss mich sputen." Damit wandte sie sich um und eilte mit raschen Schritten und fliegenden Röcken flussabwärts.

DRITTES KAPITEL: KINDHEIT AM FLUSS

„Sorle-a-glach!", dröhnte eine tiefe Stimme über den Fluss. Ein nacktes Kind, braungebrannt, mit langen honigfarbenen Locken, richtete sich zwischen den Ufersteinen auf. Es flitzte ans Wasser und hechtete hinein. Mit wilden Schlägen durchschwamm das Kind den Fluss, mehr unter als über Wasser, und tauchte keuchend neben der massigen felsgrauen Gestalt Squompahin-laschres auf. Die triefnassen Haare zottelten über sein Gesicht.

„Ja, Laschre?"

„Hier. Essen!" Das Flusstrollweib hielt sich ihre riesige Pranke vors Maul und spie ein Häufchen durchgekauten Fisch hinein. Der kleine Junge verzog das Gesicht.

„Ich kann meinen Fisch selbst kauen! Ich bin doch kein Säugling!"

„Iss!"

„Mein Mund ist schon voll!" Das Kind zeigte auf seine Backe. Sie war auf einmal ganz ausgebeult.

„Spuck den Stein aus!" Der Kleine öffnete den Mund und ließ den Stein herausfallen, der, bevor er den Boden erreichte, plötzlich verschwand.

„Jetzt iss!"

Das Kind seufzte, leckte aber gehorsam den Fischbrei aus Laschres tellergroßer Handfläche. Danach rannte es weg, um wieder am Fluss zu spielen. Es war ein heißer Spätsommertag. Das Kind hockte sich auf einen Felsen, der nahe dem Ufer aus dem Fluss ragte. Das Wasser war hier seicht und ruhig; kleine Fische huschten hin und her. Blitzschnell schlug der Junge mit der Hand ins Wasser und hielt eine zappelnde Elritze zwischen den Fingern. Er steckte sie in den Mund, kaute einmal und schluckte sie hinunter.

„Fast schon so schnell wie Laschre bin ich", murmelte er. Dann verharrte er wieder regungslos.

Aus der Ferne, flussabwärts, ertönte ein Ruf, ein zweiter antwortete. Der Kleine hob den Kopf und lauschte. Es klang, als riefen Jäger einander zu oder trieben Wild vor sich her. Jetzt hörte er, wie etwas näher kam, ein Hirsch vielleicht oder ein Bär, durch den Wald rennend, durch das Unterholz brechend, laut keuchend. Plötzlich teilte sich das Ufergebüsch, und ein Mann stolperte heraus; wild aussehend, groß und stark, jetzt aber vornüber gebeugt und völlig erschöpft. Die blonden langen Strähnen hingen schweißnass an ihm herunter, die Kleidung war in Fetzen. Den Rücken troff Blut entlang. Der Mann blickte gehetzt und vor Angst fast irre umher. Da sah er das Kind.

„Hilf mir!", flüsterte er heiser.

„Wer bist du?"

„Heril, ich heiße Heril. Wo soll ich hin? Sie holen mich!"

Der Kleine winkte ihm und rannte voraus flussaufwärts, wo die großen Felsen am Ufer lagen. „Hier ist ein Mann, Laschre, den du verstecken sollst. Er heißt Heril und hat große Angst."

Die Schreie der Verfolger kamen näher. Der Mann blickte panisch um sich.

„Mit wem redest du? Hier ist niemand! Soll ich mich hinter den Felsen verstecken?"

Da schnellte aus einem der Felsen eine graue Riesenpranke heraus und packte ihn.

„So, Heril also", brummte Laschre. „Der Hengst. Ich habe von dir gehört." Der Mann zerrte vergeblich, um sich aus dem Griff zu befreien. Die Locken peitschten sein Gesicht.

„Was ist das? Ein Ungeheuer? Ein Felsen, der lebt?"

„Komm her", dröhnte Laschres tiefe Stimme. Sie zog ihn zu sich, und schon war er in ihrer Umarmung verschwunden. Eine blonde Strähne schaute noch heraus und bewegte sich im Wind. Das Kind aber kletterte an Laschre hoch, um sich auf die verräterische Locke zu setzen. Es wirkte, als hocke es allein auf einem Felsen. Dass dieser leise zitterte, war nur zu spüren, nicht zu sehen.

Lautes Schnauben ertönte von jenseits des Flusses. Drei Reiterinnen waren mit ihren Pferden durchs Unterholz gebrochen und verharrten am Ufer.

„He, Kleines!", rief die Anführerin und schwenkte ihr Schwert. „Hast du einen Mann gesehen? Einen Mann auf der Flucht?"

Das Kind rief zurück: „Ja! Er rannte dort hinauf, flussaufwärts. Hat er was gestohlen?"

Die Frauen lachten und wollten weiterreiten. Da zügelte die Anführerin noch einmal das Pferd.

„Was sitzt du hier so alleine herum?"

„Ich bin nicht alleine. Meine Mutter ist in der Nähe."

Die Frau winkte ihm zu. „Auf, Perte! Auf, Prata!", rief sie dann, und schon jagten die Reiterinnen am Ufer entlang davon. Das Kind lachte.

Nachts konnte es nicht schlafen. Laschre hatte den Fremden den ganzen Nachmittag nicht mehr losgelassen; und als der Junge abends ebenfalls in ihre Arme kriechen wollte, wie sonst immer, bekam er einen Knuff.

„Bleib in der Nähe, aber lass uns zufrieden", hatte Laschre geknurrt. Als die Nacht hereinbrach – es war Neumond – bekam das Kind zum ersten Mal in seinem Leben Angst. Es saß zitternd in völliger Dunkelheit in der Nähe Laschres. Die Nachtluft wehte kalt, seltsame Geräusche knisterten und wisperten von überall her. Und dann fingen Laschre und Heril an zu kämpfen; so schien es dem Kleinen, er sah ja nichts. Heril keuchte, Laschre begann zu knurren, stöhnte dann lauter und lauter. Auf einmal brüllte sie, dass die bewaldeten Hänge widerhallten. Das Kind verkroch sich schaudernd zwischen den Ufersteinen und hielt sich die Ohren zu. Doch noch immer erklang Laschres Brüllen; stoßweise erfüllte es das Tal und ebbte nur langsam ab.

*

„Werde ich auch einmal so stark wie du?" Der Junge schaute zu Heril zurück, während er sich an einem Ligusterstrauch vorbei zwängte. Die beiden folgten einem Wildwechsel, der sie nach Süden vom Fluss wegführte, steil den Berg hinauf. Sie schwitzten in der Sonne.

„Wenn du mein Sohn bist, sicherlich."

„Bin ich dein Sohn?"

„Wahrscheinlich. Ich kannte Taina, deine Mutter."

„Sie ist abgehauen", sagte das Kind. Jetzt waren sie auf der Anhöhe angekommen und kämpften sich durch das Unterholz auf eine ferne Lichtung zu.

„Hier gibt es süße Brombeeren", erklärte das Kind stolz. „Äpfel und Birnen auch, aber die sind sauer."

„Da wachsen Haselnüsse", sagte Heril. „Du lebst nicht schlecht." Das Kind zog ein Gesicht. Es dachte an vorgekauten Fisch. Dann fiel ihm die letzte Nacht ein.

„Gestern war kein Mond am Himmel. Ich hatte Angst."

Heril lachte und strich sich die Locken aus der nassen Stirn. „Es ist gut, wenn der Mond am Himmel steht, wo er nichts anstellen kann", spottete er. „Wer weiß, was er tut, wenn er nicht dort oben ist!"

„Er jagt in den Wäldern."

„Was sagst du?"

„Laschre hat das gesagt."

„Du machst feine Witze, Kleiner!" Heril lachte nicht mehr. „Ich bin froh, dass du mir diesen Weg zeigst, weg von den Frauen."

Vor ihnen öffnete sich eine Waldwiese, hellgrün in der Sonne und voll weißer Margeriten und blühender wilder Möhren. Eine warme Brise brachte den Geruch von Kräutern und Honig und ließ die Blüten schwanken. In der Mitte der Lichtung stand ein einzelner Elsbeerenstrauch. Das Kind zeigte mit dem Arm.

„Wir müssen dort rüber."

Heril nickte. Er legte seine breite Hand auf die schmale, braune Schulter des Kleinen: „Also, worauf warten wir?"

Sie wateten durch das hohe Gras auf das Gebüsch zu. Das Kind verschwand fast unter den schwankenden weißen Sommerblumen. Als sie sich dem Elsbeerenbusch näherten, flog dort eine Elster auf und griff sie kreischend und flatternd an. Der Junge duckte sich tief ins Gras. Heril schlug wütend um sich, während die Elster wieder und wieder auf ihn losfuhr.

„Was hat die bloß?", keuchte er. Da bekam er einen Flügel zwischen die Finger und griff zu. Mit der anderen Hand packte er den Kopf der Elster und riss ihn ab. Den Vogelkörper hielt er an den langen, gescheckten Schwanzfedern und wirbelte ihn durch die Luft, dass er in hohem Bogen davonflog und als schwarzweißes Federbüschel im Elsbeerenstrauch hängen blieb.

„Was hat das Biest bloß gehabt?", wiederholte Heril. Der Junge, noch im Gras hockend, sah ihn hoch über sich stehen, sonnenbeschienen, mit glänzenden Muskeln, die blonden Locken ärgerlich schüttelnd.

Ein kurzes Zischen ertönte, und in Herils Schenkel steckte ein Pfeil.

„Heril!", ertönte ein Ruf vom Waldrand. „Das war ein Gruß von Penta!"

Heril sah sich gehetzt um. Blut rann an seinem Bein herab. Vom Waldrand löste sich die Gestalt einer Reiterin und galoppierte auf die Wiese. Heril warf sich herum, um zu fliehen, da knickte das verletzte Bein ein, und er fiel ins Gras. Stöhnend raffte er sich auf und flüchtete hinkend über die Lichtung. Trotz der Pfeilwunde kam er dem schützenden Waldrand rasch näher. Aber das Kind sah, wie auch dort eine Reiterin unter den Bäumen hervorkam. Sie schwang ein Schwert und ritt Heril langsam entgegen. Dieser wich in eine neue Richtung aus. Eine dritte Reiterin galoppierte heran und schnitt ihm den Weg ab. Sie trieb ihn mit Schwertstößen vor sich her, zurück zur Mitte der Lichtung. Einmal noch versuchte Heril zur Seite auszubrechen, doch die zweite Reiterin war herangekommen und stieß ihm das Schwert in die Seite. Der Junge beobachtete erstarrt, wie Heril in die Knie brach, sich wieder aufrichtete und vor den beiden Reiterinnen davon taumelte. Sie trieben ihn immer näher zur Mitte der Wiese; das Kind kroch eilig im Schutz des tiefen Grases auf den Elsbeerenstrauch zu, um sich dort zu verstecken. Gerade rechtzeitig; schon galoppierte die erste Reiterin, Penta, heran und zügelte ihr Pferd einige Schritte vom Gebüsch entfernt. Sie hatte einen Pfeil auf den gespannten Bogen gelegt und wartete, wie Heril herangetrieben wurde.

„Heril, sieh mich an!", rief sie. Der Mann mühte sich hoch, ein gestelltes Tier, und blickte durch wirre Strähnen auf Penta. Sie ließ die Sehne fahren, der Pfeil bohrte sich tief in seine Brust. Heril brach zusammen und rollte auf den Rücken. Die drei Frauen sprangen von ihren Pferden. Penta setzte Heril das Schwert auf die Brust, nahe dem Pfeil, der dort steckte.

„Heril, wir verehren dich", sagte Penta. „Hörst du uns?"

„Ja", keuchte er.

„Du warst ein würdiger Diener Ramloks. Wir werden dich im Feuer zu ihm senden. Hörst du uns?"

„Ja, Penta."

„Du wirst auf Ramloks Steppe leben und viele Stuten haben. Behalte uns in guter Erinnerung."

„Ja", flüsterte Heril. Penta beugte sich vor und stieß das Schwert tief in den Körper hinein. Aus Herils Mund brach ein roter Schwall von Blut, er bäumte sich kurz auf und fiel zurück.

„Er ist tot", sagte Penta. „Los, legt ihn auf mein Pferd. Wir wollen ihn heimbringen."

*

Lange, nachdem die drei Reiterinnen mit Herils Leiche verschwunden waren, hockte das Kind bewegungslos im Elsbeerenstrauch. Es blickte hinaus auf die Stelle mit den zertrampelten Margeriten. Das Blut im Gras war dunkel geworden. Schwarze und blauglänzende Fliegen krochen darauf umher.

Ich wollte, meine Mutter wäre hier, dachte das Kind. Es presste den Glygi in seiner linken Faust, während ihm die Tränen über das Gesicht liefen. Warum ließ Taina mich allein? Bin ich nichts wert? Oder hat Laschre sie vertrieben? Sie vielleicht erschlagen?

Die Sonne war hinter den Bäumen verschwunden; die Wiese lag im Schatten. Der Junge erhob sich langsam und stieß dabei mit dem Kopf gegen einen Ast des Elsbeerenstrauches. Er blickte hoch. In einer Astgabel weiter oben sah er ein Nest, grob aus Reisig zusammengesteckt. Das Nest der Elster, fuhr es dem Kind durch den Kopf. Ob Eier drin waren? Es stellte sich auf die Zehenspitzen und fasste in das Nest hinein. Es fühlte keine Eier, auch keine jungen Vögel, doch etwas anderes, Unbekanntes. Da zog sich das Kind am Ast hoch und blickte in das Nest. Es war innen goldschimmernd ausgepolstert; dicht ausgelegt mit hellblonden Haaren. In der Mitte lag etwas Glitzerndes. Der Junge griff vorsichtig mit der Hand in das Nest und zog an einer schmalen glänzenden Kette einen winzigen, schimmernden Metallschild heraus. Er ließ sich auf den Boden fallen, kroch hinaus auf die Wiese und betrachtete das Glitzerding. Noch nie hatte er so etwas gesehen. Wie es schimmerte! Noch heller und silbriger als die Bäuche der kleinen Elritzen, wenn sie über das Wasser sprangen! Und wie sanft die Kette durch die Finger lief, zart wie ein feines Rinnsal! Gut, dass die Elster nicht mehr lebte, um ihren Schatz zu verteidigen!

Abendnebel zog vom Waldrand her. Es wurde kühl. Der Kleine stand auf, hielt das Glitzerding fest in seiner Hand und rannte los, um Laschre den Fund zu zeigen.

*

„Tainas Amulett." Selbst jetzt, als die mondlose Nacht hereinbrach, schimmerte das Glitzerding in Laschres offener Pranke. Sie gab es dem Kind zurück. „Verlier es nicht."

„Soll ich es vergraben oder im Mund rumtragen, oder was?"

„Taina trug es um den Hals."

Der Kleine legte die Kette lose um seinen Hals, doch bei der ersten Bewegung rutschte sie herunter.

„Da geht es doch gleich verloren!", rief er. Laschre brummte vor sich hin und kratzte sich mit den groben, grauen Fingern die Seite.

„Und was jetzt?", wollte der Junge wissen.

„Steck's in den Mund und lass mich nachdenken."

So verging die Nacht, ohne dass Laschre sich noch einmal zu dem Thema äußerte. Wie üblich hielt sie das Kind wärmend in ihren Armen verborgen. Gegen Morgen allerdings fiel ihm auf, dass Laschre unruhig wirkte und einmal sogar laut aufschnaufte, als ob etwas sie tief bedrückte. Als es hell wurde, musste das Kind den gewohnten vorgekauten Fisch von Laschres Handfläche lecken. Danach packte Laschre es mit einer Pranke um den Leib und stellte es vor sich hin.

„Hör zu, Sorle-a-glach." Dieser nickte und machte aufmerksame Augen. „Ich weiß nicht, wie man das Amulett befestigt. Du musst zu Leuten, die solche Dinge wissen. Geh zu den Gnomen."

Dies war für Laschres Verhältnisse eine lange Rede. Der Kleine war zunächst sprachlos. Es ließ verwirrt den Glygi fallen, der aber kurz vor dem Aufprall irgendwohin verschwand.

„Zu den Gnomen, Laschre? Ich bin aber gerne hier."

„Ich kann dich nichts mehr lehren, Sorle-a-glach. Ich bin zu dumm."

„Sag das nicht, Laschre! Ich habe so viel gelernt! Ich kann rennen und schwimmen! Ich kann Fische fangen und Vögel, so schnell wie du! Ich kann den halben Tag still sitzen, ohne mich zu bewegen, genau wie du! Ich kenne mich mit den Tieren aus. Ich kenne die Menschensprache. Ich kenne ..." Ihm ging die Luft aus.

„Du gehst", grollte Laschre. „Und vergiss deinen Namen nicht. Wie heißt du?"

„Sorla."

„Sorle-a-glach."

Das Kind seufzte. „Sorle-a-glach", wiederholte es und verdrehte die Augen.

*

„Der Pelkoll", brummte Laschre. Sie waren einen Tag flussabwärts gewandert – Sorla behende voraus, Laschre in schwerem Passgang hinterher –

und sahen jetzt in der Nachmittagssonne einen bewaldeten Berg, der sich vor ihnen am nördlichen Flussufer erhob.

„Und wo sind die Gnome?", fragte Sorla. Laschre machte eine vage Geste mit ihrer Pranke und trottete weiter. Als die Sonne hinter den fernen Wäldern unterging, erreichten sie den Pelkoll. Während die Nacht hereinbrach, stiegen sie den Abhang hoch durch lockeren Mischwald aus Maronenbäumen und Eichen. Dazwischen häuften sich Felsbrocken und erschwerten das Weiterkommen.

Schließlich hockte sich Laschre hin. „Zwecklos, im Dunkeln zu suchen." Sie langte mit ihrem massigen Arm nach Sorla und zog ihn an sich. Er hatte Maronen aufgesammelt, deren Stachelschalen aber nur halb aufgeplatzt waren. Nun versuchte er, ohne sich die Finger zu zerstechen, die Schalen mit zwei flachen Steinen abzulösen.

Die Luft war hier wärmer, trockener als daheim am Fluss; sie roch würzig nach Humus und Baumrinde. Kein Wasser rauschte vertraut. Doch stöberte und schnüffelte etwas im trockenen Laub nahebei. Ein Nachtvogel kreischte. In der Ferne holperte ein Stein den Abhang hinunter. Sorla schauderte und presste sich enger an Laschre, während er seine Maronen kaute. Er musste dabei aufpassen, weil er in der rechten Backe das Glitzerding aufbewahrte.

„Wir finden die Gnome nie", sagte er mit vollem Mund. Dieser Gedanke gefiel ihm sogar, denn ihn ärgerte es, den Fluss verlassen zu haben. Laschre antwortete nicht, statt dessen legte sie ihren massigen Arm um ihn. Sorla kuschelte sich in der Wärme zusammen. Bevor er einschlief, war ihm, als höre er in der Ferne jemanden singen.

Als er aufwachte, glitzerte die Morgensonne durch die Baumkronen. Er hörte wieder den Gesang, etwas näher jetzt und lauter, doch war es dieselbe Melodie wie letzte Nacht. Es schien ein einzelner Mann zu sein, der da sang. Dann herrschte wieder Stille, bis auf das Summen der Insekten und das Flattern und Zwitschern der kleinen Vögel in den Bäumen. Wieder erklang das Lied:

„Die Schnecke hat ein Haus,
da wohnt sie ganz alleine drin,
und streckt die Fühler raus,
streckt beide Fühler raus."

Zwischen den Baumstämmen sah Sorla einen hageren Menschen durch das raschelnde Laub springen und hüpfen. Manchmal blieb der Mann stehen, um der Sonne zuzuwinken. Er hatte einen langen Speer bei sich, auf den er sich stützte und jauchzend wilde Sprünge vollführte.

Jetzt hatte er Sorla entdeckt. Er breitete die Arme begeistert aus:

„Ein blondes Menschenkind,
das sitzt allein im Pelkoll-Wald,
wo sonst nur Bäume sind,
nur Wald und Felsen sind."

Er nahm den Speer in beide Hände, hielt ihn waagrecht vor sich und führte einen wilden, komplizierten Hüpftanz auf, dass die trockenen Blätter nur so um ihn herumwirbelten. Sorla musste lachen. Der Fremde blieb schwer atmend stehen, beugte sich vor und lachte gleichfalls. Er war vielleicht zwanzig Jahre alt, aber aus seinem braunen, schmalen Gesicht blickten verwirrte, alte Augen. Er hockte sich vor Sorla hin und flüsterte:

„Er wird Rafell genannt,
und als er war ein kleines Kind,
verlor er den Verstand,
verlor ganz den Verstand."

„Wer?", fragte Sorla.
„Na, er!", murrte Laschre. „Das ist Rafell der Verrückte."
Rafell sprang begeistert hoch und jubelte den Baumwipfeln entgegen:

„Ein Felsen groß und grau,
der spricht zum Kind im Pelkoll-Wald
und kennt Rafell genau,
weiß alles ganz genau!"

Er ließ den Speer fallen und lief vor Freude auf den Händen umher, so dass aus seinem Rucksack allerlei herausfiel. Sorla sah staunend zu.

„He, du hast was verloren!", rief er, aber Rafell hatte sich bereits auf den Rücken ins Laub fallen lassen und summte mit geschlossenen Augen seine immer gleiche Melodie vor sich hin. Mit einem Mal sprang er auf, griff nach seinem Speer und wandte sich kampfbereit einem grünbelaubten Busch zu.

„Komm her, wenn du dich traust!", schrie er. „Hier steht Rafell der Tapfere! Er wird dich durchstoßen mit seinem Speer! Wo bleibst du, Feigling?" Er lachte prahlerisch: „Dieser Bär hat Angst vor mir!"

„Es gibt hier keine Bären!", sagte Sorla. „Das ist nur ein Holunderstrauch."

„Doch gibt's Bären! Aber dich gibt's nicht! Du bist bloß ein Traum! Rafells Traum!" Er sprang aufgeregt hin und her. „Dieser Bär lauert mir überall auf! Jetzt geht's ihm an den Kragen!" Rafell packte den Speer mit beiden Händen, rannte schreiend auf den Holunderstrauch zu und stieß den Speer durch ihn hindurch, tief in das trockene Laub hinein, das sich darunter gesammelt hatte. Ein schrilles Quieken ertönte und erstarb wieder.

„Ha!", brüllte Rafell triumphierend und stieß noch einmal mit voller Kraft zu. Als er den Speer aus dem Laubhaufen hervorzog, hing an der Spitze ein toter Igel.

„Das Herz des Bären! Rafell hat es herausgerissen!" Er klemmte den Speer zwischen die Beine, mit der Spitze nach oben, um den Igel herunterzustreifen. Mit beiden Händen griff er fest in dessen Stacheln, schrie auf und machte einen Satz vorwärts. Dabei stolperte er über den Speer und fiel vornüber, mit dem Bauch auf den Igel. Erneut schrie er auf, wälzte sich beiseite und griff nach seinem Magen. Als Rafell taumelnd aufstand, stolperte er wieder über den Speer und fiel diesmal nach hinten, mit Wucht auf den Igel. Brüllend fuhr er hoch, sich mit beiden Händen die Kehrseite haltend, stolperte noch einmal über den Speer und rollte den Abhang hinunter. Das Laub wirbelte auf. Aus dem Rucksack fiel wieder allerlei heraus. Zwanzig Schritte weiter unten rollte Rafell gegen den Stamm einer Eiche und blieb liegen. Man hörte leises Stöhnen. Schon wollte Sorla besorgt aufstehen und nach ihm sehen, da rappelte Rafell sich hoch, betrachtete seine Handflächen und klagte:

„Des Bären heißes Herz
hat diese arme Hand verbrannt,
nun fühlt Rafell den Schmerz,
nun fühlt er sehr den Schmerz!"

Er begann ächzend den Abhang wieder hochzuklettern, allerdings etwas unsicher, da er überall Schmerzen hatte und sich kaum festhalten konnte.

„Laschre", flüsterte Sorla, „dieser Mann benimmt sich seltsam." Laschre knurrte verächtlich.

Inzwischen war Rafell beim Speer mit dem aufgespießten Igel angekommen. Er schlug erstaunt die Hände zusammen. Wieder stöhnte er vor Schmerz. Dann aber sang er:

„Ein Igel hängt am Speer,
wo vorher stak das Bärenherz!
Wo kommt der Igel her?
Wie kommt er bloß hierher?"

„Ein Gnom hat das Herz verzaubert!", rief Sorla und lachte. Rafell kam heran und setzte sich aufatmend hin. Sofort zuckte er schmerzlich zusammen und rollte sich behutsam auf die Seite.

„Rafell glaubt nicht an Gnome", sagte er.

„Hast du noch nie Gnome gesehen?"

„Im Traum oft. Rafell hat schöne und sonderbare Träume. Er träumt jetzt von blonden Kindern im Wald und von sprechenden Felsen. Oft träumt er von Gnomen, die durch die Felsen gehen."

„Wo?", knurrte Laschre.

„Dort oben!" Rafell wies mit seiner geschwollenen Hand den Abhang hinauf. In dreißig Schritt Entfernung ragte dort, leicht überhängend, eine Felswand hoch.

*

Sorla betastete den Fels. Nicht ein kleiner Spalt war zu sehen. „Hier kann keiner durch."

Laschre hämmerte mit der Faust gegen die Felswand. „Rafell hat doch geträumt", brummte sie. „Wir gehen weiter; wir müssen eine Höhle finden."

In diesem Moment spürte Sorla, wie in seiner geschlossenen Hand der Glygi zuckte und vorwärts drängte.

„Glygi! Was ist mit dir?"

Sorla fühlte, der Gnomenstein ihn zur Felswand hinzog. Er musste sich dabei etwas bücken, denn der Glygi hatte die Hand nach unten geführt, an eine Stelle knapp über dem Boden. Auch hier war nur solider Fels.

„Was soll das?" Doch wieder drängte der Glygi die Hand an dieselbe Stelle.

„Hier ist doch alles fest!", rief Sorla. Er lehnte mit der Schulter gegen den Felsen, um nicht den Hang hinunterzurutschen, und hieb mit der Faust, wie um seinen Satz zu beweisen, gegen die Felswand, einmal, zweimal, dreimal. Beim dritten Mal verschwand die Faust im Fels, als hätte sie auf Wasser geschlagen, und Sorla purzelte überrascht hinterher. Ihm war, als tauche er durch Stein hindurch, dann fiel er auf harten Felsboden und schürfte beide Knie auf. Als er sich hoch rappelte, sah er, dass er in einem schmalen, dunklen Gang saß, der in die Tiefe des Berges führte.

Sorla drehte sich um. Dort war, wenige Schritte entfernt, der helle Eingang. Dahinter stand im Tageslicht die hagere Gestalt Rafells des Verrückten. Rafell schüttelte seinen Speer und schien etwas zu singen, aber Sorla konnte ihn nicht hören. Nun schob sich von der Seite her die massige Gestalt Laschres vor den Eingang. Sorla sah im Gegenlicht, wie ihre Pranke herumtastete, als befühle sie eine unsichtbare Wand. Schließlich hockte sich Laschre hin und winkelte ihre Arme an: ein bewegungsloser, graubrauner Felsblock.

„Laschre!", rief Sorla und winkte. Der Felsblock blieb reglos. Sorla zuckte die Achseln und wandte sich dem dunklen Gang zu. Auf dem Boden vor ihm schimmerte etwas hellblau auf; sein Glygi leuchtete dort in blassem Schein. Sorla nahm ihn vorsichtig und erstaunt auf. Der Gnomenstein lag kühl in der Hand, behielt aber sein hellblaues Schimmern, und als sich Sorla einige Schritte in den dunklen Gang hineinwagte, erhellte das blasse Licht des Glygi den Boden und die Wände, so dass Sorla Mut fasste und, zunächst zögernd, dann rascher, in das Innere des Pelkoll-Berges hinein ging.

VIERTES KAPITEL: IM PELKOLL

Lange war Sorla schon dem dunklen Gang gefolgt; immer deutlicher spürte er, dass hier keine Sonne wärmte und keine Laschre bereit war, ihn in die Arme zu schließen. Sein nackter Körper fröstelte. Aber er ging weiter, den hellblau schimmernden Glygi vor sich haltend. Einmal huschte etwas vor ihm weg ins Dunkle, Krallen kratzten über Stein, dann war es wieder still. Als er stehen blieb, hörte er ganz leise ein dumpfes Pochen. Er wusste nicht, war es das eigene Blut, das in seinen Ohren pulste, oder drang etwas aus der tiefsten Ferne des Berges zu ihm. Er ging weiter.

Da verfing sich sein Fuß, und schon lag er bäuchlings auf dem Steinboden. Seine frisch verschorften Knie bluteten erneut. Sorla hörte ein Kichern. Als er den Kopf hob, sah er zwei Gnome vor sich stehen, mit weißen Spitzbärten und dunklen Umhängen. Sie hielten in ihren Händen kurze Schwerter, in denen sich das Licht des Glygi hellblau spiegelte. Unter ihren Umhängen blitzte das helle Metall fein gearbeiteter Brustharnische hervor. Der eine Gnom sagte etwas in einer fremden, kehligen Sprache zu Sorla.

„Ich versteh dich nicht", erwiderte dieser.

„Du verstehst nicht die Gute Sprache der Berge?", fragte der Gnom verwundert. „Dies ist fürwahr absonderlich. Du trägst einen Gnomenstein und bist nur der Sprache der Menschen mächtig?"

Sorla setzte sich auf und blies vorsichtig auf seine blutigen Knie. „Wenn du meinen Glygi meinst", entgegnete er, „den habe ich schon immer. Laschre sagt, er sei ein Geschenk von den Pelkoll-Gnomen, also von euch wohl. Und Laschre hat mir auch das Sprechen beigebracht, aber nicht, wie du vorhin sprachst!"

„Schau an, Girlim! Wir haben das Vergnügen, den Sohn der hochgeschätzten Taina vor uns zu sehen." Der andere Gnom nickte, strich sich den weißen Spitzbart, schwieg jedoch.

Der erste Gnom ergriff wieder das Wort: „Nun, junger Freund, gestatte, dass ich dir Girlim den Schweigsamen vorstelle. Wie sein Name andeutet, redet er nicht viel, doch sind seine anderen Fähigkeiten beachtlich." Girlim winkte lächelnd ab.

„Oh doch, Girlim! Und mein eigener Name, nur damit ich ihn erwähne, ist Gerkin. Wir wachen über diesen Eingang, und es war ein Vergnügen zu sehen,

wie der Fallstrick, den ich hier kürzlich spannte, dich zum Stolpern brachte."
Gerkin verbeugte sich. Sorla stand erbost auf.

„Nichts für ungut, junger Freund", fuhr Gerkin fort, „und erlaube, dass ich dich so nenne, solange ich nicht die Ehre habe, deinen Namen zu erfahren. Auch würde mich das Woher und Wohin interessieren und das Weshalb, wie es eben meine Aufgabe als Wächter dieses Eingangs erfordert." Er verbeugte sich erneut, doch war das spöttische Glitzern in seinen hellen Augen nicht zu übersehen.

„Ich bin Sorla. Und Laschre sagt, ich soll zu den Gnomen gehen, damit die mir was beibringen."

„Ah, Sorle-a-glach wohl, wie unsere gute Freundin Squompahin-laschre dich benannte."

„Sag Sorla, das ist mir lieber."

„Nun ja, kleine Wesen wollen kurze Namen, nicht wahr?"

„Ist ‚Gerkin' vielleicht länger?" Sorla stemmte die Hände in die Hüften und machte sich möglichst groß. „Und bist du etwa größer als ich? Ha!"

Da streckte der andere Gnom die Hand aus und tätschelte Sorlas Schulter. Er zwinkerte ihm zu, bückte sich, um Sorlas Knie zu begutachten, und schüttelte mitfühlend den Kopf. Er öffnete die Hand; darin lag ein Stein, noch kleiner als Sorlas Glygi. Den hielt er nahe an die blutenden Knie. Sorla beugte sich besorgt vor. Doch da war kein Blut mehr, keine Schürfung; die Knie waren so heil und gesund, als hätte er sie seit Wochen nicht mehr aufgeschlagen. Girlim richtete sich wieder auf und schmunzelte zufrieden.

„Was hast du da gemacht?", fragte Sorla misstrauisch.

Gerkin schaltete sich ein: „Nun, mein lieber Sorla, unser werter Girlim hat soeben deine Knie geheilt."

„Und wer bringt mir jetzt was bei?".

Gerkin flüsterte Sorla ins Ohr: „Gestatte mir den kleinen Hinweis, mein junger Freund, dass es angebracht und wohlgetan wäre, dem werten Girlim wenigstens Dank zu sagen."

„Dank? Was ist das?", fragte Sorla laut.

Gerkin schaute ihn entgeistert an. „Wie? Du willst andeuten, dass du dieses Wort nicht kennst? Dass du von der dazugehörigen Regel und womöglich noch von anderen grundlegenden Regeln des Guten Umgangs Miteinander nie etwas gehört hast?"

Sorla war verwirrt. „Von Dank hat Laschre nie was gesagt", meinte er schließlich. „Was heißt es denn?"

Gerkin atmete tief durch. „Mit dem Wort ‚Danke' kannst du ausdrücken, dass du dich über Girlims Hilfe freust. Und mir deucht, mein lieber Sorla, du habest fürwahr noch viel zu lernen."

Girlim hatte geduldig dabeigestanden. Jetzt nahm er seinen Umhang ab und legte ihn Sorla um.

„Recht hast du, teurer Girlim!", sagte Gerkin schuldbewusst. „Dieses Kind ist nackt, es friert; und es zu wärmen ist zuvörderst wichtiger als es zu belehren." Damit zog er sich ebenfalls den Umhang von den Schultern und wickelte Sorla in beide Umhänge so geschickt ein, dass diesem gleich warm wurde.

„Danke", sagte Sorla. Gerkin und Girlim sahen einander bedeutsam an. Ihre zierlichen Brustharnische strahlten hell.

„Jetzt aber, verehrter Girlim", sprach Gerkin, sollten wir uns den noch offenstehenden und dringlichen Fragen zuwenden, meint Ihr nicht?" Girlim nickte.

*

Eben noch stand Sorla bei den beiden Gnomen im dunklen Gang, da waren die Felswände plötzlich verschwunden. Helles Tageslicht umflutete ihn. Er fand sich auf einer flachen Hügelkuppe. Es war merkwürdig still; kein Vogel zwitscherte, und der Wind strich lautlos über die Sommerwiese. Zwanzig Schritte weiter unten umsäumte der Wald den Hügel. Sorla fühlte sich unwohl, wie er so ungeschützt und weithin sichtbar auf der Kuppe stand. Er ließ sich ins tiefe Gras fallen.

Da hörte er einen krächzenden Schrei. Sofort brach vielstimmiges Knurren und Bellen los; vom Waldrand her bewegte sich eine Reihe dunkler Gestalten den Hügel hoch auf Sorlas Versteck zu. Sie hatten die Größe von Gnomen, waren aber muskulöser und trabten vornüber gebeugt.

Laschre hatte von den Chrebil erzählt. Als sie näher kamen, Lanzen schwingend, und Sorla ihre grauen Fratzen mit den gebleckten Schnauzen sah, wusste er, was von ihnen zu erwarten war. Zitternd vor Angst kroch er durch das Gras seitlich davon. Wenige Atemzüge weiter war seine Flucht zuende; vor ihm stand eine neue Gruppe von Chrebil. Sie knurrten triumphierend und richteten ihre Lanzen auf ihn. Schon war der Kreis um Sorla geschlossen. Er saß in der Falle.

Aber irgendwas stimmte nicht! Sorla hatte gelernt, dass Chrebil nur nachts unterwegs seien, denn sie scheuten das Tageslicht. Hier aber standen sie im grellen Sonnenlicht und scheuchten ihn mit ihren Lanzen herum. Einer der Chrebil hob den Arm und bellte einen Befehl. Die anderen hörten mit ihrem Spiel auf. Sorla lag, aus vielen kleinen Stichwunden blutend, im Gras. Der Chrebil stellte sich dicht vor Sorla.

„Ich kenn dich!", krächzte er in der Menschensprache. „Du Sorla!" Als Sorla nicht antwortete, trat er mit dem Fuß nach ihm.

„Antwort! Balg!"

„Ja!?"

„Wir töten! Macht Spaß." Die anderen knurrten im Chor und schüttelten ihre Lanzen. Sorla kauerte sich ganz klein zusammen.

„Oder lassen fort?" Der Anführer verzog seine Fratze. Es sollte vielleicht ein freundliches Grinsen sein, sah aber auch nicht besser aus. Als Sorla nicht antwortete, trat er ihn wieder, stärker als zuvor.

„Antwort! Lassen fort?"

„Oh bitte, ja!" Vielleicht hatten sie sich nur einen groben Scherz erlaubt? Vielleicht waren sie nicht so schlecht, wie Laschre behauptete?

„Erst helfen!"

„Gut, und wie?"

„Wo Eingang Pelkoll?"

Sorla verstand zunächst nicht, was gemeint war. Dann fiel ihm die Felswand ein, an die er dreimal mit dem Glygi geklopft hatte. Wieso aber wollten Chrebil die Gnome besuchen?

„Was wollt ihr dort?"

„Ich frag!", bellte der Anführer und trat heftig nach Sorla, dass dieser sich krümmte. „Wo Eingang? Antwort!" Er hob die Lanze.

Sorla wusste jetzt, was er zu tun hatte.

„Ich weiß nicht, wo der Eingang ist."

„Lüge! Scheißkerl!" Der Chrebil stach mit der Lanze zu, doch Sorla konnte zur Seite rollen. „Du dort! Antwort!"

„Man hat mir die Augen zugehalten. Und wenn du noch mal nach mir stichst, dann sage ich gar nichts mehr."

„Dann töten!" Alle Chrebil krächzten und schüttelten ihre Lanzen. Da kam Sorla eine Idee.

„Ihr hättet lieber Gerkin fragen sollen; der muss hier ganz in der Nähe sein."

„Gerkin? Wer Gerkin?"

„Ein Gnom. Er war noch vorhin hier."

„Wo jetzt?"

„Dort rüber!" Sorla zeigte hinter sich. Der Chrebil beugte sich über ihn. Seine Augen glühten rot im grauen Gesicht.

„Lüge!", zischte er. „Gleich töten!"

Sorla zuckte nicht mit den Wimpern. „Ich lüge nicht. Ich will doch nicht sterben." Der Chrebil krächzte ein paar Befehle in seiner Sprache. Ein Geschrei erhob sich, und zwei Dutzend Chrebil schwärmten mit ihm in die Richtung aus, die Sorla gezeigt hatte. Sie rannten in breiter Linie den Hang hinunter dem Wald zu.

Ein Chrebil war dageblieben, um Sorla zu bewachen. Er knurrte drohend und zielte mit der Lanze nach ihm. Die Spitze war kaum eine Armlänge von Sorla entfernt. Sorla hielt sich ganz still. Er überlegte fieberhaft. Was hatte er gelernt, das ihm hier helfen könnte? Sich tot stellen? Nein, sie würden ihn zur Sicherheit erst richtig erstechen. Rennen? Ja, aber erst musste er von der Lanze wegkommen. Die Lanze! Das war es. Fast so einfach wie Elritzen fangen. Sorlas Hand schnellte vor; und bevor der Chrebil reagierte, hatte Sorla die Lanze hinter dem Blatt gepackt und sich daran hochgezogen. Der Chrebil stolperte, Sorla aber rannte davon, schneller als jemals zuvor. Wie ein Hase renne ich, dachte er. Wie ein Hase? Haken schlagen! Er warf sich zur Seite. Neben ihm zischte die Lanze vorbei. Dann tauchte Sorla in das erlösende Dunkel des Waldes.

*

„Gut gemacht, mein junger Freund", klang Gerkins Stimme. Sorla kam nur langsam zu sich. Er saß im dunklen Felsengang, und vor ihm standen die beiden Gnome.

„Habe ich geträumt?", flüsterte Sorla erschöpft. Er zitterte am ganzen Körper.

„Gewissermaßen ja, mein lieber Sorla. Unser verehrter Girlim hier setzte dich einer Prüfung aus. Deine ausgestandenen Schrecken bedauern wir aufrichtig, aber die Prüfung war unbedingt nötig. Denn uns obliegt es zu entscheiden, ob wir wagen dürfen, dich als Gast im Pelkoll aufzunehmen. Wir sind in solcherlei Dingen gar vorsichtig, besonders weil du, verzeihe mir, ein Mensch bist." Nun hob Gerkin die Arme, sein weißer Spitzbart zitterte erregt. „Lieber Sorla! Es hat uns gefreut zu sehen, wie glänzend du die Prüfung bestandest."

Girlim hob drei Finger und nickte lächelnd.

„Ja, dreifach!", fügte Gerkin hinzu. „Von herausragender Bedeutung war gewisslich, dass du dir das Geheimnis des Eingangs nicht abpressen ließest. Hier handeltest du tapfer und rechtschaffen. Uns ergötzte auch, wie schnell dir auffiel, dass es Chrebil im Sonnenlicht eigentlich nicht geben kann. Eine bemerkenswerte Geistesgegenwart trotz widriger Umstände! Und wahrhaft erfreulich war es zu beobachten, wie du dich aus der Schlinge zogst und rettetest. Sehr listig, sehr umsichtig und sehr geschickt dazu. Alles in allem", schloss Gerkin mit glänzenden Augen, „eine ganz erstaunliche Leistung für einen so jungen Menschen." Die beiden Gnome sahen ihn freundlich an.

Sorla war viel zu zerschlagen, um sich über das Lob zu freuen. Er hockte mit gesenktem Kopf da; die scheußlichen Fratzen der Chrebil tanzten vor seinen Augen, er glaubte, noch die Stiche ihrer Lanzen zu spüren. Da merkte er, wie Girlim seinen Kopf anhob und mit dem heilenden Glygi seine Stirn berührte. Der Spuk, der Schrecken, die Erschöpfung, alles löste sich auf. Zurück blieb der Gedanke: Ich, Sorla, habe es ihnen gezeigt!

*

Tief unten im Pelkoll liegt die Versammlungshalle. Viele Gänge führen dort zusammen; solche, die von oben herabkommen, solche, die geradeaus gehen zu den Werkstätten und anderen Hallen, und solche, die noch weiter in die Tiefe hinabführen. Die Halle und viele der Gänge sind uralt. Selbst die langlebigen Gnome wissen nicht, wann sie entstanden und wer sie schuf. Manche Sagen berichten von Drachen, die einst hier hausten. Andere erzählen, der Berg selber habe durch diese Gänge Feuer geatmet, lange bevor das Geschlecht der Gnome hierher kam.

Viele Gänge wurden dagegen erst kürzlich, vor vier- bis sechshundert Jahren vielleicht, in den Berg gehauen und unterscheiden sich durch die Spuren von Meißel und Hammer von den dunklen, glatten Wänden derjenigen aus der Vor-Gnomzeit.

Dann gibt es die Risse, Klüfte, Löcher, Verschiebungen, wie sie der Berg bei seinen langsamen Bewegungen selber schuf und die den Gnomen oft nützliche Durchgänge boten, oft aber auch ihren gewohnten Weg behinderten. Und schließlich gibt es das Wasser, das tief unten im Pelkoll rauscht, und solches, das vom Bett des Gnomflusses her in den Pelkoll herabsickert oder in unterirdischen Wasserfällen herabschießt, alte Gänge unpassierbar macht, aber im Laufe der Jahrtausende auch neue Durchlässe schafft.

Manche dieser Gänge und Hallen hatte Sorla in den letzten Tagen kennen gelernt. Er hatte die Gnome auf ihren Wegen begleitet und ihnen bei der Arbeit zugesehen. Heute aber hatte Gneli der Gewaltige nach ihm verlangt, und Sorla stand, den hellblau schimmernden Glygi in seiner Hand halb verborgen, vor ihm in der Versammlungshalle. Gneli kauerte, in Decken gehüllt, in seinem Felsenthron. Sein kleines steinernes Zepter strahlte weiß und erleuchtete beider Gesichter und die Halle in weitem Umkreis.

„Nie war ein Mensch zu Gast im Pelkoll", sagte Gneli nach einiger Zeit mit zittriger, aber klarer Stimme. „Und du wirst wohl auch die Ausnahme bleiben." Er hob den Kopf und sah Sorla mit hellen Augen an.

„Wenn du kein Kind wärst, würdest du in unseren Gängen stecken bleiben, nicht wahr?" Sorla wusste darauf nichts zu antworten.

„Wie alt bist du, Sorle-a-glach?" Sorla zuckte die Achseln und blickte zu Boden.

„Es war im Frühling vor neun Jahren, im Schlehenmonat, als deine verehrte Mutter Taina dir das Leben schenkte. Merke es dir." Sorla nickte.

„Was beult deine Backe so aus, mein Kind?" Sorla holte den silbern glänzenden Anhänger hervor und ließ ihn an der Kette zwischen zwei Fingern herabbaumeln.

„Ah ja. Wie man so ein Schmuckstück am Hals befestigt, statt es im Mund herumzutragen, das wirst du hier unter anderem lernen. Morgen beginnt deine

Lehrzeit." Sorla wusste nicht, ob ‚Lehrzeit' etwas Gutes oder etwas Bedrohliches war, folglich schwieg er lieber.

„Gilse erzählte mir von diesem Amulett. Gelegentlich musst du mir berichten, Sorle-a-glach, wie es zu dir zurückkam. Für heute haben wir genug geredet, nicht wahr? Nun darfst du wieder gehen." Sorla verschwand aufatmend.

*

Obwohl kein Sonnenlicht in den Pelkoll dringt, spüren die Gnome doch den Wechsel der Tage. Sie sagen, der Berg selbst hebe und senke sich mit den Bewegungen des Mondes und der Sonne. Die Gnome arbeiten bis spät in die Nacht, schlafen weit in den Tag hinein, mittags und abends treffen sie sich zu den gemeinsamen Mahlzeiten in der Versammlungshalle.

Heute gab es gebratene Schnecken, dazu honigsüßen Moostee.

„Schmeckt prima", nuschelte Sorla. Sein voller Mund triefte vor Schneckenfett.

„Wirklich, mein Lieber?", fragte Gilse erfreut. „Dann will ich Sorge tragen, dass heute Abend solche Bratschnecken erneut aufgetischt werden." Sie hatte sich des Jungens ein wenig angenommen und war als einzige der Ansicht, dass die „Prüfung", die Girlim und Gerkin veranstaltet hatten, zu hart für Sorla und eine typische Männeridee gewesen sei. Dass er sie bestanden hatte, erfüllte sie aber mit Stolz, hatte sie ihn doch seinerzeit ans Licht der Welt gehoben. Obwohl er jetzt schon größer war als sie, hielt sie ihn oft im Arm und ließ es sich nicht nehmen, ihn beim Schlafengehen sorgfältig zuzudecken.

Nach dem Essen rannte Sorla wieder los, um die Gänge zu erkunden. Hundert Schritte östlich der Versammlungshalle befinden sich die Stätten der Reinlichen Verrichtung: kleine Nischen mit in den Fels gehauenen Sitzbänken, in deren Mitte je ein zweckdienliches Loch in dunkle Abgründe führt. Sorla, der so etwas nie zuvor gesehen hatte, bewunderte diese Einrichtungen als Gipfel gnomischen Erfindungsgeistes. Oft hatte er den Kopf durch die Löcher gesteckt und versucht, die Tiefen darunter zu erkunden. Alle Löcher schienen in die Decke desselben Raumes zu münden, und manchmal drangen leise und seltsame Laute von tief unten empor.

Nun wollte er es genau wissen. Er hatte einen Gang entdeckt, der von den gewohnten Wegen zwischen Versammlungshalle und den Werkstätten abbog und in einer vielversprechenden Richtung steil nach unten führte. Zum erstenmal war er alleine unterwegs, doch das hellblaue Schimmern seines Glygi flößte ihm Vertrauen ein, und er trabte neugierig den Schrägstollen hinab. Die Luft wurde bald merklich kühler. Die Wände glänzten feucht.

Einmal blieb Sorla stehen. Vor ihm, quer über den Gang, waren tiefe Rillen in den Felsboden gemeißelt und bildeten ein verschlungenes, vielzackiges Muster. Diese Markierungen waren ihm schon öfter aufgefallen. Gilse hatte ihm erklärt, es seien Schutzzauber, die bestimmte Wesen der Tiefe daran hinderten, in die Wohnbereiche der Gnome hoch zu dringen. Hier begannen die tieferen Bereiche. Ihn schauderte ein wenig.

Dies war einer der uralten Gänge, glatt und schwarzglänzend. Sorla bewegte sich vorsichtiger. Oft stockte sein Fuß, denn Sorla glaubte, in der Ferne etwas zu hören. Doch es war stets nur das Pochen seines Blutes, sein eigener Atem, vielleicht das Summen der Aufregung in seinen Ohren.

Als rechts ein Gang abzweigte, der waagrecht weiterführte und dessen Wände wieder vertrauenerweckende Meißelspuren aufwiesen, schlug Sorla ihn aufatmend ein. Den alten Gang, der in die Tiefe führte, wollte er ein anderes Mal weiter erkunden!

Wenige Schritte später öffnete sich eine Nische. Dort standen einige leere Eimer, und in der Ecke lehnte ein zugespitzter Holzstab. Sorla untersuchte ihn, zuckte die Schultern und ging vorsichtig weiter. Vor ihm versperrte eine Tür aus schweren Bohlen den Weg.

Sorla horchte. Nichts war zu hören. Behutsam schob er den Querbalken beiseite und öffnete die Tür leise einen Spalt. Ein kühler Hauch von Feuchtigkeit und Moder wehte Sorla an; nicht unangenehm, es erinnerte ihn an den Geruch von Waldboden, wenn er in Zeiten des Hungers das Moos anhob, um Regenwürmer oder Larven zu finden. Er öffnete die Tür etwas weiter. Sie knarrte in den Angeln, sonst blieb alles still. Sorla schaute durch den Türspalt. Es war stockdunkel, doch Sorla spürte: dies war kein enger Gang, hier weitete sich ein riesiger Saal, größer als alles bisher Erlebte. Er streckte die Hand mit dem Glygi durch die Öffnung, um zu leuchten. Das Licht verlor sich in der ungeheuren Ausdehnung des Raumes, nur der Boden war einige Schritte weit zu sehen.

Geradeaus zu gehen wagte Sorla nicht. Er wusste: fünf oder zehn Schritte weiter, und die Wand wäre nicht mehr zu sehen. Also wandte er sich nach rechts und hielt sich dicht an der Felswand. Kurz schien ihm, als habe er weiter vorne ein schwaches Glimmen gesehen. Im nächsten Moment aber war alles dunkel wie zuvor.

Also arbeiteten die Gnome auch hier; ein beruhigender Gedanke. In der linken Hand hielt er den leuchtenden Glygi, die rechte streifte an der Felswand entlang; er fühlte sich sicherer so. Der Boden war hier nicht mehr harter Fels, sondern weiche Erde, in der Sorlas Füße tief einsanken. Der modrige Geruch verstärkte sich.

Bald tauchten seltsame Gewächse auf, die bleich und blattlos aus der Erde ragten. Sie erinnerten an korallenförmig wuchernde Pilze, wie Sorla sie in den Wäldern oft gesehen hatte, reichten ihm aber bis zur Schulter. Als er einen der dünnen, blassen Stengel berührte, kippte dieser kraftlos zur Seite und brach ab.

Sorla fiel auf, dass er einem Pfad folgte, der an der Felswand entlang durch das Pilzgestrüpp führte. Auch waren Spuren in der weichen Erde erkennbar. Gnome, dachte Sorla und erinnerte sich an das Schimmern, das er vorher in der Ferne gesehen hatte. Er schritt nun rascher aus.

Plötzlich sah Sorla wenige Schritte vor sich zwei glühende Punkte, hellgrün und dicht beieinander. Hinter einem Pilzstamm tauchte ein weiteres Paar grün glühender Punkte auf. Erstarrt blieb Sorla stehen. Auch weiter vorne erschienen diese Lichterpaare; ja, auch links von ihm im Dunkel der riesigen Halle und – Sorla keuchte entsetzt – selbst hinter ihm leuchteten stechend grüne Augen! Ich bin umzingelt, dachte Sorla panisch. Wer lauert mir hier auf? Wie viele sind es? Er wich langsam zur Felswand zurück. Seine rechte Hand berührte etwas Kaltes, Glitschiges ... Dort saß eine fette, graue Schnecke, gut eine Handspanne lang. Sie hatte sich bei Sorlas Berührung zusammengezogen und begann eben, langsam wieder ihre Fühler auszustrecken; erst die kleinen, dann die darüber stehenden großen wurden zögernd ausgestülpt. An ihrem Ende erschienen grün leuchtende Punkte. Die Schnecke schwenkte vorsichtig ihre Leuchtaugen hin und her und kroch dann gemächlich die Felswand weiter hinab. Sorla brach hysterisch kichernd zusammen. Von Schnecken umzingelt! Welche Gefahr!

„Gut ... es ist gut ...", hörte er jemanden flüstern. Sorla verstummte.

„So ... gut ...", ertönte es wieder. Doch Sorla hörte es nicht wirklich; es war eher, als säße jemand in seinem Kopf drin und spräche dort.

„Wer bist du?", fragte er.

„Hier ... da oben ... und überall ... überall ...", wisperte es. Sorla blickte auf. Hoch über ihm glommen große Flächen blassgrauen Lichtes auf, teilten sich, wanderten in Bändern über ihn weg und verloren sich an der Felswand hinter ihm.

„He! Wer bist du?", wiederholte Sorla.

„Ruhig ... sei nur ruhig ... es ist gut ... alles ist gut ..." Wieder zuckten an der Hallendecke breite Muster von blassgrauem Licht auf und flossen nach allen Seiten auseinander. Sorla wurde es unheimlich; er ging tastend ein, zwei Schritte zurück.

„Bleib ... bleib hier ... hier ist es gut ... gut ...", flüsterte es in Sorlas Kopf. Er fühlte sich benommen und lehnte sich gegen die Felswand.

„Gut ... so ist es gut ... sei still ... schlafe ..." Sorla streckte sich auf dem Boden zwischen den Pilzen aus. Wer bist du, dachte er schläfrig.

„Ich bin hier ... schon lange ... lange hier ... und du ... du bleibst auch ... auch hier ... lange ... lange ..." Sorla schloss die Augen.

„Holla! Sorla! Was liegst du hier? Erhebe dich schleunigst!" Es war Gilses helle Stimme. „Holla! Aufwachen, Sorla! Schnell!" Er fühlte sich an den Händen geschüttelt und gezerrt. Widerwillig öffnete er die Augen. Da stand Gilse im Licht ihres Glygi über ihm und zog an seinen Armen.

„Lass mich schlafen, Gilse. Hier ist es gut."

„Nichts da! Das war das Alte Moos! Siehst du es leuchten? Dort an den Wänden! Es hat dich bezaubert!" Wieder zerrte Gilse an seinen Händen. „Erhebe dich, Sorla!" Dieser murrte, aber, von Gilse gezerrt und gestoßen, rappelte er sich schließlich träge hoch.

„Hier, trinke dieses!", rief Gilse ihm ins Ohr. Sie hielt ein Steinkrüglein an seinen Mund. Eine brennend scharfe Flüssigkeit rann Sorlas Kehle hinab. Er hustete und schüttelte den Kopf.

„Ha! Du Altes Moos dort oben!", schrie Gilse und fuchtelte mit ihren Armen. „Das ist Sorla! Den lasse gefälligst zufrieden!"

„Gut ... ist ja gut ... ein kleiner Spaß ... nur ein Spaß ..."

„Von wegen Spaß! Ginge es nach deinem Willen, könnte Sorla jetzt hier liegen und langsam verrotten, bis die Schnecken ihn gefressen haben!"

„Ja ... schlafen ... lange schlafen ... ," wisperte es in Sorlas Kopf. Gilse atmete scharf ein und wandte sich Sorla zu.

„Kümmere dich nicht darum. Das ist das tückische Alte Moos. Es ist gefährlich, ihm zu lauschen." Sie reichte Sorla einen Eimer. „Hier, den kannst du tragen." In ihrem Zorn über das Alte Moos war sie auch Sorla gegenüber noch immer ungewöhnlich barsch. Sorla ergriff den Eimer und sah hinein. Er war voller Schnecken.

„Was ist das?", fragte er.

„Dein Abendmahl, Sorla! Die versprochenen Bratschnecken!" Gilse schwang den zugespitzten Holzstab, den Sorla in der Nische bei den Eimern gesehen hatte. „Atne sei's gedankt, dass ich gerade hierher kam, sie zu sammeln!" Sie stieß den Holzstab vorwärts, und eine graue, dicke Schnecke krümmte sich an der Spitze. Gilse pflückte sie ab und warf sie in den Eimer.

„Siehst du? Hier kommen die Bratschnecken her. Nur hier im ganzen Pelkoll sind sie zu finden."

„Weshalb nur hier?"

„Denke nach, Sorla! Wovon nähren sich hier die Schnecken?"

„Vielleicht von den Pilzen?" Gilse nickte.

„Aber die Pilze?", fragte Sorla. „Wachsen die bloß hier?"

„Nur hier", bestätigte Gilse. Allmählich beruhigte sich ihr Atem, und ihr Ton wurde freundlicher. „Sie gedeihen vortrefflich auf dem fruchtbaren Moder und Humus allhier."

„Und der Humus? Woher kommt der?"

Gilse deutete nach oben. „Dort oben, Sorla, befinden sich, wie du wohl weißt, die Stätten der Reinlichen Verrichtung." In Sorlas Gesicht dämmerte ein allmähliches Verstehen.

„Du siehst, Sorla, hier ein schönes Bild des kreisförmig verwobenen Wirkens der Natur." Gilse legte ihren Arm um Sorlas Schultern, und so gingen die beiden, im Licht ihrer Glygis, durch die dunkle Halle dem Ausgang entgegen.

*

„Sieh hier, Sorla!" Gobil der Meisterschleifer hielt zwei weiß funkelnde Edelsteine hoch. Selbst für einen Gnom war er sehr klein und schmächtig gebaut, auch sein weißer Spitzbart ragte recht dünn aus dem braunrunzeligen

Gesicht, dafür strahlten die hellen Augen mit den Edelsteinen um die Wette.

„Was meinst du, welcher von größerem Werte sei?"

„Der größere natürlich."

„Nicht unbedingt, nicht unbedingt. Ich bitte dich, Sorla, prüfe genauer."

Gobil legte die Steine auf seine Handfläche und hielt sie ihm hin. Sorla nahm sich jetzt mehr Zeit, die Steine zu betrachten. Der Größere funkelte und strahlte in freundlichem Glanz, wie Tautropfen in der Sonne, wie Eiszapfen an einem schönen Wintermorgen. Aber der Kleinere! Sein Glitzern war so scharf, so bissig, als könne er in Gobils Handfläche Wunden schneiden. Er strahlte kalt und genau, und tief drinnen glomm ein weißes, eisiges Feuer. Sorla atmete tief ein.

„Ich habe verstanden, Gobil."

Gobil schmunzelte zufrieden. Er verwahrte den kleineren Stein behutsam in einem Beutelchen, das er unter seinem Lederwams trug. Den größeren legte er zu anderen Edelsteinen in eine offen herumstehende Schachtel.

„In diesen Steinen, mein lieber Sorla, verbirgt sich die Seele der Berge!" Gobil klopfte liebevoll auf sein Wams, unter dem sich das Beutelchen abzeichnete. „Im einen mehr, im anderen wenig. Und es ist dieses kalte Feuer, welches wir Gnome in den Tiefen der Berge suchen." Er deutete in weit ausholender Geste auf die Regale seiner Werkstatt, mit all den Kistchen und Kästchen, mit Hämmerchen, Schleifsteinen und allerlei anderem Werkzeug. „Hier aber, mein Sorla, hier bringen wir die Seele der Berge zum Vorschein, zum Leuchten!" Gobils Augen strahlten hell. „Morgen, mein junger Freund, erwarte ich dich allhier, um dir die Namen und Besonderheiten der verschiedenen Steine nahezubringen. Nun aber magst du essen gehen oder tun, was sonst dir behagt."

*

Auf dem Weg zu Gobils Werkstatt fielen Sorla merkwürdige Geräusche auf. Es klang, als schimpfe ein Gnom. Allerdings hatte Sorla noch nie einen Gnom schimpfen hören.

Im selben Augenblick trat Sorla auf etwas Kleines, Hartes, das unter seinem Fuß wegrollte, so dass er ausglitt und fiel. Unter den Händen rollten weitere runde Dinge davon, wie kleine Flusskiesel. Sie waren aber, das sah

Sorla jetzt, durchsichtig und glänzend; einige hell wie klares Wasser, andere gelblich getönt, rosa, lila, manche auch braun oder grün. Sorla sammelte sie ein und ging dem Lärm aus Gobils Werkstatt entgegen.

„Die Arbeit zweier Jahre!", klang Gobils zornbebende Stimme. „Alles zunichte! Kein Schliff mehr, keine Facetten!" Kästen wurden klappernd umgeschichtet. „Alles rund! Welch törichter Einfall kam dir bei?" Ein kleinlautes Quieken antwortete.

„Ha!", erscholl wieder Gobils erboste Stimme. „Man sandte dich her, von mir das Schleifen zu erlernen, aber nicht, alles in Murmeln zu verwandeln!" Wieder kam eine verzagte Antwort.

Als Sorla die Werkstatt betrat, bot sich ihm viel Sehenswertes. Gobil stand mit hochrotem Gesicht und zerrauftem Bart auf dem Tisch, in den wutzitternden Händen je einen Kasten. Alles lag durcheinander. Hinter einer der größeren Kisten bewegte sich ein graubrauner Haarschopf, darunter zwei helle Augen, die über den Kistenrand spähten.

„Sei gegrüßt, Sorla", sagte Gobil, um Fassung bemüht, und stellte die Kisten erbittert aufeinander. „Du triffst mich in einem Moment großen Unglücks an. Jener dort hinter der Kiste ist Gwimlin, mein neuer Lehrling."

„Ist er auch ein Gnom? Er hat ja braunes Haar, kein weißes."

„Weißes Haar ist ein Zeichen der Reife." Gobil ließ ein vielsagendes Schweigen folgen.

„Hier, Gobil, sind das deine Steine?" Sorla reichte ihm, was er draußen aufgesammelt hatte.

„Ha!", rief Gobil. „Ha! Auch diese! Eine halbe Stunde ließ ich Gwimlin allein, und alle Steine hat er verdorben!" Da schien ihm etwas aufzufallen. „Sage, Gwimlin, wie gelang dir das so schnell?"

„Mein Glygi hat das vollbracht", quiekte Gwimlin stolz. „Er macht alle Steine rund, wenn ich das will."

„Dann soll er sie wieder eckig machen."

„Das kann er nicht. Er ist ja selber rund und nicht eckig."

Gobil hob verzweifelt die Hände. „Hinaus, Gwimlin! Auch du musst gehen, Sorla. Ich bedaure, dir heute nichts erklären zu können. Ich muss hier aufräumen und den Schaden sichten."

Gwimlin kam jetzt hinter der Kiste hervor. Er war kaum halb so groß wie Sorla oder Gobil. Unter seinem Haarschopf lächelte schüchtern ein kleines, bartloses Gesicht. In der Tür drehte er sich um und verbeugte sich gegen Gobil.
„Verzeiht, Meister Gobil. Dass ich Murmeln herstellte, geschah aus fehlgeleitetem Spieltrieb, nicht aus böser Absicht. Ich will es auch nicht wieder tun."

*

„Das Jahr hat dreizehn Monate", sagte Glibe. Sie war mit ihren achtzig Jahren eine der jüngeren Gnomfrauen, und ihr Gesicht hatte nur wenige Lachfältchen. Ihre Ohren waren besonders zart, und die Ohrenspitzen ragten liebenswert keck aus den weißen Haaren hervor. Wenn Glibe zur Essenszeit die Versammlungshalle betrat, setzten sich alle Gnome aufrechter hin und gaben sich schelmisch. Jetzt aber unterrichtete sie Sorla in Kalenderkunde und verwandten Wissensbereichen.
„Jeder Monat hat vier Wochen, jede Woche sieben Tage. Wie viele Tage hat also ein Monat?" Sorla zuckte zusammen. Glibe lachte.
„Hier, Sorla, nimm das Rechengerät. Vier mal sieben Tage?" Sorla schob die Kugeln auf dem Gerät hin und her und zählte.
„Achtundzwanzig."
„Richtig, mein Kind. Wie viele Tage sind das im Jahr?"
„Achtundzwanzig mal dreizehn? Das kann ich nicht rechnen, Glibe."
„Du wirst es lernen. Vorerst sage ich es dir: dreimalhundert und vierundsechzig."
„Aber, Glibe..."
„Ja?"
„Gestern sagtest du, es seien dreimalhundert und fünfundsechzig Tage im Jahr; einer mehr also."
„Vorzüglich, mein lieber Sorla. Dieser eine Tag steht außerhalb der Monate. In ihm stirbt das alte Jahr, und das neue wird geboren. Es ist wie die Pause zwischen Ausatmen und Einatmen. Er gehört nicht zum einen und nicht zum anderen." Sorla nickte und horchte in sich hinein, um den Moment zwischen Aus- und Einatmen zu erfassen. Glibe lächelte.
„Und nun die Namen der Monate. Weißt du sie noch?"

„Meinst du die Dreizehn Guten Steine?"
„Nein, den Gnomenkalender brauchst du nicht zu lernen. Bei euch Menschen gilt der Pflanzenkalender. Also?"
„Birke, Eberesche, Esche, Erle, äh..."
„Jetzt kommt dein Geburtsmonat."
„Schlehe!"
„Richtig. Dann: Weißdorn, Eiche, Ilex..."
„Ilex, Apfel, Brombeere, Efeu, äh..."
„Noch zwei Monate, Sorla."
„Schilf und, äh, Holunder."
„Sehr gut, mein lieber Sorla. Morgen behandeln wir die Wochentage und die Ehrentage der Götter. Nun lauf, dass du rechtzeitig zum Essen kommst!"

Als Sorla atemlos in die Versammlungshalle stürmte, bot sich ihm ein ungewöhnliches Bild. Statt zu essen, hatten sich alle Gnome zurückgelehnt, die Arme verschränkt und sahen in dieselbe Richtung. Dort, in der Tür zur Küchenhalle, stand, die Suppenkelle in der Hand, Gilse.

„Es betrübt mich gar tief, euch sagen zu müssen", erklärte sie gerade, „dass es heute nichts zu essen gibt. Keine Suppe und keinen Nachtisch."

Nun schob sich eine kleine Gestalt an ihr vorbei in die Versammlungshalle: Gwimlin. Er verbeugte sich und sprach:

„Verehrte Gnome, ich bin euch eine Erklärung schuldig. Ich verspürte heute sehr großen Hunger. Daher begab ich mich in die Küche und erblickte sogleich auf einem der oberen Regale den Topf mit den eingemachten Kirschen. Leider war sonst niemand in der Küche, der mich von meinem folgenschweren Entschluss hätte abbringen können. Ich erklomm nämlich die Regalwand und kroch auf dem obersten Regal entlang auf den besagten Topf zu. Auf meinem Weg befand sich unglückseligerweise auch das Gefäß mit dem Steinsalz. Als ich dieses Hindernis überwinden wollte, ließ mich die gewohnte Gewandtheit im Stich. Kurzum, der Salztiegel fiel herunter, und zwar in den darunter brodelnden Suppenkessel."

„Die Suppe ist nun ungenießbar", schob Gilse schmallippig ein.

„Das befürchtete ich. Ich kroch weiter und erreichte glücklich mein Ziel. Ich sättigte mich an den eingemachten Kirschen, da von der Suppe nichts mehr zu erhoffen war. Die Kirschen schmeckten wahrhaft vorzüglich."

„Der Topf ist leer", flocht Gilse ein und hob die Augenbrauen.

„Das stellte ich auch fest. Doch leider war es dann zu spät. Ich kann nur betonen, dass ich niemandem schaden wollte. Es handelt sich eher um die Folgen meiner ungezügelten Naschhaftigkeit. Ich bedaure dies aufrichtig. Ich will es auch nie wieder tun."

*

Sorla und Gwimlin spielten Murmeln. Sie hatten sich die Kreuzung zweier Gänge ausgesucht; hier war genug Platz, und der Boden war glatt und eben.
„Wie viele Jahre zählst du, Sorla?"
„Zehn Jahre, im nächsten Frühling."
„Ich bin zwölf. Doch denke ich, dass du schon mehr erfahren hast als ich. Denn erst mit zehn durfte ich die Halle der Behüteten Kindheit verlassen."
„Diese Halle kenne ich nicht."
„Oh, die Halle der Behüteten Kindheit liegt nicht im Pelkoll. Sie liegt im Kirsatten. Das ist der Berg südlich des Gnomflusses."
„Den Berg kenne ich."
„Und erst kürzlich kam ich hierher. Fünfzehn Gnome begleiteten mich, auf dass mir nichts geschehe!"
„Du bist wohl sehr wertvoll?"
„Ja, Gnomenkinder sind sehr selten. Wir werden behütet wie Augäpfel."
„Bei mir war das anders. Ich bin nicht wertvoll. Meine Mutter hat mich weggegeben und lief davon."
„Deine Mutter? Wie war sie?"
„Ich weiß nicht mehr genau. Ich erinnere mich an ihre blonden Haare, an ihre Stimme. Es ist zu lange her."
„Das tut mir leid. Aber vielleicht siehst du sie einmal wieder."
„Und? Ich bin ihr ja doch egal." Sorla seufzte tief. Gwimlin wollte etwas erwidern, wurde aber abgelenkt durch einen Lichtschein, der in einem der Gänge auftauchte und flackernd die Wände erhellte. Dort näherte sich eine Gruppe von Gnomen. Sie gingen langsam und schweigend, in ihrer Mitte trugen sie den Tragestuhl mit Gneli dem Gewaltigen.
„Sie kommen von den Stätten der Reinlichen Verrichtung", flüsterte Sorla. „Sie bringen Gneli zur Versammlungshalle zurück." Gwimlin nickte und

machte ein Zeichen, sie sollten sich in den Seitengang zurückziehen, um die Gruppe vorbeizulassen.

Jetzt kamen die Gnome heran. Vorsichtig trugen sie den Tragestuhl. Ernst blickten sie geradeaus. Die abstehenden weißen Bärte wippten im gleichen Takt. Da schrien die beiden vorderen Gnome auf und stürzten zu Boden. Der Tragestuhl polterte herunter, und Gneli kippte seitlich heraus. Die beiden hinteren Gnome eilten hilfreich hinzu; schon lagen sie gleichfalls am Boden.

„Unsere Murmeln", flüsterte Gwimlin.

„Sollen wir weglaufen?", fragte Sorla leise. „Sie haben uns nicht gesehen."

„Nein, das wäre nicht ehrenhaft." Gwimlin trat vor. Fünf Gnome saßen auf der Kreuzung und blickten ihm steinern entgegen. Gwimlin verbeugte sich.

„Verzeiht, Gneli, Altehrwürdiger! Verzeiht, ehrenwerte Gnome! Was sich hier zutrug, ist unsere Schuld. Dass wir die Murmeln vergaßen, als wir euch den Weg freimachten, geschah aus Gedankenlosigkeit, nicht aus böser Absicht. Wir wollen es auch nicht wieder tun."

*

Sorla hatte Golbi besucht, einen älteren und sehr besonnenen Gnom, der ihm die eleganteren Wendungen der Guten Sprache der Berge zu vermitteln suchte. Oft verfiel Golbi aber in sein Lieblingsthema, über das er gerade ein Buch verfasste (was aber Sorla nicht wusste und nicht wissen konnte, denn bereits die Vorstellung, man könne etwas schriftlich festhalten, war ihm fremd).

„Das Erspüren verborgener Steine ist wohl die wesentliche Voraussetzung für den Erfolg gnomischen Wirkens, lieber Sorla. Hier bedarf es besonderen Scharfsinns und Feingefühls. Und wie der Granat im Dunkel des Glimmerschiefers dämmert, bis er freigelegt wird und seine Schönheit entfaltet, so kann man auch in jungen Wesen wie dir, Sorla, manch Edles ahnen, das von erfahrener Hand entdeckt und zum Leuchten gebracht werden mag. So ist es mir eine Freude, dich bei deinen sprachlichen Studien zu unterstützen. Doch für heute genug davon, denn sicherlich wartet schon Gwimlin, um dich zum Essen abzuholen."

Gwimlin saß kleinlaut vor der Tür. Auch als er Hand in Hand mit Sorla durch die Gänge ging, wirkte er niedergeschlagen.

„Gestern nacht träumte ich von der Halle der Behüteten Kindheit. Wie glücklich war ich dort! Hier dagegen, wie sehr habe ich die würdigen Gnome enttäuscht! Wer kann mich hier noch lieben! Unreif und kindisch wurde ich zu Recht genannt, Sorla. Ich wünschte, ich hätte wie du mein Leben am Fluss verbracht, Erfahrungen gesammelt und mir den Wind um die Nase wehen lassen." Er seufzte tief.

Beim Essen schien er seinen Kummer vergessen zu haben. Er nahm sich mehrfach von den gewürzten Moosfladen und sagte, er brauche das, er wolle jetzt groß und stark werden. Als sie sich nach dem Essen trennten, um ihre Nachtlager aufzusuchen, sagte Gwimlin: „Schlafe wohl, mein lieber Sorla! Falls wir uns in nächster Zeit nicht sehen sollten, so wisse: Gwimlin ist bestrebt, an Reife raschestmöglich zu gewinnen!" Er stellte sich auf die Zehenspitzen, um Sorla zu umarmen, doch gelang es ihm nur, seinen Kopf an Sorlas Magengegend zu legen.

Am nächsten Morgen war Sorla zu Grisele der Schlosserin bestellt. Sie konnte Schlösser für Türen und Truhen herstellen oder Werkzeug zum Spalten und Schleifen von Steinen. Auch wenn es sonst ein kniffliges Problem zu lösen galt, kam man zu ihr. Sie hatte Sorla beigebracht, das Amulett Tainas am Hals zu befestigen. Von ihr erfuhr er, wie man Knoten schlingt und löst, auch solche der raffinierteren Art für Fallstricke, Schlingen und ähnliches.

„Sieh her", sagte sie, „dieses ist eine Armbrust. Ich gedenke dir zu weisen, wie sie gespannt wird und wie man verhindert, dass die Sehne zu früh auf den Bolzen treffe." Sorla beugte sich neugierig über die Werkbank, in der die Armbrust eingespannt war. Da platzte Gobil der Meisterschleifer in die Werkstatt herein.

„Wo ist Gwimlin?", rief er und blickte aufgeregt in die Runde, als müsse dieser hier auf der Werkbank oder in einem der Regale sitzen.

„Gwimlin?" Grisele entspannte vorsichtig die Armbrust, bevor sie sich Gobil zuwandte.

„Ja! Gwimlin, mein Lehrling! Er erschien heute nicht in der Werkstatt. Auch in seinem Schlaflager ist er nicht anzutreffen!"

„Vielleicht nimmt er ein kleines Mahl in der Küche ein?"

„Da war ich soeben! Nein, nein, er ist verschwunden!"

„Ein Gnom verschwindet nicht einfach. Gewisslich ist er irgendwo."

„Vielleicht bei den Stätten der Reinlichen Verrichtung?", mischte sich Sorla ein.

„Er wird schon auftauchen", meinte Grisele. „Lasst uns noch eine halbe Stunde zuwarten, bevor wir Alarm schlagen." Gobil raufte sich aufgeregt den Spitzbart und rannte hinaus, ohne sich zu verabschieden.

Eine halbe Stunde später war Gwimlin noch nicht aufgetaucht. Nun wurden alle Gnome alarmiert, und man durchsuchte den Pelkoll von unten bis oben, in den alten und den neuen Gängen, ja selbst in den entlegensten wasserführenden Höhlen, soweit sie begehbar waren. Sehr gründlich wurde auch die Halle, wo die Schnecken und das leuchtende Alte Moos lebten, durchkämmt. Doch Gwimlin wurde nicht gefunden. Ratlose Niedergeschlagenheit machte sich breit.

Sorla erinnerte sich, wie sein kleiner Freund noch am Vorabend ihn so herzlich umarmt hatte. Es klang ihm im Ohr, wie er sagte: „Falls wir uns in nächster Zeit nicht sehen sollten, so wisse: Gwimlin ist bestrebt, an Reife raschestmöglich zu gewinnen!" Das war es! Sorla durchlief es heiß. Er rannte zur Versammlungshalle, wo sich die meisten Gnome eingefunden hatten, und drängelte sich zum Thron Gnelis vor.

„Ich weiß, wo Gwimlin ist!", rief er. Gneli der Gewaltige hob sein greises Haupt und sah ihn mit hellen Augen an.

„Gwimlin ist am Fluss! Er will im Freien leben und Erfahrungen sammeln, so wie ich! Er will reif werden und keine Dummheiten mehr machen."

„Am Fluss", nickte Gneli. „Wir müssen ihn sofort suchen und heimbringen. Gerkin der Wächter soll sieben kampftüchtige Gnome zum Fluss führen und nach Gwimlin suchen."

„Ich komme mit!", rief Sorla.

„Du bist ein Kind, Sorla. Wir wollen dich nicht der Gefahr aussetzen."

„Aber ..."

Doch Gneli der Gewaltige ließ sein altes Haupt auf die Brust sinken. Grisele zog Sorla fort.

FÜNFTES KAPITEL: BEIM KIRSATTEN

Als der Trupp bewaffneter Gnome in den Gang einbog, der zum Geheimen Eingang hinauf führte, huschte Sorla hinterher. Stets blieb er so weit zurück, dass das Licht der Glygis, vor dem sich die dunklen Konturen der Gnome abzeichneten, ihn nicht mehr erreichte.

Im Gegenlicht des Geheimen Eingangs verharrten die Gnome kurz als Schattenrisse und bogen wenig später nach draußen um die Felsecke. Er schlich ihnen nach. Sie stapften den Abhang hinunter: voran Gerkin der Wächter; ihm folgten in Zweierreihen Gimkin der Vielseitige (Tainas Freund) und Girlim der Schweigende; dann, mit Armbrüsten bewaffnet, Gribo der Meisterschütze und Germol der Kunstschmied; schließlich die plumpe Gestalt Gombos des Kleinen Bären neben Girsu dem Dunklen; und als Nachhut folgte Gonli der Waffenmeister.

Ein kalter Wind pfiff an der Felswand vorbei und trieb das Herbstlaub vor sich her. Durch die kahlen Zweige der Maronenbäume konnte Sorla in der Ferne den Gnomfluss sehen, der hier aus dem Wald trat und sich durch das breite Tal zwischen Pelkoll und Kirsatten schlängelte. Die winzigen Gestalten der Gnome strebten durch die weiten Auwiesen dem Fluss zu. Fröstelnd wickelte Sorla den Umhang fester um sich und eilte in langen Sätzen den Berg hinunter, dass das Laub aufstob.

Noch nie hatte sich Sorla so schutzlos gefühlt. Er war die Wälder gewöhnt, das enge Tal des wild dahinströmenden Flusses, aber nicht diese offene Landschaft, in der man weithin allen Blicken ausgeliefert war. Über ihm krächzte ein Schwarm neugieriger Krähen. Er duckte sich mit stockendem Atem ins schulterhohe Gras. Ein Pfad niedergetretener Grasschwaden zeigte ihm den Weg der Gnome.

Gerkin hatte seine Schar direkt zur Furt geführt. Der Fluss war hier breit und flach, auch fanden sich genügend hohe Trittsteine. Doch jetzt führte er so wenig Wasser, dass man bequem hindurch waten konnte. Als Sorla ankam, hatten die Gnome bereits den Fluss überquert. Sie winkten ihm aufgeregt zu. Er beeilte sich, zu ihnen hinüber zu kommen. Einige Augenblicke fühlte er großes Glück, als seine Füße durchs Wasser spritzten; lange hatte er das Gefühl fließenden kalten Wassers und nassen Gerölls im Flussbett entbehrt!

„Was tust du hier, Sorla? Wir wähnten dich im Pelkoll." Gerkin war kurz angebunden.

„Ich wollte dabei sein. Ich kenne den Fluss."

„Nun, das war falsch. Aber es wird bald dunkel, und wir können dich nicht alleine zurückschicken. Morgen werden wir eine Entscheidung treffen." Sorla spürte, dass die Gnome sein eigenmächtiges Handeln nicht guthießen. Sie ließen ihn stehen und wandten sich dem plumpen Gombo zu, der völlig durchnässt war.

„Lieber Gombo", spottete Gimkin. „Es ist ein Kunststück, in dieser Furt so gründlich nass zu werden."

„Werter Gimkin", erwiderte Gombo würdevoll, „du sahst, dass ich völlig unfreiwillig stolperte und hinein fiel. Ein Lob ist hier nicht erforderlich." Gombo wurde entkleidet und mit trockenen Sachen versehen, die nasse Kleidung über die Zweige eines Erlengebüsches in den Wind gehängt.

In der Nähe begann eine Amsel ihr Abendlied zu flöten. Gombo hörte, während er sich anzog, aufmerksam zu und sprach dann: „Nun, da ich der Gefahr einer Erkältung entronnen bin, will ich das Meinige tun, etwas über Gwimlins Verbleib zu erfahren." Er spitzte die Lippen und flötete, als wolle er mit der Amsel wetteifern. Tatsächlich flatterte die Amsel herbei, setzte sich neben die nasse Hose auf den Erlenast und sah ihn mit seitlich gekipptem Kopf aus einem glänzenden Auge an. Als er aufhörte zu pfeifen, antwortete sie ihm mit einem langen und melodiösen Lied voller Triller und Schleifen. Danach flog sie davon.

„Sehr schön, mein lieber Gombo", meinte Gimkin. „Dass du der Kleine Bär genannt wirst, hat seine Gründe; doch sollten wir dich eher die Große Amsel nennen."

„Sehr schön fürwahr", ergänzte Gerkin, „und passend zur Abendstimmung am Fluss. Doch was hat es mit Gwimlin zu tun?"

Gombo ließ sich Zeit zur Antwort: „Gwimlin überquerte heute früh den Fluss und wanderte weiter südlich auf den Kirsatten zu." Er machte eine Pause und betrachtete ihre offenen Münder. Dann setzte er hinzu: „Ich bin vielleicht nicht geschickt beim Überqueren glitschiger Steine im Flussbett, doch für eine abendliche Unterhaltung mit einer aufgeschlossenen Amsel bin ich immer gut."

Die Gnome lachten überrascht. Gerkin sagte: „Da Gwimlin, wie wir hörten, sich am Fluss nicht wohlfühlte und sich daher wieder nach den Hallen seiner Kindheit im Kirsatten sehnte, sollten wir ihm schleunigst dorthin nacheilen, bevor ihm etwas Arges zustößt."

Alle Gnome nickten; sie sammelten Gombos Sachen vom Erlengebüsch und gingen dann – Sorla in der Mitte – auf den fernen Kirsatten zu.

Die Nacht war hereingebrochen, und es begann in Strömen zu regnen. Gedrückter Stimmung und müde stapften die Gnome auf den schwarz vor ihnen aufragenden Kirsatten zu.

„Ich weiß nicht, weshalb ich meine nassen Sachen ausziehen musste", murrte Gombo. „Bin ich vielleicht jetzt trockener?" Keiner antwortete. Der Boden stieg vor ihnen leicht an, statt der Erlengebüsche wuchsen hier hohe Laubbäume; ein Zeichen, dass sie die Auwiesen verlassen hatten und dem Kirsatten näher kamen.

Gerkin blieb stehen und zeigte auf einen umgestürzten Baum, dessen flacher Wurzelballen schräg vom Boden wegragte.

„Wir können Gwimlin jetzt nicht finden", sagte er. „Hier ist ein Unterschlupf, der uns bis morgen vor Regen und Kälte schützen mag." Keiner wollte mehr weitergehen, so krochen sie alle unter den Wurzelballen. Dabei scheuchten sie eine Wildkatze auf, die fauchend in den nächtlichen Regen hinaus schoss. Sie kauerten sich dicht aneinander und erwarteten müde, nass und durchgefroren den Schlaf.

*

Beim Erwachen spürte Sorla als erstes, wie steif sein Körper von der verkrümmten Haltung war und wie klamm und kalt die Kleidung. Danach erst merkte er, dass im Halbkreis vor ihrer Erdhöhle eine Reihe dunkler Gestalten stand, deren Kurzschwerter im Morgengrauen glänzten.

„Wachet auf", rief eine barsche Stimme. Die Gnome zuckten zusammen und erschraken.

„Es wäre fürwahr ein Leichtes gewesen, euch Schlafmützen abzustechen", spottete die Stimme. „Kommet heraus!"

Die dunklen Gestalten traten ein paar Schritte zurück, und im schwachen Licht der Morgendämmerung sah Sorla, dass sie ebenfalls Gnome waren. Allerdings wirkte ihre Haltung straffer, kriegerischer, nicht so gemütlich wie die der Pelkoll-Gnome.

Gerkin erhob sich verlegen und sagte: „Seid gegrüßt, oh Gnome vom Kirsatten. Seid gegrüßt auch Ihr, Hauptmann Greste. Ich danke Euch für Eure Warnung. Doch wer sollte uns am Fuße des Kirsatten Böses antun wollen?"

„Gerkin vom Pelkoll, Ihr nennt Euch Wächter, seid aber nicht wachsam genug. Einige Chrebil wurden hier gesichtet. Diese Scheusale haben nichts Gutes vor!"

Gerkin war beeindruckt. „Da ist es gut, dass Gwimlin direkt zu Euch in den Kirsatten kam", sagte er.

„Gwimlin?", versetzte Greste erstaunt. „Der ist nicht hier." Die Gnome sahen sich erschrocken an.

„Gwimlin wurde euch anvertraut", hakte Hauptmann Greste nach. „Was ist geschehen?"

Während die Pelkoll-Gnome berichteten, biss sich Greste ärgerlich auf die Oberlippe, dass sich die weißen Barthaare sträubten. Dann sagte er:

„Golsten und Graslu, ihr eilt zum Kirsatten und meldet den Vorfall. Gerkin vom Pelkoll, Ihr nehmt Euren Trupp und sucht den südöstlichen Bereich um den Kirsatten ab. Wir werden uns um das südwestliche Gebiet kümmern. Da ihr von Norden kamt, können wir diesen Bereich zunächst außer acht lassen. Außerdem liegt das Gebiet der Chrebil im Süden. Heute Abend treffen wir uns hier."

„Weshalb nicht im Kirsatten?", fragte Gerkin.

„Weil euer Menschenkind im Kirsatten nicht gern gesehen ist, Gerkin. Wir wünschen euch guten Erfolg." Damit drehte sich Hauptmann Greste auf dem Absatz um und ging los. Seine Gnome folgten ihm in strammer Haltung.

„Peinlich fürwahr", murmelte Gonli der Waffenmeister.

„Doch wichtiger als unsere Ehre ist Gwimlin", versetzte Gerkin. „Lasset uns beraten, was zu tun sei."

„Wir sollten etwas essen", schlug Gombo vor. Er schaute in die verblüfften Gesichter. „Gestern legten wir uns hungrig schlafen. Und während wir uns kräftigen, könnte ich die Amseln über Gwimlins Verbleib befragen."

Das schien allen klug geredet. Sie setzten sich wieder in die Erdhöhle und packten aus ihren Rucksäcken getrocknete Moosfladen und Wurzeln. Sorla suchte sich auf dem nassen Waldboden essbare Schnecken, deren Haus er mit einem Stein zerdrückte, bevor er ihre zusammengekrümmten Körper herauszog und zerkaute. Zunächst hatte er hierfür seinen Glygi verwenden wollen, doch dieser verschwand jedes Mal aus seiner Hand; er schien sich für derlei nicht herzugeben. In der Nähe begann eine Amsel zu flöten.

„Was sagt sie, Gombo?", fragte Gerkin.

„Sie sagt, dass es nach dem Regen von Würmern und Schnecken wimmelt. Das Übliche eben."

„Beeil dich und frage nach Gwimlin!"

Gombo schluckte den Rest seines Fladens hinunter und pfiff dann, von einigen restlichen Krümeln behindert, eine kurze Melodie. Die Amsel flatterte auf den Wurzelballen. Als Gombo fertig gepfiffen hatte, antwortete sie ihm mit einzelnen harten Rufen, schloss mit einem Triller und flog fort.

„Nun, Gombo?" Alles drängte sich heran.

„Es tut mir leid, Freunde. Die Amsel klagt Sorla an, im Frühjahr Nester geplündert zu haben. Sie will uns nicht helfen."

„Dann müssen wir weiter nach Süden gehen. Lasset uns hoffen, dass wir dort Gwimlin finden oder wenigstens eine freundlichere Amsel."

Sie wollten eben den Unterschlupf verlassen, als ein Stöhnen und Brummen sie zusammenfahren ließ. Zwischen hohen Farnen tauchte eine plumpe braune Gestalt auf; ein Bär.

„Er ist verwundet", flüsterte Gribo der Meisterschütze. Nun sahen sie es alle; der Bär hinkte, torkelte, schleppte sich mühsam voran. Aus der blutigen Flanke ragte der Schaft eines Speeres. Die Gnome duckten sich unter den Wurzelballen. Der Bär verharrte schwankend, den Kopf gesenkt. Atemlos beobachteten die Gnome, wie seine Hinterbeine langsam einknickten. Ein Zittern durchlief den rotbraunen Pelz. Dumpf stöhnend kroch er auf die Erdhöhle der Gnome zu.

„Will er hierher?", flüsterte Gerkin. „Vielleicht hier sterben?"

„Da wird es aber eng werden", entgegnete Gimkin leise.

Der Bär verhielt. Hatte er sie gehört, hatte ihr Geruch ihn gewarnt? Er brüllte auf, kam hinten wieder hoch und schleppte sich in torkelndem Passgang, rascher als zuvor, auf den Unterschlupf der Gnome zu.

„Schnell raus hier!", rief Gerkin.

„Zu spät", stöhnte Gombo. Der Bär war kaum noch drei Schritte entfernt und verdunkelte den Eingang. Da ertönte ein hartes Knacken. Einen Herzschlag lang stockte das Tier und sackte dann lautlos zusammen. Sein riesiger Leib versperrte den Eingang, die Gnome waren im Dunkeln gefangen.

„Was ist geschehen?", flüsterte Gerkin. Die ersten Glygis leuchteten auf. Der Kopf des Bären lag vor ihren Füßen. Seine Augen starrten sie leblos an, dazwischen ragte ein Bolzen hervor.

„Es war etwas knapp, ich gebe es zu", sagte Gribo der Meisterschütze. „Aber in derlei beengten Verhältnissen die Armbrust zu spannen und zu laden war kaum rechtzeitig möglich."

„Kein Vorwurf, nur Dank gebührt dir, treffsicherer Gribo", entgegnete Gerkin. „Nun lasst uns den Bären wegschieben, auf dass wir ins Freie gelangen." Das stellte sich als sehr schwer heraus. Nur fünf Gnome fanden am Bär einen Halt zum Zupacken, die anderen drei und Sorla mussten an den Rand der Erdhöhle zurückweichen. Sie drückten und schoben mit all ihren Kräften, doch umsonst. Ihre Füße rutschten über den feuchten Lehm, der Bär blieb. Gerkin raufte sich den weißen Bart.

„Ich bitte um Vorschläge, ihr Gnome!", rief er.

„Wir könnten uns am Bären vorbeigraben", meinte Gonli der Waffenmeister.

„Sind wir Maulwürfe?", schnappte Germol der Kunstschmied. „Edlere Aufgaben bin ich gewohnt."

„Ruhig, ruhig", ließ sich Gombo hören. „Ich schlage vor, wir schlafen ein wenig, bis Greste, dieser tüchtige Hauptmann, zurückkehrt und uns befreit."

„Nein! Nicht ein zweites Mal soll uns Greste verspotten können!", rief Gribo. So stritten die Gnome hin und her. Sorla saß da und schaute in das blassblaue Licht seines Glygi. Er dachte an Gwimlin, den kleinen Freund, der nicht im Kirsatten angekommen war. Wo mochte er sein? Da schien es Sorla, als bewege sich etwas im Glygi. Das blaue Schimmern wurde unklar, es bildeten sich dunklere Streifen und Flecken. Und in der Mitte traten verschwommene Konturen hervor, immer klarer, bis ...

„Schnell, Gnome, schaut!", rief Sorla. Alle drängten hinzu, und sie sahen das kleine Gesicht Gwimlins; verschmiert, von dreckigen Strähnen verklebt, die Augen blickten müde und verzweifelt. Jetzt schien Gwimlin sie zu erkennen; er lächelte und wollte etwas sagen. Da trübte sich das Bild und verschwand. Sorlas Glygi schimmerte ruhig und blassblau wie zuvor.

„Es geht ihm nicht gut!", rief Gribo.

„Aber er ist am Leben", entgegnete Gerkin. „Uns obliegt, ihn rasch zu finden. Zuvörderst sollten wir uns jedoch aus unserer misslichen Lage befreien."

„Dann lasst uns eben graben", seufzte Germol.

„Wie die Maulwürfe", ergänzte Gimkin heiter. „Fang nur schon an." Germol kniete ächzend hin und begann, mit den Händen neben dem Bären den Lehm wegzuscharren. Plötzlich zuckte er zusammen.

„Er hat sich bewegt!"

„Wer?"

„Der Bär! Er hat den Kopf bewegt!"

„Dieser Bär ist tot", versicherte Gribo, in seinem Stolz verletzt. Doch nun sahen sie es alle: der Kopf des Bären zuckte, als wolle er sich zurückziehen. Die Gnome erstarrten, vor Angst und Hoffnung zugleich. Da ertönte lauter Gesang von draußen:

„Wie ist der Bär so schwer!
Er schläft wohl einen tiefen Schlaf,
drum regt er sich nicht mehr,
er ist so faul und schwer!"

„Rafell!", rief Sorla.

„Der Bär spricht mit Rafell!", klang es von draußen entsetzt. Der Bär lag wieder still; offensichtlich hatte Rafell seine Arbeit eingestellt. Die Gnome sahen einander in die ratlosen Gesichter, bis sich Gimkins Miene erhellte.

„Rafell", brummte er, „zieh mich raus! Ich will dir etwas zeigen!"

„Eine Überraschung, oh ja!", jubelte es von draußen. Wieder begann der Bärenkopf zu rucken und sich langsam zurückzubewegen. Allmählich schimmerte ein dünner Lichtstrahl zwischen Bärenrumpf und Erdreich. Kühle Luft wehte herein. Kaum war der Spalt breit genug, zwängten sich alle nacheinander hinaus.

„Schmutzige Gnome! Welch dumme Überraschung!", rief Rafell enttäuscht. Die Gnome sahen ihn erbittert an. Es stimmte natürlich, sie waren von Kopf bis Fuß mit Lehm verschmiert. Rafell zog den Speer aus dem Leib des Bären und stützte sich darauf. Sorla lächelte ihn an, doch schien Rafell ihn nicht zu erkennen.

„Rafell", fragte Gerkin, „hast du den Bären erlegt?"

„Rafell weiß nicht mehr." Er runzelte die Stirne. „Überall Gnome. Schmutzige Gnome, blutige Gnome. Heute träumt Rafell nicht schön."

„Wir sind beileibe nicht blutig!", protestierte Germol.
„Armer blutiger Gnom", seufzte Rafell. Dann sang er wehmütig:

„Der arme Gnom am Baum,
er blutet sehr und ist bald tot.
Das ist ein schlimmer Traum,
ein traurig böser Traum!"

„Er meint Gwimlin!", rief Gribo. „Rasch, Rafell, weise uns die Stelle!"
Rafell aber war in sich zusammengesunken und bedeckte die Augen mit seinen Händen. „Alles ist traurig", ächzte er. „Rafell mag nichts mehr sehen."
Die Gnome sahen sich fragend an. Wieder war es Gimkin, dem eine Idee kam.
„Eben fällt mir bei, liebe Freunde, dass ich zu Recht auch der Duftende genannt werde!"
Die anderen schauten noch verständnislos, als sich eine laue Brise erhob, sie brachte den ahnungsvollen Duft blühender Apfelbäume und Heckenrosen. Sorla glaubte fast, das Summen von Bienen zu hören, obwohl es doch Herbst war und ein nasskalter Tag obendrein. Rafell richtete sich mit verklärtem Gesicht auf.
„Frühling!", flüsterte er. Er hob die Arme und sprang in die Höhe. Dann tanzte er in langen Sätzen in den Wald davon. Sie hörten noch, wie sich sein Lied in der Ferne verlor:

„Ich tanze durch den Wald
und singe ihm mein schönstes Lied
und schreie, dass es schallt,
dass alles widerhallt!"

„Das bringt uns auch nicht weiter", murrte Gerkin. „Nun ist er fort, statt uns zu Gwimlin zu führen."
„Vielleicht kann ich helfen", sagte Sorla.
„Nun, wie?"
„Wenn es Rafell war, der den Bären verwundete, dann brauchen wir nur die Bärenspur zurückzuverfolgen. So wissen wir, wo Rafell herkam, als er Gwimlin sah."

„Gut gedacht, mein junger Freund", lobte Gerkin. Alle eilten dorthin, wo der Bär zuerst aufgetaucht war. Nun zeigte sich, dass Sorla durch sein Leben am Fluss einiges gelernt hatte. Wo die Gnome nur Laub, Farn und Baumstämme sahen, fand er Blutstropfen, Krallenabdrücke, umgetretene Gräser. Umsichtig führte er sie auf der Fährte des Bären zurück. So war etwa eine Stunde vergangen, als Gribo stehen blieb.

„Dort!", rief er. Die anderen mussten ihre Augen anstrengen, doch dann sahen sie, was er meinte. In einiger Entfernung erhob sich zwischen anderen Bäumen eine mächtige Eiche. An ihrem niedrigsten Ast hing eine dunkle, reglose Gestalt. Sorlas Herz krampfte sich zusammen.

„Gwimlin!", rief er und rannte los, durch niedriges Gebüsch und über umgestürzte Baumstämme. Dichtauf folgten die Gnome. Gombo stolperte und humpelte hinterher.

Als Sorla und die Gnome atemlos unter den weit ausladenden Ästen der Eiche ankamen, fielen sie fast über die vielen toten Chrebil, die herumlagen. Sie achteten nicht weiter darauf, sondern eilten zu dem Ast, an dem ein nackter, blutverkrusteter Gnom hing, mit hochgereckten Armen, über dem Ast an den Handgelenken zusammengebunden. Es war nicht Gwimlin. Als sie ihn berührten, um ihn loszuschneiden, zuckte er zusammen und stöhnte leise.

„Immerhin lebt er", murmelte Gerkin. Sie legten den Körper vorsichtig ins Laub unter der Eiche. Wieder stöhnte der Gnom auf, doch blieben die Augen geschlossen. Girlim der Schweigende kniete sich neben ihn und begann, vorsichtig mit seinem Glygi über den zerschundenen Körper zu streichen.

Inzwischen sahen sich die anderen um. Im nahen Umkreis lagen verstreut neun tote Chrebil. Zwei waren durch Schwerthiebe umgekommen, zwei durch Prankenhiebe eines wilden Tieres verstümmelt, die übrigen fünf an Speerstichen gestorben. Im Körper eines dieser Chrebil steckte noch eine abgebrochene Spitze, der dazugehörige Schaft ragte vorne und hinten aus dem Leib eines weiteren Chrebil. Zwischen den Leichen fanden sich mehrere zerbrochene Speere und ein Kurzschwert. Gerkin schüttelte ratlos den Kopf. Er ging zu Girlim und beobachtete, wie jener sich um den Verwundeten mühte. Die Haut war fast verheilt, doch noch immer waren die Augen geschlossen, und der Atem ging flach und schnell. Girlim wirkte erschöpft. Schweißperlen rannen von seiner Stirn, die Hand mit dem Glygi zitterte, aber er hörte nicht auf, den Glygi sachte am Körper des Verwundeten in bestimmten Linien entlang zu führen.

„Wie geht es ihm?", flüsterte Gerkin. Girlim zuckte mit den Schultern. Vorsichtig drehte er den Verwundeten um. Der Rücken war übersät mit Schrammen und Rissen, tiefere Wunden fanden sich nicht.
„War der übrige Körper ebenso zerschunden?"
Girlim nickte.
„Keine ernsthafte Wunde?"
Girlim schüttelte den Kopf.
„Seltsam."

*

Eine Stunde später öffnete der Verletzte die Augen und bat flüsternd um Wasser, nach einer weiteren halben Stunde nahm er etwas Moosfladen zu sich und schlief ein. Erst abends erwachte er und bat wieder um Wasser und Fladen. Jetzt konnte er sich schon aufsetzen, und, an den Stamm der Eiche gelehnt, sprach er zu den teilnahmsvoll Lauschenden:

„Verehrte Gnome vom Pelkoll! Seid bedankt für meine Rettung! Hättet ihr mich nicht unter solch betrüblichen Umständen angetroffen, ihr würdet mich wohl erkannt haben. Ich bin Growe vom Lorkoll. Man nennt mich dort Growe den Starken."

„Seid gegrüßt, Growe", erwiderte Gerkin. „Sehr wohl seid Ihr uns bekannt; die Gnome vom Lorkoll haben in Euch einen wackeren Streiter."

Growe lächelte schwach und fuhr fort: „Ich wurde zum Kirsatten gesandt, um wegen der Chrebil zu beraten, welche absonderlich frech werden. Ihr im Pelkoll seid nicht so betroffen, doch der Kirsatten und der Lorkoll liegen südlich des Flusses und sind so den nächtlichen Raubzügen der Chrebil eher ausgesetzt. Ich machte mich gestern Nachmittag auf und gedachte den Kirsatten vor der Nacht zu erreichen. Doch hatte ich nicht mit den heftigen Regengüssen gerechnet, die das Fortkommen erschwerten und den Himmel verdunkelten."

„Oh ja, ich erinnere mich", murmelte Gombo.

„Kurzum, als ich, im Dunkeln umherirrend, zu dieser Eiche kam, geriet ich in einen Hinterhalt. Wohl zwei Dutzend Chrebil stürzten sich auf mich, deren zwei ich mit dem Schwerte niedermachte, bevor sie mich überwältigten."

„Also ist jenes Kurzschwert das Eure?"

„Gewiss. Nun gewärtigte ich einen raschen, wenn auch grausamen Tod. Statt dessen schrie der Anführer seinen Leuten etwas zu, in diesem Krächzen, das kein vernünftiges Wesen hören mag. Sie ließen von mir ab, und er hielt ihnen eine Rede, die den Scheusalen zu behagen schien. Währenddessen ließ ich meine Blicke schweifen und stellte fest, dass ich nicht der einzige war, der das Unglück hatte, den Chrebil in die Fänge zu geraten. Als erstes bemerkte ich ein gefesseltes Gnomenkind ..."

„Gwimlin!", stöhnten die Zuhörer.

„Ich kannte seinen Namen nicht. Es war geknebelt und an eine Tragestange gebunden wie ein Rehkitz. Dies ging mir sehr zu Herzen. Des weiteren erblickte ich einen gefesselten Menschen, wohl einen jungen Bauern, dessen Fußgelenke durch ein kurzes Seil so verbunden waren, dass er zwar gehen, aber nicht davonlaufen konnte. Nun wandte sich der Anführer mir zu und schrie mich in seiner Sprache an, dann, als ich ihn nicht verstand, in gebrochener Menschensprache. Er sagte, das Gnomenkind sei zum Braten bestimmt gewesen ..."

Die Zuhörer keuchten entsetzt.

„... aber als er mich fing, sei ihm eine bessere Idee gekommen. Er wolle mich mit folgender Botschaft zu den Gnomen schicken: Wir würden das Gnomenkind für zwei Edelsteine freikaufen können. Ich wollte sofort wissen, wie groß die Steine sein sollten. Er sagte, so groß wie die Hoden des Kindes. Er schlug höhnisch vor, sie mir als Maß mitzugeben."

Sorla und die Gnome schwiegen entsetzt.

„Ich versicherte ihm, die Steine würden auch ohne diese schreckliche Maßnahme groß genug gewählt werden. Er lachte. Ich glaube, Chrebil sind nur auf der Welt, um Scheußliches zu tun! Der Austausch sollte in drei Tagen, also übermorgen nacht, hier stattfinden. Mir wurde befohlen, alleine mit den Steinen zu kommen und das Kind hier entgegenzunehmen."

„Er wird die Steine nehmen und Gwimlin behalten", murrte Gerkin.

„Und Growe dazu", sagte Gimkin.

„Diese Bedenken hatte auch ich. Als ich sie äußerte, ließ der Anführer mich entkleiden und an diesen Ast binden, so wie ihr mich vorfandet. Man müsse mir zeigen, schrie er, dass sein Wort ernst zu nehmen sei. Nun holten die Chrebil Ruten und Brombeerranken und peitschten damit auf mich ein. Während sie mir die Haut zerschanden, rief mir der Anführer noch zu, meine

Peiniger würden genug Leben in mir lassen, dass ich, wenn sie mich losgebunden hätten, den Weg zum Kirsatten bewältigen und meinen Auftrag ausführen könnte. Dann brach er mit dem größeren Teil der Chrebil und den beiden Gefangenen auf. Wenig später erschien ein Mensch. Er trug einen Speer und stürzte sich auf meine Schinder. Das war sehr tapfer, denn auch die Chrebil trugen Speere, und sie waren zu siebt! Dabei sang er laut und machte seltsame Sprünge ..."

„Das war Rafell!", rief Sorla.

„Er wütete entsetzlich. Im ersten Anlauf durchbohrte er zwei Chrebil. Dabei zerbrach seine Waffe. Er nahm sich einen Speer von den getöteten Chrebil und kämpfte weiter gegen die Übermacht der restlichen fünf. Er stach zu, wo er konnte, und zerbrach die Speere, die er zu fassen bekam."

„Wer hätte gedacht, dass dieser Verrückte so kämpfen kann", murmelte Gonli der Waffenmeister. Die anderen nickten zustimmend.

„Schließlich lagen alle Chrebil reglos am Boden, und ihre Speere waren zerbrochen. Nur der Mann stand da, auf seinen Speer gestützt, und sah mich an. Ich wähnte, er würde mich befreien, doch hatte mein Aussehen ihn so erschüttert, dass er zu weinen anhub wie ein Kind. Er ließ seinen Speer fallen und lief laut klagend davon. Kaum war er fort, erhoben sich zwei Chrebil vom Boden. Sie hatten sich tot gestellt und waren auch jetzt voller Angst. Immerhin machten sie Anstalten, mir die Fesseln abzunehmen, damit ich meinen Auftrag ausführen könne. Da erschien, von Lärm und Blutgeruch wohl angelockt, ein Bär. Hätten die Chrebil ihn in Ruhe gelassen, nichts wäre geschehen. Doch ihnen fehlte die notwendige Besonnenheit. Der eine nahm den Speer, den der Mensch hatte fallen lassen, und warf ihn dem Bären in die Seite. Dies verwundete ihn schwer und machte ihn wütend zugleich. Er stürzte sich auf die beiden Chrebil und zerfleischte sie in wenigen Augenblicken. Den Speer aus seiner Seite herauszubekommen, gelang ihm nicht. So verschwand er im Wald und wird wohl inzwischen verendet sein."

Die Gnome sahen einander an. Gerkin ergriff das Wort: „Werter Growe. So habt ihr diesen ganzen Tag hilflos und geschwächt an dem Ast gehangen. Wie froh sind wir, Euch gefunden zu haben, wenn wir auch etwas anderes suchten. Welch erstaunliche Geschichte erzählet Ihr! Wie sehr tappten wir im Dunkeln, als wir den verwundeten Bären und dann diesen Schauplatz voller

Leichen und zerbrochener Waffen sahen. Nichts erfreut ein Gnomenherz mehr, als wenn aus dem Dunkel das Licht des Wissens zu strahlen beginnt."

Er räusperte sich und setzte hinzu: „Nichtsdestoweniger hat sich durch Gwimlins Schicksal neue Düsternis in unseren Seelen verbreitet. Ihn zu retten ist unsere Aufgabe."

*

Da es schon dämmerte, beschlossen die Gnome aufzubrechen. Sie waren am Kirsatten mit Hauptmann Greste verabredet und hatten es zudem eilig, Gwimlins Rettung in die Wege zu leiten, wenn sie auch nicht wussten wie.

Gerkin ging voraus, ihm folgten Gimkin und Girlim, die ihre Hände verschränkt hielten und auf dieser Sitzfläche den armen Growe trugen. Dann kamen Gribo und Germol, die nach der halben Wegstrecke Growe übernehmen sollten. Die nächsten waren Sorla und Gombo, den Schluss bildeten Girsu und Gonli.

„Sag, Gombo, wo hast du die Amselsprache gelernt?", wollte Sorla wissen. „Ich wuchs am Fluss auf und hörte die Amseln täglich. Ich weiß, ob sie schimpfen oder jubeln, ob sie warnen oder locken. Doch verstehe ich keine Worte."

„Nun, Sorla, als ich vor langer Zeit einmal dem Abendlied einer Amsel lauschte und mich an dessen Schönheit erfreute, fand ich plötzlich, dass ich alles verstand, als wäre es die Gute Sprache der Berge. Auch wusste ich, wie ich selber antworten könnte, gleichwohl bedurfte es dann einiger Übung im Pfeifen. Nicht einer besonderen Sprachbegabung habe ich solche Kenntnisse zu verdanken, deucht mir, sondern mein Glygi vermittelte mir diese Fähigkeit. Ich hielt sie immer für recht nutzlos, denn wo treffe ich in den Gängen des Pelkoll eine Amsel, und was hätte ich schon mit ihr zu besprechen? Nun haben wir aber gesehen, dass ... au!" Er war gestolpert. Sein plumper Körper krümmte sich am Boden.

„Mein Fuß! Ich habe ihn gebrochen!", jammerte er. Die Gnome eilten hinzu und untersuchten ihn. Zwar schien der Fuß nur verstaucht zu sein, doch Gombo behauptete, nicht weitergehen zu können. So mussten Gribo und Germol ihn ebenso zwischen sich tragen, wie es Girlim und Gimkin mit Growe taten. Sorla war jetzt mit Girsu und Gonli in der letzten Reihe. Es wurde schon dunkel, doch zeichnete sich der Kirsatten als Ziel deutlich gegen den Himmel ab.

Sorla wandte sich Girsu zu.

„Verzeih die vielleicht unpassende Frage", sagte Sorla, „doch weshalb wirst du ‚der Dunkle' genannt?"

„Hast du jemals meinen Glygi leuchten gesehen?"

„Ich habe nicht darauf geachtet."

„Nun, wenn andere Glygis sanft erstrahlen, bleibt meiner dunkel."

„Oh." Sorla schämte sich.

„Deine Frage hat mich keineswegs verletzt, mein lieber Sorla."

Seit einiger Zeit quälte Sorla ein zunehmend ungutes Gefühl in seinen Därmen. Er hatte sich zwar morgens wie üblich erleichtert, doch ob er sich vergangene Nacht verkühlt hatte oder ob die Aufregungen des heutigen Tages ihm auf die Verdauung geschlagen waren, er fühlte das dringende Bedürfnis, hinter ein Gebüsch zu treten. Er wusste, dass dabei die ganze Gruppe aufgehalten würde, daher hatte er bislang versucht, es sich zu verkneifen. Aber es wurde immer schlimmer, es gurgelte und zwickte in seinem Gedärm, dass ihm der kalte Schweiß auf die Stirn trat und er es nicht mehr aushielt. Er flüsterte Girsu zu: „Ich komme sofort nach!" und sprang seitab hinter einen Strauch, wo er sich im Dunkeln aufatmend entleerte.

Mit einigen Moospolstern wischte er sich sorgsam den Hintern. Als er sich aufrichtete, traf ihn ein Schlag am Hinterkopf.

SECHSTES KAPITEL: DIE HÖHLE DER CHREBIL

Sorla kam zu sich, als sein Kopf in eiskaltes Wasser tauchte. Wie er um sich schlagen wollte, merkte er, dass er an Händen und Füßen gefesselt war. An einer Stange hängend (Wie ein Rehkitz, fiel ihm ein), wurde er halb über, halb unter Wasser durch einen Fluss gezerrt. Bald war das Ufer erreicht, und seine Entführer fielen in einen raschen Trott, so dass er ruckweise an der Tragestange hin und her geschüttelt wurde. Lange Zeit war Sorla nahe am Ersticken und mühte sich, das Wasser aus der Lunge heraus und Luft herein zu bekommen. Alles andere war ihm gleichgültig. Erst danach spürte er die Schmerzen an den Gelenken seiner Hände und Füße. Die Fesseln schnürten bei jedem Ruck tief ein. Er versuchte auf seine Umgebung zu achten, aber es war zu dunkel. Nur das Wesen am hinteren Ende der Tragestange konnte er undeutlich erkennen; verkehrt herum, denn Sorlas Kopf hing nach unten. Zum erstenmal in seinem Leben sah Sorla, wie im Dunkeln die Augen eines Chrebil rot glühten. Sie tanzten im Takt des Trottes auf und ab.

Wenig später erreichten sie einen Wald; es wurde noch dunkler, und Zweige peitschten an Sorla entlang. Dann waren sie in einer Höhle, die tief hinunter führte. Alles ging so schnell, dass Sorla sich keine Einzelheiten merken konnte außer dass es entsetzlich stank. Die Chrebil warfen ihn auf den Boden, rissen den Knebel aus seinem Mund, zogen die Stange zwischen den gefesselten Gelenken heraus und versetzten ihm einen Fußtritt. Ehe Sorla sich besann, rollte er über einen Rand, fiel ins Leere und schlug weich auf. Verzweifelt versuchte er, im knietiefen Matsch einen Halt zu finden.

„He du", schimpfte es, „pass auf, wo du rumtrampelst!" Es waren Worte in der Menschensprache.

„Wer hat da gesprochen?", flüsterte Sorla. „Wo bin ich hier?" In diesem Moment schlug etwas mit Wucht neben ihm in den Matsch. Die Brühe schwappte sein Gesicht. Sie roch so übel, dass Sorla sich vornüber beugte und erbrach. Neben ihm rappelte sich jemand auf. Sorla hörte Prusten und wütendes Ächzen.

„Also noch einer", ertönte die Menschenstimme wieder. „Mach mal Licht, Kleiner." Das blasse Licht eines Glygis glomm auf, und im Widerschein darüber zeigte sich ein vertrautes kleines Gesicht.

„Gwimlin!", rief Sorla. Auch neben ihm hatte jemand „Gwimlin" gerufen. Sorla drehte sich um und sah Girsu den Dunklen, übel zugerichtet und mit Kot beschmiert.

„Du auch, Sorla?", keuchte dieser. Er krümmte sich würgend zusammen, und schon schoss ein breiter Schwall aus Girsus Mund und mischte sich mit der Brühe, in der sie hockten.

„Welch fürchterlicher Ort ist dies?", ächzte Girsu.

„He, was sagt der?" Neben Gwimlin saß ein junger Mann in, soweit man durch den Dreck erkennen konnte, sehr einfacher Kleidung.

„Ach, ein Mensch", stellte Girsu fest. „Nun, so lasst uns seine Sprache gebrauchen. Ich bin Girsu vom Pelkoll, und jener ist mein junger Freund Sorlea-glach." Der junge Mann nickte und watete herüber, um ihnen die Fesseln zu lösen. Girsu dankte im Namen beider, wandte sich dann aber Gwimlin zu, um ihn nach seinem Befinden zu befragen und wie er in die Gewalt der Chrebil geraten sei.

Gwimlin war so entkräftet, dass er nur flüstern konnte. Er lehnte gegen die Grubenwand, und wenn er in seiner Schwäche wegrutschte, zog ihn der junge Mann wieder hoch. Stockend erzählte er, wie er sich aus dem Geheimen Eingang des Pelkoll geschlichen habe, um ein abenteuerliches Leben am Fluss zu führen. Es sei aber kalt und windig gewesen, so dass ihm der Kirsatten mit seinen behaglichen Hallen der Behüteten Kindheit einfiel und er flussabwärts ging, um die Furt zu finden. Dort fiel er den Chrebil in die Hände.

Hier brach Gwimlin erschöpft ab. Der junge Mann mischte sich ein. Er hieß Tannes und war ein Bauer aus der Gegend bei Seedorf, einer Siedlung nördlich von Stutenhof. Er hatte seine Schwester in Stutenhof besucht. Auf dem Heimweg - immerhin eine Tageswanderung - verspätete er sich und war mit seinen beiden Weggefährten noch auf freiem Feld, als die Nacht hereinbrach. Eine Horde Chrebil lauerte ihnen auf („Noch nie hat man Chrebil bei uns gesehen! Was hat sie so frech gemacht?"). Die beiden Gefährten wurden niedergemetzelt, er aber gefesselt und von den Chrebil mitgezerrt. An der Furt stießen sie auf Gwimlin, den sie ebenfalls mitschleppten. Als der Morgen graute, verkrochen sich die Chrebil in einer Erdhöhle; Gwimlin und Tannes lagen geknebelt davor im Regen. Den ganzen Tag bekamen sie weder zu essen noch zu trinken. Es dunkelte früh, und die Chrebilhorde brach wieder auf. In der Nähe des Kirsatten wurde ein weiterer Gnom überrascht („Growe!", sagte Sorla) und nach kurzem Kampf überwältigt. Über dessen Schicksal konnte aber Tannes nichts berichten, da der größere Teil der Chrebilhorde weiterwollte und ihn und Gwimlin mitschleifte. Als man sie schließlich in dieses stinkende Loch warf, fanden sie noch einen Gefangenen vor, einen älteren Mann. Diesen holten die Chrebil jedoch bald wieder aus der Grube heraus. „Ich denke, sie haben ihn geschlachtet", schloss Tannes seinen Bericht.

„Dann werden sie uns auch schlachten", flüsterte Sorla. Gwimlin begann leise zu weinen.

„Ein unwürdiger Tod für einen Gnom", murrte Girsu.

„Nicht Gwimlin", entgegnete Sorla. „Ihn wollen sie verkaufen."

Düsteres Schweigen breitete sich aus. Sorla dachte verzweifelt nach, wie sie sich retten könnten. Es war offensichtlich unmöglich, aus dieser Grube ohne Hilfe heraus zu klettern, denn die schmierigen Wände boten keinen Halt. Sie konnten aber versuchen, aneinander hochzuklettern. Tannes zuerst, und Girsu auf dessen Schultern. Und dann?

Plötzlich erlosch Gwimlins Glygi. Die Höhlendecke hoch über der Grube flackerte rötlich im Widerschein einer Fackel. Drei dunkle Gestalten beugten sich über den Rand. Drei Augenpaare glühten rot. Einer deutete mit seinem Speer hinunter. Die beiden anderen schnellten ihre Arme ruckartig vor. Schon hatten sich zwei Seilschlingen um Tannes' Hals gelegt; die Seile strafften sich, und Tannes wurde aus dem schmatzenden Schlamm herausgezogen. Er hielt sich an den Seilen fest, um nicht erwürgt zu werden. Sorlas erster Gedanke war, ihn an den Beinen zu packen, doch Tannes war zu glitschig und zappelte so verzweifelt, dass sich Sorla nur einen heftigen Tritt an den Kopf einfing.

„Girsu, hilf mir!", rief Sorla.

„Willst du ihn erwürgen?", entgegnete Girsu. Natürlich hatte er recht, wie Sorla jetzt erst erkannte. Inzwischen war Tannes von den beiden Chrebil fast aus der Grube herausgezogen worden. Man sah, wie er sich mühte, den Rand der Grube mit Füßen oder Knien zu erreichen. In diesem Moment stieß der dritte Chrebil den Speer tief in Tannes' Leib. Der krümmte sich und rutschte wieder ab. Er konnte nicht schreien; zu fest hatten sich die Schlingen um seinen Hals gezogen. Die Chrebil krächzten triumphierend und zerrten seinen schlaffen Leib über den Grubenrand davon. Der rötliche Widerschein an der Höhlendecke wurde schwächer, die Tritte und Schleifgeräusche leiser. Bald herrschten wieder Stille und Dunkelheit.

„Es deucht mir höchst dringlich, von hier zu entweichen, auf dass es uns nicht ergehe wie dem armen Tannes und bevor der kleine Gwimlin vor Erschöpfung stirbt", knurrte Girsu. „Die Frage ist: Wie gelangen wir hinaus?"

„Ich hatte gedacht, du könntest auf Tannes' Schultern steigen und so mit ihm eine Leiter bilden."

„Tannes bildet keine Leiter mehr."

„Dann steige ich auf deine Schultern."

„Das wird kaum reichen, doch versuchen wir es." Sorla hörte, wie Girsu sich aus dem Morast herausarbeitete und neben ihm aufstellte. Er strömte einen atemberaubenden Gestank aus. Sorla überwand sich und betastete Girsus Körper, bis er an Gürtel und Kragen einen festen Halt fand.

„Was tut ihr?", wisperte Gwimlins schwache Stimme. Sein Glygi leuchtete blassblau auf.

„Lass das Licht aus, Gwimlin", flüsterte Girsu. „Wir versuchen, hier herauszukommen."

„Und ich?"

„Sei unbesorgt, mein kleiner Freund." Der Glygi erlosch. Sorla rutschte mehrfach ab. Die Übelkeit überkam ihn wieder, doch erbrach er nur bitteren Magensaft. Schließlich gelang es ihm, mit zitternden Knien auf Girsus Schultern stehen zu bleiben. Vorsichtig richtete er sich, gegen die Wand gestützt, auf und stellte erst den einen Fuß, dann den anderen auf Girsus Schultern. Er spürte über sich den Rand der Grube und hob den Kopf. Vor ihm glühten zwei rote Augen. Ein harter Schlag traf ihn an der Stirn, und während er in die stinkende Grube zurückfiel, hörte er das krächzende Lachen des Chrebil.

*

Sorla war noch halb benommen, merkte aber, wie Girsu ihn fest an sich gepresst hielt, um ihn vor dem Ersticken im Morast zu bewahren.

„Das war wohl nichts, Girsu", flüsterte er.

„Wir mussten es versuchen. Und es war der Mühe wert."

„Wieso das?"

„Wir wissen jetzt, dass oben eine Wache aufgestellt ist."

„Macht dich das froh?"

„Ja, weil es nicht mehrere sind, Sorla. So das Glück uns hold ist, übertölpeln wir diesen Chrebil."

„Wir müssen ihn ködern, wie einen Fisch! Ihn herunterlocken! Und dann springen wir zu dritt auf ihn!"

„Ich springe gewisslich nicht", hauchte Gwimlin.

„Und was soll der Köder sein?", fragte Girsu. Alle schwiegen. Was hatten sie schon? Girsus Rucksack und Waffen waren geraubt worden, Gwimlin hatte ebenfalls nichts mehr, und Sorla hatte von Anfang an nichts mitgenommen.

„Ein Glygi vielleicht?", fragte Sorla.

„Die Chrebil wissen wohl Bescheid über Glygis. Besser wäre ein Edelstein, ein Schmuckstück, eine Goldmünze ..." Girsu seufzte.

„Aber natürlich!" Sorla nestelte unter seinem Hemd. Da erglomm in der Finsternis ein silberzartes Licht: Tainas Amulett.

„Ist das schön!", wisperte Gwimlin.

„Ein Schmuckstück, das leuchtet!" Girsu war beeindruckt. „Es birgt gewisslich besondere Kräfte!"

„Wie meinst du?"

„Es scheint ein starkes Amulett zu sein, das dich schützt vor ..."

„Vor was?"

„Vor irgendeiner Bedrohung wohl. Ich weiß es nicht."

„Chrebil?"

„Sicher nicht. Sonst hätten sie dich nicht gefangen und, nebenbei bemerkt, auch nicht mich, als ich nach dir suchte."

„Es tut mir leid, Girsu."

„Es ist das Vorrecht der Kinder, in den Rachen der Gefahr zu laufen, und die Pflicht der Erwachsenen, ihnen hinterher zu rennen."

Sorla schwieg betreten. Girsu fuhr fort: „Dein Plan, den Chrebil herunterzulocken, ist das beste, was uns bisher einfiel. Also wollen wir ihn verwirklichen."

Sorla hielt das schimmernde Amulett hoch. „He, Chrebil, schau her!", rief er. „Chrebil, zahnloser Ameisenfresser, Stinker, Zottelarsch!" Nach einiger Zeit erschien ein rotglühendes Augenpaar.

„Hier schau, alter Scheißefresser!", schrie Sorla.

Der Chrebil krächzte etwas, das ein Befehl sein mochte, aber sie verstanden ihn nicht. Dann verschwand er wieder.

„Ich dachte, er kommt runter?", flüsterte Sorla.

„Wir werden es sehen." Girsus Stimme klang unsicher. „Jetzt kann uns nur Atne helfen."

„Atne?"

„Du kennst nicht die Göttin des Glücks? Doch schau!" Er wies nach oben. Die Höhlendecke flackerte wieder in rötlichem Widerschein. Drei Chrebil starrten zu ihnen herunter. Zwei von ihnen hielten Seile bereit, der dritte wies mit dem Speer auf Sorla. Schon wirbelten die Schlingen herunter, Sorla ließ das Amulett fallen und griff blitzschnell nach ihnen, bevor sie sich ihm um den Kopf legen konnten.

„Gut!", rief Girsu. „Jetzt ziehen!" Er packte mit an, und beide zogen ruckartig. Ein Chrebil ließ sein Seil fahren, um nicht selbst hinab gezogen zu werden. Es fiel in den Morast und verschwand. Der andere Chrebil hielt noch fest; erst als Girsu und Sorla zu zweit zerrten, ließ er ebenfalls los, doch hatte sich das Seil um seinen Fuß gewickelt, und er wurde mit hinab gerissen.

„Stirb, Chrebil!", brüllte Girsu und warf sich von hinten auf ihn. Er umklammerte mit beiden Händen seinen Hals und drückte den Chrebil in den Schlamm hinab. Dieser bäumte sich auf, warf sich herum und versuchte verzweifelt, Luft zu bekommen. Nun wälzten sie sich als zappelndes, kotbeschmiertes Bündel hin und her, dass der stinkende Schlamm nach allen Seiten spritzte. Sorla stand gebannt an die Wand gepresst, ohne eingreifen zu können. Ein wütendes Krächzen ließ ihn hochblicken. Die beiden Chrebil am Grubenrand verfolgten den Ringkampf mit heftigen Gesten. Der mit dem Speer sprang hin und her und versuchte, ein Ziel auszumachen. Inzwischen hatten die Bewegungen im Morast nachgelassen. Girsus Gegner versackte reglos im Schlamm. Als Girsu aus dem Morast auftauchte, schleuderte der Chrebil seine Waffe. Sorla hatte dies vorausgeahnt und schlug den herabsausenden Speer mit dem Arm zur Seite. Die beiden Chrebil heulten enttäuscht auf.

„Gut gemacht, Sorla", keuchte Girsu. „So schnell wie dich sah ich noch keinen sich bewegen." Er blickte hoch zu den wütend krächzenden Chrebil und schüttelte drohend den Arm. „Kommt doch herunter, dann gebe ich euch Dreck zu kosten. Oder sollen wir hochkommen?" Er blickte sich um: „Bloß wie?" Da fiel sein Blick auf den Speer, der neben ihm im Morast stak.

Girsu zog ihn heraus. Der Speer war etwas länger, als die Grube breit war. „Das ist es! ", rief Girsu. Er hob den Speer über seinen Kopf, stieß ihn mit der

Spitze in die Grubenwand und verkeilte das andere Ende gegenüber. Prüfend rüttelte er an dem Speer, der sich wie eine Stange quer über die Grube spannte. Er hielt. Als die Chrebil sein Vorhaben erkannten, begannen sie kreischend zu toben.

„Komm, Sorla!", rief Girsu. „Wir wollen den Chrebil zum Tod in der Grube verhelfen!" Er zog sich am Speer hoch, schwang ein Bein hinüber; einen Augenblick später stand er bereits auf der Stange, dicht an die Grubenwand gelehnt, und krallte sich am Rand fest. Beide Chrebil rannten hin, um ihn zurückzustoßen. Blitzschnell kletterte Sorla auf das andere Ende des Speers, bekam den Grubenrand zu fassen und zog sich hoch. Er sah, dass Girsu einen Chrebil am Fußgelenk gepackt hatte und ihn in die Grube zu ziehen versuchte. Der andere hatte sich die Fackel aus dem Ständer gegriffen und stand jetzt am Grubenrand, um sie Girsu ins Gesicht zu stoßen. Sorla rannte um die Grube herum und rempelte den vornüber gebeugten Chrebil von hinten an. Dieser fiel samt Fackel in die Grube. Der zweite Chrebil drehte sich nach Sorla um und packte ihn. Gleichzeitig hatte Girsu den Fuß des Chrebil über den Rand gezerrt, so dass beide hinabstürzten und Sorla mit sich rissen.

Die Fackel war im Schlamm erloschen. In der Dunkelheit wurde Sorla getreten, gestoßen, in den Morast gezogen; er wusste nicht, wem er helfen sollte und wen bekämpfen. Wieder hielt ihn jemand umklammert, und nur weil er völlig schlammverschmiert war, konnte er sich herauswinden.

„Gwimlin, mach Licht!", rief er. Aber es blieb dunkel. Nur das Keuchen, Knurren, Platschen und Ächzen der Kämpfenden war zu hören. Sorla wich an die Wand zurück und ließ den Glygi aufleuchten. Er sah, dass Girsu ihn gerade würgen wollte. Die beiden Chrebil versuchten einander in den Schlamm zu drücken. Im nächsten Moment erkannten sie ihren Irrtum und warfen sich heulend auf Girsu, der unter ihrem gemeinsamen Gewicht im Morast verschwand. Von Gwimlin war nichts zu sehen. Was tun? Gwimlin lag vielleicht schon erstickt im Morast, und Girsu würde es gleich ebenso ergehen. Nur einen Moment zögerte Sorla, dann hob er die Arme und drückte den Speer aus der verkeilten Lage. Er packte ihn mit beiden Händen und rammte ihn tief in den Rücken des zuoberst liegenden Chrebil. Das Blut schoss heraus und strömte in die Brühe.

Ich habe getötet, dachte Sorla. Am ganzen Leib zitternd, brach er zusammen und übergab sich. Aus den Augenwinkeln sah er, wie der Chrebil vergeblich versuchte, den Speer aus seinem Rücken zu ziehen, dann auf alle Viere fiel und im Schlamm versank. Sorlas Magen krampfte sich wieder zusammen.

Als er sich atemringend aufrichtete, bemerkte er, dass sein Glygi noch immer schwebte und blassblaues Licht verströmte, obwohl er ihn fallen gelassen hatte, um nach dem Speer zu greifen. Es wirkte tröstlich, und Sorlas Atem begann sich zu beruhigen. Girsu hatte sich aus dem Morast hochgekämpft und drückte nun seinerseits den zappelnden Chrebil hinab. Er kam jetzt offensichtlich allein zurecht, und Sorla begann daher, im Kreise herumzuwaten, um Gwimlins Körper zu ertasten. Der Schlamm war widerlich zäh, auch gab es keinen festen Boden, sondern die Brühe ging nach unten in zunehmend festeren Schlick über. Sorlas Füße traten auf Halbverfaultes, das unter seinem Gewicht zerbrach, oder verwickelten sich in zähen und glitschigen Gebilden.

Hier unten liegt mein Amulett, fiel ihm ein. Sein zartes Licht wird keiner mehr sehen! Da stieß sein Fuß gegen etwas Schweres, Nachgiebiges: Gwimlin!? Um ihn herauszuziehen, musste Sorla, der selbst bis zu den Hüften im Schlamm steckte, mit dem Kopf tief in die stinkende Brühe hineintauchen. Mühsam fand er einen Halt an dem schweren Ding und zog es schließlich so weit hoch, dass er selber wieder Atem schöpfen konnte. Nie wieder! dachte er. Nie wieder stecke ich den Kopf freiwillig in eine solche Jauche!

Girsu watete heran. Sein Gegner versank ein paar Schritte weiter im Schlamm. „Wo ist Gwimlin?", fragte er.

„Hier!" Sorla deutete hinunter. Beide zogen jetzt mit allen Kräften, bis schließlich der Kopf auftauchte. Sorla brach enttäuscht zusammen; nicht Gwimlin hatten sie herausgezogen, sondern den Chrebil, der als erster von Girsu getötet worden war.

„Es hilft nichts", sagte Girsu. „Wir müssen weiter suchen."

„Aber Gwimlin ist längst tot!"

„Willst du, dass der kleine Gwimlin in diesem fürchterlichen Schmutz begraben liegt?"

„Nein, gewiss nicht."

„Deshalb suchen wir seine Leiche und bringen sie nach Hause, wo sie würdiger bestattet werden soll."

Sorla gab Girsu natürlich recht, aber er spürte, dass er selbst nicht mehr lange durchhalten konnte. Er watete näher zur Wand, um sich mit einer Hand abstützen zu können. Da stieß sein Fuß gegen etwas Hartes. Er versuchte daneben weiterzukommen, aber dieses Ding schien recht groß oder lang zu sein. Schließlich stapfte Sorla darüber hinweg und setzte seine Suche fort.

„Weiteres Suchen erscheint mir fruchtlos", sagte Girsu schließlich. „Armer kleiner Gwimlin! Wir müssen uns jetzt selbst in Sicherheit bringen, solange die Chrebil den Tod der Wachen nicht bemerken." Er schüttelte betrübt sein Haupt, dass die Brühe aus seinem Spitzbart tropfte. „Ich verstehe nicht, wie Gwimlins Körper verschwinden konnte. Hast du gewisslich nichts gefunden?"

„Nur einen großen Stein. Dort drüben."

„Und wenn es kein Stein ist?" Girsu watete hinüber und stieß mit dem Fuß dagegen.

„Steinhart fürwahr", sagte er und wandte sich schulterzuckend ab. Plötzlich blieb er stehen. „Es muss ein merkwürdiger Stein sein, der in dieser Schlammgrube begraben liegt." Er kehrte zurück und tastete mit den Armen im Morast herum, wobei sein Kopf untertauchte.

„Der Stein ist eingewickelt!", rief Girsu, als er wieder auftauchte. „Pack mit an!", Sorla watete hinzu, seufzte tief und tunkte seinen Kopf ebenfalls in die Brühe. Er fühlte, dass der harte Gegenstand wie mit Lappen umhüllt war. Gemeinsam zogen sie das klobige Ding aus dem Dreck. Als es auftauchte, trauten sie ihren Augen nicht. Es war der Körper Gwimlins, aber hart wie Fels und starr wie eine Bildsäule. Augen und Mund waren zusammengepresst, die Arme verschränkt, die kleinen Hände zu Fäusten geballt. Knapp über dem Kopf schwebte Gwimlins Glygi. Er leuchtete nicht; doch wie sie auch Gwimlins Körper hin und her wandten, der Glygi verharrte an seinem Platz über dem Kopf.

„Höchst seltsam", flüsterte Girsu. „Komm, Sorla, da wir Gwimlins Leichnam gefunden haben, lasset uns nicht länger hier verweilen." Er zog den Speer aus dem toten Chrebil, befestigte ihn wie zuvor quer zwischen den Grubenwänden, kletterte hinauf und ließ sich den starren Körper Gwimlins hochreichen. Diesen legte er am Grubenrand ab und zog sich selbst hoch. Sorla kam rasch hinterher.

„Schade, dass wir den Speer nicht mitnehmen können!" Girsu sah bedauernd in die Grube hinab. „Doch hätten wir ein Seil benötigt, um ihn hinter uns heraufzuziehen."

„Und die Seile der Chrebil?"

„Sind irgendwo im Schlamm versunken. Lass uns gehen."

*

Die Grube lag in der Mitte einer kleinen Höhle, von der ein Gang ins Dunkle führte. Girsu und Sorla blieben kurz stehen und lauschten. Aus der Tiefe des Ganges klang mehrstimmiges Krächzen und Knurren. Eine große Schar Chrebil schien sich dort aufzuhalten. Girsu schnitt ein bedenkliches Gesicht, doch war das unter der Dreckkruste kaum zu erkennen.

„Dort lauert große Gefahr, Sorla. Es gibt jedoch nur diesen Weg. Nun sage ich dir eines, und merke es dir gut! Wenn ich rufe: 'Schließe die Augen', dann presse die Augen zu und halte noch beide Hände darüber. Hast du mich verstanden?" Sorla wunderte sich, aber er nickte. Girsu war nicht zufrieden.

„Mache es vor, Sorla!" Sorla schloss die Augen und hielt die Hände davor.

„Nimm die Handflächen, nicht die Finger, Sorla! Es kommt noch Licht hindurch!" Sorla presste die Lider fester zusammen und hielt die Hände dicht vors Gesicht.

„So ist es richtig, Sorla. Du darfst die Augen jetzt wieder öffnen. Wir wollen den Chrebil entgegengehen." Er schulterte den starren Leib Gwimlins und stapfte los. Der Gang war eng und krümmte sich bald nach rechts, bald nach links, doch ohne sich zu verzweigen. Die Chrebilgeräusche wurden allmählich lauter, und Sorla und Girsu vermieden jedes Geräusch, um nicht entdeckt zu werden. Bald sahen sie rötlichen Feuerschein flackern. Sie traten vorsichtig um die Biegung. Wenige Schritte weiter öffnete sich der Gang in eine größere Halle. Dort saßen drei oder vier Dutzend Chrebil um ein Feuer versammelt. Über dem Feuer drehte sich an einem Spieß ein großer Braten.

„Der arme Tannes", flüsterte Girsu. Sorla schüttelte sich. Die Chrebil schnitten große Fetzen heraus und schlangen sie hinunter. Keiner achtete auf die beiden, die im dunklen Gang verborgen standen und aufmerksam umherblickten. Sorla sah, dass aus dieser Höhle zwei weitere Gänge wegführten. Kurz vor dem rechten Ausgang standen die Speere der Chrebil an die Wand gelehnt. Daneben lagen einige Schwerter, Rucksäcke und zusammengerollte Decken. Sorla stieß Girsu an und deutete hinüber. Girsu nickte. „Vielleicht ist mein Schwert auch dabei", flüsterte er. Nun sah sich Sorla die Chrebil genauer an. Die Größten und Stärksten saßen nahe der Feuerstelle und zankten sich um

Fleischbrocken. Meist blieb es bei Drohgebärden und kurzem Geplänkel; ab und zu aber fielen sie keifend übereinander her. Wenn ihnen etwas nicht gleich zusagte oder sie etwas Besseres entdeckt hatten, ließen sie den Bissen aus dem Maul auf den Boden fallen. Hinter ihnen saßen die Schwächeren und schnappten sich die ausgespienen Brocken vom Boden. Auch sie stritten sich; weitaus bösartiger und verbissener als die Starken, aber fast lautlos aus Angst, den Unwillen der Stärkeren auf sich zu ziehen. Sorla beobachtete, wie einer in den Unterleib getreten wurde und, vor Schmerzen sich krümmend, zurücktaumelte. Er stieß gegen einen weiteren Chrebil, der ihn heftig mit einem Knochen ins Gesicht schlug. Der Verletzte wich zurück und geriet zwischen die Starken. Das war ein verhängnisvoller Fehler. Sie knurrten aufgebracht, zwei packten ihn und warfen ihn ins Feuer. Er schrie gellend auf, aber als er heraussprang, stießen sie den Unglückseligen wieder zurück. Schreiend wälzte er sich in der Glut. Diesmal gelang es ihm, auf der anderen Seite des Feuers zu entkommen, er drängte sich an den dort Hockenden vorbei, und jammervoll krächzend humpelte er in den dunklen Gang jenseits des Feuers davon. Die Starken schien dieser Zwischenfall erheitert zu haben; sie belferten aufgeregt und schlugen sich auf die Schenkel. Die Schwächeren, dadurch ermutigt, richteten sich auf und fuchtelten drohend hinter dem Fliehenden her.

Diesen Moment nutzte Girsu. „Komm!", flüsterte er Sorla zu. Sie eilten zu dem Ausgang hinüber, wo die Decken und Schwerter lagen. Noch waren sie nicht entdeckt. Girsu lehnte den starren Körper Gwimlins an die Höhlenwand. Dann hielt er seinen Glygi hoch empor.

„Schließe deine Augen, Sorla!", rief er. Sorla bedeckte die zusammengepressten Lider mit beiden Händen. Er hörte aufgeregtes Krächzen, dann wütendes Knurren. Sie waren entdeckt! Doch Sorla hielt die Augen geschlossen.

„Schaut her, oh ihr Chrebil!", rief Girsu. Im nächsten Moment fühlte sich Sorla überflutet von gleißendem Licht. Es brannte auf der Haut und drang schimmernd rot durch Hände und Lider. Ein vielstimmiger Aufschrei folgte, dann gellendes Schmerzgeheul.

„Es ist vorbei, Sorla. Du kannst die Augen öffnen."

Sorla sah überall Chrebil sich am Boden krümmen. Sie hielten ihre Augen bedeckt und stöhnten. Girsu kramte hastig in den aufgestapelten Sachen herum, bis er triumphierend sein Schwertgehänge herauszog. Auch seinen Brustharnisch fand er und den Rucksack, an dem sogar noch die zusammengerollte Decke festgeschnallt war. Dann warf er Sorla zwei weitere Decken zu: „Hier, die musst du tragen!" Er selbst legte sich mit fliegenden Fingern den Brustharnisch an, gürtete das Schwert, schwang sich den Rucksack auf den Rücken, klemmte Gwimlins Leiche unter den linken Arm und zerrte Sorla in den dunklen Gang. Der mühte sich mit den Decken ab, die nicht ordentlich zusammengerollt waren und nachschleiften. Gleichzeitig musste er den Glygi halten, der ihnen leuchten sollte. Immer wieder blieb Sorla stehen, um seine Decken zusammenzuraffen, während Girsu ungeduldig hin und her trat.

Als sie um die nächste Biegung kamen, glühten ihnen rote Augen entgegen. Wohl ein Dutzend Chrebil warteten dort im Dunkeln auf sie!

„Das ist das Ende", murmelte Girsu.

„Blende sie doch!"

„Es geht nicht. Mein Glygi hat nicht mehr die nötige Kraft." Girsu seufzte. „So lasst uns unser Leben teuer verkaufen!" Er zog sein Schwert und erwartete breitbeinig den Angriff der Chrebil. Diese ließen auf sich warten; noch immer starrten nur ihre roten Augen aus dem Dunkel.

„Merkwürdig", meinte Girsu. „Wir sind hoffnungslos unterlegen. Weshalb greifen sie nicht an?" Die haben Angst, durchfuhr Sorla eine wilde Hoffnung; Angst vor meinem Glygi! Er trat an Girsu vorbei und ging langsam auf die Chrebil zu. Doch sie wichen nicht zurück. Das blassblaue Licht des Glygi fiel auf sie, und Sorla sah ihre Fesseln; die Arme waren hinter ihren nackten Leibern zusammengebunden und mit einem Strick an der Wand befestigt. So konnten sie sich setzen oder legen, aber nicht gegenseitig erreichen.

Girsu trat hinzu. „So also behandeln die Chrebil ihre Weiber!"

„Weiber?"

Girsu wies auf die gefesselten Gestalten. Sie waren etwas kleiner und plumper gebaut, unterhalb des Nabels hingen rechts und links je zwei Zitzen. Manche hatten auch Junge. Diese klammerten sich an den Zitzen fest, und wenn sich die Mütter bewegten, schwangen sie zappelnd hin und her. Die Chrebilweiber schienen sich um ihre Kinder nicht zu kümmern. Sie wirkten überhaupt seltsam gleichgültig, wie sie Sorla und Girsu entgegen starrten. Erst als Sorla neugierig näher trat, schrak eine der Frauen zusammen. Sie sprang auf und drückte sich rücklings gegen die Wand. Dabei verlor ihr Junges den Halt und fiel auf den Boden. Quäkend tappte es ziellos herum. Die Mutter rührte sich nicht. Jetzt war das Junge in die Nähe einer anderen Chrebilfrau geraten, die sich, ohne den Blick von Sorla und Girsu zu wenden, langsam bückte, es mit bleckenden Zähnen ergriff und zu fressen begann. Sorla sah es mit starren Augen. Girsu legte ihm die Hand auf die Schultern.

„Es sind eben Chrebil", sagte er.

„Vielleicht wissen sie es nicht besser? Wer soll es ihnen sagen?"

„Das soll nicht unsere Sorge sein. Wir müssen den Ausgang finden."

„An diesen Weibern vorbei?"

„Nein, dort geht es nicht weiter. Wir müssen zurück."

Sorla ging dennoch etwas näher heran und sah, dass der Gang einige Schritte hinter den Chrebil in einen Tümpel führte, wo die Jauche der gefesselten Chrebilweiber versickerte. Dort war der Gang zu Ende. Gerade wollte er sich wieder zu Girsu umdrehen, als das Chrebilweib, dem er am nächsten war, sich seltsam zu gebärden begann. Sie fauchte ihn überraschend an, dann drehte sie ihm den Rücken zu, sah ihm aber über ihre Schulter weiter direkt ins Gesicht. Sie war recht zierlich gebaut und jung. Ihre Hinterbacken, graugrün und prall, zitterten. Sie wiegte sich leise krächzend hin und her, während sie ihn mit rotglühenden Augen ansah.

„Wofür hält sie mich?" Sorla war befremdet.

„Du gefällst ihr." Girsu lachte. Sorla wurde rot.

„Ich bin kein Chrebil!"

„Um so besser!"

„Ich bin ein Kind!"

„Sie auch, Sorla. Doch verzeih die dummen Scherze, mein junger Freund. Wir müssen zurück." Als sie gingen, richtete sich das Chrebilweibchen wieder auf. Zunächst fauchte sie leise, dann begann sie am Strick zu reißen, zu toben und zu schreien. Sorla brauchte die Sprache der Chrebil nicht zu verstehen, um die Wut und Enttäuschung aus ihrem belfernden Geschrei herauszuhören.

„Noch ein Jahr dort am Strick", sagte Girsu, „und das Licht in ihr wird genauso erloschen sein wie in den anderen Chrebilweibern."

„Sie tut mir leid", flüsterte Sorla. Girsu zuckte die Achseln und wies mit dem Schwert nach vorne. Der Gang war dort rötlich erleuchtet vom Widerschein der Feuerstelle. Sorla steckte den Glygi zwischen seine Decken. Im Dunkeln lauschten sie, hörten jedoch nichts. Leise bewegten sie sich weiter, bis sie die Haupthöhle erreichten und hineinblicken konnten. Einige Chrebil krümmten sich noch auf dem Boden und bedeckten ihre Augen. Die meisten jedoch standen in der Höhle verteilt, die Speere bereit haltend, und warteten. Ihre Augen waren bleich geronnen und starrten blind ins Nichts.

Sorla war starr vor Grauen. Girsu wisperte ihm ins Ohr: „Wir schleichen zwischen ihnen hindurch zum anderen Ausgang!" Sorla nickte, konnte aber seinen Blick nicht lösen von jenen halb erhobenen, wachsam lauschenden Köpfen.

Girsu schlich voraus, duckte sich unter Speeren durch, stieg über liegende Chrebil, wich gespreizten Ellbogen aus; fast war er drüben, als Sorla sich besann. Aber seine Knie zitterten, und in seinem Kopf war ein dumpfes Pochen. Er taumelte einige Schritte vorwärts, gegen den nächsten Chrebil. Dieser zuckte zusammen und stieß mit dem Speer tief in Sorlas zusammengeballte Decken. Sorla wurde nach hinten geschleudert. Er war nicht verletzt, aber der Schreck hatte ihn wachgerüttelt. Gerade rechtzeitig duckte er sich zur Seite, denn der Chrebil war nach vorne gesprungen, um ihn zu packen, und griff ins Leere. Der Chrebil stocherte mit seinem Speer nach allen Seiten, rempelte einen anderen an und verwundete einen dritten, der aufschrie. Im Nu war die Hölle los. Alle Chrebil rannten laut krächzend dahin, wo sie den Schrei gehört hatten, drängten sich zusammen, stießen mit den Speeren blindlings hierhin und dorthin oder wälzten sich beißend und krallend am Boden. Sorla aber war längst an der Wand entlang hinüber zu Girsu gehuscht. Aufatmend flohen sie ins Dunkle.

Dieser Gang führte stetig aufwärts. Ab und an mischte sich ein Hauch frischer Luft unter den gewohnten Gestank. Sorlas Knie gaben wieder nach. Seine Decken schleiften am Boden. Girsu sah ihn besorgt an.

„Nur noch ein Stückchen, mein Kleiner! Mir deucht, der Ausgang ist nicht mehr fern!" Sorla nickte tapfer, aber die Beine knickten immer wieder ein. Girsu steckte sein Schwert in die Scheide und nahm Sorlas Decken. Er war jetzt mit Decken, Rucksack und Gwimlins Leiche so bepackt, dass er selbst kaum noch gehen konnte. Der Gang wurde breiter, unübersichtlicher, mit Nischen, herumliegenden Felsblöcken und hervorspringenden Ecken.

Mit heiserem Fauchen sprang etwas auf Sorlas Rücken und umklammerte seinen Hals. Sorla brach zusammen. Girsu ließ Decken und Gwimlins Körper fallen. Noch während er herumfuhr, zog er sein Schwert. Auf Sorlas Rücken hockte ein Chrebil und versuchte ihn zu erdrosseln. Mit beiden Händen stieß Girsu sein Schwert dem Chrebil tief in den Rücken. Ein Schrei, dann gurgelndes Husten; aus dem Maul des Chrebil floss schaumiges, hellrotes Blut. Er krümmte sich, seine Klauen krallten sich verzweifelt in den Lehm, während er am eigenen Blut erstickte.

„Sahst du die Verbrennungen?", fragte Girsu und zeigte auf die Leiche. „Das war der Chrebil, den die anderen ins Feuer warfen."

„Vielleicht wollte er jetzt etwas Tolles tun? Was seine Leute beeindruckt?"

„Wer weiß, was in Chrebil vorgeht?", winkte Girsu ab. „Was mich besorgt, ist, dass ich ihn völlig vergessen hatte. Eine solche Gedankenlosigkeit kann uns das Leben kosten! Noch sind wir nicht in Sicherheit!" Er wischte das Schwert am Oberschenkel des toten Chrebil ab und steckte es in die Scheide zurück. Dann rollte er die herumliegenden Decken sorgfältig zusammen, klemmte sie unter den rechten Arm und Gwimlin unter den linken. „Wir müssen weiter!" Er klopfte Sorla aufmunternd auf die Schulter. Dabei fielen die Decken herunter. Girsu seufzte. „Es ist durchaus möglich", sagte er, während er die Decken wieder zusammenrollte, „dass die Chrebil weiter oben eine Wache aufgestellt haben. Behutsames Vorgehen deucht mir jetzt besonders dringlich."

Girsu schlich immer bis zur nächsten Ecke voraus, um die Lage zu erkunden. Dann winkte er, und Sorla stolperte hinterher. Auf diese Art ging es viel langsamer vorwärts, aber je höher sie kamen, je frischer die Luft wurde, desto vorsichtiger verhielt sich Girsu. Als schließlich ein schwacher Lichtschimmer von oben hereindrang und den nahen Ausgang anzeigte, wollte Girsu überhaupt nicht mehr weiter; er lugte um alle Ecken, lauschte immer wieder, schaute besorgt zur Höhlendecke, aber es waren keine Chrebil zu finden.

„Es ist nicht zu glauben", murrte er schließlich. „Keine Wachen! Eine pflichtvergessene Sippschaft!" Damit trat er hinaus in das bleiche Licht eines verhangenen Herbsthimmels. Sorla ließ sich im Höhleneingang einfach fallen. Doch Girsu schüttelte den Kopf.

„Wir müssen den Fluss finden. Bedenke, Sorla, welcher Genuss, diesen stinkenden Kot von Leib und Kleidung zu waschen! Und dann einen Schluck frischen Flusswassers!" Sorla nickte ergeben. Als er aufstehen wollte, wurde ihm schwindlig und er fiel zurück.

„Girsu", flüsterte er, „ich kann nicht." Girsu sah ihn betroffen an, dann lächelte er sanft.

„Nun gut, mein Kleiner. Wahrscheinlich sind wir bei Tage hier ebenso sicher wie irgendwo sonst, denn kein Chrebil wagt sich jetzt ins Freie." Er wickelte Sorla in beide Decken und bettete ihn neben den Höhleneingang. Danach kramte er in seinem Rucksack und fand einen Rest Moosfladen.

„Kaue das, mein lieber Sorla. Es wird dir gut tun."

„Und du?"

„Ich habe jetzt keinen Hunger, weißt du."

Es war nur ein kleines Stückchen, und Sorla hatte es sofort hinuntergeschluckt. Kaum nahm er noch wahr, wie Girsu sich mit gezogenem Schwert neben ihn setzte, da war er schon in tiefen Schlaf gefallen.

*

Sorla saß am Fluss. Auch seine Mutter war da. Sie saß mit dem Rücken zu ihm. Ihr langes, goldenes Haar glänzte in der Sonne.

Laschre hielt ihn im Arm. Sie öffnete ihre Faust. Die Pranke war voll von Brei.

„Friss das, Sorle-a-glach." Sorla leckte die Handfläche leer. Laschre schloss die Pranke zur Faust. Sie öffnete sie wieder. Da war neuer Brei.

„Friss weiter."

„Ich bin satt." Laschre drückte ihm den Brei ins Gesicht: „Jetzt geh spielen."

Sorla hockte sich hinter seine Mutter. Sie lachte. Ihre schönen Schultern zuckten vor Lachen. Ihr goldenes Haar wehte. Auf einmal wandte sie sich zu ihm: „Wo ist mein Amulett?" Ihre weißen Augen waren ganz nahe. Ihre graugrüne Fratze war ganz nahe.

„Ich finde es wieder!", schrie Sorla voll Grausen. „Girsu! Hilf mir!"

„Girsu kann jetzt nicht kommen", sagte Gwimlin. „Wir müssen das ganz alleine machen." Er rollte seinen kleinen Glygi hin und her. „Wir brauchen eine Riesenmurmel." Er hielt den Glygi an einen Felsbrocken.

Sorla sah weit hinten in der Höhle seine Mutter. Heril hielt sie im Arm und lachte. Sorla und Gwimlin gaben der Riesenmurmel einen Schubs. Es ging schwer. Jetzt polterte sie den Schacht hinunter und schloss alles zu.

SIEBTES KAPITEL: DIE NORFELL-AUEN

Sorla wurde wachgerüttelt. Girsu stand über ihn gebeugt.

„Die Abenddämmerung bricht herein. Wir müssen weitereilen, bevor die Chrebil aus ihren Löchern kommen!"

„Gwimlin ist gar nicht tot", murmelte Sorla schlaftrunken.

„Das wäre schön", antwortete Girsu. „Du träumtest?"

„Ja." Sorla setzte sich hin. Sein Kopf war wieder klar. Er sah sich um. Vor dem Höhleneingang stak ein schiefer Pfahl, an dem ein ausgebleichter Schädel hing. Darunter waren Unterkiefer befestigt, einer unter dem anderen, so dass der ganze Pfahl den Eindruck vielfachen Grinsens machte. Sorla stand schnell auf.

„Ich kann wieder gehen", verkündete er. Girsu nickte und reichte ihm zwei zusammengerollte Decken. Er selbst schulterte seinen Rucksack und nahm Gwimlins starren Körper an sich, den er in die dritte Decke gehüllt hatte.

„Weshalb hast du Gwimlin eingewickelt?"

„Damit ihm nichts geschieht, mein kleiner Freund."

Dünnstämmige Fichten drängten sich zu einem düsteren Dickicht zusammen. Abgestorbenes Holz lag kreuz und quer. Girsu und Sorla hatten Mühe, dem Chrebilpfad zu folgen, doch schien es der beste Weg, zum Fluss zurückzufinden. Es dunkelte jetzt rasch. Ein Rudel Wildschweine wechselte vor ihnen über den Pfad. Grunzend und schnaufend verschwanden sie im Unterholz.

„Ich hätte dich früher wecken sollen", murmelte Girsu sorgenvoll. „Irgendwann laufen wir einer Chrebilhorde vor die Speere."

„Und wenn wir den Pfad verlassen?"

„In diesem Dickicht kommen wir nicht weiter, mein lieber Sorla."

„Aber die Chrebil auch nicht!"

Girsu nickte und zwängte sich nach links ins Dickicht. Sorla folgte. Zweige knackten, Nadeln rieselten auf sie nieder. Nach kurzer Zeit hielt Girsu an. Die Fichtenäste waren hier so niedrig, dass die beiden nur kriechend weitergekommen wären.

„Das dürfte genügen", meinte Girsu. „Hier sind wir sogar vor widrigem Wetter geborgen." Sie setzten sich, in ihre Decken gehüllt, dicht nebeneinander, mit dem Vorsatz, abwechselnd zu wachen. Trotz der Decken war es so kalt, dass lange Zeit keiner ein Auge schloss.

Im Morgengrauen erwachten beide zugleich, klappernd vor Kälte. Sie waren so durstig, dass sie Tau von den Fichtenzweigen sogen. Zum Pfad fanden sie rasch zurück und folgten ihm weiter. Ein Schwarm Krähen, erregt über die Störung, kreiste lange über ihnen. Mehrere Hasen hoppelten über den Pfad. Plötzlich stand ein alter Keiler mitten auf dem Weg. Sein Rüssel zuckte, als er zu ihnen herüber witterte. Angriffsbereit senkte er den Kopf mit den enormen Hauern. Girsu zog hastig das Schwert, aber Sorla stellte sich vor ihn. Die Hände vor den Mund gewölbt, gab er ein seltsames Grunzen und Quieken von sich. Der Keiler hielt inne, äugte misstrauisch zu ihnen her und trollte sich dann ins Dickicht.

„Was waren das für höchst seltsame Geräusche, mein lieber Sorla?"

„Das war die Warnung einer Bache, die nicht will, dass man ihren Frischlingen zu nahe kommt."

„Fürwahr beachtlich. Du überraschst mich immer wieder." Sie sammelten auf, was sie fallengelassen hatten: ihre Decken und den eingewickelten Leichnam Gwimlins. Kurz darauf erreichten sie den Waldrand. Vor ihnen lag eine Wiese mit hohem, strohigem Gras und abgestorbenen Distelstengeln. Eine Steinwurfweite dahinter glitzerte der Fluss. Sie rannten hinüber, dass ihnen die Distelköpfe um die Ohren sausten, warfen an der Böschung Decken, Gwimlin, Rucksack und Schwertgehänge auf einen Haufen und sprangen ins Wasser.

*

Das Wasser war eiskalt. Solange sie nahe dem Ufer blieben, reichte es ihnen nur bis zur Hüfte, strömte aber so rasch dahin, dass sie sich immer wieder an den herabhängenden Weidenzweigen halten mussten. Ein Kleidungsstück nach dem anderen zogen sie aus, um es mit angeekelter Sorgfalt zu waschen und danach ausgewrungen ans Ufer zu schleudern. Sie froren erbärmlich. Auch ihre eigenen Körper mussten von dem stinkenden Schlamm befreit werden, und so rieben sie sich mit Ufersand, tunkten die Köpfe unter, prusteten vor Kälte und klapperten mit den Zähnen.

„Hoho!", erscholl eine Bassstimme vom Ufer. „Ein nackter Gnom, bei meinem Barte!" Mehrere Stimmen lachten dazu. Sorla riss erschreckt den Kopf hoch. „Und ein Menschenkind; sie üben Tauchen!" Wieder Gelächter. Jetzt sah Sorla den Sprecher. Breitbeinig stand er am Ufer; kurz und stämmig gebaut, kaum größer als ein Gnom, doch fast doppelt so breit. Sein langer, tiefbrauner Bart wallte bis zu den Knien. Mit einer Faust hielt er die Zügel eines Maultieres. Dahinter sah Sorla weitere Gestalten und Saumtiere.

„Es ist keine Schande zu baden!", erwiderte Girsu erbittert.

„Viel elfisches Blut pulst in euch Gnomen. Treibt euch das noch im Spätherbst zum Schönheitsbad?" Wieder erscholl beifälliges Gelächter. Girsu zog sich wortlos auf die Böschung hoch und hüllte sich in eine Decke. Sorla fragte sich, wer das war, der die Gute Sprache der Berge so fließend beherrschte wie ein Gnom, wenn auch mit seltsam hartem Akzent. Er kletterte hinter Girsu her. Dieser schien seinen Ärger bezwungen zu haben. Er verbeugte sich und sprach:

„War es der Wunsch nach Schönheit, verehrter Zwerg, der uns trieb, ein kühles Bad zu nehmen?"

Das also war ein Zwerg! Sorla hatte von ihnen schon gehört und betrachtete mit noch größerem Interesse den vierschrötigen Braunbart.

„Oder", fuhr Girsu fort, „war es vielleicht der Wunsch, jene goldglänzenden Klumpen zu untersuchen? Seht selbst!" Mit eindrucksvoller Geste wies er auf den Fluss: „Dort am Grunde des Flusses scheint Gold zu schimmern!" Wahrhaftig, auch Sorla sah im Flussbett, nahe ihrer Badestelle, nussgroße gelbe Klumpen glänzen.

„Gold", wiederholte der Zwerg und atmete schwer. „Ist dies wirklich Gold?"

„Ich glaube nicht", antwortete der Gnom. „Ich bitte Euch daher, diesen Anblick zu vergessen und unbekümmert Eure Reise fortzusetzen."

„Damit Ihr es selber heben könnt!", rief der Zwerg. „Oh nein! Bei meinem Bart, was zögern wir noch? Auf, Burothrir und Thorandir! Lasst uns den Schatz bergen, der sich dem Gnom entzog!"

Mit diesen Worten entkleidete er sich hastig. Zwei weitere Zwerge waren von ihren Maultieren abgestiegen. Ihre Bärte leuchteten so rot wie reife Vogelbeeren. Auch sie zerrten sich die Kleider vom Leibe, und schon sprangen alle drei in den Fluss. Sie wurden von der Strömung etwas abgetrieben und mussten kältezitternd flussaufwärts waten. Dann tauchten sie, und ihr Anblick war so komisch, dass Sorla losprustete. Kurz darauf erschienen ihre Köpfe zähneklappernd an der Oberfläche.

„Wo ist das Gold?", murrte der Braunbart. „Wir finden es nicht!"

„Wir sahen es selbst nicht, als wir badeten", rief ihnen Girsu von der Böschung aus zu. „Aber nun sehen wir drei nackte Zwerge, was auch ein heiterer Anblick ist. Ist das Wasser nicht etwas kühl?"

Im Gesicht des Braunbartes arbeitete es. Auch in den Mienen der beiden Rotbärte braute sich ein Wetterleuchten zusammen.

„Trau einer einem Gnom!", brüllte der Braunbart. Die drei Zwerge arbeiteten sich schnaubend ans Ufer. Sie rafften ihre Kleider zusammen und zogen sich an, so rasch es die zornbebenden Glieder erlaubten.

Sorla warf einen Blick auf die anderen beiden Fremden. Da war eine sehr kleine Frau, noch kleiner als Gilse; ihr Gesicht bestand aus einer winzigen Knubbelnase und so vielen Runzeln und Falten, dass Sorla nicht wusste, ob sie lachte oder weinte, nieste oder schlief. Ihre Ohren, so spitz wie die einer Gnomin, ragten durch die Krempe eines breiten, grauen Hutes empor. Auf dem Rücken trug sie eine riesige weidengeflochtene Kiepe, die außen mit allerlei Bündelchen und anderem Kram behängt war.

Neben ihr stand ein Mann, doppelt so groß wie die Kiepenfrau. Er hatte zottelige dunkle Locken und trug einen Umhang aus verschiedensten Pelzen. Der Bogen in der Hand stach Sorla sofort ins Auge. Da grinste der Mann.

„Feiner Bogen ist das." Er gebrauchte die Menschensprache. „Gefällt allen gut." Er lachte zufrieden. „Mir auch, Flasse der Bogenschütze, das bin ich."

Die Zwerge waren wieder bekleidet und drückten das restliche Flusswasser aus ihren Bärten, wobei sie finstere Blicke auf Girsu warfen. Diesen schien es nicht zu kümmern. Er schichtete trockene Zweige zu einem Haufen, holte sein Pfeifchen hervor, stopfte es und sog dann, doch es wollte nicht rauchen.

„Geht nicht ohne Feuer", erklärte Flasse fröhlich. Die Zwerge brummten verächtlich und wrangen ihre Bärte.

„Es mag ein Weilchen dauern", sagte Girsu zwischen zwei Zügen. „Die Pfeife hat sich abgekühlt, sie wurde seit Tagen nicht geraucht." Er sog weiter daran, und nun glomm ein Fünkchen im Pfeifenkopf auf. Sorgsam paffte er, bis sich würziger Tabakduft verbreitete. An der Glut entzündete Girsu einige trockene Stengel und legte diese unter den vorbereiteten Holzstapel. Bald prasselte ein helles Feuer.

„Das gefällt mir!" Flasse rieb sich begeistert die Hände. „Komm, Minzen-Muhme!" Die kleine Frau stellte die Kiepe ab und setzte sich neben ihn ans Feuer. Vorsichtig wickelte sie die Fußlappen von den Füßen und wackelte mit den Zehen. Aber was für Zehen! Sorla traute seinen Augen nicht. Das waren Pfoten! Dichtbepelzt, schwielig, tapsig; beinahe Bärentatzen, nur kleiner, mit kürzeren Krallen.

„Hallo, Füße!", krähte sie in der Menschensprache. „Schön, euch wiederzusehen!" Sie drehte sich zu Sorla um: „Ich hab sie nur eingewickelt wegen der Leute in der Stadt. Sie sollen meine Ware begucken und nicht meine Füße!"

„Ihr wart auf dem Markte zu Fellmtal?", warf Girsu ein, auch er in der Menschensprache. Er rammte einige Stöcke neben der Feuerstelle ein, um die nassen Kleider aufzuhängen. „Gestattet übrigens, dass ich uns endlich vorstelle! Ich bin Girsu, genannt der Dunkle. Jener heißt Sorle-a-glach und weilt derzeit als Gast bei uns im Pelkoll."

„Ein Mensch zu Gast bei Gnomen?", rief Minzen-Muhme mit heller Stimme. „Das war noch nie da! Ich bin die Minzen-Muhme. Guck nicht so verdutzt, Kleiner! Hast noch nie eine Ombi gesehen?" Sie kramte in einem Beutel. „Hier, Kleiner, schenk ich dir was." Sie drückte Sorla etwas Klebriges in die Hand. „Steck's in den Mund, Kleiner!" Sorla beroch es heimlich und leckte daran. Es schmeckte süß und duftete nach Blüten. Sein Misstrauen wich der Begeisterung. Die Ombi kicherte. „Minzen-Muhme hat nur gute Ware! Auf dem Markt verkauf ich das Schock für zehn Asing."

Ware, Markt, Schock, Asing; Sorla verstand gar nichts mehr. Ratsuchend drehte er sich nach Girsu um, aber dieser wandte sich gerade den Zwergen zu, die in einiger Entfernung ihre Bärte kämmten.

„Geehrte Zwerge", rief er, „macht mir die Freude und setzt euch zu uns ans Feuer!"

Der Braunbart trat vor. „Durethin heiße ich, und hier stehen meine Vettern Burothrir und Thorandir. Wir danken für die Einladung, doch es ist Vormittag, und wir haben eine weite Reise vor uns."

„Vergiss deinen Ärger, Durethin", krähte Minzen-Muhme. „Wollt ihr ohne uns weiterreiten?"

„Ja, kommt, ihr drei", rief auch Flasse. „Hier könnt ihr eure Bärte trocknen."

Die Zwerge zuckten zusammen. Doch ein Blick in Flasses Gesicht überzeugte sie, dass kein Witz auf ihre Kosten beabsichtigt war. Nach kurzem Zögern traten sie näher. Sie trugen derbe graue Jacken, braune Hosen und dunkle Lederstiefel. Im Gürtel eines jeden stak ein Dolch, daneben hing, in einer Lederschlaufe, die kurzstielige Axt. Burothrirs Bart war gegabelt; starr standen die beiden roten Zipfel auseinander und schlossen jeweils mit einem Knoten ab. Thorandir hatte seinen roten Bart kunstvoll geflochten und am Ende zusammengebunden. Durethin trug seinen Bart offen, die untere Hälfte jedoch in den Gürtel geklemmt, um unwürdiges Hin- und Herwehen zu unterbinden.

Flasse kam mit einem langen, geraden Stecken vom Ufergebüsch zurück und schnitzte das vordere Ende als Widerhaken zurecht. In der Nähe hing der Stamm einer Weide dicht über das Wasser; dort hockte sich Flasse hin. In kurzer Zeit speerte er sieben Forellen und Äschen. Sorla war begeistert und ließ sich den Fischspeer zeigen.

„Ist ganz einfach", lachte Flasse. „Man muss nur treffen!"

„Ich kann Fische mit der Hand greifen", brüstete sich Sorla. „Ist auch ganz einfach, man muss nur schnell sein!" Flasse fiel vor Lachen auf den Rücken.

„Das ist gut!", schrie er. „Sorla, der schnelle Greifer!" Er schlug dem Jungen auf die Schulter, dass der ebenfalls umfiel.

Alle spießten ihre Fische längs auf Stecken und rösteten sie über dem Feuer. Nur Sorla verschlang seinen Fisch gleich roh.

„He, Kleiner", krähte Minzen-Muhme, „das schmeckt doch nicht!"

„Schmeckt prima!", mischte sich Flasse ein. „Ess ich oft." Die Zwerge wechselten bedeutungsvolle Blicke.

„Sorla hat seit Tagen nichts gegessen", erklärte Girsu. „Wir mussten große Mühsal und Gefahr überstehen."

„Oh, herrlich!", rief Minzen-Muhme. „Spannende Geschichten am Lagerfeuer! Erzähl schnell und lass nichts aus! Aber, Flasse, hol dem Kleinen noch einen Fisch aus dem Fluss, ja?"

Flasse grinste und trabte los. Köstlicher Duft verbreitete sich: die Fische waren gar. Sorla zitterte so deutlich vor Gier, dass Minzen-Muhme ihm ihren Fisch herüberreichte. „Ich muss ja nicht mehr wachsen, mein Kleiner."

„Du bist doch viel kleiner als ich", protestierte Sorla, bereits mit vollem Mund.

Sobald Flasse zurückkam, erzählte Girsu der Reihe nach alles seit Gwimlins Verschwinden aus dem Pelkoll; Gombos Gespräch mit der Amsel, den Zwischenfall mit dem Bär, Growes Qualen am Baum, Rafells Kampf mit den Chrebil, Sorlas und Girsus Gefangennahme, das traurige Wiedersehen mit

Gwimlin, Tannes' unglückseliges Schicksal, den Sieg über die Wachen, das Blenden der Chrebilhorde, den Anblick der gefesselten Weiber, die Flucht aus der Chrebilhöhle, den Weg bis zum Fluss.

Zunächst saßen die Zwerge unbeteiligt dabei, als sei das Verschwinden eines unternehmungslustigen Gnomkindes nicht ihre Sache. Doch als Girsu die Chrebil erwähnte, begannen ihre Augen zu blitzen, ihre Schnurrbärte sträubten sich. Bei Rafells Kampf umklammerten sie die Stiele ihrer Äxte und rutschten unruhig hin und her. Wie dann Girsu ihre erfolgreiche Flucht schilderte, sprangen sie auf und schrien „Jawohl!" oder „Recht so!" Als Girsus Bericht beendet war, wischten sich die Zwerge erschöpft den Schweiß von den Stirnen.

Schließlich erhob sich Durethin. „Diese Geschichte wird in den Sälen der Grauen Berge weitererzählt werden! Auch Gnome können kämpfen, das hörten wir schon. Aber wer hätte gedacht, dass ein Menschenkind von vielleicht zwölf Jahren seinen Freund so tapfer unterstützt? Dass es einen verfluchten Chrebil mit dem Speer niedersticht? Dass es durchhält, wo manch Erwachsener zusammengebrochen wäre? Wir sind voll des Staunens!" Er nickte Sorla anerkennend zu, und Burothrir und Thorandir nickten ebenfalls.

Sorlas Gesicht glühte vor Stolz. „Ich bin erst neun", sagte er leise. „Ich werde im Frühjahr zehn."

„Er ist ein besonderes Kind", erklärte Girsu. „Seine Mutter Taina hatte Ramloks Segen, als sie mit ihm schwanger ging."

„Ramloks Segen? Oho!" Flasse schlug sich lachend auf die Schenkel. Girsu sah ihn verweisend an und fuhr fort: „Auch brachte er seine Kindheit in der Wildnis zu, nur von einem Flusstrollweib behütet. So lernte er früh manches, was selbst uns erstaunt."

„Das hört sich an wie noch eine gute Geschichte", krähte Minzen-Muhme.

„Das mag wohl sein, meine Verehrte", entgegnete Girsu, „doch sind unsere Kleider jetzt trocken, und ich möchte vor Anbruch der Dunkelheit jene Berge erreichen." Er wies nach Nordwesten, wo sich der Kirsatten und dahinter der Pelkoll erhoben.

„Wohl gesprochen!", pflichtete Durethin bei. „Auch wir müssen aufbrechen. Unser Ziel, die Grauen Berge", er wies nach Nordosten, „liegt noch drei Tagesreisen entfernt. Doch hoffen wir, die verplauderte Zeit wieder einzuholen. Die Maultiere sind gut, und wir kennen die Straße."

„Straße?", fragte Sorla.

„Die alte Elfenstraße, mein Kleiner", sagte Minzen-Muhme. „Wir sitzen sogar drauf." Sorla sah sich um, aber er sah nur Gras. „Sie führt von Fellmtal hier den Norfell-Fluss entlang durch die Gnomlande und weiter bis zur Quelle. Dort sind die Hohen Auen, dort ist Muck Rotbocks Dorf, dort wohnen wir Hochland-Ombina. Wenn du willst, besuch mich mal."

„Natürlich führt die Elfenstraße weiter", ergänzte Durethin. „Bis hin zu den fernen Weißen Bergen."

„Und weiter bis zum Elbsee", murmelte Girsu.

„Nun ja. Wer will schon ins Flachland zu den Elfen?"

Sorla, der wieder einmal nichts verstand, wickelte sich aus seiner Decke, in die er bislang gehüllt war, und wollte in die Hose steigen.

„He, Sorla", rief Flasse, „du hast da 'nen Fleck."

„Ich weiß."

„Ich kenn den Fleck, Sorla. Kommt ein Mann auf meine Insel. Hat eine schlimme Wunde. Ich bin Flasse der Heiler, ich mach ihn gesund. Der hat den gleichen Fleck am Hintern. Ein umgedrehtes Herz."

„Womöglich der Vater?", warf Minzen-Muhme ein. „Kleiner, kennst du deinen Vater?" Sorla schüttelte den Kopf.

„Der Vater?" Flasse kratzte sich im Haar. „Kann sein. Zehn Jahre sind es jetzt." Er betrachtete nachdenklich seinen Bogen. Dann gab er sich einen Ruck. „Ich sag dir was, Sorla. Ich geh mit Minzen-Muhme zu ihrem Dorf. Da ist es im Winter warm und gemütlich. Im Sommer bin ich zurück. Auf meiner Weideninsel im Fluss Eldran. Besuch mich mal." Er stand auf, seinen Bogen fest an sich geklammert, und ging zum Maultier.

„Ich glaub, ich wiederhol mich", krähte Minzen-Muhme, „aber das ist bestimmt wieder eine gute Geschichte." Sie seufzte sehnsüchtig, erhob sich dann aber ebenfalls und schulterte ihre Kiepe. „Mach's gut, Kleiner. Da hast du noch was." Sie kramte wieder etwas Klebriges aus ihrem Beutel und reckte den kurzen Arm, um es Sorla in den Mund zu stecken.

Die Zwerge standen betreten um Gwimlins kleinen starren Leib, der bislang unbeachtet zwischen Girsus Sachen gelegen hatte. Nun räusperten sie sich, um Abschied zu nehmen.

„Nichts für ungut, Girsu", sagte Durethin. „Unsere Späße über badende Gnome waren nicht angebracht, wie wir jetzt wissen." Burothrir und Thorandir nickten zustimmend.

„Es ist längst vergessen, werte Zwerge", beteuerte Girsu.

„Auch wir wollen vergessen, wie wir zum Bad kamen", fuhr Durethin fort." Seine Stirn umwölkte sich kurz. Dann überwand er sich und streckte die Hand aus: „Es war wohl die richtige Antwort, die Ihr uns gabt. Wir wünschen euch beiden gute Heimkehr!" Auch Burothrir und Thorandir traten heran, um Hände zu schütteln. Danach stiegen sie auf ihre Maultiere, und bald war die kleine Gruppe zwischen den Weiden verschwunden.

*

Sorla rollte schweigend die Decken zusammen. Vieles gab ihm zu denken. Er schreckte auf, als Girsu ihn ansprach.

„Sorla, wir sollten auch Gwimlins Leiche baden. Es ist unrecht, dass sie noch immer in Schmutz und Gestank daliegt." Sorla nickte. Sie konnten aber Gwimlin nicht entkleiden, da seine Glieder unverändert starr waren; auch wollte keiner ein zweites Mal in den Fluss steigen. So schleppten sie den Körper zu dem schiefen Weidenstamm, von dem aus Flasse die Fische gespeert hatte, hockten sich rittlings darauf und schwenkten Gwimlin im dahinströmenden Flusswasser hin und her. Noch immer verharrte der Glygi über Gwimlins Kopf, selbst wenn er unter Wasser geriet. Nach diesem traurigen Dienst an Gwimlin lehnten sie seinen Körper gegen eine Erle, um ihn abtropfen zu lassen.

„Wie gelangen wir trocken über den Fluss?", überlegte Girsu. „Ein Weg wäre, der Elfenstraße nach Süden bis zur Fähre von Fellmtal zu folgen. Dort kämen wir aber unter mehr Menschen, als mir lieb ist. Auch müssten wir vorher die Sümpfe durchqueren, die selbst bei Tage voller Gefahren stecken. Da deucht es mir klüger, wir wanderten flussaufwärts und suchten eine Furt." Sorla nickte, obwohl er insgeheim gerne jenes Fellmtal gesehen hätte, wo es viele Menschen gab und wo man Süßigkeiten essen konnte.

Als Sorla den Körper Gwimlins in eine Decke wickelte, stutzte er. Wo war der Glygi? Girsu konnte sich auch keinen Reim darauf machen. So beluden sie sich mit Rucksack, Decken, Schwert und Gwimlin und folgten den frischen Spuren der Maultiere.

Der Fluss war kaum einen Steinwurf breit, aber ziemlich tief; eine Furt konnten sie hier nicht erwarten. Nach einer halben Stunde wurde die Gegend flacher, und sie gerieten in einen lichten Auwald. Der sumpfige Boden federte bei jedem Tritt. Nach links ging er allmählich in kaum knietiefes Wasser über, in dem sich Schwarzerlen und Weiden düster spiegelten.

„Das andere Ufer ist nicht zu sehen", sagte Girsu, „aber vielleicht können wir hinüberwaten."

Vorsichtig hielten sie sich an den Stämmen fest und versuchten, auf dem knorrigen Wurzelgeflecht entlang zu balancieren, das sich halb über, halb unter Wasser verzweigte. Ein paar Blässhühner und Enten hielten sich in gebührendem Abstand. Einmal glitt vor ihnen eine Schlange ins dunkle Wasser. Girsu blieb erstarrt stehen.

„Nur eine Ringelnatter", beruhigte Sorla ihn.

„Ich hasse Schlangen!", brach es aus Girsu heraus. „Gleichgültig welche."

Je weiter sie vordrangen, desto verstreuter standen die Erlen, und der Blick öffnete sich auf eine weite Wasserfläche. Hier kamen sie nicht weiter. Enttäuscht kehrten sie ans Ufer zurück und gossen ihre Stiefel aus.

Sie folgten weiter den frischen Hufspuren. Bald blieben die Erlen hinter ihnen zurück, statt dessen wuchsen hohe Binsen und Riedgräser. Dazwischen gluckste Wasser. Vom Fluss war nichts mehr zu sehen.

„Wieso gehen wir nicht und schauen nach einer Furt?" Sorla machte einen tastenden Schritt weg vom Trampelpfad.

„Oh nein, lieber Sorla. Dort hausen Schlangen und Blutegel. Fürwitzig wäre es, den Weg zu verlassen." Er zeigte nach vorne, wo sich ein flacher Hügel aus dem Ried erhob. „Dort können wir uns einen Überblick verschaffen, statt blindlings zwischen Büscheln sperrigen Schilfes herumzutappen."

Tatsächlich führte der Pfad aufwärts und wurde trockener. Als sie die Hügelkuppe erreichten, sahen sie vor sich eine mannshohe Säule aus hellem Stein. Jemand hatte vor kurzem das Moos abgekratzt – die Stellen waren noch feucht – und seltsame Zeichen freigelegt.

„Elfenrunen!", erklärte Girsu. „Und sieh den Pfeil; er zeigt auf die Grauen Berge."

„Was sind Runen?"

„Zeichen, die uns etwas sagen, Sorla."

„Ich höre nichts."

„Man muss gelernt haben, sie zu verstehen."

„Was sagen sie?" Aber Girsu musste zugeben, dass auch er die Elfenrunen nicht zu lesen verstand. Damit war Sorlas Interesse geschwunden. Er wandte sich ab, um den Fluss zu suchen. Von hier überschaute man die sich weithin erstreckende Auenlandschaft mit lichten Wäldern, freien Wiesen und Riedflächen, und dazwischen glitzerte der Fluss in unübersichtlichen Mäanderschleifen und verlandenden Nebenarmen.

„So stellte ich es mir vor", seufzte Girsu und zerrte an seinem Bart. „Gleichwie, wir müssen und werden hinüber gelangen." Er bückte sich, um Gwimlins Körper aufzuheben.

„Merkwürdig", sagte er. „Mir kommt es vor, als sei der Körper weniger starr." Er zuckte die Schultern.

Nördlich des Hügels führte der Weg wieder ins Ried hinab. Sorla blieb stehen und deutete auf einen schmalen Pfad, der den Weg kreuzte und zwischen den Binsen verschwand.

„Ein Wildwechsel", sagte er. „Das sind Wildschweinspuren."

„Folgen wir ihnen", schlug Girsu vor. „Wir müssen endlich zum Fluss gelangen." Sorla zog ein bedenkliches Gesicht, wusste aber keinen besseren Rat. Der Wildwechsel führte sie unvermutet zu dichtem Unterholz und verschwand dort als dunkler, niedriger Gang.

„Es wäre schlecht, hier Wildschweine zu treffen", flüsterte Sorla. Er schob sich an Girsu vorbei nach vorne, um auf Spuren und Geräusche zu achten.

Plötzlich erstarrten sie; auch Girsu hatte deutlich das Grunzen und Schnaufen gehört. Sorla schlich ein paar Schritte voraus und spähte durch die Zweige. Dort suhlte sich eine Rotte Wildschweine in einer breiten morastigen Mulde. Eine Bache stand wachsam dabei, ihre Lauscher spielten nervös. Sorla zog sich schleunigst zurück und schob Girsu vor sich her, bis sie ein flaches Bachbett kreuzten. Sie beschlossen, ihm zum Fluss zu folgen. Sich unter überhängenden Zweigen duckend und über gestürzte Stämme kletternd, arbeiteten sie sich voran.

„Ob Flasse meinen Vater kennt?", fragte Sorla auf einmal.

„Es mag wohl sein, und ich freue mich für dich, dass du durch ihn Näheres erfahren kannst."

„Erst im nächsten Sommer."

Das Bachbett weitete sich vor ihnen zu einer größeren Wasserfläche. Auch hier standen Erlen und Weiden so dicht beieinander, dass ihre überfluteten Wurzeln sich berührten. Das gegenüberliegende Ufer war nur fünfzig Schritt entfernt.

„Dort hinüber!" Girsu strahlte. Diesmal ging das Balancieren auf den Wurzeln schneller, denn sie hatten ein Ziel vor Augen. Sorla fiel etwas Merkwürdiges auf, an dem Girsu, nur auf die Wurzeln achtend, schon vorbeigewatet war; im niedrigen Geäst hing ein großer Lappen, bleich und von halb durchscheinender, schuppiger Struktur.

„Sieh mal, Girsu! Wenn es kleiner wäre, würde ich es für den Fetzen eines Natternhemdes halten."

Girsu klammerte sich blass an eine Erle. „Das ist es auch", stieß er hervor. „Eine riesige Schlange scheint hier zu hausen! Nur fort!" Und er stolperte hastig weiter.

Sorla war fasziniert von der Schlangenhaut. Sie maß zwei Gnom-Armspannen in der Breite und drei in der Länge. Er zog sie auseinander und rieb sie prüfend. Sie war derb und trocken, ließ sich aber zu einem sperrigen Bündel zusammenrollen. Sorla schwebte eine Art Panzerhemd vor, das man daraus fertigen könnte, um sich vor den Stichen der Chrebillanzen zu schützen. Oder könnte man die Gnome im Pelkoll damit in Staunen versetzen und dann vielleicht Gwimlin darin bestatten? Jedenfalls schleppte Sorla das Bündel mit.

Als sie das Ufer erreichten, stellte es sich zu ihrer Enttäuschung als schmale Landzunge heraus, hinter der dicht starrendes Schilf aufragte. Dahinter erstreckte sich der eigentliche Fluss. Sie folgten der Landzunge und kamen in trockeneres Gebiet mit hohem Gras und vereinzelten kahlen Laubbäumen. Ein tiefes Schnaufen ließ sie herumfahren. Zwischen den Stämmen schob sich eine riesige Masse von stumpfem Braun heraus: ein Wisentbulle. Das Rückenfell zitterte nervös, unter den ausladenden Hörnern blickte er böse zu Sorla und Girsu herüber. Wieder blies er durch die Nüstern. Lautlos wuchteten sich weitere braunzottige Fleischberge aus dem Gras empor. Sie witterten prüfend, ihre Schwänze peitschten die Lenden. Sorla tastete nach Girsus Hand und zog ihn sachte, Schritt für Schritt, jede hastige Bewegung vermeidend, mit sich. Erst als sie schon lange außer Sichtweite der Wisente waren, blieben sie stehen.

Eine Windbö fuhr durchs Gras. Der Himmel war dunkel verhangen, schon fielen die ersten Regentropfen. Girsu und Sorla sahen zu, dass sie weiter kamen. Sie wollten vor Anbruch der Nacht den Fluss überquert haben. Die Hoffnung, heute noch den Pelkoll zu erreichen, hatten sie längst aufgegeben. Mühsam bahnten sie sich einen Weg durch das hohe, harte Gras. Inzwischen war der Himmel fast schwarz, und es goss in Strömen. Sorla konnte kaum zwei Schritte weit sehen. Einmal geriet Girsu, der vorausging, knöcheltief in Morast und verlor fast einen Stiefel.

Bald darauf stießen sie auf dichtes Schilf und mussten erneut umkehren. Schließlich blieb Girsu stehen.

„Wir mühen uns vergeblich, Sorla. Wer weiß denn noch, wo Westen ist? Sehen wir doch kaum die Hand vor Augen!"

„Mich friert", sagte Sorla. Der Regen lief über sein Gesicht, in den Kragen, die Kleidung klebte tropfnass am Körper.

„Leider gibt es hier keinen Unterschlupf, Sorla."

„Wir könnten unter meine Schlangenhaut kriechen, oder?"

„Ein grausiger Gedanke, mein lieber Sorla. Aber vielleicht doch vernünftig."

So breiteten sie die derbe Schlangenhaut über sich und krochen eng zusammen. Bald wurde die Kleidung feuchtwarm. Der Regen trommelte gegen das harte, dünne Leder. Sorla schlief ein. Er träumte von Gwimlin, der aus einem nebelbedeckten Fluss ans Ufer stieg. 'Sorla', sagte er leise – er war im dichten Nebel kaum zu hören – ich soll dich grüßen von ... von ...' Er begann zu weinen. 'Ich hab es vergessen! Dabei war es so wichtig! Aber mein Kopf ist so dumpf, mein Kopf ist so stumpf!' Trostlos stammelnd tauchte Gwimlin wieder im Fluss unter.

Sorla schrak auf. Ein schürfendes Geräusch, langsam und träge, hatte ihn geweckt. Er sah sich um. Der Regen hatte aufgehört. Die Schlangenhaut war nass und fast durchsichtig; Sorla sah den klaren Nachthimmel und den Mond. Aber seitlich von ihm lauerte etwas Großes, Dunkles. Sorla erstarrte. Nur aus den Augenwinkeln spähte er hinüber. Es war der Kopf einer riesigen Schlange. Die Augen, handtellergroß, glänzten im Mondlicht. Ihr lidloser Blick lag auf Sorla, der fühlte, wie eine kribbelnde Kälte in ihm aufstieg. Er konnte sich nicht rühren, kaum atmen. Der Schlangenkopf glitt näher. Die Zunge schnellte hervor, zweigeteilt, armlang. Sorlas Herzschlag stockte. Der Schlangenkopf kam näher, er berührte das Natternhemd und Sorlas Knie dahinter. Wieder züngelte er über Sorla und Girsu hin. Sorla wollte die Augen schließen vor Angst, doch er konnte nicht, gefangen im lidlosen Blick der Schlange.

In seinem Kopf regte sich etwas Fremdes. Gewaltig und doch behutsam breitete es sich aus. Er vergaß sich selbst; starr saß er da.

Die Schlange begann zu gleiten. Dem Kopf folgte der massige Körper, der immer dicker, immer höher vor Sorlas Augen vorbei glitt. In drei weiten Schlingen legte sich der schuppige Leib um Sorla und Girsu und kam zur Ruhe.

„Erwache, Sorla!" Girsu rüttelte ihn an den Schultern. „Sieh, welch herrlicher Herbstmorgen!" Sorla blinzelte in die Morgensonne. Girsu hatte die Schlangenhaut zur Seite gelegt und rollte die Decken zusammen.

„Wo ist die Schlange hin?", fragte Sorla verwirrt.

„Welche Schlange?"

„Die riesige Schlange. Die zu uns kam."

„Das magst du geträumt haben, Sorla."

Sorla rappelte sich auf und ging los, um hinter dem Busch Wasser zu lassen. Da sah er, dass in großem Kreis das Gras in die regennasse Erde gepresst war, als habe ein enormes Gewicht darauf geruht. Wortlos wies er Girsu darauf hin.

„Die Schlange!", wisperte dieser. Es dauerte einige Zeit, bis Girsu sich fasste.

„Wieso verschlang sie uns nicht?", flüsterte er.

„Wir waren ein Schlangenei."

„Was sprichst du, Sorla?"

„Sie sagte es."

„Schlangen können nicht reden."

Sorla wusste keine Antwort. Es schien ihm auch nicht wichtig; sein Kopf war benommen und voll fremdartiger Bilder. Girsu beeilte sich weiterzukommen. Sie beluden sich wie gewöhnlich, doch als sie losgehen wollten, fiel Girsu etwas ein: „Und deine Schlangenhaut, Sorla?"

„Brauche ich nicht mehr."

„Sie war doch praktisch als Regenschutz."

„Ich lasse sie hier."

Girsu zuckte die Achseln und stapfte los, die Morgensonne im Rücken. Durch das nasse, sonnenfunkelnde Gras eilte Sorla hinterher.

„Wir können den Biberdamm benützen", sagte Sorla.

„Welchen Biberdamm, Sorla?"

„Wir werden bald da sein."

Girsu sah ihn prüfend an. Kurz darauf gelangten sie an einen breiten Flussarm. Von Ufer zu Ufer spannte sich ein Holzdamm, aufgeschichtet aus

Knüppeln, Stämmen und Astwerk. Ein Biber schlug klatschend den Schwanz aufs Wasser und tauchte weg.

„Wie konntest du von den Bibern wissen?", fragte Girsu. Sorla wusste keine Antwort. Er fing an zu stottern und wurde ärgerlich. Sowieso war ihm das aufrechte Gehen lästig; lieber wäre er der Länge nach ins Wasser geglitten, wäre unter den Biberdamm getaucht, wo die Einschlupflöcher verborgen lagen, die er seit Ewigkeiten kannte, wäre in die Wohnhöhlen der Biber hochgekrochen, um mit seinen Fängen einen im Genick zu packen und ... Er schlug sich an die Stirn. Welchen Unsinn er da träumte!

Missmutig stolperte er hinter Girsu auf dem Damm her. Wieso ging Girsu voraus? Er, Sorla, kannte sich hier viel besser aus! Was bildete sich dieser Gnom überhaupt ein? Hatte er sich je dafür bedankt, dass Sorla ihm das Leben rettete, als er dem Chrebil den Speer in den Rücken rammte?

Alleine leben, das war es! Nachts jagen, ein Wildschwein, ein Wisentkalb, tags mit vollem Wanst in der Sonne sich räkeln! Bloß nicht zurück in die dumpfen Höhlen des Pelkoll, wo besserwisserische Gnome ihn belehren wollten! Jede Schlange war weiser und listiger als dieser ganze Haufen von geschraubt redenden Klugscheißern!

Sorla ließ die Decken fallen. Er stieß Girsu zur Seite und drängte sich vorbei. Dieser, völlig überrascht, geriet aus dem Gleichgewicht. Ein Platschen verriet, dass Girsu in den Fluss gefallen war. Aber Sorla rannte mit brennenden Augen über den Damm auf das Ufer zu und verkroch sich im Unterholz. Dort rollte er sich zusammen und fiel in tiefen, traumlosen Schlaf.

*

Würziger Tabakrauch hing in der Luft. Sorla öffnete die Augen. Nahebei hockte Girsu im Dämmerlicht und schmauchte sein Pfeifchen. Er sah ernst aus. Sein Gesicht war magerer, noch faltiger, noch spitznasiger geworden.

Sorla warf die Decken von sich und setzte sich auf. Girsu streifte ihn mit einem Blick und sah wieder auf den Fluss hinaus.

„Hallo, Girsu! Ich habe lange geschlafen!"

„Einen Tag und einen halben."

„Du machst Witze! Aber sieh nur: der Fluss! Trotz Regen und Dunkelheit fanden wir ihn!"

Girsu sah Sorla von der Seite an. „Wir haben den Fluss schon überquert."
„Im Dunkeln? Nein, wir schliefen doch unter der Schlangenhaut!" Da erinnerte sich Sorla dunkel an die riesige Schlange, an das Mondlicht ...
„Girsu, sind wir wirklich auf der anderen Seite des Flusses?"
„Ja."
„Hast du mich hinüber getragen, während ich schlief?"
„Nein."
„Das versteh ich nicht."
Girsu nahm die Pfeife aus dem Mund und sah Sorla zum erstenmal voll ins Gesicht. „Heißt das, Sorla, dass du dich nicht erinnerst, wie wir den Biberdamm überquerten?"
„Nein. Welchen Biberdamm?"
„Es ist nicht wichtig, Sorla. Ruhe dich noch etwas aus." Girsu zerzauste sich nachdenklich den weißen Spitzbart und vergaß ganz seine Pfeife.
„Höre, Sorla", sagte er schließlich. „Du musstest viel ertragen. Ich freue mich, dass du dich gebührend ausschlafen konntest." Er begann, die beiseite geworfenen Decken zusammenzurollen.
Sorla war ein wenig verstört wegen seiner Gedächtnislücken, aber dann fiel ihm etwas anderes auf.
„Sag mal, Girsu, was hast du die ganze Zeit getan?"
„Nichts, ich harrte hier des Endes deines Schlafes. Ich gab dir zu trinken."
„Was hast du gegessen?"
„Nichts, Sorla. Doch wir Gnome verhungern nicht so schnell."
„Und hattest du keine Angst vor der großen Schlange?"
„Doch, Sorla. Sogar sehr!"
„Und wenn sie gekommen wäre?"
„Oh, sie kam in der Nacht."
„Und?"
„Ich blendete sie. Das wird ihr lange zu denken geben."
„Werden ihre Augen wieder heilen?"
Girsu sah ihn verdutzt an. „Ich weiß nicht. Fühlst du Mitleid mit ihr?"
„Mitleid? Ich weiß, wie Schlangen fühlen."
Sorla achtete nicht darauf, was für ein Gesicht Girsu zu seiner letzten Bemerkung machen mochte, denn mit beachtlichem Knurren meldete sich sein Magen. Wie früher am Gnomfluss begann Sorla, Steine und Moospolster

anzuheben, Rindenstücke von toten Bäumen abzulösen und eifrig Larven, Schnecken und anderes Kleingetier in den Mund zu sammeln. Girsu ließ ihn einige Zeit gewähren, dann sagte er:
„Sorla, da ist noch etwas."
„Mmh?"
„Gwimlin atmet wieder."
Sorla stopfte den angebissenen Regenwurm vollends in den Mund und eilte zu Gwimlin hinüber. Der kleine Körper lag entspannt unter der Decke, das Gesicht wirkte friedlich und gelöst. Nur die Fäuste waren noch immer geballt und gegen die Brust gepresst. Sorla beugte sich dicht über Gwimlins Gesicht. Er hörte keinen Atemzug, auch sah er nicht, dass sich die Brust hob oder senkte. Schon wollte er sich enttäuscht aufrichten, da spürte er einen leisen Hauch gegen seine Augen wehen.
„Ich hab es gespürt, Girsu! Er lebt!" Sorla sprang jubelnd auf und ab. Girsu schmunzelte und belud sich in alter Weise mit Rucksack, Schwert und Gwimlin.
„Wir dürfen nicht länger verweilen", mahnte er. „Wenn Gwimlin erwacht, bedarf er sorgfältiger Pflege, die er hier draußen nicht finden kann." Das leuchtete Sorla ein. Er hob seine Deckenrollen auf und trottete Girsu nach, der bereits nach Nordwesten losmarschierte.

Noch einmal mussten sie einen halb verlandeten Flussarm überqueren, dann dehnte sich vor ihnen Grasland. In der Ferne ragten Kirsatten und Pelkoll in den Herbsthimmel. Girsu legte ein rasches Marschtempo vor und duldete keine Rast. Doch als die Sonne niedersank, hatten sie nicht einmal den Rand des großen Waldes südlich der Gnomberge erreicht.

„Noch drei Stunden bis zum Kirsatten", stellte Girsu müde fest. „Zum Pelkoll schaffen wir es sowieso nicht mehr."

Sorla hatte sich umgewandt, um die zurückgelegte Strecke noch einmal zu überschauen. Dort, im Osten, war die Nacht schon angebrochen, und die Dunkelheit kroch allmählich über das Grasland. Ihn schauderte. Plötzlich kniff er die Augen zusammen; in der dunklen Ferne bewegte sich eine Reihe winziger Gestalten auf sie zu.

„Girsu, sieh dort!"
„Chrebil!", stöhnte Girsu. „Und ich hoffte, wir wären diesen Scheusalen entronnen!" Er stieß Sorla an. „Wir müssen uns sputen! Nur im Wald liegt unsere Rettung!" Sie rannten nun auf den fernen Waldrand zu, so rasch es ihre

müden Beine und die schwere Last erlaubten. Aber wann immer Sorla zurückblickte, waren die dunklen Gestalten ein großes Stück nähergekommen.

„Schneller, schneller!", keuchte Girsu und stolperte unter seiner Last. Sorla hatte weit weniger zu schleppen, war aber ebenfalls der Erschöpfung nahe.

„Wirf die Decken fort!", rief Girsu. „Es gilt das nackte Leben!" Er selber streifte den Rucksack samt Deckenbündel ab und ließ ihn fallen. Nun hatten sie es leichter. Aber es half nichts, die Verfolger kamen unerbittlich näher.

„Lass sie doch kommen, Girsu, und blende sie!"

„Nein. Der Glygi ist erschöpft!" Weiter rannten sie, und immer näher kamen die dunklen Gestalten.

„Sie dürfen Gwimlin nicht bekommen!", keuchte Girsu. „Wir müssen ihn verstecken!" Gehetzt sah er sich nach allen Seiten um. Vor ihnen zeichnete sich gegen das Abendlicht ein niedriges Gebüsch ab. Dorthin eilte Girsu und warf Gwimlin hinein.

„Mögest du verschont bleiben, Gwimlin! Wenigstens du!" Er schlug einen Bogen nach Süden, fort vom rettenden Waldrand, um die Verfolger vom Gebüsch fernzuhalten. Sorla wusste, was Girsu vorhatte, und war verzweifelt. Die Verfolger kürzten den Bogen ab und holten nun um so schneller auf. Sie schrien, aber Sorla hörte sie kaum durch sein eigenes Keuchen. Es war dunkel geworden.

„Nun laufe zum Wald, Sorla! Rette dich!"

„Und du, Girsu?"

„Ich stelle mich zum Kampf und halte sie auf."

„Ich bleibe, Girsu!"

Girsu schüttelte den Kopf und zog sein Schwert. „Lauf, Sorla! Nur wenn du entkommst, hat mein Kampf einen Sinn!"

Sorla fiel ihm weinend um den Hals. Die Verfolger waren jetzt nahe gekommen, doch in der Dunkelheit kaum zu erkennen. Girsu stieß Sorla von sich. Der duckte sich und kroch im hohen Gras seitlich davon. Die Verfolger schrien triumphierend auf, als sie Girsus dunkle Kontur erblickten: sie hatten ihr Opfer gestellt. Sorla sah, im Gras versteckt, wie sie ihre Schwerter schwangen, um sich auf jene einsame dunkle Gestalt zu stürzen.

Das sind keine Chrebil, fiel Sorla auf. Wo sind die rotglühenden Augen? – Das sind Gnome!

„Halt, Gnome!", schrie er. Die dunklen Gestalten fuhren herum, die Waffen drohend erhoben. Was habe ich getan, durchfuhr es Sorla. Es gab noch andere Wesen als Chrebil und Gnome!

Zwei kamen auf Sorlas Versteck zu.

„Wer spricht hier die Gute Sprache der Berge?", erklang eine barsche Stimme. Sorla war wie vor den Kopf geschlagen.

„Hauptmann Greste!", stammelte er.

Greste sah ihn verblüfft an. „Das Menschenkind der Pelkoll-Gnome! Und wer ist der andere?" Einige Glygis leuchteten auf.

„Das ist Girsu der Dunkle!", rief jemand. „Er blutet, er ist schwer verwundet!" Verlegenes Schweigen machte sich breit. Nur Girsus Stöhnen war zu hören. Hastig suchten die Gnome nach Verbandszeug, um die Blutung möglichst zu stillen.

„Dies sind schlimme Zeiten", murrte Greste, „wenn Gnome gegen Gnome kämpfen! Was hat sich uns der Sinn verwirrt!"

Girsus Wunden wurden notdürftig verbunden. Er hatte das Bewusstsein verloren. Ihn jetzt zu transportieren war zu gefährlich. So beschloss Greste, die Nacht hier zu lagern. Am nächsten Morgen konnte dann eine Bahre gefertigt werden.

„Ich habe keine Decke mehr", meldete sich Sorla. Da stellte sich heraus, dass die Gnome Sorlas Decken und Girsus Rucksack als Beutestücke aufgelesen hatten. Schweigend gaben sie Sorla alles zurück, und er vermutete, dass es die Peinlichkeit war, die ihnen die Worte raubte. Er wickelte sich erschöpft in seine Decke und dachte an Gwimlin, der, ebenfalls in eine Decke gerollt, irgendwo in der Dunkelheit in einem Gebüsch lag. Ihn jetzt zu suchen hatte keinen Zweck. Sorla schlief rasch ein.

*

„Willkommen, kleine Schlange." Die großen lidlosen Augen glänzten im Mondlicht. Sorla schwieg und wartete ab.

„Wie ging es dir heute?"

„Schlecht. Ich wurde fast getötet, von Freunden!"

„Traue niemandem."

„Und Girsu? Oder Gwimlin? Ihnen kann ich trauen!"

Die Schlange schwieg. Von vorne sah es aus, als ziehe sie das Maul traurig nach unten. Von der Seite schien sie mit hochgezogenen Mundwinkeln zu lachen. Aber das war nur Trug; ihr starres Maul lachte nicht und weinte nicht, ihre schuppigen Kiefer waren hartkantig aufeinander gepresst.

„Man muss jemandem trauen können", beharrte Sorla.

„Traue deinen Freunden, kleine Schlange."

„Gerade sagtest du, ich soll keinem trauen. Welchen Rat soll ich annehmen?"

„Beide." Die gespaltene Zunge schnellte heraus und berührte ihn sanft. „Die Wahrheit ist nicht einfach. Nun geh spielen, bevor ich dich fresse."

*

Sorla lag mit geschlossenen Augen, obwohl er längst wach war. Nie zuvor war ihm ein Traum so lebhaft in Erinnerung geblieben. Dies war kein Traum, so fühlte er, dies war Wirklichkeit; er hatte mit der großen Schlange geredet. Doch wie sollte das angehen? Es war nicht möglich, in einer Nacht zum Norfell-Fluss zurückzulaufen und vor Morgengrauen wieder hier unter der Schlafdecke zu liegen. Er öffnete die Augen.

„Guten Morgen, Menschenkind." Einer der Kirsatten-Gnome saß neben ihm und biss in einen Moosfladen. Er brach ein Stück für Sorla ab.

„War ich letzte Nacht hier?"

„Sicher! Wo denn sonst?"

„Ich könnte vielleicht im Schlaf umhergegangen sein?"

„Nein, Menschenkind. Einer hielt immer Wache. Wir hätten das bemerkt."

Sorla erhob sich und ging zu Girsu hinüber. Dessen Augen waren geschlossen, er atmete regelmäßig.

„Er scheint durchzukommen", erklang Hauptmann Grestes Stimme hinter Sorlas Rücken. Sorla fuhr herum.

„Ein schwacher Trost", erwiderte er bitter. „Denn bevor ihr uns nachranntet, war er kerngesund!"

Greste wurde dunkelrot. „Du bist nicht höflich, junger Mensch."

„Aber ich habe recht."

Greste wandte sich brüsk ab. Sorla klopfte vor Ärger das Herz bis zum Hals, doch der Wortwechsel hatte ihm gut getan. Zwei Gnome kamen mit frisch geschnittenen Haselnussstecken zum Lager zurück. Daraus banden sie eine Tragbahre zusammen. Als Girsu darauf gebettet wurde, kam er zu sich und blickte verstört umher. Sorla zu sehen schien ihn zu erleichtern. Mit schwacher Stimme bat er um Wasser. Die Gnome überschlugen sich fast vor Hilfsbereitschaft.

„Vertriebt ihr die Chrebil?", flüsterte Girsu. „Ich fürchtete schon, den Angriff dieser Scheusale nicht zu überleben."

Die Gnome sahen betreten zu Boden. Greste räusperte sich und trat vor.

„Edler Girsu. Wir wollen nichts beschönigen. Gestern nacht kämpften Gnome gegen Gnome und erkannten sich nicht. Nur Euer Freund hier verhütete das Schlimmste. Die Wut gegen die Chrebil hatte uns blind gemacht. Jene Scheusale tummelten sich dreist auf unserem Gebiet; sie raubten Gwimlin und stellten freche Forderungen; dann verschwandet ihr beide. Wir sandten bewaffnete Streifen aus und suchten das ganze Land ab bis zum Norfell-Fluss. Aber die Chrebil blieben verschwunden und mit ihnen ihre Gefangenen. Als wir nun letzte Nacht zwei dunkle Gestalten auf den Kirsatten zustreben sahen, deuchten es uns Chrebil zu sein, die nach neuen Untaten lechzten. Das ist die Erklärung, aber ich weiß, keine Entschuldigung. Ich gedenke daher, sobald wir heimkehren, mein Amt als Hauptmann der Wache niederzulegen."

Alle schwiegen betreten. Greste fuhr fort: „Wenn es uns gelungen wäre, Gwimlin zu finden! Ihn zu retten war meine Hoffnung; im Triumph ihn heimzuführen mein Ehrgeiz. Wir waren am Platz, den die Chrebil bestimmten, doch niemand kam. Auch suchten wir überall; ja, Gombo befragte alle Amseln weit und breit, ohne einen Hinweis zu erhalten. Meinen Augapfel würde ich geben, wenn wir Gwimlin noch lebend fänden. Doch wird Gwimlin verschollen bleiben und ist wohl schon tot." Greste setzte sich bekümmert hin. Zum erstenmal mochte Sorla ihn leiden.

„Seid nicht traurig", sagte er und zwinkerte Girsu zu. „Ich möchte Euch etwas zeigen, das Euch vielleicht aufmuntert." Er zog Greste an der Hand mit sich.

„Was soll das? Wohin gehst du?"

„Dorthin!" Sorla zeigte nach Norden auf ein fernes, einzeln stehendes Gebüsch.

„Was ist an den Krähen aufmunternd?"

Sorla sah ein zweites Mal hin. Dort, hoch über dem Gebüsch, kreiste ein dichter Schwarm Krähen.

„Schnell!", rief Sorla und rannte los. Greste folgte ihm verwundert. Als sie das Gebüsch erreichten, war es schon von Krähen schwarz bedeckt. Ihr Krächzen war ohrenbetäubend.

„Haut ab!" Sorla sprang, mit den Armen fuchtelnd, auf und ab. Das Lärmen schwoll an; fünf oder sechs Vögel warfen sich flatternd auf Sorla und hackten mit ihren Schnäbeln auf ihn ein, dass das Blut floss. Sorla riss die Arme schützend vors Gesicht und sprang einige Schritte zurück.

„Was willst du von den Krähen, Menschenkind?", fragte Greste.

„Dort drinnen im Gebüsch ist ... etwas. Ich brauche es dringend."

„Wir können sie aber nicht verscheuchen."

Das hatte Sorla bereits gemerkt. Er war kurz davor zu weinen. Wer konnte wissen, was die Krähen Gwimlin antaten, wenn sie ihn entdeckten!

Plötzlich verstummte das Gekrächze. Auf einem der oberen Äste reckte sich eine übergroße, metallisch schwarzglänzende Krähe und schlug mit ihren Flügeln. Dann schüttelte sie sich und hockte sich wieder zurecht.

„Was wollt ihr? Was wollt ihr hier?", krächzte sie.

Sorla und Greste waren verblüfft. Greste fasste sich als erster.

„Du sprichst die Gute Sprache der Berge?", stammelte er nicht gerade klug.

„Von Zwergen gelernt! Im Käfig von Zwergen gelernt!", schrie die Krähe und sah sie mit schiefgelegtem Kopf an.

„Hochinteressant, meine werte Krähe! Dürften wir ..."

„Dummköpfe! Dummköpfe!", schrie der Vogel. „Was wollt ihr hier, haut ab!" Sie schlug mit den Flügeln, und ein vielstimmiges drohendes Krächzen erhob sich. Sorla sah Greste verzweifelt an. Dieser nestelte an seiner Gürteltasche herum und zog eine kleine Silbermünze heraus. Er hielt sie hoch.

„Seht her!", rief er in den Lärm hinein. „Sucht euch ein anderes Gebüsch, dann bekommt ihr diese Münze!"

Eine schwarzflatternde Wolke stob auf und fiel kreischend über Greste her. Augenblicke später war alles vorbei. Greste blutete aus vielen Wunden, das Silberstück war weg. Die Krähen waren auf das Gebüsch zurückgekehrt und verstummten.

„Kleinen Dank! Kleinen Dank!", schnarrte die Krähe und starrte sie boshaft an. „Habt ihr mehr? Gebt's her!"

Greste wandte sich flüsternd an Sorla: „Ist es wichtig, diesem Krähenpack standzuhalten? Was ist in dem Gebüsch?"

Sorla sagte es ihm.

„Gwimlin?", rief Greste. „Was zögere ich? Tod den Krähen!" Er riss das Schwert heraus und reckte es hoch in die Luft, so dass der Ärmel des Wollmantels zurückrutschte und seinen sehnigen Arm entblößte. Dann stürmte er los, brüllend das Schwert schwingend. Die Krähen stoben auf, sammelten sich in der Luft und stürzten sich auf ihn. Greste verschwand in der kreischenden schwarzen Wolke; ab und zu blitzte sein Schwert auf, Federn flogen.

Sorla kannte seine Aufgabe. Er kroch ins Gebüsch, riss das Deckenbündel mit Gwimlins Körper hervor und rannte, dass ihn die Lungen schmerzten, zurück zum Lagerplatz. Die Gnome sahen ihm erstaunt entgegen.

„Kommt! Helft!", keuchte Sorla und ließ das Bündel fallen. Sofort eilten die Gnome auf den schwarzen Schwarm zu, der in der Ferne auf und nieder wogte. Nur einer der Gnome blieb als Wache bei Girsu und Gwimlin zurück.

Sorla eilte mit müden Beinen hinterher. Er sah, wie die fünf Gnome sich ebenfalls in die schwarze Wolke stürzten. Das war den Krähen zuviel; sie flatterten krächzend auf und verschwanden bald in der Ferne.

Der Kampfplatz war übersät mit schwarzen Federn und den blutigen Körpern toter Krähen. Die Gnome beugten sich über die reglose Gestalt Grestes.

„Ist er tot?", fragte Sorla.

„Nein", flüsterte einer der Gnome, „aber die Krähen spielten ihm wahrlich übel mit." Grestes Kopf und Arme bluteten aus unzähligen Wunden, der Brustpanzer war verschmiert. Grestes Arm hing noch immer schützend über seinem Gesicht. Als die Gnome ihn vorsichtig zur Seite legten, schrien alle entsetzt auf; die rechte Augenhöhle klaffte blutig leer.

*

Es war ein trauriger Zug, der sich auf den Kirsatten zu bewegte. An der Spitze ging Sorla mit Giblo, dem Stellvertreter Grestes. Inzwischen hatten die Gnome sich vorgestellt. Auch wurde Sorla nicht länger als „Menschenkind", sondern mit seinem Namen angeredet. Giblo und Sorla trugen den kleinen Körper Gwimlins. Es folgten zwei Gnome mit einer Tragbahre, auf der Girsu der Dunkle lag. Zwei weitere Gnome führten Hauptmann Greste, dessen Kopf und Arme mit Binden umwickelt waren. Den Schluss bildete Grole der Starke. Er hatte das Schwert gezogen und sah immer wieder misstrauisch nach hinten. Es begann zu schneien; schwere, nasse Flocken, die sich auf die Kleidung setzten und schmolzen. Bald waren alle nass und durchgefroren. So ging es Stunde um Stunde, und noch immer war der Kirsatten nicht in Sicht.

„Jetzt ein heißer Moostee!", seufzte Giblo.

„Trockene Stiefel!", flüsterte ein Gnom hinter Sorla.

„Fettige Bratschnecken!", sagte Sorla sehnsüchtig.

Verzagtes Schweigen breitete sich aus. Keine Vogelstimme war zu hören, jedes Geräusch wurde vom dicht fallenden Schnee geschluckt.

Vor ihnen tauchten im Schneetreiben dunkle Umrisse auf, so hoch wie drei oder vier Gnome übereinander! Sie verdichteten sich und traten aus dem Schneegestöber hervor: drei graubraune Pferde, prustend, die Mähnen schüttelnd, und auf ihnen drei Frauen mit Jagdspeeren. Sorla erkannte sie wieder: Penta mit ihren Töchtern Perte und Prata. Sie zügelten ihre Tiere.

„Ihr kleines Volk", rief Penta von oben herab, „was ist euch zugestoßen? Wie ersoffene Katzen seht ihr aus, und verprügelt obendrein!" Sie lachte. „Wohin wollt ihr bei diesem Mistwetter?"

„Werte unbekannte Frau", antwortete Giblo verschnupft, „Dank für Eure Anteilnahme. Unser Ziel ist der Kirsatten."

„Der Kirsatten? Da habt ihr euch gründlich verirrt, kein Wunder bei dem Wetter. Sagt, sind euch Wildschweine über den Weg gelaufen?"

„Nicht dass wir wüssten, werte Frau. Wieso Wildschweine?"

„Es geht nichts über einen Keiler am Spieß."

„Mit frischem Brot", ergänzte Perte.

„Und heißem Bier!", fiel Prata ein. Sie lachten. Sorla merkte, wie hungrig er war.

„Und wo befindet sich der Kirsatten, wenn Ihr die Frage gestattet?", erkundigte sich Giblo.

„Viel weiter südlich, mein Kleiner. Ihr seid schon dran vorbei. Wisst ihr was, wir bringen euch hin."

Die Gnome wurden von starken Frauenarmen hochgehoben. Jede Reiterin nahm einen vor sich auf den Pferderücken, ein weiterer saß hinter ihnen. Gwimlin, Girsu und Greste wurden an den Knöcheln gehalten und über die Schulter gelegt. Dann ging es in raschem Trab nach Süden. Sorla saß vor Penta und hielt sich krampfhaft an der Pferdemähne fest.

„Du hast schönes Haar, mein Kleiner", sagte Penta und fuhr ihm durch die nassen Strähnen. „Du bist kein Gnom, nicht wahr? Hab ich dich nicht schon gesehen in diesen Wäldern?"

„Am Fluss, letzten Sommer", flüsterte Sorla. Er fühlte sich unsicher und wohl zugleich. Bei jedem Tritt des Pferdes berührte Pentas Brust seinen Rücken. Er versuchte, gerade zu sitzen und Abstand zu halten. Da legte ihr Arm sich um ihn und drückte ihn nach hinten an ihren weichen Körper. Ihn fror vor Behagen.

„Was zitterst du? Du bist ja niedlich, mein Kleiner. Wenn du groß bist, werden sich die Frauen um dich reißen. Wer ist dein Vater, deine Mutter?"

„Mein Vater? Weiß ich nicht. Meine Mutter heißt Taina."

„Taina, hm? Eine schöne Frau. Wo ist sie jetzt?"

„Weiß nicht. Schon lange weg. Ich kenn sie gar nicht mehr."

„Vor drei Jahren wurde sie in Ailat-Stadt gesehen. Das ist weit weg von hier. Ich hörte es auf dem Pferdemarkt zu Fellmtal. Sie wurde in einer Sänfte getragen. Ein schönes buntes Kleid hatte sie an, und zwei Diener gingen voraus, um ihr den Weg durch die Menge zu bahnen."

„War sie krank, dass sie nicht gehen konnte?"

„Eher zu fein. Ihre Füße sollten den Straßendreck nicht berühren. Eine große Dame also."

„Und wieso holt sie mich nicht zu sich?"

„Was weiß ich? Na, bei den Gnomen geht's dir auch nicht schlecht. Und wenn du fünfzehn bist, dann besuch mich, ja?"

Sie drückte ihn an sich. Sorla schloss die Augen und ließ sich zurücksinken. Er stellte sich seine Mutter vor. Lange, blonde Haare wehten, der Rest blieb verschwommen. Zu lange war sie fort. Und wie sah ein buntes Kleid aus? Was war eine Stadt? Eine Sänfte? Übrig blieb die alte Frage: Weshalb liebte sie ihn nicht?

„Dort ist der Kirsatten!", rief Penta. Sorla öffnete die Augen. Vor ihm stieg der dunkel bewaldete Hang an und verschwand nach oben im Schneegestöber.

„Wir danken verbindlichst", ertönte Giblos Stimme. „Wenn wir nun absteigen dürften?" Penta lachte. Als die kleine Gruppe mit Sorla im Schneematsch beieinander stand, trat Giblo vor und hielt eine längere Dankesrede. Er schloss mit den Worten: „Gestattet, dass ich euch, liebwerte Frauen, diese hübschen, zur Jahreszeit passenden Steine verehre." Schon vorher hatte er in seinem Brustbeutel genestelt und zog nun drei wasserhelle, geschliffene Bergkristalle hervor, die er den überraschten Frauen hoch reichte.

„Die sind schön, mein Kleiner!", rief Penta. „Vielen Dank auch. Kommt gut nach Hause!" Damit stieß sie ihrem Pferd die Hacken in die Flanken, und schon waren die drei Reiterinnen im Schneetreiben verschwunden.

Ein mühsamer Aufstieg begann. Der Boden war glitschig, mehrfach rutschten die Gnome mit Girsus Bahre aus. Nach einiger Zeit blieb Giblo stehen, wickelte den Schal vom Hals und wandte sich Sorla zu: „Mein lieber Sorla, zwar misstraut dir hier keiner, doch gelten die Vorschriften, den Geheimen Eingang betreffend." Er verband Sorlas Augen. Jetzt musste dieser wie Greste geführt werden. Schließlich hielten sie wieder an, und Sorla hörte ein dumpfes Rollen, als wälze sich ein riesiger Felsblock zur Seite. Die vertraute Luft des Berginnern wehte ihm entgegen. Als sie weitergingen, hörte er, wie von nahen Wänden das Geräusch der Schritte zurückgeworfen wurde. Wieder ertönte das dumpfe Rollen, dann wurde Sorlas Augenbinde abgenommen. Glygis leuchteten blassblau, Felswände glitzerten dunkel: eine altvertraute Welt der Geborgenheit.

ACHTES KAPITEL: WINTERSONNWEND

An die Ankunft im Kirsatten erinnerte sich Sorla nur undeutlich. So erschöpft war er gewesen, dass er die Begrüßungsworte von Goni dem Ältesten, in denen auch Sorla ehrenvoll erwähnt wurde, glattweg verschlief. Auch von den folgenden Tagen, die er im Kirsatten blieb, bis er und Girsu kräftig genug waren, zum Pelkoll heimzukehren, war ihm nur eines klar in Erinnerung geblieben: wie Gwimlin erwachte.

Gwimlin, der neben Sorla in der Schlafnische lag, hatte sich geregt, wodurch Sorla aus dem Schlaf schreckte. Beide Glygis leuchteten. Gwimlins Augen waren offen, und ein schwaches Lächeln erhellte sein kleines Gesicht.

„Sorla, mein Freund", flüsterte er. Seine Arme, noch immer mit geballten Fäusten an die Brust gepresst, lockerten sich. Langsam öffnete sich die rechte Hand. Darin glitzerte Tainas silberhelles Amulett. Sorla nahm es mit zitternden Fingern heraus. Als er sich wieder Gwimlin zuwandte, war dieser in festen Schlaf zurückgesunken und atmete tief und regelmäßig.

Im Pelkoll machte sich Sorla oft Gedanken über die erstaunliche Rückkehr des Amuletts. Gwimlin aber, der es ihm hätte erklären können, war noch zu schwach und blieb im Kirsatten. Inzwischen besuchte Sorla reihum die ihm bekannten Gnome, um den Unterricht wieder aufzunehmen. Früher hatte er ihnen aus kindlicher Neugier, oft nur aus Höflichkeit zugehört. Jetzt aber trieb ihn etwas, Fragen zu stellen, Wissen zu sammeln, Hintergründe offenbart zu bekommen.

„Du bist wie verwandelt, mein lieber Sorla", sagte Golbi der Schreiber. „Dein Ausflug scheint dir gut getan zu haben."

„Um die Wahrheit zu sagen, es ist mir selbst unheimlich, Golbi."

Bei Golbi lernte Sorla die Grundlagen der Schreibkunst. Tage, Wochen saß er über eine weiche Lehmplatte gebeugt und kratzte Schriftzeichen hinein. Später wurden daraus Wörter, dann kleine Sätze.

„Weshalb muss ich alles in der Menschensprache schreiben?"

„Mein kluger Sorla, die Gute Sprache der Berge erfordert Schriftzeichen, die ich dich nicht lehrte, ja, eine völlig verschiedene Schrift. Und ich denke, irgendwann wirst du zu den Menschen zurückkehren."

„Aber die Menschenschrift ist sehr schwierig!"

„Mein Lieber, sie ist ein Kinderspiel, gemessen an der Schrift der Gnome, die ja zugleich die Tiefen Mysterien des Urgrundes widerspiegelt. Ohne in jene Geheimnisse eingeweiht zu sein, ist es unmöglich, mit den Gnomenzeichen umzugehen."

„Und wie schreiben die Zwerge? Ich hörte sie die Gute Sprache der Berge benutzen."

„Nun, sie sind mehr praktisch veranlagt und weniger am Urgrund des Seins interessiert. Wer hätte auch je gesehen, dass ein Zwerg zaubert, dass er neue Wirklichkeiten aus dem Urgrund des Seins schöpft? Tatsächlich schreiben oder lesen sie fast nie. Sie lernen ihre Lieder auswendig und tragen sie an Festtagen vor."

„Und wenn sie eine Botschaft hinterlassen wollen?"

„Ein guter Einwand, mein Sorla. Dafür haben sie besondere Zwergenzeichen, die aber nicht geeignet sind, Wörter wiederzugeben."

„Kann es sein, dass ihr Gnome eure Schrift geheim haltet?"

Golbi räusperte sich und sagte: „Du magst da recht haben, mein scharfsinniger kleiner Freund. Allerdings ist es nicht die Schrift an sich, die wir hüten, sondern es sind die Tiefen Mysterien des Urgrundes, die wir nicht aller Welt auszuplaudern gedenken."

„Dann muss ich mich wohl auf die Menschenschrift beschränken, Golbi." Insgeheim aber spürte Sorla den Drang, diese Mysterien, was immer das war, auszukundschaften und dann zaubern zu können, so wie Gimkin der Vielseitige zum Beispiel.

*

Die zweite Hälfte der Vormittage verbrachte Sorla bei Gonli dem Waffenmeister. Diesen hatte es, als sie Gwimlin suchen gingen, geschmerzt, Sorla als einzigen waffen- und somit wehrlos zu sehen. Hilflos dem Zugriff böser Mächte ausgesetzt! Außerdem: ohne Waffe war man sozusagen nackt. Ob Sorla das waffenfähige Alter schon erreicht hatte, kümmerte nicht, war er doch Gonli bereits über den Kopf gewachsen.

„Fang auf, Sorla!" Ein Kurzschwert kam angeflogen, und schon hatte Sorla den Griff gepackt. „Schnell bist du, Sorla. Nun zeig, was du gestern lerntest!"

Gonli drang auf Sorla mit wohlgezirkelten Schwerthieben ein, die dieser parierte.

„Gut, mein kleiner Schüler, und nun die Finte!" Sorla sprang einen halben Schritt zurück, Gonli stieß nach und, scheinbar überrascht, ins Leere. Jetzt griff Sorla von der Seite an.

„Brav gelernt, Sorla!"

„Aber das Schwert ist so schwer!"

„Übe, und es wird leicht werden. Gleichwohl, eine Pause hast du verdient." Aufatmend legte Sorla seine Waffe auf eine Werkbank.

„Hast du noch andere Schwerter, Gonli?"

„Sicher, mein Lieber. Sieh hier die raffinierte Parierstange! Oder dort eine besonders schmale Klinge, eher zum Stechen gedacht als zum Hauen."

Nun kletterte Gonli auf die Werkbank und langte von der Wand ein Schwert, das in einer einfachen Lederscheide steckte. „Und hier, Sorla, zeige ich dir Schlangenjäger, das seltsamste Schwert weit und breit." Er hielt es, noch immer in der Scheide steckend, in seinen Händen. „Es wurde geschaffen, als in den Bergen von Gnomlanden noch riesige Grottenschlangen hausten, eine wahre Seuche und ständige Gefahr für unser Volk! Sieh ...", und er zog eine gleißende schmale Klinge hervor, „nicht aus Bronze oder Eisen besteht es, nein, es wurde magisch gewirkt aus Feuer und hellen Kristallen. Es kann die grässlichste Schlange mit einem Hieb töten, ja, es führt den Schwertarm so, dass du immer triffst. Es fühlt wie ein Gnom und hegt solchen Hass gegen jedes Natterngezücht, dass es hell aufglüht, wann immer es eine Schlange in der Nähe weiß."

„Und weshalb glüht es jetzt?"

Gonli sah betroffen auf das Schwert, dann auf Sorla, schließlich blickte er sich misstrauisch um.

„Es muss hier eine Schlange sein", flüsterte er. „Vielleicht ist sie klein, womöglich harmlos, aber irgendwo ist sie versteckt." Nun suchten sie in allen Winkeln, in den Schubladen, unter der Schlafmatte. Alle Gefäße, Schwertscheiden und Pfeilköcher wurden geleert und geschüttelt, doch fanden sie nichts. Sorla begann Zweifel zu äußern.

„Es ist mir unbegreiflich", murmelte Gonli verstört. „Schlangenjäger hat sich noch nie geirrt." Selbst als sie zum Mittagsmahl gingen, wirkte Gonli noch betroffen und verärgert.

*

Nach dem Essen hielt sich Sorla gerne in der Küche auf, wo die Gnomfrauen das Geschirr säuberten und wegräumten. Dabei fielen oft noch ein Rest Waldbeerenmus oder eine Handvoll gerösteter Maronen für Sorla ab. Fast noch besser jedoch behagten ihm die Geschichten und Lieder, die er hier zu hören bekam.

„Heute erzähle ich euch die Sage von den vier Schwestern", begann Gilse. „Höre auch du gut zu, Sorla, denn du kannst etwas dabei lernen." Sie drückte ihm eine gedörrte Hutzelbirne in die Hand.

„In einem weißen Palast lebten einst vier Schwestern, die hießen Dana, Frena, Tara und Mala, und hatten von ihrer Mutter manche Zauberkunst gelernt. Ihre Schönheit und ihre Künste wurden in allen Landen gerühmt. Also machte sich der junge Held Anod auf, sie mit eigenen Augen zu sehen. Sein Haar war golden und strahlte in der Sonne, und wer ihn sah, dem lachte das Herz. Im Wald Irmigleddin traf er auf Urskal, den Fürsten der Nebligen Tiefen. Anod bezwang ihn und warf ihn zu Boden, aber Urskal erhob sich wieder. Anod schwang mit beiden Händen sein Schwert und spaltete Urskals Schädel, aber Urskal schüttelte nur sein grimmes Haupt und lachte. Nun packte Anod den mächtigen Leib Urskals und hob ihn hoch über sich in das Licht der Sonne. Da sprach Urskal, der finstere Riese: 'Du hast mich heute bezwungen, Held Anod. Doch wisse, ich war vor dir und werde nach dir sein, wenn deine Kraft längst erloschen ist. Gib mir die Freiheit zurück, dann gewähre ich dir, was du willst.' Anod gab Urskal frei und sprach: 'Wisse, Urskal, dass ich die vier Schwestern suche, deren Schönheit und Künste man rühmt.' Urskal lachte und antwortete: 'Nie wirst du sie finden ohne meine Hilfe. Doch gebe ich dir Hende-raska, mein Pferd. Schneller läuft es, als die Winde wehen, und höher fliegt es, als die Wolken ziehen. Es wird dich zum weißen Palast bringen, den du suchst.' So bestieg Anod das Pferd Hende-raska, und es schnaubte und sprang hoch in die Wolken, dass Anod die Sterne mit den Händen greifen konnte. Das Pferd aber setzte ihn am Tor des weißen Palastes ab. Anod hieb mit dem Schwertknauf dagegen. Da öffnete das Tor sich weit, und Anod sah Dana die Liebreizende, die jüngste der vier Schwestern. Sie war schlank wie eine Birke und ihre Haut so weiß wie der Mond. Rot war ihr Mund, und ihr Haar reichte bis zu den Füßen. Als Anod sie sah, entbrannte sein Herz vor Liebe. Sie gab ihm lächelnd die

Hand und führte ihn in den Hof des Palastes, wo ein Apfelbaum blühte. Dort bereitete Dana ein Lager aus Blüten, und sie legten sich nieder und erfreuten sich aneinander sieben Tage und Nächte. Dann aber sprach sie: 'Anod, mein Geliebter, ich muss dich verlassen, denn heute kommt Frena, meine Schwester.' Er entgegnete: 'Nie werde ich dich vergessen oder die Zeit, die wir verbrachten.' Sie aber lächelte und verschwand. Den ganzen Tag saß Anod unter dem Apfelbaum im Hofe des Palastes und sann über seine Liebe zu Dana nach. Als der Abend hereinbrach, hörte er fernher die liebreizende Stimme einer Frau, die sang. So süß klang Anod das Lied im Ohr, dass er aufstand, der Stimme zu folgen. Er kam vor eine Tür, die war geschlossen, und wagte nicht, sie zu öffnen. Still stand er und lauschte. Die Stimme sang von Treue und Ordnung, von den Pflichten des Mannes und der Ehre der Frau. Und Anod, der nicht zu hören gekommen war, hörte zu und verstand. Da sprang die Tür auf, und in der Mitte des Saales saß Frena, die klug Waltende, auf ihrem Thron. Ihre Brüste prangten stolz, und als sie sich erhob, ließ der Anblick ihrer weißen Hüften Anod erzittern, und sein Herz entbrannte in Liebe. Sie gab ihm lächelnd die Hand und führte ihn zum Lager aus goldenen Fellen. Er aber war schwach und müde. Da reichte sie ihm einen goldenen Apfel, und als er ihn aß, wurde er stark und froh. Sie legten sich nieder und erfreuten sich aneinander sieben Tage und Nächte. Dann aber sprach sie: 'Anod, mein Gebieter, ich muss dich verlassen, denn heute kommt Tara, meine Schwester.' Er entgegnete: 'Nie werde ich dich vergessen oder die Zeit, die wir verbrachten.' Sie aber lächelte und verschwand. Den ganzen Tag saß Anod zu Füßen des Thrones und dachte über seine Liebe zu Frena nach. Als aber der Abend hereinbrach, hörte Anod von weitem den Schrei des Falken. Da wuchs die Sehnsucht nach Freiheit und Jagd in ihm, und er sprang auf und eilte die Treppen empor bis zu den Zinnen des Palastes, um den Falken in der Weite des Himmels zu sehen. Doch ging die Sonne eben unter, und auf dem Dach stand Tara die Falkenäugige. Ihr goldenes Haar wehte im Wind, und der Duft ihres sehnigen Körpers verwirrte ihm die Sinne. Sie lachte, und in ihrem großen Mund blitzten die Zähne. Da verspürte Anod große Angst. Sie aber reichte ihm einen Becher voll Blutes, und als er trank, kehrten sein Mut zurück und seine Sehnsucht, sie zu besitzen. Sie legte ihr Federkleid auf einen Haufen trockenen Laubs und winkte ihm. Doch als er herantrat, packte sie ihn und warf ihn aufs Lager. Sie rangen und kämpften die ganze Nacht. Erst als der Morgen graute, gewann Anod die Oberhand, und er tat ihr Gewalt an. Da schrie sie auf, warf ihr Federkleid um und flog als Falke davon. Anod eilte in den Schlosshof, bestieg das Pferd Hende-raska und stürmte hinter Tara her. Den ganzen Tag jagten sie durch die Wolken und kehrten erst abends zum Palastdach zurück. Tara streifte ihr Federkleid ab, packte Anod und warf ihn aufs Lager. Wieder rangen sie die ganze Nacht, doch als der Tag anbrach, fügte sich Tara seinen Liebkosungen. Danach aber stand sie auf, warf sich ihr Federkleid über und flog davon. Anod bestieg das Pferd Hende-raska und jagte hinterher. So ging es sieben Tage und Nächte, dann sprach Tara die Falkenäugige: 'Anod, mein Gefährte, ich muss dich verlassen, denn heute kommt Mala, meine Schwester.' Er entgegnete: 'Nie werde ich dich vergessen oder die Zeit, die wir verbrachten.' Sie aber lachte und flog davon. Den ganzen Tag stand Anod an den Zinnen des Palastes und dachte über seine Liebe zu Tara nach. Als aber der Abend hereinbrach, sah Anod eine dunkle Wolke in der Ferne, die sich näherte. Und der Wolke entstieg eine schwarzverhüllte Gestalt, das war Mala die Furchtbare. Anod aber kannte sie nicht. Ihr Gesicht war verschleiert; nur die bleichen Lippen sah er, die lächelten nicht. Sie nahm seine Hand und führte ihn zum Garten des Palastes. Dort setzten sie sich auf den Rand des Brunnens unter schattigen Bäumen, und sie sprach ihm von der Mühsal des Lebens und der Gnade des Todes. Anod hörte ihr zu, und ihn fror. Da hüllte sie ihn in ihren Mantel und nahm ihn zu sich in das Reich der Toten. Anderntags kamen Dana, Frena und Tara, denn sie ahnten Unheil von Mala. Und sie fanden Anod nicht. Da riefen sie Atne, ihre Mutter, und sprachen: 'Mach, dass Mala, unsere Schwester, diesen Jüngling herausgibt, denn seine Kraft und Schönheit waren groß.' Und Atne befahl Mala, Anod aus dem Totenreich herbeizuschaffen. Er lag aber still und hatte das Leben und Lieben vergessen. Da sprach Atne: 'Wenn Dana ihm Hoffnung gibt, Frena Nahrung und Tara Blut, so soll er leben durch eure Liebe.' Als Mala dies vernahm, wuchs ihr Grimm, und sie rief: 'Nie soll Anods Fuß den Staub der Erde berühren, oder er selbst wird zu Staub werden!' Und Atne sprach: 'So soll es sein. Tags mag er die Himmel durchstreifen, nachts muss er im Palast sich verbergen. Und euch wird er gehören auf ewig.' Dies war die Geschichte von Anod und den vier Schwestern."

*

„Eine schöne Geschichte, meine verehrte Gilse", sagte Grisele die Schlosserin, „nicht wahr, Sorla?"

„Ja, aber was kann ich daraus lernen?"

„Dass Männer nicht treu sein können!" rief Gleste. Die Gnomfrauen kicherten.

„Nein", erwiderte Glure ernsthaft, „die Geschichte zeigt, wie die Sonne an den Himmel kam und wo sie nachts bleibt. Denn Anod ist der Sonnengott."

„Und Urskal sein Vater, der Herr der Finsternis", ergänzte Goste.

„Ich dachte", mischte sich Glibe die Schöne ein, „es ginge vor allem um die Jahreszeiten. Denn Dana ist die Göttin des Frühlings, Frena regiert den Sommer, Tara den Herbst, und Mala ist in der dunklen Jahreszeit zu Hause."

„Frena kann auch im Winter angerufen werden", widersprach Gilse. „Alle Göttinnen zeigen sich im ganzen Jahr. Es geht um die Mondphasen. Das zeigt schon die Erwähnung der sieben Tage, die Anod bei jeder Göttin verbringt. Dana ist der junge Mond, Frena der Vollmond, Tara die schmale Sichel des abnehmenden Mondes, Mala die dunkle Zeit."

Alle redeten jetzt durcheinander, und Sorla wunderte sich sehr. Schließlich verschaffte sich Grisele die Schlosserin Gehör: „All das ist wahr und doch nur ein Teil. Die Göttinnen sind nicht Verkörperungen der Naturerscheinungen, wie manche behaupten, sondern umgekehrt sind Mondphasen und Jahreszeiten die sichtbaren Zeichen für das Wirken mächtiger Gottheiten!"

„Ich freue mich, werte Grisele, dass du das klargestellt hast", antwortete Gilse. „So hast du, mein kleiner Sorla, einiges gelernt über Dana, die Göttin des Frühlings, der Hoffnung, auch der Liebe. Nicht immer zeigt sie sich so harmlos wie in unserer Geschichte. So hat sie manchen mit Wahnsinn geschlagen, der ihren Unmut erregte, und grausam ist sie wie ein Kind. Frena dagegen ist die freundlichste unter den Schwestern. Wir preisen sie als die Beschützerin der Frauen, des Hauses und der Ehe und vieles mehr. Auch ist sie den Männern hold, welche die Frau und das Recht der Gemeinschaft achten. Andrerseits hört man, dass gerade Frena die grässlichsten Opfer verlangt, wenn die Lust sie anwandelt. Was Tara angeht, so liebt sie die Jagd, den Rausch, das Abenteuer. Weh dem, der ihren Weg kreuzt! Schnell wird er ihr Opfer! Mitleid kennt sie nicht, doch bewundert sie verzweifelte Taten. Der Held, der, ein trotziges Lied auf den Lippen, noch im Maule des Drachen das Schwert schwingt, die Mutter, die sich, ihre Kinder zu schützen, dem wütenden Bären entgegenwirft, solche mögen ihr Wohlwollen gewinnen. Doch selten nur; weit eher erfreut sich Tara am Anblick des Scheiterns, denn ihr Blutdurst, ihre Lust am Untergang sind ungeheuer. Viele fürchten sie mehr als Mala, die doch die Furchtbare heißt. Stille und endgültiger Friede sind es, die uns diese gewährt. Bedenke, Sorla, der Tod gehört zum Leben wie das Ausatmen zum Einatmen. Und wer darf klagen und rufen, die Zeit sei nicht reif, das Leben nicht vollendet? Ist es doch Atne, die Göttin des Schicksals, die uns ein langes oder kurzes, ein glückliches oder unglückliches Leben zuweist."

„Ich will jedenfalls nicht sterben."

„Natürlich nicht, mein Kleiner. Auch erinnere ich mich des seltsamen Ausgangs jenes Orakels, als die unglückliche Gemmele mit deiner Mutter und mir Atne befragten: eine Elster fing das Amulett, das Taina hochgeworfen hatte, und du fandest es wieder in ihrem Nest. Wer hat je dergleichen gehört? Ich denke, Atne hat dir ein besonderes Schicksal bestimmt, und wir werden noch viel von dir hören."

*

Gewöhnlich verbrachte Sorla den Nachmittag mit Gribo dem Meisterschützen, der ihm in einem abgelegenen Stollen die Grundlagen des Bogen- und Armbrustschießens beibrachte. Sorla hatte schon einige Fortschritte gemacht und wäre auch jetzt gerne hingegangen, doch trieb ihn eine bestimmte Frage zu Gimkin dem Vielseitigen.

„Wie kommt es, Gimkin, dass du so gut zaubern kannst?"

„Mein lieber Sorla, gelüstet es dich zu zaubern? Nun, es gibt mancherlei Arten des Zauberns. Wir Gnome beherrschen nur eine davon, und die hat mit den Glygis zu tun und unserem Wissen um die Tiefen Mysterien des Urgrundes. Über das zweite möchte ich nicht sprechen, also lass uns über die Glygis plaudern. Was weißt du von deinem?"

„Nun, er kann unsichtbar sein, er ist da, wenn ich ihn brauche, er kann leuchten und hat sogar gelernt zu schweben ..."

„Dies sind normale Eigenschaften. Was sonst kann er?"

„Er hat mir den Geheimen Eingang gezeigt, als Laschre und ich zum Pelkoll kamen."

„Das zeigt, dass er Verstand besitzt. Bereits das gilt nicht für alle Glygis. Und sonst?"

„Als wir beim Kirsatten unter den Wurzeln saßen, dachte ich an Gwimlin und war sehr besorgt. Und plötzlich sah ich sein Gesicht im Glanz des Glygi. Auch die anderen sahen ihn."

„Davon hörte ich. Das war fürwahr ungewöhnlich. Vielleicht hatte Gwimlin im selben Augenblick voll Schmerz ebenfalls in seinen Glygi geblickt, und dies hatte sich dem deinen mitgeteilt? Dann aber könntest du kaum hoffen, dass sich dergleichen wiederholt. Solche Zufälle sind zu selten."

„Und was kann dann mein Glygi?"

Gimkin zog nachdenklich an seiner Pfeife. „Es kommt, mein lieber Sorla, letztlich nicht auf den Glygi an und nicht auf deine Fähigkeiten, sondern darauf, wie ihr beide euch ergänzt. Beispielsweise könnte ich nie heilen, wie es Girlim der Schweigsame vermag, andererseits übertrifft mich hier niemand in der Vielfalt kleiner Zaubereien. Und du? Vielleicht solltest du dich etwas mehr deines Glygis annehmen, ihn anreden und freundlich bedenken; vielleicht wartet er darauf? Mehr kann ich dir nicht raten, und sicher hast du noch Besseres heute vor, als mich anzusehen, so wahr ich Gimkin der Unscheinbare genannt werde."

Mit diesen Worten schrumpfte Gimkin immer kleiner zusammen, bis er, so winzig wie eine Maus, über den Boden huschte und in einer Felsspalte verschwand. Noch immer stand Sorla mit offenem Mund da, als eine unsichtbare Hand ihn sanft in Richtung Türe schob. Er hörte ein unterdrücktes Kichern hinter sich, das sich deutlich nach Gimkin anhörte, doch war niemand zu sehen. Dann stand Sorla draußen auf dem Gang.

Zu Gribo dem Meisterschützen mochte Sorla heute nicht mehr gehen. Er verkroch sich in die Decken seiner Schlafnische und betrachtete den Glygi. Dieser leuchtete sanft und blau wie immer, und es fiel Sorla erst jetzt auf, dass er dies stets als selbstverständlich angesehen hatte, ohne Dankbarkeit zu empfinden. Vielleicht galten die Regeln des Guten Umgangs Miteinander auch für den Umgang mit Glygis? Sorla nahm den Glygi in die Rechte und streichelte ihn, obwohl er sich ein bisschen dumm vorkam, mit dem linken Zeigefinger. Dann flüsterte er verlegen: „Danke, mein Stein, dass du so nett leuchtest und immer da bist." Und es schien ihm, als habe das Licht des Glygi kurz gezittert und sei etwas stärker aufgeglommen. Aber vielleicht hatte er sich auch getäuscht.

*

Sorla saß mit Girsu dem Dunklen beim Abendbrot und verzehrte den dritten Napf Bucheckernmus und – weniger begeistert – etwas bitterfaden Tunnelflechtensalat, den ihm Gilse gegen Mangelerscheinungen und Erkältungskrankheiten nachdrücklich empfohlen hatte.

„Sieh nur, Sorla, wer soeben eintraf!" Girsu wies mit dem Löffel hinüber. Wo der Tunnel vom Geheimen Eingang in die Versammlungshalle mündete, standen ein paar vermummte Gnome und klopften sich den Schnee aus den dünnen, weißen Bärten. Einer hatte bereits seine Kapuze zurückgeworfen, man sah seine Augenklappe; mit dem anderen Auge schaute er blitzend umher.

„Hauptmann Greste!" rief Sorla. Greste winkte herüber. Nun erkannte Sorla auch die übrigen Gnome. Da waren vom Lorkoll Growe der Starke, den die Chrebil an die Eiche gebunden hatten, und vom Kirsatten die Gnome aus Grestes Trupp: Golsten, Graslu, Grole der Starke und Giblo. Gerkin der Wächter und Girlim der Schweigsame traten heran und führten sie hinaus, vermutlich zu den Schlafnischen für Gäste.

„Warum sind sie hier, Girsu?" fragte Sorla.

„Heute nacht, lieber Sorla, feiern wir das Fest der Wintersonnwende. Bis dahin rate ich dir, ein wenig zu ruhen, denn die Nacht wird lang."

Als Sorla sich seiner Schlafnische näherte, hörte er ein Rascheln. Er schlich vorsichtig weiter. Jemand kicherte! Sorla riss die Schlafdecken auseinander; da lag Gwimlin und grinste über sein kleines Gesicht.

Die folgende halbe Stunde war voller Umarmungen und Gelächter, voll von Erzählungen und Prahlereien, von „Weißt du noch ..." und „Solche wie wir ..." Dann wurden sie nachdenklicher.

„Sag mir, Gwimlin, wie kam es, dass du mein Amulett in der Hand hieltest?"

„Ach, Sorla! Jene schreckliche Grube! Der Gestank! Schon lange vor euch saß ich dort gefangen, mit Tannes, weißt du noch? Am Verdursten waren wir und völlig erschöpft. Ich hörte noch eure Pläne, die Wache zu überwältigen und zu fliehen. Doch ich war zu schwach, zu helfen oder viel zu reden. Als die Chrebil ihre Schlingen nach dir warfen, ließest du dein Amulett fallen, erinnerst du dich? Es fiel neben mich, und ich hielt es fest, um es dir wiederzugeben.

Aber dann begann der Kampf in der Grube, und ich wurde getreten und glitt tiefer und tiefer in den Schlamm hinunter. Ich schrie wohl noch, aber keiner hörte mich, nur die Brühe floss mir in den Mund. Mir wurde bewusst, dass ich sterben sollte, ersticken in jenem grässlichen Morast! Aber dein Amulett hielt ich fest bis zuletzt, damit ihr es finden könntet. Und dann geschah etwas Seltsames, Sorla. Mein Glygi presste sich gegen meine Stirn. Eine große Ruhe ging von ihm aus. Ich bewegte mich nicht mehr und vergaß, dass ich atmen wollte. Alles vergaß ich."

„Du warst wie ein Stein."

„So hörte ich. Girsu berichtete es Goni dem Ältesten vom Kirsatten, und dieser mir. Doch lass mich erzählen. Ich war tot oder mehr als tot, denn wer stirbt, kann auch verwesen, ein Stein aber nicht. Und doch war mein Geist nicht ganz verloren; ich träumte oder wanderte, ich weiß nicht wo. Seltsamen Wesen begegnete ich. Ein Pferd sprach mich an, ein riesiger Hengst. Er kannte dich und gab mir eine Botschaft mit, aber ich vergaß sie. Dann sah ich dich ..."

„Davon habe ich geträumt."

„Es kam mir vor, als hocktest du in einem Schlangenei, und ich erschrak sehr. Danach kam eine Zeit großer Unklarheit, bis ich schließlich im Kirsatten erwachte. Es war schön, dich als erstes zu sehen." Er schlang die dünnen Ärmchen um Sorlas Hals.

„Sorla, Gwimlin!" rief jemand im Gang. „Es ist Zeit; kommt zur Versammlungshalle!" Da sprangen sie aus dem Bett und rannten. Die große Halle war voll wie nie. Tische und Bänke waren fortgeräumt, und die Gnome umstanden in weitem Kreis den Thron Gnelis des Gewaltigen. Dieser hielt sein Haupt gesenkt und schien zu schlafen. Erst als es ganz ruhig geworden war, begann die rechte Hand zu zucken, sich zu bewegen, bis sie das kleine Zepter ertastet hatte. Es leuchtete weiß auf, Gneli hob den Kopf. Aus dem uralten Gesicht strahlten hell die Augen.

„Gnome und andere Mitfeiernde", begann er mit zittriger Stimme. „Das alte Jahr neigt sich zum Sterben. Wir haben uns eingefunden, um ihm die letzte Ehre auf seinem Weg zu Urskals Reich zu erweisen, wie wir sie auch einem Mitgnom erweisen würden, und um die Geburt des neuen Jahres zu feiern, wie wir es seit je taten. Als Gäste begrüße ich zunächst den ehrenwerten Growe vom Lorkoll, auch der Starke genannt; sodann die ehrenwerten Gnome vom

Kirsatten, als da sind Greste, ehemals der Hauptmann, Giblo der Händler, Grole der Starke, Graslu Steinfinder und Golsten der Heiler."

Die Genannten traten vor. Greste räusperte sich. „Dank dir, altehrwürdiger Gneli der Gewaltige. Wir bringen Grüße vom Lorkoll und vom Kirsatten, unseren Heimatbergen. Des weiteren sind uns Grüße aufgetragen vom Gnomskoll und den nördlichen Gnomschaften im Persatten, Arsatten, Ralkoll und Ofkoll. Auch sind wir Sorlas halber hier, zu dem wir später noch reden werden." Greste verneigte sich und trat mit seiner Gruppe zurück, während Sorla vor Aufregung heiße Ohren bekam und sich fragte, was die Ankündigung bedeuten sollte.

Gneli erhob sein weißstrahlendes Zepter. „Nun begrüße ich zwei Schneewichte aus dem fernen Nordland, die mutigen Rabenreiter Krill und Warre vom Stamm der Quorra." Er wies auf den Boden vor sich. Sorla, der in der vierten Reihe stand, konnte nichts entdecken, obwohl er sich auf die Zehen reckte. Doch hörte er Krächzen, Flügelschlagen, und da flogen zwei große schwarze Vögel und setzten sich auf Gnelis Armlehnen: zwei Kolkraben, wohl doppelt so groß und mächtig wie die stärkste Krähe, die Sorla je gesehen hatte. Von ihren Rücken kletterten zwei winzige Gestalten. Sie ähnelten mit ihren Tatzenfüßen eher den Ombina als Gnomen, waren aber kaum zwei Handspannen hoch und mit dichtem weißem Pelz bewachsen. Sie trugen keine Kleidung, bloß einen Rucksack und einen Gürtel, in dem ein kleiner Dolch stak. Klein und verkniffen schauten die Gesichter aus der weißen Pelzumrahmung. Die beiden Schneewichte stellten sich neben ihren Raben auf. Der eine hob die Arme und begann zu reden; hell und seltsam abgehackt, nach jeder Äußerung warf er die Arme voll Nachdruck hoch:

„Gnome! Die Reise war lang! Über die Taipalsteppe. Riesenheim. Dann die Weißen, die Grauen Berge. Wir bringen Grüße der Nordlandgnome! Schlangen! Sie bedrohen die Gnomhöhlen! Die Gnome brauchen das Schwert. Schlangenjäger! Ein Adler, er trägt es hin. Er wartet schon! Morgen fliegen wir heim! Graumin sei mit euch!"

Damit verbeugte sich der Kleine knapp. Er winkte seinem Gefährten. Beide sprangen von Gnelis Thron auf den Boden und außer Sorlas Sichtweite. Die Raben flatterten hinterher.

Gneli wartete, bis das überraschte Gemurmel („Welch seltsame Ansprache! Schlangenjäger hergeben?") verebbt war. „Über die Bitte der

Nordlandgnome wird beraten werden. Nun ist aber noch ein Gast zu begrüßen. Wir alle kennen ihn. Er feiert die erste Wintersonnwende mit uns und vermutlich zugleich die letzte. Ich meine Sorle-a-glach, den Sohn der schönen Taina, aufgezogen von Squompahin-laschre. Nur dieser beiden wegen wiesen wir Sorle-a-glach nicht zurück, als er im Spätsommer, der Brombeermonat war es, im Pelkoll sich zeigte. Nie zuvor war ein Mensch hier zu Gast. Über diese Rasse wurde schon viel gesagt. Kurzlebig sind sie und anfällig gegen Krankheiten, und doch vermehren sie sich und breiten sich aus in einer Weise, die uns zu denken gibt. Auch geht das Gerücht, dass manche sich gebärden wie Chrebil; gierig, falsch und grausam. Viele von uns erinnern sich der Zeit, als Menschen hier unbekannt waren; nun haben sie Stutenhof gegründet, Fellmtal im Süden, Seedorf im Norden, ganz zu schweigen von kleinen Gehöften, Kohlenmeilern, Lagern der Holzfäller und Zelten wandernder Jäger. Dem Ältestenrat im Gnomskoll dünkt diese Entwicklung eine Gefahr für die Gnomheit. Wie weit wir dieses Misstrauen auf Sorla ausdehnen sollten, war nun die Frage. Doch hierzu möchte sich der würdige Greste äußern."

Dieser trat mit einem Kopfnicken vor. „Mir oblag es, für Kirsattens Sicherheit zu sorgen. Misstrauen war meine Pflicht, Misstrauen auch gegen Sorle-a-glach. Unsere erklärten Feinde jedoch sind die Chrebil; ihnen mit Hass zu begegnen war Teil meines Amtes. Dieser Hass machte mich blind, und ihr alle kennt die Folgen. Meines Versagens halber legte ich mein Amt nieder. Doch erst als Sorle-a-glach mich zu Gwimlins Versteck führte, erst als wir gegen die Krähen kämpften ...", Grestes Hand fasste unwillkürlich nach der Augenklappe, „erst da schwand mein Misstrauen. Schnödes Misstrauen, ungezügelter Hass – das waren meine Fehler. Erproben will ich nun, ob Liebe und Vertrauen bessere Ratgeber seien. Drum heißt's das Leben neu gestalten; nicht Hauptmann Greste, Greste der Wanderer will ich sein! Allein hinauszuziehen, Fernes erkunden, das ist's, was mir obliegt. Es mag zudem mir erlauben, Sorle-a-glach einen Dienst zu erweisen. Denn seine Mutter, die schöne Taina, hoffe ich aufzuspüren, um Botschaft zu senden von ihrem Verbleib und Befinden."

Er verneigte sich, und alle murmelten beifällig. Sorla eilte hinüber und fiel ihm um den Hals.

Vier Gnome traten vor. Sie hoben den Thron samt Gneli von seinem Podest, einer großen, schweren Steinplatte, und stellten ihn einige Schritte weiter ab. Sorla war erstaunt, doch bevor er fragen konnte, tippte ihm Gilse auf die Schulter. „Nimm dies, Sorla. Du wirst es nachher brauchen!" Schon hatte sie ihm ein Zweiglein mit getrockneten Schlehen in die Hand gedrückt. Sorla wunderte sich noch mehr.

„Hier ist das alte Jahr!" rief im Hintergrund Golbi der Schreiber. Eine Gasse öffnete sich, und er ging auf den Thron zu, wo er Gneli einen handspannenlangen flachen Quader überreichte. Gneli ergriff ihn und hielt ihn mit zitternden Händen hoch. Der Stein war mit winzigen Schriftzeichen bedeckt.

„Das alte Jahr!" sprach Gneli. „Was geschah, steht hier geschrieben. Es war ein gutes Jahr, doch nun liegt es im Sterben. Wir sind hier, um bei ihm zu wachen. Lasset uns auf seine letzten Atemzüge lauschen."

Verwirrt wagte Sorla nicht zu fragen, denn die umstehenden Gnome zeigten ernste Mienen. Es wurde still. Zunächst hörte Sorla noch seinen eigenen Atem, dann wurde dieser immer flacher, ruhiger, geräuschlos. So lauschte Sorla in die Stille und vergaß die Zeit.

„Das alte Jahr ist gestorben!" verkündete Gnelis zittrige Stimme. Sorla schreckte auf. „Erweiset ihm die letzte Ehre, oh Gnome, wie ihr sie einem Mitgnom erweisen würdet."

Eine große Bewegung entstand unter den Anwesenden; die Gnomfrauen gesellten sich paarweise und schritten in feierlicher Prozession zur Mitte der Halle, wo sie sich um die Steinplatte, das leere Podest Gnelis, aufstellten. Jede trug einen verhüllten Henkelkorb. Gilse trat vor Gneli hin und nahm sich aus dessen Händen die Schrifttafel. Vier andere Gnomfrauen bedeckten inzwischen das Podest mit einem großen dunklen Tuch. Darauf wurde die Tafel gelegt.

„Nun gebt dem Verstorbenen", rief Gilse, „was ihn in Urskals Reich begleiten soll."

Jeder der Anwesenden trat einzeln vor, um etwas auf das Tuch zu legen; bald häuften sich Nüsse, getrocknete Apfelringe, Körner, geräucherte Bratschnecken, Wasserschläuche, Büschel von Tunnelflechte, gepresste Apfelblüten. Sorla legte sein Zweiglein dazu und war heilfroh, nur eine der getrockneten Schlehen heimlich gekostet zu haben. Schließlich wurde Gneli herbeigetragen. Er hielt einen funkelnden Edelstein in seinen dürren Fingern.

„Möge das Licht dieses Steines dem Dahingeschiedenen ein Trost sein in Urskals dunklem Reich!" Er steckte ihn zwischen die übrigen Gaben. Gilse trat vor und legte ein Kränzchen aus Eibenzweigen krönend auf den Haufen. Nun hoben die Gnomfrauen die Zipfel des großen Tuches an und wickelten die Steintafel samt Grabbeigaben zu einem länglichen Bündel zusammen, das sie fest vernähten. Durch eine daran angebrachte Schlaufe zogen sie ein langes Seil und hielten es von zwei Seiten straff, so dass das Bündel zwischen ihnen schwebte. Sofort stürzten viele Gnome herbei und begannen die große Steinplatte darunter ächzend beiseite zu schieben. Sorla sah mit Staunen, dass unter dem Stein ein klafterbreites Loch erschien.

Gilse, die noch neben diesem Abgrund stand, begann zu singen. Alle hörten andächtig zu. Was sie sang, klang so uralt und formelhaft, dass Sorla den Text nicht verstand.

Als das Lied verklungen war, ließen die Gnomfrauen das Seil von zwei Seiten vorsichtig durch die Hände gleiten. Das Bündel sank tiefer und verschwand in der Öffnung. Schlinge um Schlinge wurde Seil nachgegeben, lange Zeit.

„Wie tief muss dieses Loch sein!" dachte Sorla, und: „Was mag sich dort unten verbergen?"

*

Längst war das Seil empor geholt, die Platte an ihren Platz gewuchtet. Allgemeine Fröhlichkeit setzte ein, als die beiden Schneewichte sich auf die Platte schwangen und auf kleinen, rundlichen Steinflöten eine lustige Melodie pfiffen, wozu sie im Kreis herum hopsten. Alle begannen zu plaudern, die Gnomfrauen gingen umher und boten aus ihren Henkelkörben kleine verschlungen geformte Kuchen an. Sorla nahm zwei; für jede Hand einen, wie er erklärte. Währenddessen malten Gnomfrauen weiße Linien auf den Boden, bis ein riesiger Drudenfuß gezogen war, dessen fünf Zacken die Zeichen Atnes, Danas, Frenas, Taras und Malas trugen und dessen Mitte das Podest mit den Schneewichten bildete. Diese räumten hastig das Feld, als sich Growe der Starke und Grole der Starke dort aufstellten. Gneli hob das Zepter; es wurde ruhig.

„Seht Atnes Stern, in welchem das Schicksal beschlossen! Ein jeder möge sich einreihen in das Rad der Erlaubten Neugier. Den Kampf der Schicksalsmächte spielen heuer Grole und Growe, genannt die Starken. Das Jahresorakel möge beginnen!"

Die Anwesenden stellten sich hintereinander in weitem Kreis um den Drudenfuß auf. Sorla stand hinter Gerkin dem Wächter, nach ihm kam Girsu der Dunkle. Gilse begann eine kleine Handtrommel zu schlagen, und der ganze Kreis drehte sich langsam Schritt für Schritt.

„Was soll das werden?" fragte Sorla leise Girsu.

„Höchst einfach, mein lieber Sorla. Grole und Growe werden ringen, wobei ab und an einer der beiden von der Platte herab auf eine der fünf Zacken fällt. Wer immer von uns sich an der Spitze dieser Zacke befindet, den meint das Orakel."

„Was bedeuten die Zacken?"

„Je nach den Namen der Göttinnen verheißen sie Gutes oder Schlimmes. Dana und Frena sind meist gnädiger gestimmt als Tara oder gar Mala; auch lässt sich vom Wesen der Göttin auf die Art des Loses schließen, das uns zugeteilt. Bei Atne dagegen, die über ihre Töchter herrscht, ist alles dem Glück anheim gestellt."

„Dann bleibe ich einfach bei Dana stehen und warte, bis Growe oder Grole drauffallen!"

„Leider ist das nicht möglich, Sorla, da wir uns alle im Kreis bewegen. Jeden kann es überall treffen."

Sorla hatte Frenas Bereich gerade verlassen und näherte sich, mehr geschoben als freiwillig, der Zacke mit Taras Namen. Er erinnerte sich, was Gilse über die Grausamkeit Taras der Falkenäugigen erzählt hatte, und schauderte.

Der Ringkampf war in vollem Gang. Soeben unterlief Growe seinen Gegner und wollte ihn aus dem Stand heben. Grole jedoch warf sich herum; beide stürzten eng umschlungen auf die Platte, rollten auf den Rand zu, gerade in Sorlas Richtung, der jetzt an der Spitze von Malas Zacke stand. Aber Growe warf sich zurück, und Sorla stöhnte vor Erleichterung.

Jetzt hatte sich Grole herumgewälzt und war aufgesprungen, doch schon schnellte Growe nach vorne und packte ihn an den Fußgelenken. Growe stolperte und fiel rücklings von der Platte. Es war Danas Bereich, und an der Spitze stand Glibe die Schöne. Die Gnomfrauen tuschelten aufgeregt, und Glibes Gesicht überflog ein zartes Rot. Die männlichen Gnome tauschten bedeutungsvolle Blicke und warfen sich in die Brust.

161

Growe sprang zurück auf die Platte und griff an. Sie rangen verbissen, während Sorla schrittweise an Atne, Dana und Frena vorbeikam und wieder auf Taras Sternzacke zugeschoben wurde. Gerkin vor ihm hatte sie schon fast erreicht. Grole packte Growes Arm, drehte sich darunter und versuchte einen Schulterwurf. Growe aber verhakte sein Bein in Groles Kniekehle und brachte ihn aus dem Gleichgewicht. Beide strauchelten und stürzten auf Taras Feld herunter. Alle schrien auf. Gerkin stand wie versteinert; die Spitze wies direkt auf ihn.

„Beide!" flüsterte er mit bleichem Gesicht. „Da gibt's kein Entrinnen!" Er taumelte hinter den anderen her. Auch Sorla, den es fast getroffen hätte, spürte, wie seine Knie zitterten, während er an Taras Bereich vorbei wankte. Vor ihm drohte Malas Sternfeld. Grole und Growe waren auf die Plattform zurückgekehrt und stemmten sich im Schulterschluss gegeneinander. Plötzlich trat Growe einen Schritt zur Seite und ließ Grole nach vorne stolpern. Doch dieser fing sich geschickt und nahm Growe in den Schwitzkasten. Sorla hatte inzwischen Malas Bereich verlassen und atmete auf. Er sah, wie Gneli der Gewaltige seinen Arm hob.

„Zwei Runden habt ihr ..." Ein Rumpeln unterbrach Gneli. Die beiden Ringkämpfer waren auf Atnes Feld gefallen. Die Spitze zeigte auf Sorla.

„... das Rad der Erlaubten Neugier gedreht", fuhr Gneli unbeirrt fort. „Verlasst es nun und gehabt euch wohl. Das neue Jahr ist geboren."

NEUNTES KAPITEL: DIE TIEFEN DES PELKOLL

Sorla hatte schlecht geträumt; irgend etwas von Gerkin dem Wächter und der Falkenäugigen Tara. Als er erwachte, war Gwimlin schon munter.

„Was unternehmen wir heute, Sorla?"

„Hm?"

„Heute ist der Tag Zwischen den Jahren. Kein Gnom arbeitet da, und wir haben keinen Unterricht."

„Wie schön." Sorla drehte sich auf den Bauch, um weiter zu schlafen.

„Sorla, ich wüsste etwas."

„Hm?"

„Wir könnten herausfinden, was es mit deinem Amulett auf sich hat."

Sorla schnellte herum. „Erzähle!"

„Ich hörte, dass vor langer Zeit die Gnome keine Antwort auf eine sehr wichtige Frage fanden. Da stiegen sie hinunter in den Berg. Wo die Jahresplatten und die Toten ihre Heimstatt haben, bekamen sie Antwort. Gestern erinnerte ich mich dessen. Sie gingen auch an einem Tag Zwischen den Jahren."

„Du meinst, wir können hingehen und jemand fragen, wozu mein Amulett dient? Einfach so?"

„Ich weiß es nicht, Sorla. Ich hörte nur diese Geschichte."

Sorla war hellwach. „Sollen wir uns an einem Seil durch das Loch hinablassen?"

„Nein, es ist verschlossen von der steinernen Platte!"

„Also, wie dann?"

„Wie es die Gnome taten. Es muss einen Weg geben."

„Und wo? Es gibt viele Gänge in die Tiefe."

„Ich könnte wohl den richtigen aufspüren", sagte Gwimlin.

Sorla sprang auf. „Worauf warten wir? Komm!"

Die beiden eilten zur Versammlungshalle. Sie war leer, nur zwei Fackeln brannten. Gwimlin stellte sich neben die Steinplatte und schloss die Augen.

„Was tust du da?" Sorla flüsterte, ahnend, dass die Gnome den geplanten Ausflug nicht gutheißen würden.

„Ich präge mir die Schwingungen ein, die aus der Tiefe strömen. So weiß ich, wonach ich suchen muss." Gwimlin öffnete die Augen und bewegte sich zögernd auf einen der Gänge zu, die von der Versammlungshalle wegführten.

Sorla folgte ihm, und sie schritten rasch abwärts. Sorla kannte diesen Weg; er führte zu Quarzadern, die aber nicht sehr ergiebig und daher weitgehend stillgelegt waren. Seine Zweifel wuchsen, je weiter sie sich durch die weitverzweigten Stollen vor tasteten.

„He, Gwimlin, wir müssen doch an einen Ort direkt unter der Versammlungshalle. Wir gehen aber immer weiter weg!"

„Hast du nicht bemerkt, Sorla, dass wir im Kreis gehen? Wir sind fast wieder unter Gnelis Thron."

Der Boden wurde zunehmend feuchter. Bald wateten sie durch knöcheltiefes Wasser, ließen sich aber nicht beirren. Erst als sie an eine Stelle kamen, wo die Decke mit Bohlen abgestützt war, blieb Gwimlin stehen. Er deutete auf weißmodrigen Schimmelbewuchs und lappig wuchernden Holzschwamm. Sorla zuckte die Achseln. Sie wateten weiter, bemüht, die morschen Balken nicht zu berühren. Doch der Gang führte tiefer in das Wasser hinein, vor ihnen senkte sich allmählich die Decke und setzte so ihrem Weiterkommen ein Ende.

„Schade", seufzte Gwimlin. „Doch vielleicht war es sowieso ein blinder Gang."

„Und jetzt?"

„Zurück zur Versammlungshalle."

Missmutig schlurfend machten sie sich auf den Rückweg. Dabei stolperte Sorla über einen herumliegenden Stein. Er hob ihn hoch; es war ein faustgroßer Quarzbrocken, kantig, und er lag schwer in der Hand.

„Wirf ihn weg", meinte Gwimlin. „Er hat unschöne Einschlüsse und lässt sich wegen seiner Sprünge nicht schleifen." Doch Sorla behielt den Brocken. Ihm fiel ein, wie er als kleines Kind Flussmuscheln und Nüsse mit Bachkieseln aufgeklopft hatte, wie er mit größeren Steinen Hasen und Rebhühner zielsicher erlegt hatte ... Er seufzte. Gedankenverloren warf er den Quarzbrocken von der einen Hand in die andere. Ach, das Leben am Fluss!

In der Versammlungshalle angekommen, wählte Gwimlin nach kurzem Zögern einen anderen Weg. Es war der uralte Gang, den Sorla schon bis zu der Abzweigung, die zu den Bratschnecken führte, erkundet hatte. Diesmal aber eilten sie daran vorbei, immer tiefer. Manchmal zweigten rechts oder links Stollen ab, doch Gwimlin rannte unbeirrt weiter. Unvermutet blieb er stehen.

„Hörst du es?" flüsterte er. Aus der Tiefe des Gangs drang undeutliches Wispern und Zischeln. Sorla und Gwimlin sahen sich entsetzt an.

„Schlangen?" keuchte Gwimlin. Sorla lauschte prüfend. „Nein", sagte er entschieden. Langsam schlich er weiter, Gwimlin folgte in größerem Abstand. Hinter einer Biegung sahen sie das vertraute hellblaue Schimmern von Glygis und zwei kauernde Gestalten. Im Nähertreten erkannten sie Gerkin den Wächter, der flüsternd auf Girlim den Schweigsamen einredete. Aufatmend eilten die Kinder zu ihnen. Die Gnome grüßten freundlich.

„Ich dachte, heute arbeiten keine Gnome?" fragte Sorla.

„Nicht zu arbeiten weilen wir hier, lieber Sorla", antwortete Gerkin. „Mir obliegt, hier zu wachen; und Girlim hat die Güte, mir Gesellschaft zu leisten."

„Wieso wachen? Hier ist doch nichts."

„Kommet mit!" Gerkin griff nach dem Speer, der an der Wand lehnte, rückte sein Schwert zurecht und winkte Sorla und Gwimlin zu folgen. Nach ein paar Dutzend Schritten versperrte ein gewaltiges bronzenes Tor den Gang. Drei breite Querriegel hielten es verschlossen.

„Seht, dieses Tor bewache ich. Hier enden Frieden und Sicherheit."

Sorla ging hin und befühlte den oberen Querriegel.

„Halte ein, oh Sorla", rief Gerkin. „Hier dürft ihr nicht weiter. Zu groß sind die Gefahren der Tiefe!"

Sorla wechselte mit Gwimlin einen Blick, und sie gingen, so rasch es die Höflichkeit erlaubte, zurück, woher sie kamen.

*

„Was nun?" flüsterte Gwimlin nach einiger Zeit. „Ich weiß keinen Weg mehr."

„Aber ich weiß, wen wir fragen können. Komm mit." Entschlossen ging Sorla voran bis zur Halle der Bratschnecken.

„Lass dich nicht einlullen von dieser Stimme!" warnte er Gwimlin.

„Von welcher Stimme?"

„Du wirst sie schon hören. Das Alte Moos!" Damit öffnete Sorla die schwere Bohlentür, und sie traten in das Dunkel der riesigen Felsenhalle. Sorla zögerte kaum, bevor er den vertrauten Pfad zum Pilzdickicht einschlug. Der Geruch nach Walderde und Moos schlug ihnen entgegen.

„Ihr Kinder ... kommt ... kommt her", wisperte es in Sorlas Kopf.

„Wer ist das?" japste Gwimlin erschrocken.

„Ich sagte doch, das Alte Moos."

„Es ist gut ... gut ... Seid ruhig ... schlafen ... schlafen ist gut ..."

„Höre, du Altes Moos da oben!" rief Sorla. „Wir wollen dich was fragen."

„Nicht fragen ... hinlegen ... sanft ... so sanft ..."

Sorla bemerkte, wie Gwimlin mit glasigem Blick vor sich hinstarrte, und stieß ihm seinen Ellbogen in die Rippen. Gwimlin erschrak und blickte verwirrt um sich.

„Reiß dich zusammen!" zischte Sorla, und nach oben rief er: „Wir suchen den Weg zu den begrabenen Gnomen und den Jahrestafeln. Kannst du uns helfen?"

Hoch über ihnen begann es blassgrau zu schimmern, in großen pulsierenden Flächen. „Ein weiter Weg ... und Wasser ... tief ... tief ...", seufzte die Stimme in Sorlas Kopf.

„Zum Wasser kamen wir schon. Kennst du einen Weg, den wir gehen können?"

„Wege ... Spalten ... hört zu ... hört zu", raunte es. Sorla lauschte in sich hinein. „Nur langsam wächst man voran ... Sporen fliegen schneller ... Hab Geduld, wo Wände nicht weichen ... Dann sammle Kraft, bewachse weite Flächen ... Langsam zeigt sich der Spalt, und du kommst voran ... Was sind Jahrtausende? Da ist Zeit genug ... Träume dich in die Gänge, sieh durch die Augen der Schnecken ... Dich wiegt der Atem des Bergs ..." Die Stimme wurde immer leiser, undeutlicher; einmal glaubte Sorla, das Alte Moos wiederhole sich, aber die Stimme war schon so leise, dass er sich anstrengen musste, nichts zu versäumen ...

Ein Rippenstoß weckte ihn auf.

„Diesmal ließest du dich einlullen, lieber Sorla." Gwimlins kleines Gesicht grinste fast schadenfroh. „Hast du diesen Unsinn geglaubt? Das Moos selber mag so vorgehen, doch was nützen diese Ratschläge uns?"

Sorla wurde wütend. Wie kam man an das Alte Moos heran? Es fühlte sich sicher dort oben! Konnte er mit Gneli dem Gewaltigen drohen? Lachhaft! Half es, im Namen Frenas zu bitten? Nein, Göttinnen galten dem Moos nichts. Da kam Sorla ein mächtiges Wesen in den Sinn, und er erschrak selbst darüber.

„Altes Moos", sagte er. „Bei der Großen Schlange, hilf uns." Er spürte, wie Gwimlin neben ihm zusammenzuckte.

„Die Schlangen ...", flüsterte das Moos. „Oh, wie wir die Schlangen vermissen ... so weise ... so lange schon fort ..." Plötzlich änderte sich der Tonfall. Sorla empfand, dass nur er gemeint war und Gwimlin nichts davon hörte: „Du da unten! Was bist du für einer?"

Sorla spürte ein Kribbeln; das Alte Moos sah sich in ihm um! Dann fühlte er, wie die Neugier des Alten Mooses in Belustigung umschlug, halb geringschätzig, halb freundlich.

„Du weißt selbst nicht recht, was du bist, dort unten. Wohin gehörst du? Doch ich will dir helfen." Gwimlin hob den Kopf; offenbar vernahm auch er die Stimme wieder. „Eine Tür ... eine uralte Tür ... seht mein Leuchten ... geht hindurch ..."

Weit hinten leuchtete es auf. Sorla und Gwimlin liefen darauf zu. Hier war kein Pfad. Sie brachen durch das Gestrüpp der bleichen Pilzstengel, stapften durch weichen Moder, zertraten glitschige Schnecken. An der jenseitigen Höhlenwand, nur knapp über dem Boden, glomm es blass. Gwimlin trat heran und betastete misstrauisch den matt leuchtenden Moosbelag: „Und wo ist die Tür?"

Schon wieder hereingelegt! dachte Sorla und ballte die Fäuste. Da spürte er den Quarzbrocken, den er bei sich trug. Endlich konnte er es dem Moos zeigen! Er schlug mit dem Stein auf die schimmernde Fläche. Es dröhnte wie ein riesiger Gong und verebbte nur langsam.

„Was war das?"

„Die Tür, Sorla!" Gwimlin begann hastig mit den Fingern an dem Belag herumzukratzen. Auch Sorla schabte mit seinem Stein, dass die Moosfetzen flogen. Was sie freilegten, war glatt und spiegelte blaugrün im Lichte der Glygis.

„Höchst seltsam, Sorla! Germol der Kunstschmied belehrte mich über sämtliche Metalle, die seit Gnomengedenken verwendet wurden; doch von diesem hier sprach er nicht."

„Wer hat dann die Tür gemacht?" Sorla und Gwimlin sahen einander betroffen an. Wie alt musste diese Tür sein! Und wohin war jene längst vergessene Rasse verschwunden, die lange vor den Gnomen hier gehaust hatte? Die beiden erschauerten.

Als sie sich wieder der freigekratzten Stelle zuwandten, fiel Sorla eine Unregelmäßigkeit auf. Er schabte noch mehr Moos weg – den Rest besorgte

Gwimlin, der auf Sorlas Schultern geklettert war – und Stück für Stück trat auf der Tür ein Flachrelief ans Licht der Glygis; das Bild eines beschuppten, länglichen Wesens. Es stand, auf die Hinterbeine und den Schwanz gestützt, und erhob drohend eine Keule gegen die Betrachter.

„Eine Schlange?" überlegte Gwimlin.

„Mit Beinen? Eher eine Echse."

„Und die Kiemen? Das muss ein Molch sein."

„Kiemen? Das sind Ohren!"

„Ganz gleich, was es ist", sagte Gwimlin, „es macht mir Angst. Ich möchte hier nicht durchgehen."

Sorla hörte kaum hin; er suchte nach einem Riegel, einem Schlüsselloch, wenigstens einem Knauf, doch vergebens.

„Wie öffne ich diese Tür?" rätselte er.

„Sie ist schon offen, Sorla. Sieh nur!"

Tatsächlich hatte sich, lautlos und unbemerkt, ein breiter Spalt zwischen Metallfläche und Felswand geöffnet. Jetzt erst sah man hinter dem aufgerissenen Mooslappen die Ausmaße dieser Tür. Drei Gnome hätten einer auf des anderen Schulter stehen müssen, um den oberen Rand zu erreichen, und in der Breite übertraf sie noch die Höhe. Gwimlin hielt Sorla am Arm fest: „Lass uns umkehren, Sorla!"

„Ganz bestimmt nicht! Hier kommen wir tollen Geheimnissen auf die Spur, und außerdem war es deine Idee." Damit riss sich Sorla los und ging durch den Spalt. Gwimlin folgte zögernd.

*

Sie betraten eine geräumige Felskammer, so breit und hoch, dass das Licht ihrer Glygis kaum die Hälfte ausleuchtete. Die Wände neigten sich schräg nach innen, so dass die Decke kleiner als der Boden war. Sorla ließ seinen Glygi hochschweben, um sie zu beleuchten. Erschrocken wichen sie zurück.

„Es greift uns an, Sorla!"

Doch war die Gestalt über ihnen nur an die Decke gemalt; ein Wesen wie jenes an der Tür. Statt der Keule hielt es eine weiße große Kugel.

„Sieht aus wie ein riesiger Glygi", meinte Sorla und entspannte seine Muskeln. „Gehen wir weiter."

Jene Wissensgier, die schon Golbi den Schreiber erstaunt hatte, erfüllte Sorla ganz und trieb ihn vorwärts. Ohne das Deckenbild eines weiteren Blickes zu würdigen, durchquerte er die Kammer, Gwimlin im Gefolge, und betrat einen Gang, der zunächst geradeaus verlief und dann als steile Treppe in die Tiefe führte. Die Stufen waren sehr hoch, so dass Sorla sie in Sprüngen bewältigen und Gwimlin sogar hinabklettern musste. Lange Benutzung hatte die Kanten rundgeschliffen, und Sorla stellte sich vor, wie jene echsenartigen Wesen in unendlichem Zuge diese Stufen hinauf und hinab gestiegen (gehüpft oder gar gekrochen?) waren.

Eine Verwerfung hatte einen Riss quer durch den Gang getrieben. Die Wände unterhalb dieses Spaltes waren handbreit verschoben. Aus der Decke sickerte Wasser, rieselte an mächtigen Stalaktiten und den versinterten Seitenwänden auf die Stufen hinunter. Unbeirrt stieg Sorla weiter hinab, Gwimlin missmutig und über nasse Füße jammernd hinterher.

„Und die Hände sind auch nass!"

„Was krabbelst du auch so ungeschickt herum? Spring doch!"

Gwimlin atmete tief und sprang dann. Er landete in einer Pfütze neben Sorla, dass es spritzte.

„Ich wollte, ich wäre ein Frosch", seufzte Gwimlin, sprang erneut und verschwand mitten im Sprung. Sorla schaute sich verdutzt um. Gwimlin war weg.

„Wiglu-Su grüßt euch, Fremde", ertönte eine dünne, klagende Stimme. Aus der Tiefe der Treppe schwebte Sorla etwas schemenhaft bleich entgegen. Sorla stockte der Atem.

„Ihr habt die Tür geöffnet, die so lange verschlossen war, seit Wiglu-Su sie durchquerte in seiner Neugier! Endlich ist Wiglu-Su befreit! Nach Tausenden von Jahren des Wartens wird er das Mondlicht wiedersehen!"

„Wer bist ... was bist du?" stammelte Sorla.

„Auch du hast einen Wunsch frei wie dein Freund", flüsterte das Wesen statt einer Antwort. „Dies sei der Dank, dass ihr gekommen seid, Wiglu-Su zu erlösen."

„Einen Wunsch? Warte, erkläre erst ..."

„Spute dich, Fremder! Wiglu-Su will im Mondlicht baden, nicht länger bei jenen Verdammten der Tiefe sich grämen!"

„Was für Verdammte? Und überhaupt, wo ist Gwimlin?"

169

„Äußere deinen Wunsch, Fremder, so wie dein Freund. Tu es jetzt, oder lass es!"

Da begriff Sorla. Und er sah auf der Stufe neben sich einen Frosch sitzen, kläglich zusammengekrümmt, mit blassem Kehlsack zittrig schluckend.

„Ich wünsche, dass mein Freund hier wieder seine Gnomgestalt annimmt!"

„Welch dummer Wunsch! Doch wie du willst." Schon stand Gwimlin neben Sorla. Das bleiche Wesen huschte zwischen ihnen durch und schwebte die Treppe hinauf.

„Lebt wohl, Fremde", tönte es klagend. „Und wisst, wenn ich die Türe durchquere, wird sie sich auf Jahrhunderte wieder schließen. Wiglu-Su bedauert dies, doch hat er es eilig."

„He, warte! Wir kommen mit", rief Sorla in Panik. Doch das Wesen war schon außer Sichtweite. Wenige Atemzüge später klang von ferne ein dumpfes Dröhnen; die Tür war zugeschlagen.

„Jetzt sitzen wir in der Patsche, Gwimlin."

Statt einer Antwort reckte sich Gwimlin und legte Sorla seine dünnen Ärmchen um den Hals: „Vielen Dank, dass ich kein Frosch bleiben musste, Sorla!"

„Ja, aber die Tür!"

„Gräme dich nicht, Sorla. Was ist wichtiger als treue Freundschaft? Wir werden einen Ausweg finden."

*

Manchmal kamen sie an Abzweigungen vorbei, die seitab ins Dunkle führten. Gwimlin war aber überzeugt, dass der Ort mit den Jahrestafeln irgendwo weiter unten sein müsse. Auch Sorla zog es tiefer hinab.

„Was mag das Wesen mit den Verdammten der Tiefe gemeint haben, Gwimlin?"

„Wir werden es sehen, Sorla. Wolltest du nicht tolle Geheimnisse erkunden?"

Sorla schwieg.

Die Treppe führte zu einer dunklen Wasserfläche. Eine Stufe war noch deutlich zu sehen, die nächste nur schwach auszumachen, darunter war alles finster. Über ihnen wölbte sich eine große Höhle. Wohin sie führte, sahen sie nicht.

„Mir deucht, hier endet unsere Unternehmung", bemerkte Gwimlin und zog vorsichtig die Füße vom Wasser zurück, als wären seine Stiefel nicht schon längst durchgeweicht. „Müssen wir nun einige Jahrhunderte warten, bis sich die Türe wieder öffnet?"

„Wir können doch schwimmen, oder?"

„Lieber Sorla, dieses Wasser ist sehr kalt. Auch mögen Gefahren darin lauern, die uns noch verborgen sind."

„Und klettern?" Sorla betastete prüfend die Felswände, die sich senkrecht, feucht und völlig glatt in die Finsternis verloren. Hier ging es nicht weiter. Also stieg Sorla vorsichtig ins Wasser auf die nächste Stufe. Das Wasser kroch kalt in seiner Hose hoch. Ihn schauderte; nicht der Kälte wegen – der Gnomfluss war selbst im Sommer weit kälter gewesen – sondern weil er das Gefühl nicht los wurde, dass in dieser Finsternis und Stille etwas lauerte. Sorla ließ sich auf die folgende Stufe hinunter gleiten. Das Wasser reichte ihm bis zu den Schultern. Mit den Zehen tastete er über den Rand der Stufe, und als er festen Grund spürte, ging er prüfend über Sand, Schlick, Steine hin und her.

„Komm, Gwimlin! Ich werde dich tragen."

So kletterte Gwimlin auf Sorlas Schultern, und dieser schritt behutsam vorwärts. Geradeaus und zur Linken wurde es tiefer, also hielt er sich nach rechts. Beim Vorwärtsschreiten warf seine Brust kleine Wellen auf, die im Licht der Glygis schimmerten und sich keilförmig von ihm fortbewegten. Irgendwo fielen Tropfen glucksend herab.

„Unheimlich ist es, Sorla", sagte Gwimlin verzagt und klammerte sich an Sorlas Hals, dass dieser um Atem rang.

„Wieso? Ein friedlicher Höhlensee, das müsste einem Gnom doch gefallen, oder?"

„Lieber Sorla, ich möchte deine Aufmerksamkeit auf die Glygis lenken." Tatsächlich, der Glygi, der vor ihnen schwebte, leuchtete schwächer als gewöhnlich. Auch das Licht von Gwimlins Glygi war trübe und flackerte.

„Als ob sie etwas Böses bedränge, doch was?" flüsterte Gwimlin.

„Weiß nicht." Sorla war im Wasser so ausgekühlt, dass er nur noch zitterte. Was kümmerte es ihn, ob sein Glygi flackerte! Immerhin ging ihm das Wasser

171

nur noch bis zur Brust, und der Seeboden schien weiterhin anzusteigen. Er löste die klammen Finger von Gwimlins Beinen.

„Du kannst jetzt runter, dann kommen wir rascher vorwärts."

„Hier hast du deinen Quarzstein wieder, Sorla."

Gwimlin hatte den Stein an sich genommen, als Sorla ihn weglegte, um den kleinen Freund auf seine Schultern zu nehmen. Nun strahlte Gwimlin in kindlicher Zufriedenheit, Sorla eine Freude bereitet zu haben. Ob er wollte oder nicht, Sorla konnte den Stein nicht einfach fallen lassen. Er stopfte ihn sich in den Kittel.

Während sie durch immer seichteres Wasser wateten, wurden die Glygis zusehends schwächer und waren schließlich kaum noch zu sehen. Die Dunkelheit schloss sich um die beiden Kinder. Sorla ging, mit der Rechten an der Felswand tastend, vorsichtig weiter. Gwimlin fasste Sorlas freie Hand. So tappten sie im Finstern dahin. Manchmal schien es jedoch Sorla, als sehe er in der Ferne ein ganz schwaches Leuchten, und als sie schließlich festen Boden erreichten, hatte auch Gwimlin es entdeckt. Sie gossen das Wasser aus ihren Stiefeln und gingen weiter diesem Schimmer entgegen.

*

Eine Lichtquelle war nicht zu entdecken, doch die Halle vor ihnen war in schmutzig schwefelgelbes Licht getaucht. Alles wirkte tot. Gwimlins Gesicht erschien blassgrau mit schwarzen Lippen.

„Widerlich", schüttelte sich Sorla.

„Es ist ein ungutes Licht", stimmte Gwimlin zu, „gleichwohl kann man wenigstens sehen." Wie um den Nutzen des Lichtes zu unterstreichen, wandte er sich nach rechts und links und begutachtete die Felswände, zwischen denen sie sich wie in einer Schlucht auf die fahl beleuchtete Halle zu bewegten. Diese Wände waren vielfach, fast wabenartig durchsetzt mit schwarzgähnenden Löchern.

„Wenn dort jemand haust, sitzen wir schön in der Falle", flüsterte Sorla. Gwimlin drängte sich an ihn. Geduckt schlichen sie weiter in knöcheltiefem Sand. Immer wieder bemerkten sie Scherben von regelmäßig behauenen Steinplatten. Wenig später fanden sie einen Schädel, dann weitere Teile eines

Gnomskeletts. Gwimlin presste Sorlas Hand. Beide schielten zu den Felswänden hoch. In den Öffnungen, die blind auf sie herunterschauten, rührte sich nichts.

Je weiter sie gingen, um so heller wurde ihre Umgebung. Sorlas Glygi hatte sich nach einem letzten kraftlosen Flackern in die Kitteltasche verkrochen, auch Gwimlins Glygi war verschwunden.

„Irgendwas macht den Glygis zu schaffen", murmelte Sorla. „Egal, wir müssen hier durch." Sie erklommen einen Sandhügel und überblickten die weitgestreckte Höhle bis zum hinteren Ende. Dort stand eine schwarze, hohe Gestalt, die eine Kugel empor hielt, aus der das schweflige Licht strahlte. Die Gestalt rührte sich nicht.

„Was ist das, Sorla?"

„Keine Ahnung. Hast du darüber nichts gelernt? Vielleicht in der Kunde Anderer Völker? Oder in der Geschichte Alter Zeiten?"

„Leider nicht, lieber Sorla. Mir deucht, was sich unseren Augen hier bietet, hat kein Gnom je gesehen."

„Du vergisst das Gnomskelett dort hinten." Sorla bedauerte fast, dies gesagt zu haben. Gwimlin klammerte sich wieder mit furchtgeweiteten Augen an ihn, und ihn selbst überliefen Schauer der Angst. Allmählich beruhigten sie sich aber.

„Ich mutmaße, dass jene Gestalt dort eine Statue ist", meinte Gwimlin, „den Bringer der Lichtkugel darstellend, ähnlich dem Bild, das wir an der Decke jener Felskammer sahen, wie du dich erinnern magst, lieber Sorla."

„Wer eine Kugel anbringt, die so hässlich leuchtet, sollte rausgeworfen werden statt verehrt."

„Wer mag wissen, was den Bewohnern dieser Höhle an dem Licht so gefiel. Vielleicht ermangelte es ihnen der Glygis? Vielleicht auch wohnen dem Licht besondere Kräfte inne?"

„Jedenfalls leuchtet es noch, obwohl hier niemand mehr lebt."

„Da hast du recht, lieber Sorla, und es beruhigt mich zu wissen, dass, wer hier einst lebte, seit Jahrtausenden tot und vergessen ist, wie diese Trümmer wohl belegen."

Jetzt fiel es auch Sorla auf: der weite Höhlenboden vor ihnen – vielleicht achthundert Schritte bis zur Statue mit der Lichtkugel – war übersät mit dem Schutt zerfallener Mauern. Undeutlich konnten sie eine breite Straße erkennen, die zur Statue führte und von vielen kleineren Wegen gekreuzt wurde.

„Diese Straße müssen wir weiter, Gwimlin. Und wenn wir dort hinten keinen Ausgang aus der Höhle finden, sind wir hier auf ewig eingesperrt." Sorla spürte das Zittern in Gwimlins Hand. Behutsam stiegen sie den Abhang hinunter, der Ebene mit den Ruinen entgegen.

Einmal hielt Sorla inne; irgendwo hatte etwas gescharrt. Vielleicht war Sand in ihren Spuren nachgerieselt, Steine hatten sich gelöst? Sorla zog Gwimlin weiter.

Die Straße war aus der Nähe nicht mehr auszumachen. Überall lagen Steinbrocken herum, seltsam geformte Trümmer und Platten, alles halb unter Sand begraben.

„Wenn man den Sand weg grübe", überlegte Gwimlin, „könnte man vielleicht Schätze finden."

„Sicher liegen hier Geheimnisse begraben", stimmte Sorla zu. „Sieh nur die komische Kugel." Er deutete auf etwas, das sich bleich aus dem Sand hervorwölbte.

„Derlei findet sich hier in großer Zahl, lieber Sorla." Gwimlin zeigte hierhin, dorthin; überall ragten aus dem Sand jene Halbkugeln hervor.

„Wie umgekippte Schüsseln", sagte Sorla. „Vielleicht die Deckel von Tonkrügen?"

„Mit Edelsteinen darin?" Gwimlin machte hoffnungsvolle Augen, doch Sorla zog ihn weiter.

„Wir haben keine Zeit, Gwimlin. Wenn wir hier nicht verhungern wollen, müssen wir einen Ausgang finden."

Wieder scharrte etwas leise hinter ihnen. Sorla drehte sich um und traute seinen Augen nicht. Jene bleichen Halbkugeln bewegten sich! Sie ruckten und wuchsen langsam aus dem Sand hervor. Und ...

„Sieh dort!" schrie Gwimlin. Sorla erstarrte. Was sie für umgekippte Schüsseln gehalten hatten, waren Schädel; riesige Echsenschädel mit lang vorgezogenen Schnauzen und Reihen spitzer Zähne! Nun kamen Klauen an plumpen Armknochen zum Vorschein, Wirbelsäulen und Rippen folgten – Echsenskelette in breiter Front wühlten sich hervor. Die Kinder flohen panisch.

Schon richteten sich die Knochenwesen auf die Hinterbeine und hasteten hinter ihnen her. Sorla hörte ihre Kiefer schnappen. Neben ihm stolperte Gwimlin und fiel hin.

„Sorla!"

Sorla drehte sich um. Gwimlin war verschwunden im Gewimmel der Skelette. Mehrere von ihnen, dreimal so groß wie Sorla, kamen jetzt auch auf ihn zu.

„Sorla!"

Einen Augenblick zögerte Sorla: fliehen oder Gwimlin heraushauen? Welche Chance hatte er schon! Da sah er, dass die Gerippe nicht näher kamen. Sie umrundeten ihn, reckten ihre Klauen halb gierig, halb abwehrend gegen ihn, ihre Kiefer zitterten leise. Sorla wagte einen Schritt den Gerippen entgegen; dort musste Gwimlin sein. Die Skelette vor Sorla wichen zurück, die hinter ihm rückten in gespenstischer Stille nach. Sorla spürte, dass sie ihn gerne gepackt hätten, sich aber scheuten, ihm nahe zu kommen.

„Sorla!"

Noch lebte Gwimlin! Sorla bahnte sich eine Gasse durch die zurückweichenden Skelette, die über ihm mit ihren Kiefern klapperten. Gwimlin lag auf dem Boden. Mehrere Skelette hielten ihn gepackt. Seine Kleider waren heruntergefetzt, und sein nackter Körper blutete aus vielen Wunden. Sorla drängte sich näher; was er sah, ließ ihn aufstöhnen. Die Echsenskelette rissen mit ihren Krallen Gwimlins Haut auf und beschmierten mit seinem Blut ihre Knochen! Sorla sprang hinzu und packte Gwimlin. Die Skelette wichen zurück. Eines klammerte sich noch an Gwimlins Bein fest. Sorla zog am Arm seines Freundes, doch das Echsengerippe ließ nicht los. Sorla fasste in seiner Verzweiflung nach den Klauen des Gerippes, um sie aufzubrechen. Da zuckte das Skelett zurück und ließ Gwimlin fahren. Sorla lud ihn sich auf die Schultern. Die Skelette gaben zögernd den Weg frei, und er sah die dunkle Gestalt mit der leuchtenden Kugel. Hinter ihm drängten scharrend die Gerippe nach, näher als zuvor; denn wenn die vordersten auch vor ihm zurückscheuten, so wurden sie von den nächstfolgenden doch vorwärts geschoben. Immer dichter, immer gieriger folgten sie Sorla, der mit seiner Last vorwärts wankte, auf das gleißende Licht zu. Es blendete ihn, obwohl er die Augen zu Boden schlug. Er fühlte seine Kraft erlahmen. War es das Gewicht Gwimlins, das ihn ermüdete? Oder war es das Licht, das ihm seine Widerstandskraft raubte? Schweiß rann ihm von der Stirn und brannte in den Augen. Hinter sich, rechts und links, hörte er das ungeduldige Schlurfen knochiger Beine im Sand. Sorla stand schwankend da, Gwimlins Körper entglitt seinen kraftlosen Händen und schlug auf den Boden. Eine Welle verzweifelter Wut durchströmte Sorla.

„Verdammtes Licht!" keuchte er und wollte die Faust ballen. Dann brach er neben Gwimlin in die Knie. Die Gerippe rückten näher. Sorla knickte vornüber. Etwas drückte schmerzhaft gegen seine Rippen: der Quarzbrocken! Noch einmal bäumte er sich auf, fand mit bebenden Fingern den Stein, blickte hoch und – „Atne, hilf!" – warf ihn mit letzter Kraft.

Hoch über Sorla zerbarst das Licht. Fauchend wuchsen Flammen hoch, waberten weit auseinander, schwächer, grün, grau, und wurden von der Finsternis verschluckt.

Einige Atemzüge herrschte Stille. In der Nähe fiel etwas zu Boden, dann wieder etwas; und jetzt schlug es auf allen Seiten im Sand auf. Bald war das dumpfe Prasseln vorüber, und Sorla hörte in der Dunkelheit nur noch das Klopfen seines Herzens und Gwimlins leises Stöhnen.

Ein schwaches Licht glomm hellblau vertraut auf, ein zweites folgte; beide Glygis schwebten zitternd vor den Kindern. Ihr Licht nahm zu und drängte die Finsternis zurück. Sorla sah ein Trümmerfeld zerfallener Gerippe. Nur die dunkle Echsenstatue stand noch riesig über ihnen, die leeren Klauen sinnlos in die Höhe gereckt.

*

„Sorla?"
„Ja, Gwimlin?"
„Es ist gut, dich bei mir zu wissen, wenn ich sterbe."
„Unsinn, du stirbst nicht."
„Ich fühle, wie mein Leben mit meinem Blut versickert."
„Du bist nur erschöpft."

Sorla weinte. Es war alles seine Schuld! Von Gwimlins Warnungen und Ängsten hatte er sich nicht bekümmern lassen. Jetzt hasste er sich, und es nützte nichts mehr.

„Sorla? „
„Ja, Gwimlin?"
„Wie sehr bist du verwundet?"
„Ich bin nicht verwundet."
„Dies ist höchst seltsam und erfreulich zugleich, mein glücklicher Sorla."

Seltsam war es allerdings, dass die Skelette vor ihm zurückscheuten. Was war besonderes an ihm? Sorla zuckte die Achseln; neben Gwimlins hoffnungslosem Zustand verlor alles an Bedeutung.

„Sorla?"

„Ja, Gwimlin?"

„Mir deucht, die Statue habe sich gerührt."

Sorla wandte den Kopf und nahm noch wahr, wie eine riesige Tatze schwarz herabsank. Sie wurden emporgehoben, in behutsamem Griff, bis vor die Augen der dunklen Echsengestalt. Sie bestand aus jenem blaugrünen Metall, und doch bewegte sie sich! Ihre pupillenlosen Augen rollten langsam im ungeheuren Schädel, der Unterkiefer senkte und hob sich gemächlich. Neben den gefangenen Kindern erschien die andere Tatze und verharrte, eine Kralle ausgestreckt. Sorlas Magen zog sich zusammen. Ein Blick auf Gwimlin zeigte, dass jenen keine Gefahr mehr schreckte; bleich vor Blutverlust lag er regungslos. Die ausgestreckte Kralle näherte sich und berührte Gwimlin sacht. Sie zeichnete, ohne den Leib zu berühren, einen der schrecklichen Risse in Gwimlins Fleisch nach. Die Wundränder erbebten und schlossen sich zu einem dünnen, roten Strich. Nun fuhr die Kralle behutsam über die nächste Wunde, auch diese fügte sich zusammen; eine nach der anderen wurden die Wunden geschlossen, die Blutungen gestillt. Sorla sah atemlos zu.

Wieder bewegte sich der Unterkiefer der dunklen Statue, langsam und unregelmäßig. Es spricht mit uns, durchfuhr es Sorla. Doch war nichts zu hören außer dem dumpfen, metallischen Klang, wenn die Kiefer aufeinander klappten. Nach einiger Zeit schloss sich das Maul endgültig. Das Ungeheuer wandte sich zum rückwärtigen Teil der Höhle. Jeder Schritt erschütterte den Boden und ließ die Knochenhaufen klappern. Doch trat das Wesen auf keines der zerfallenen Gerippe, sondern umging sie bedächtig und erreichte am Ende der Höhle eine große Tür. Die Metallechse berührte sie; Sand knirschte, als sie aufglitt, dahinter führte ein Gang ins Dunkle. Während Sorla noch schaute, war er auf dem Boden des Gangs abgesetzt worden. Die riesige Tatze legte Gwimlin neben ihn und zog sich in die Dunkelheit der großen Höhle zurück. Dumpf hallend schloss sich die Tür; sie waren allein.

*

Gwimlin schlug die Augen auf, gähnte und befühlte seinen Körper. Er schien völlig geheilt.

„Seltsam fürwahr", grübelte Gwimlin, „dass jenes monströse Wesen mich heilte, obschon wir seine Lichtkugel zerstörten, die es gar ehrerbietig in Händen hielt."

Sorla verzog die Mundwinkel; dies war nur eines von vielen Rätseln hier unten, auf die sie wohl nie eine Antwort bekommen würden, selbst wenn sie den Weg nach Hause finden sollten. Er erhob sich seufzend, und Gwimlin folgte ihm in den Gang.

„Sorla?" klang es nach einiger Zeit. Sorla drehte sich um.

„Fällt dir nichts auf?"

Sorla horchte, sah sich um, doch war nichts Besonderes zu bemerken.

„Nein, Sorla, an mir! Fällt dir nichts auf?" Sorla schüttelte den Kopf und ging weiter. Wenn sie nur eine Treppe nach oben fänden!

„Sorla, und jetzt?" Gwimlin stand erwartungsvoll da, doch konnte Sorla nichts feststellen. Allenfalls wirkte Gwimlins Gesicht etwas grünlich.

„Dein Gesicht ist grün, Gwimlin."

Gwimlin schien enttäuscht: „Sonst habe ich mich nicht verändert?"

„Warum solltest du?"

„Unsere jüngsten Erlebnisse wirkten befruchtend auf meinen Glygi und mich. Wir üben jetzt Verwandeln."

„Und in was wolltest du dich verwandeln?"

„Was ich schon war: in einen Frosch."

„Dann übe weiter. Aber du musst auch hüpfen, nicht nur grün sein." Sorla ging weiter. Er hatte wirklich andere Sorgen!

„Sorla? Und jetzt?" Hinter Sorla hüpfte ein grüner Busch den Gang entlang, eine Brennesselstaude mit schwankenden Stengeln. Sie wollte stehen bleiben, kam ins Rutschen und rempelte Sorla an. Seine Hände begannen zu jucken und zu brennen.

„Lass den Unsinn, Gwimlin!"

Der Brennesselbusch seufzte. „Verzeih, mein lieber Sorla", wisperte es aus den Blättern. „Dies war gewiss nicht böse Absicht, nur mangelnde Übung in der Fortbewegung als Frosch. Es wird nicht wieder vorkommen."

„Du bist kein Frosch, du blödes Unkraut!"

Der Brennesselbusch schwieg verletzt. Sorla wandte sich erbittert um und ging weiter. Sein Magen knurrte schon seit längerer Zeit. Wie dumm war es gewesen, keinen Proviant mitzunehmen!

„Sorla?"

Nicht schon wieder, dachte Sorla, schaute aber doch nach hinten. Ein Ungetüm, rosa fleischfarben, rundlich und riesig, robbte mit heftigen Bewegungen auf ihn zu. Ehe Sorla sich zur Flucht wenden konnte, hatte es ihn gestreift, gegen die Wand geschleudert und glitt noch ein Stück weiter. Sorla rappelte sich auf und betrachtete es. An einem eiförmigen Leib war ein flacher Schwanz hochkant angewachsen. Es ähnelte einer ... es war eine Kaulquappe! Nur riesengroß und kindlich rosa!

„Oh Gwimlin!" stöhnte Sorla.

„Ist es nicht wundervoll, Sorla?" lispelte das fette Ding. „Ich habe das Froschsein gemeistert!"

„Du bist nur eine Kaulquappe", entgegnete Sorla mit wachsendem Ärger, „und du hast mich gestoßen, dass mir alles wehtut!"

Das Riesenvieh versuchte, sich zu Sorla umzudrehen, doch war der Gang zu eng. So blieb es von Sorla abgewandt liegen.

„Es war gewisslich keine böse Absicht", beteuerte es kläglich in den Gang hinein, „doch diese trüben Augen nehmen fast nichts wahr. Es tut mir sehr leid, dich geschubst zu haben, und ich will es auch nicht wieder tun."

„Ich habe Hunger, ich bin müde, und ich will nicht hier unten sterben", rief Sorla erbittert, „und dir fallen bloß blöde Verwandlungen ein!"

Das fette rosa Ding schrumpfte zusammen, Form und Farbe wurden undeutlich, und da stand Gwimlin wieder in altbekannter Gestalt.

„Ich verstehe dich, mein lieber Sorla. Derzeit verspüre ich aber keinen Hunger, auch fühle ich mich wie neugeboren nach jener höchst heilsamen Behandlung und bin drum guter Dinge. Gleichwohl will ich vorderhand auf weitere lustige Verwandlungen verzichten und lieber mit dir besorgt sein." Er grinste zutraulich. Sorla aber, auch wenn das Lachen an seinen Mundwinkeln zerrte, sagte ernst: „Wir müssen weiter."

Einmal blieb Gwimlin zurück, um auszutreten, kam aber bald nach. Auch Sorla fand eine Nische, wo er sich erleichterte. So lange hatte er die Stätten der Reinlichen Verrichtung besucht, dass er sich schuldig fühlte, diesen Gang zu beschmutzen.

„Sorla?"
„Hm?"
„Hörst du es nicht?"
Sie blieben stehen und lauschten. Tapp – tapp – tapp klang es leise aus dem Gang hinter ihnen. Gwimlin drückte sich ängstlich an Sorla. Sie blickten sich in die schreckgeweiteten Augen und flohen dann den Gang entlang, immer tiefer ins Dunkel des Berges. Als sie keuchend stehen blieben, war das Geräusch weit zurückgeblieben. Doch noch während sie ihrem Herzklopfen lauschten, hörten sie das Tapp – tapp – tapp näherkommen. Schaudernd rannten sie weiter, vorbei an einem Gang, der rechts abzweigte. Dann aber hatte die Flucht ein Ende; sie standen vor Felsschutt, der den Gang bis oben füllte. Und wie sie gehetzt umherblickten, näherte sich das tappende Geräusch.

„Zurück zur Abzweigung, schnell!" rief Sorla. Das Tappen klang aber schon zu nahe, es hatte die Abzweigung erreicht und kam weiter auf sie zu! Sie versuchten das Ungeheuer im Licht ihrer Glygis zu entdecken – vergeblich, der Gang blieb leer. Doch nein, am Boden bewegte sich etwas Kleines. Zwei Klumpen hüpften mühsam den Gang entlang – tapp – tapp – tapp – und waren jetzt nur noch wenige Schritte entfernt.

„Was ist das?" fragte Sorla entgeistert.

„Vielleicht Frösche, Sorla?"

Nun waren die Klumpen dicht herangehüpft. Sie waren braun, und als Sorla sich über sie beugte, fiel ihm der Geruch auf.

„Sie stinken wie Kacke!"

„Ich fürchte, mein lieber Sorla, du bist der Lösung recht nahe. Es scheint sich fürwahr um unsere Notdurft zu handeln."

„Wie? Was hopst die hier herum? Gwimlin, hast du ...?"

„Nein, Sorla! Zumindest nicht mit Absicht. Die Verwandlungskräfte meines Glygis, von mir nicht genutzt, müssen sich verselbständigt haben. Oh glaube mir, Sorla, es ist mir selbst eine höchst peinliche Überraschung!" Er verzog das Gesicht.

„Also gehen wir zur Abzweigung zurück", sagte Sorla und schritt, vorsichtig und die Nase rümpfend, über die leise erzitternden Kothaufen weg. Als ihm Gwimlin folgte, setzten sich auch die beiden Klumpen in Bewegung: tapp – tapp – tapp. Blieben Sorla und Gwimlin stehen, gesellten sie sich zu ihnen, rückten näher und versuchten schließlich, sich an die Füße zu schmiegen.

Sorla sprang empört zur Seite: „Kannst du nichts dagegen tun?" Gwimlin schüttelte betrübt den Kopf.

Die Abzweigung führte steil abwärts. Sie trabten hinunter; ihre anhängliche Notdurft mühte sich zu folgen, blieb aber allmählich zurück. Der Gang war hier nur noch stellenweise behauen und wand sich, manchmal breiter, manchmal schmaler, weiter in die Tiefe. Die Wände waren zerklüftet, die herumliegenden Felsbrocken warfen im Licht der Glygis verzerrt dahinhuschende Schatten.

Plötzlich fiel etwas von der Decke und schlug massig auf. Gewaltig und bleich wie eine riesige Nacktschnecke lag es da und versperrte den Weg. Ein hasenschartiges Maul öffnete sich klafterbreit, zwei Reihen spitzer Zähne glänzten. Der Leib krümmte sich zusammen, als setzte das Monstrum zum Sprung an.

„Rühre dich nicht!" wisperte Gwimlin. „Sie ist blind, doch spürt sie die Bewegung!"

Sorla erstarrte neben Gwimlin. Das Monstrum bewegte suchend den augenlosen Kopf. Sich reglos zu verhalten, das hatte Sorla beim Elritzenfang gelernt. Jetzt ging es um das Leben. Sein Herz klopfte, dass er bangte, es verrate ihn. Die Augen brannten, doch er zuckte mit keinem Lid. Noch immer schwankte der Kopf des Monstrums hin und her; es wandte sich Sorla zu, zögerte, zog sich etwas zurück, und nun straffte sich erneut der fette Leib zum Sprung: denn den Weg herab kamen zwei Klumpen gehopst in ihrem anhänglichen Bemühen. Das Monstrum schnellte sich ihnen entgegen, vorbei an den Kindern, und begrub die Kothaufen unter sich. Sorla und Gwimlin rannten panisch davon.

*

„Jenes Wesen war eine Magwolpa", keuchte Gwimlin, als sie endlich langsamer wurden, „eine Höhlenraubschnecke, allerdings noch nicht voll ausgewachsen."

„Mir hat's gereicht", japste Sorla. „Ich hoffe, sie erstickt an unsren Kackhaufen!"

Gwimlin zuckte der ungehobelten Rede wegen etwas zusammen, schien aber ähnliche Gefühle zu hegen. „Des ungeachtet, lieber Sorla, hat es auch sein Gutes, dass wir auf sie trafen."

„Ja, sie hat uns von den Kackhaufen befreit."

„Dies deucht mir wahrlich minder bedeutsam neben der Erkenntnis, dass wir uns belebteren Gefilden nähern. So mag sich uns auch ein Weg nach oben weisen."

„Und wer lebt hier? Noch mehr solche Mag-wie?"

„Magwolpas, lieber Sorla. Ich fürchte, dass in diesen Tiefen Magwolpas zu den unerheblicheren Gefahren zählen."

„Was heißt das?"

„Ich denke an die Höhlenschlangen, übel beleumundet fürwahr, auch an Quasrat, den gräulichen Donnerwurm, nebst wer weiß, was sonst hier noch lauern mag!"

„Du machst mir Laune!"

Gwimlin zögerte, blieb stehen und runzelte die Stirn: „Ich spüre, lieber Sorla, dass wir uns einem Ort tief unter der Halle der Bratschnecken nähern."

„Bratschnecken!" seufzte Sorla.

„Auch deucht mir, als seien wir der Stelle recht nahe, derethalben wir uns heute früh aufmachten."

Ach ja! Der Ort, wo die Jahrestafeln lagen! Der Ort, wo er Auskunft über sein Amulett erhoffte! Vor Hunger und Sorge hatte Sorla dieses Ziel längst vergessen.

„Dann nichts wie hin, Gwimlin! Vielleicht erfahren wir dort den Weg nach Hause!"

Beim Weitergehen wehte ihnen zunehmend feuchte Luft entgegen. Die Felsen waren stellenweise von rötlichen Flechten überzogen, und es roch ein wenig modrig. Etwas huschte unter einen Felsen, zu schnell, als dass man es hätte genau ausmachen können. Wenig später sahen sie einen Krebs, der mit seinen Scheren an den Flechten herumzupfte und sich beim Anblick der Kinder seitlich davonmachte. Auf dem Felsboden floss ein dünnes Rinnsal, das sich manchmal zu bräunlichen Pfützen sammelte. Aus dem Felsschutt wuchsen bleiche Pilze. Zwischen ihnen und darauf krabbelten allerlei Krebse, manche handtellergroß, viele so winzig wie ein Daumennagel. In Sorlas Mund lief der Speichel zusammen. Endlich etwas, um das Magenknurren zu stillen!

Langsam setzte er einen Fuß vor. Die Krebse richteten misstrauische Stielaugen auf ihn, zupften dann aber weiter an den Pilzen herum. Der nächste Schritt, langsam vorwärtsgleitend. Pause. Noch ein Stückchen; jetzt waren die Pilze in Reichweite. Zwischen zwei größeren Krebsen entspann sich ein Streit; die Scheren drohend erhoben, drückten sie einander hin und her und fielen schließlich beide über den Hutrand ihres Pilzes. Schon hatte Sorla den einen im Flug geschnappt und, nach einem Sprung, auch den zweiten am Boden erwischt.

„Soll ich das wahrhaftiglich verspeisen?" Gwimlin beäugte misstrauisch den Krebs, der – von Sorla an der Rückenplatte gehalten – vergeblich mit gespreizten Beinen und Scheren nach einem Halt suchte. Sorla knackte die Krebse auf, und sie pulten das rohe Fleisch heraus. Gwimlin aß recht zögerlich und meinte, sein Hunger reiche allenfalls für diesen einen Krebs. Sorla fing jedoch noch einige, dann war auch sein gröbster Hunger gestillt. Bevor sie weitergingen, trat Sorla gegen die dünnen Pilzstengel, dass sie einknickten und die Krebse an die Felsen prasselten und davon hasteten. Gwimlin staunte über die Verwüstung, lachte, mochte aber nicht mitmachen.

Die Höhle führte langsam abwärts und lag voller Felsbrocken, so dass Sorla und Gwimlin eher kletterten als gingen.

„Ganz offenkundig ist dies das Bett eines Höhlenflusses", erläuterte Gwimlin.

„Und wo ist das Wasser?"

„Es mag einen neuen Weg gefunden haben, welcher tiefer im Pelkoll dahinführt, lieber Sorla."

„Dann ist ja keine Gefahr."

„Oh doch, lieber Sorla. Nach schweren Regenfällen etwa oder während der Schneeschmelze mag das gewohnte Flussbett zu eng werden; dann sucht sich das Wasser wohl auch hier sein Fortkommen."

„Hoffentlich stehen wir ihm dann nicht im Weg."

Hierhin und dorthin wand sich die Höhle, härterem Gestein ausweichend und es untergrabend. Schmalere Gänge führten gelegentlich seitab, rund geöffnet oder spaltenförmig klaffend. Von der Decke tropfte Wasser aus Ritzen, rieselte aus engen Löchern und sammelte sich gluckernd unter den Felsblöcken. An einer Felsspalte blieb Gwimlin stehen.

„Dies ist unser Weg, lieber Sorla."

„Viel zu eng! Der andere Gang ist doch breiter!" Aber Gwimlin war sich seines Gefühls sicher. Er stieg durch die Öffnung, und Sorla quetschte sich hinter ihm durch. Manchmal war der Gang so niedrig, dass sie kriechen mussten, manchmal hoch und so eng, dass Sorla sich nur seitlich hindurchdrücken konnte. An einer Stelle fürchtete er steckenzubleiben. Erst als er ausatmete, ging es einen Schritt weiter, und dort war wieder Raum genug, um Luft zu holen. Sorla zitterte noch nachträglich vor Angst. Gwimlin dagegen war in seinem Element. Er war nicht nur kleiner und zierlicher als Sorla, sondern auch derart biegsam und gelenkig, dass dieser neidvoll staunte. Es schien fast, als drückten sich die Felsen selbst ein wenig beiseite, um Gwimlin den Durchschlupf zu erleichtern.

Nach und nach wurde der Gang etwas begehbarer. Von fern hörten sie ein Rauschen, das, je weiter sie kamen, um so mächtiger anschwoll. Die Luft hing voll feinster Wassertröpfchen, die im Licht der Glygis glitzerten. Der Gang öffnete sich ins Leere, in gähnender Schwärze donnerte ein Wasserfall. Vorsichtig traten die Kinder näher an den Rand, ihre Glygis in den vorgestreckten Händen. Unter ihnen schoss Wasser in breitem Schwall aus dem Felsen, stürzte hinab in ein brodelndes Becken, kreiste dort und floss dann tobend davon.

„Und jetzt?" schrie Sorla. Gwimlin zeigte auf den Wasserfall unter ihnen.

„Wo das Wasser herfür schießt, lieber Sorla", schrie er zurück. „Dort finden wir, so Atne uns hold ist, die Antwort auf unsere Fragen."

„Sollen wir uns umbringen, oder was?" Bekümmert schauten beide Kinder hinunter. Es war unmöglich, an dieser nassen, glatten Wand hinunterzuklettern. Und wäre dies doch gelungen, hätten sie nie gegen den mächtigen Schwall ankämpfen können, der da aus dem Berg hervorbrach. Dies war das Ende ihres Weges.

*

„Sorla?"

„Hm?"

„Ich gedenke, der Schwierigkeiten ungeachtet, die Fährnisse vor uns zu überwinden und – die Felswand hinab und durch die wasserspeiende Felsöffnung – zu unserem Ziel zu gelangen."

„Es geht nicht. Du kannst es nicht, und ich auch nicht."

„Aber eine Schnecke könnte dort hinunterkriechen, lieber Sorla. Und sie könnte an der Decke jenes wasserführenden Ganges entlang kriechen und so der Gewalt des Wassers entgehen."

„Sag nur, du willst dich wieder verwandeln."

„Es wäre einen Versuch wert, nicht wahr, lieber Sorla?"

„Und wenn du davon kriechst, was mache ich?"

„In eine riesige Magwolpa werde ich mich verwandeln!" Gwimlins Stimme klang begeistert. „Du wirst auf mir reiten! Und wenn ich kopfüber an der Decke jenes wasserführenden Gangs entlang krieche, wirst du dich an meine Fühlhörner klammern; oder, noch besser, meine Zähne werden dich festhalten. Ist der Plan nicht wunderbar?"

Sorla sah ihn zweifelnd an. Es klang irrwitzig, schien aber ihre einzige Chance.

„Diesmal muss die Verwandlung klappen, Gwimlin! Nicht irgendwas Schleimiges, Kriechendes, sondern eine echte Magwolpa muss es sein!"

Gwimlin nickte eifrig, umklammerte seinen Glygi und schloss die Augen. Eine seltsame Dämmerung bildete sich um ihn; Farben und Formen wurden undeutlich und verschwammen. Dann, nach und nach, zogen sich die Schwaden zu klaren Umrissen zusammen und ...

„Oh nein!"

„Was ist dir, Sorla?" lispelte das Wesen, das, kaum faustgroß, neben Sorlas Füßen kauerte. „Ich bin eine Magwolpa, oder?"

„Ja, aber zu klein. Versuch es noch mal."

Die enttäuschte Schnecke kroch auf den neben ihr liegenden Glygi, zog ihre Fühlhörner ein und konzentrierte sich. Nichts geschah, außer dass sie, als sie den Vorderleib hob, um sich wieder umzusehen, das Übergewicht bekam und samt Glygi umkippte. Sie wand sich herum und richtete ihre Fühlhörner auf Sorla.

„Oh Sorla! Diese Verwandlung scheint recht dauerhaft geraten zu sein. Mit großer Inbrunst bewerkstelligte ich sie, nun hängt sie mir an!" Sie seufzte schwer. Auf einmal zog sie sich katzenhaft zusammen, machte einen Sprung, und schon krümmte sich in ihrem Maul hilflos eine Höhlenassel.

„Herrlich bitter!" mümmelte die Magwolpa. „Schleimig und knackig zugleich!" Dann aber hielt sie im Kauen inne und spuckte alles wieder aus.

„Pfui! Was tue ich da, Sorla?"

„Du hast dich zu gründlich verwandelt, Gwimlin."

Schnecke und Sorla sahen sich an. In Sorla dämmerte der Gedanke, die Verwandlung könne unwiderruflich sein, doch er wagte dies nicht auszusprechen. Auch die Schnecke schwieg bedeutsam. Schließlich raffte sich Sorla auf und sagte: „Als Magwolpa kannst du hier wenigstens überleben. Aber ich werde umkommen, da wir keinen Ausweg wissen."

Er grübelte. Schon einmal war er an einem Punkt angelangt, wo es nicht weiterging. Er und Laschre hatten vergeblich den Geheimen Eingang in den Pelkoll gesucht. Und da war es sein Glygi, der den Weg gezeigt hatte! Sorla hielt den Glygi vor sich hin.

„Mein Glygi, höre! Gibt es einen Weg zum Grab der Gnome? Oder überhaupt einen Weg aus dieser Sackgasse? Wenn du ihn weißt, dann zeige ihn uns, bitte."

„Hegst du wahrhaftig die Hoffnung, lieber Sorla, dein Glygi möge deine Worte verstehen?"

„Vielleicht kann er meine Gedanken besser verstehen, wenn ich sie ausspreche? Sieh doch!"

Jetzt erst merkte Gwimlin, dass Sorlas Glygi längst aus dessen Hand verschwunden war, und bebte hoffnungsvoll mit seinen Fühlhörnern.

„Es scheint, dass dieser höchst verständige Glygi sich umsieht, welchen Weg uns zu weisen ratsam sei! Dies ist gewisslich ein ..." Er brach ab, denn der Glygi war wieder eingetroffen und schwebte einige Schritt hinter Sorla im Gang.

„Wir sollen also umkehren", stellte Sorla fest und wandte sich zum Gehen.

„He, Sorla!" Die kleine Magwolpa schnellte in verzweifelten Sprüngen hinter ihm her. Sorla bückte sich und hob sie auf. Dankbar kroch Gwimlin auf seine Schulter. Nach vielleicht zwei Dutzend Schritten verschwand der Glygi rechts im Gestein. Erst als sie nachgekommen waren, entdeckten sie die niedrige, von überhängenden Felsen verdeckte Spalte. Sorla seufzte und setzte Gwimlin auf den Boden: „Krieche voraus." Er selber schob sich auf dem Bauch robbend hinterher.

Der enge Gang endete in einer kleinen Höhle, wo Sorlas Glygi über einem klafterbreit gähnenden Loch im Boden schwebte.

„Da hinunter?"

Aber Gwimlin war schon über den Rand vorausgekrochen und rief: „Sei unverzagt, lieber Sorla! Das Gestein wird deinen Füßen hinreichend Halt gewähren!" Tatsächlich erwies sich das Loch als eine Art schräger Kamin, dessen Seiten uneben genug waren, um – einen Fuß rechts, einen links eingestemmt – sicher hindurch zu steigen.

Es war eine ermüdende Kletterei in verkrampfter Haltung. Dazu kamen die Unsicherheit über den Ausgang und die Erschöpfung durch den anstrengenden Tag, der hinter ihnen lag. Sorlas Arme und Beine begannen zu zittern.

„Hoffentlich erreichen wir bald festen Boden!"

Aber das Gegenteil geschah. Der Kamin verbreitete sich wie ein umgekehrter Trichter, und zuletzt hing Sorla mit gespreizten Beinen zwischen den Wänden. Einen Klafter tiefer brachen die Wände ab. Darunter war nichts als dunkle Leere.

„Gwimlin! Ich kann nicht weiter!"

Keine Antwort. Sorlas linke Hand begann abzurutschen.

„Gwimlin!!"

„Halte aus, lieber Sorla!" lispelte es von weit unten. Ich bin schon vorgekrochen, um die Lage zu erkunden!"

„Mach schnell! Meine Beine zittern so, ich kann nicht mehr!"

„Ich krieche mit all meiner Kraft, lieber Sorla!"

Kurz darauf wurde es unten heller.

„Lasse dich getrost fallen, lieber Sorla!" klang es dünn herauf. „Hier ist ein tiefer See und ein Ufer, an dem du dem Wasser entsteigen magst."

Sorla ließ los – seine Kräfte hatten ihn sowieso fast verlassen – und fiel wohl fünf Klafter tief, bis er im Wasser aufschlug. Als er wieder auftauchte und sich umsah, erblickte er in einiger Entfernung den freundlich hellblauen Schimmer eines Glygi. Er schwamm darauf zu. Das Wasser war kalt, dunkel und reglos. Selbst die Wellen, die er beim Schwimmen aufwarf, wirkten unwillig und verloren sich rasch in der finsteren Stille. Als er näher kam, sah er im Lichte des Glygi einen schmalen Uferstreifen, hinter dem die Felswand glatt und mächtig aufragte. Hier wartete die kleine Magwolpa.

„Mein Herz frohlockt, lieber Sorla, dich wohlbehalten zu sehen!" lispelte sie hasenschartig. Sorla lächelte, als er Gwimlins selbstloses Denken erkannte.

„Danke für deine Hilfe, Gwimlin."

„Wieso, lieber Sorla? Zu danken ist allein deinem klugen Glygi, ohne dessen Führung wir verloren wären."

„Stimmt." Sorla drückte das Wasser aus seinen Kleidern und sah sich um. Rechts und links verlor sich der schmale Uferstreifen im Dunkeln, und vor ihnen war nur Wasser, das in Finsternis überging. „Doch was nun?"

„Ich weiß nicht, lieber Sorla. Mein Gefühl tut mir kund, dass wir am Ziel angelangt seien, tief unter der Versammlungshalle, die wir heute früh verließen. Doch meine Fühlhörner bestätigen dies nicht. Wo sind die ehrwürdigen Reste der dahingegangenen Gnome? Wo die Jahrestafeln? Wo ist jemand, den wir fragen könnten, wie es unser Vorhaben war?"

„Vielleicht irrst du dich bloß, und wir müssen weiter. Rechts oder links?"

„Rechts geht es nach Süden. Von da wären wir wohl gekommen, so der verlassene Quarzgang, den wir heute früh erkundeten, nicht voll Wasser gewesen wäre. Also deucht mir richtig, dass wir uns gen Norden wenden."

Sorla bückte sich und hob die kleine Magwolpa wieder auf seine Schulter. Als er sich aufrichtete, fielen ihm kleine Wellen auf, die gegen das Ufer schlugen. In breiter Front kamen sie heran, eine hinter der anderen: und als er auf das Wasser hinaus blickte, sah er, dass dort draußen in der Finsternis etwas emporwuchs, riesig, bleich, lautlos.

Sorla stand und starrte. Gwimlin wisperte ihm eine erschrockene Frage ins Ohr, doch Sorla nahm sie kaum wahr. Er sah, dass der Uferstreifen breiter geworden, das Wasser ein wenig zurückgewichen war. Wie riesig musste jenes Ding sein, das sich dort erhoben hatte! Und was er als verschwommen bleichen Hügel aus dem Wasser ragen sah, war ja nur ein Teil! Wie groß musste die ganze Masse sein, die in diesem Höhlensee ruhte!

„Uns streift der Odem des Todes, lieber Sorla", flüsterte Gwimlin. „Dies ist ein fürchterlicher Ort!"

Sorla schauderte. Wohin konnten sie fliehen? Wie ausweichen, falls dieser bleiche Berg ihr Leben bedrohte? Alles in Sorla wehrte sich gegen das Gefühl, dass der Tod ganz nahe sei. Aber vielleicht hatte es sie noch nicht bemerkt, und sie konnten ... Da sah er, schon recht nahe, eine kleine Gestalt auf dem Wasser, die sich dunkel gegen die weiße Masse abzeichnete. Mit seltsam ruckartigen Bewegungen kam sie näher. Es war ein Ruderboot, in dem ein gnomähnliches Wesen saß.

„Hii-o, hii-o, ih' do't am Ufe'!" rief das Wesen mit schriller Stimme. Und als es herangekommen war: „Hii-o, hii-o, ih' seid Gwimlin vom Ki'satten und So'le-a-glach vom Fluss, beide zu' Zeit im Pelkoll. Ih' kommt spät, wenn ih' F'agen habt; de' Tag Zwischen den Jah'en ist bald vo'bei. Wi' schliefen fast schon, da spü'te SIE Tainas Amulett, und wi' wagten uns noch einmal in den Fluss de' Zeit. Also steigt ins Boot! Hii-o, hii-o! Übe'legt euch, was ih' wissen wollt, denn nu' d'ei F'agen we'den beantwo'tet, wie jedes Jah'."

*

Eben scharrte der Nachen ans Ufer, und Sorla stieg, die kleine Magwolpa auf seiner Schulter verstört anblickend, hinein. Wie konnte das Wesen Gwimlin sogar in Gestalt einer Schnecke erkennen? Und dies war nur eines von vielen Rätseln, die das Wesen mit seinen seltsamen Reden aufgegeben hatte. Von nahem betrachtet, hatte es keinerlei Ähnlichkeit mit einem Gnom. Es war etwas größer als Sorla und völlig nackt. Die dunkelblaue Haut war mit winzigen Schuppen echsenähnlich übersät und hing in losen Falten von den dürren Knochen. Auch der Kopf – haarlos und mit flachem Gesicht – hatte mehr von einer Echse als einem Gnom. Während das Wesen auf jenen bleichen Koloss in der Mitte des Sees zuruderte, plauderte es unentwegt. Sorla hatte große Mühe, es zu verstehen, denn der breite, hartlippige Mund zwang der Guten Sprache der Berge eine merkwürdige Färbung auf.

„Hii-o! Hie' sind wi'! Stellt eu'e e'ste F'age, und SIE wi'd antwo'ten."

Sorla sah die bleiche Masse riesig vor sich aufragen und versuchte den Eindruck des nahen Todes zurückzudrängen. Er spürte, dass, so ungeheuer mächtig das Todesgefühl auch um ihn lagerte, es doch nicht ihn persönlich meinte. Er musste jetzt seine Gedanken ordnen! Das Amulett, deshalb waren sie hergekommen. Aber was hatte es mit den wandelnden Skeletten auf sich? Mit der dunklen Metallgestalt und ihrer leuchtenden Kugel? Und dann mussten sie vor allem fragen, wie sie hier heraus und zurück zu den Gnomen kämen!

„Ich habe nur eine Frage", lispelte die kleine Magwolpa neben Sorlas Ohr. „Wie mag es mir glücken, meine mir angeborene Gnomengestalt zurück zu erlangen?"

Drei Atemzüge lang herrschte Schweigen. Dann erhob sich ein Wind, in dem ein hohles Brausen mitschwang, so tief, dass Sorla es weniger hörte als vibrieren spürte. Der dumpfe Klang endete in einem seufzenden Schmatzen, und alles war wieder still.

„Hii-o!" unterbrach das Wesen die Stille. „SIE antwo'tet wie folgt: Entwede' dein F'eund So'la opfe't sein Leben fü' dich, das gibt di' die K'aft, dein Schneckentum abzustoßen. Ode' du schläfst den Todesschlaf, dann sti'bt die Schnecke in di'. Da fällt die Entscheidung nicht schwe', ode'?"

Sorla und Gwimlin sahen sich entsetzt an.

„Da möchte ich es lieber vorziehen, eine Schnecke zu bleiben, lieber Sorla", wisperte Gwimlin.

„Hii-o! Vielleicht übe'legst du es di' noch. Und nun stellt die zweite F'age. Die Zeit d'ängt!"

„Mein Amulett", sagte Sorla heiser. Seine Gedanken waren wie zerschmettert von der ersten Antwort. „Was hat es mit meinem Amulett auf sich?"

Wieder brauste der Wind auf, und diesmal mischte sich in das hohle Brummen noch ein Zischen und Pfeifen. Das Brausen schwoll an, und als es endlich in einem Schmatzen erstickte, dröhnte es noch in Sorlas Ohren nach.

„Hii-o! Das wi'd eine lange Antwo't, also hö't gut zu! Wi' Lebewesen meinen, de' Tod sei de' Gegensatz des Lebens, weil e' unse' Leben beendet. Das ist ku'zsichtig gedacht. Leben und Tod sind zwei Gesichte' de'selben K'aft; de' K'aft de' Wandlung. Die Wandlung geschieht im Fluss de' Zeit. Und de' Gegensatz zu' K'aft de' Wandlung ist die K'aft des Beha"ens. Sie ve'hinde't den Wandel, sie b'ingt ihn zum Stillstand. Fü' sie gilt die Zeit nicht. Hii-o! Habt ih' mich ve'standen?"

„Ich weiß nicht recht", flüsterte Sorla verwirrt. Was hatte das mit seinem Amulett zu tun?

„Hii-o! Ich e'klä'e es ande's. De' Wald lebt, und die Bäume da'in wachsen und ve'mode'n, wachsen und ve'mode'n. Ih' seht, die K'aft des Wandels zeigt sich im Wachsen und im Ze'fallen, im Leben und im Ste'ben. Habt ih' ve'standen?"

Sorla nickte.

„Hii-o! Nun seht euch die Be'ge an! Sie wachsen nu' langsam empo', und sie ze'fallen nu' langsam. Hie' ist die K'aft des Beha"ens sta'k, aber auch de' Wandel ist noch zu spü'en. Ein K'istall jedoch ..."

„Ein Kristall wandelt sich nicht!" unterbrach die kleine Magwolpa begeistert. „Im Kristall ruht die Seele der Berge!"

„Hii-o! So ist es, Gwimlin. Denn die K'aft des Beha"ens, das ist die Seele de' Be'ge. Nun müsst ih' beg'eifen, dass wi' beide K'äfte b'auchen; denn selbst die beha"lichsten Felsen ve'wandeln sich zu Staub, und selbst die kleinen Mücken wollen in ih'em Leben ve'ha"en. So wi'ken Beha"en und Wandel zusammen, und das ist unse'e Welt. Hii-o!"

„Ja ja", murmelte Sorla. „Aber mein Amulett ..."

„Hii-o! Wa'te noch, So'la! Es gibt böse A'ten de' Zaube'ei, die das Gleichgewicht diese' K'äfte stö'en. So gibt es Wesen, die wollen ewig leben. Da'um haben sie das Gesetz de' Wandlung fü' sich aufgehoben und b'auchen den Tod nicht zu fü'chten. Abe' dies ist schlimm, denn sie leben ja nicht wi'klich; es sind Untote, Feinde des wah'en, sich wandelnden Lebens. Um vo' solchen Untoten zu schützen, wu'de einst dein Amulett geschaffen. Es hat keine eigene K'aft. Abe' wie ein Taut'opfen den Sonnenst'ahl leuchtende' glänzen lässt, lässt das Amulett die K'aft de' Wandlung, die in di' wi'kt, deutlich he'vo't'eten; und das können diese Wesen nicht e't'agen. Käme di' eines zu nahe, dein Amulett wü'de ihm die K'aft de' Wandlung entgegenwe'fen, und es wü'de vo' Schme'z und Fu'cht zu'ückp'allen. Hii-o!"

Sorla hielt den Atem an. Die Echsenskelette! Deshalb waren sie vor ihm zurückgewichen! Also schützte das Amulett das wahre Leben. Sogar als Gwimlin in der Chrebilhöhle im Morast versank, schützte ihn das Amulett, denn er hielt es ja in der Hand! Nein, da stimmte etwas nicht!

„Weshalb wurde Gwimlin zu Stein, obwohl er das Amulett bei sich hatte?"

„Hii-o! Dies ist die d'itte F'age und die letzte zugleich!"

Sorla schlug sich auf den Mund. Er hatte Wichtigeres fragen wollen! Aber zu spät; schon erhob sich der Wind, brauste heulend über das Wasser und versank in seufzendem Schmatzen.

„Hii-o! Als Gwimlin k'aftlos ve'sank, blieben ihm zwei Atemzüge, um am Kot der Ch'ebilg'ube zu e'sticken. Schnell p'esste sich Gwimlins Glygi an dessen Stirn, und e' sandte seine steine'ne Seele, die K'aft des Beha"ens aus, um den Fluss de' Zeit zu unte'b'echen. Es wa' ein ve'zweifelte' Ve'such und gelang nu', weil das Amulett zufällig dabei wa'. Es ließ die K'aft deutlich we'den, die in Gwimlin am stä'ksten wi'kte, und das wa' jetzt die K'aft des Beha"ens. So wu'de Gwimlin zu Stein. Und e' blieb es, bis sein Glygi ihn ge'ettet sah und von seine' Sti'n ve'schwand. Hii-o! Doch glaube nicht, So'la, dass dein Glygi dich jemals auf diese A't 'etten könnte. Du bist ein ku'zlebiges Menschenkind und hast zu viel von de' K'aft des Wandels. In den Gnomen wa' abe' die K'aft des Beha"ens schon imme' g'oß. Hii-o!"

*

Das blauschuppige Wesen hatte zu Ende geredet. Ein dumpfes Seufzen hallte über den See, brach sich an den fernen Höhlenwänden und verebbte nur langsam. Sorla sah, wie die mächtig aufragenden Flanken der bleichen Masse sich langsam ins Wasser senkten. Unruhige Wellen ließen den Nachen schwanken.

„Hii-o", flüsterte das Wesen, und Sorla überlief ein seltsames Grauen. „Hii-o! Zu lange ve'weilten wi' im Fluss de' Zeit. De' Tag Zwischen den Jah'en ist vo'übe'; das Ufe' des Stillstands 'uft."

Das Grauen verdichtete sich spürbar und beengte Sorlas Atem. Jetzt war der weiße Berg fast ganz im See verschwunden; nur eine kleine Insel wölbte sich noch flach heraus. Das Wesen ruderte mit merkwürdig langsamen Bewegungen dorthin, kletterte steifbeinig hinaus und zog das Boot hoch, in dem noch immer Sorla und Gwimlin saßen. Dann setzte es sich wieder hinein und legte den Kopf auf die Knie, als wollte es schlafen.

Was soll das? Und wir? wollte Sorla fragen, doch seine Zunge war so schwer, sein Kopf so benommen.

„Gwimlin", lallte er mit gefühllosem Mund. Doch die kleine Magwolpa hatte ihre Fühlhörner eingezogen und antwortete nicht. Nur weg hier, dachte Sorla noch verzweifelt.

ZEHNTES KAPITEL: DAS LOS DES WÄCHTERS

Die Bodennebel wogten von den Erlen her. In den bleichen Schwaden fast verborgen, lagerte im Riedgras der riesige Schlangenleib. Der schuppige Schädel glänzte im Mondlicht.
„Wann darf ich ausschlüpfen?" hörte Sorla sich fragen.
„Es hat Zeit, kleines Ei. Sieh dich um, lerne. Spiele; du bist noch ein Kind."
„Mit Gwimlin habe ich Murmeln gespielt. Das gefiel mir."
„Du wirst den Pelkoll verlassen."
„Aber ..."
Vom Fluss trieben weitere Schwaden heran und verbargen die Schlange vor Sorlas Blick.

Als der Nebel sich legte, war es Tag. Der Wind trieb dunkle Wolken über die Steppe. Staub wirbelte auf, das Gras bog sich in Wellen. Einzelne schwere Tropfen fielen, doch der Regen kam nicht. Aus der Ferne donnerten Hufe heran; eine Herde kräftiger Stuten und, allen voran, ein prächtiger blondmähniger Hengst. In der Nähe Sorlas verharrten sie, der Hengst trabte alleine herüber.
„Na, du Fohlen Tainas!" Er schnaubte belustigt. „Lass dir den Wind um die Nüstern blasen! Kämpfe! Zeig' ihnen, wer du bist!" Der fahlbraune Schädel beugte sich zu Sorla herab. „Du wirst es schon schaffen, Kleiner." Seine weiche Schnauze stubste Sorla und warf ihn fast um. Dann machte der Hengst auf der Hinterhand kehrt und galoppierte zur Herde zurück. Durch die dahinjagenden Wolken brach die Sonne und beleuchtete grell die flatternde Mähne. Er warf den Kopf herum: „Ramloks Segen! Mach dir die Frauen untertan! Und trau' keiner, hörst du!" Vor Lebenslust wiehernd und auskeilend wie ein Zweijähriger, trieb er seine Stuten über die Steppe davon. Der Regen brach los.

Als die Wolken sich verloren, sah Sorla tief unter sich viele kleine Lichter. Hunderte, vielleicht Tausende von weißen Steinkästen bedeckten, dicht aneinander gedrängt, eine Ebene zwischen zwei Flüssen. Sorla hatte von Häusern und Städten gelesen, doch war diese Stadt hier größer, als er für möglich gehalten hatte. Auch wusste er nicht, wo er sich jetzt befand. Die Nachtluft war voll fremder Gerüche von Blüten und starkduftendem Harz, und manchmal ließ eine Brise Latrinengeruch und Küchendünste ahnen. Eines der Fenster zog Sorla an. Auf dem Tisch in der Mitte des Raumes flackerte ein

Öllämpchen. Davor saß ein schlanker, braungebrannter Mann im Lendenschurz. Er beschäftigte sich damit, einen Schlüssel so zurechtzufeilen, dass er genau in eine Wachshohlform passte, die auf dem Tisch lag. Ein sehr kleiner und überaus komplizierter Schlüssel war es, und die Arbeit erforderte die ganze Aufmerksamkeit des Mannes. Deshalb sah er nicht die ältere Frau im weißen Mantel, die in der dunklen Zimmerecke stand. Was Sorla erstaunte, war, dass ihre Füße den Boden nicht berührten. Auch konnte er durch ihre schwach schimmernde Gestalt die Wandregale erkennen. Nun schien sie den Mann anzureden, doch Sorla vernahm keinen Laut. Jener aber hob den Kopf, und Sorla sah seine ebenmäßigen, hageren Züge, den gestutzten schwarzen Bart und vor allem die dunklen Augen. Wie seltsam waren sie! Von Lachfältchen umgeben, von müden Lidern halb bedeckt, gebieterisch und traurig zugleich; in der Tiefe flackerte ein irrer Drang. Was er der Frau antwortete, hörte Sorla ebenfalls nicht, doch schien es die Frau zu erzürnen, vielleicht zu enttäuschen, denn sie presste die Lippen zusammen und wandte sich brüsk zur Tür. Bevor sie diese erreichte, löste sich ihre Gestalt auf und verschwand. Der Mann saß einige Atemzüge reglos, dann kehrte er zu seiner Beschäftigung zurück. Er verbarg den kleinen Schlüssel in einem Lederbeutel, verstaute die Feilen in einem Futteral und erhob sich. Aus dem Stand ließ er sich nach vorne fallen, rollte sich auf dem Boden ab, sprang hoch und landete auf den Händen, um sich in einer Brücke rückwärts herab zu biegen, bis die Füße neben den Händen standen. Gelassen erhob er sich wieder, eine geflochtene Seidenschnur vom Boden aufnehmend, die er als ungeordnetes Bündel auf den Tisch warf. Nun holte der Mann aus der Zimmerecke eine Kanne und goss Wasser in eine Tonschüssel. Während er dies tat, beobachtete Sorla voll Erstaunen, wie die Seidenschnur auf dem Tisch sich langsam ordnete und von selbst zu einem handlichen Bündel zusammenrollte. Der Mann wusch Gesicht und Hände. Schließlich legte er das Lendentuch ab. Auf seinem Gesäß sah Sorla das Mal, ein umgedrehtes Herz.

*

Jetzt war Sorla ganz ruhig. Er war eins mit dem Berg. Das schwache Pochen der Tage fühlte er kaum. Der Frühling strich als Ahnung vorüber, dann dämmerte der Sommer herauf. Einen Moment hing alles in der Schwebe, dann ging es dem Herbst, dem Winter entgegen.

Sorla erwachte. Weit über ihm, leise und süß, erklang ein uraltes Lied. Es war Gilses Stimme; sie sang zu Ehren des verstorbenen Jahres. Sorla wollte aufspringen, rufen; aber noch war er nicht zu Hause in seinem Körper. Erst langsam fand er sich zurecht, spürte den Hintern auf der harten Sitzbank, doch ließen sich Arme und Beine noch nicht bewegen. Mit Mühe hob er den Kopf und sah weit oben einen winzig hellen Punkt: die Öffnung im Boden der Versammlungshalle. Etwas pendelte dort sanft hin und her, näherte sich langsam und wurde größer: ein schwarzer Packen an einem langen Seil.

„Hii-o! Die Jah'estafel kommt, und etwas zu essen hoffentlich auch!" Das echsenhäutige Wesen hatte sich erhoben und trat aus dem Boot auf die bleiche Insel hinaus. Sorla beobachtete benommen, wie das Paket mit einem leisen Ruck auf der Insel aufsetzte. Das Wesen ging hin und zog das Seil darunter hervor. Schon begann es sich wieder in die Höhe zu schlängeln. Halt, wollte Sorla rufen, doch seine Stimme versagte. Auch Gwimlin, der neben ihm auf der Ruderbank saß, ächzte nur leise, während hoch über ihnen das Seil, ihre Hoffnung auf Rückkehr, ihre Verbindung zur Gnomenheit, höher und höher pendelte und verschwand. Dann erlosch der helle Punkt, und kurz darauf hallte ein leises Knirschen herunter: der Stein war über die Öffnung geschoben worden. Nun würden sie tanzen, singen, das Orakel befragen ... Sorla war dem Weinen nahe.

*

Das Wesen hatte den Packen im Boot verstaut, schob dieses ins Wasser und ruderte mit Sorla und Gwimlin ein Stück von der bleichen Insel auf den See hinaus. Schon zitterten Wellen über das Wasser, wurden größer, überschlugen sich, und mählich hob sich der bleiche Koloss aus den Tiefen des Höhlensees empor. Wasser stürzte in Kaskaden an seinen Flanken herab, der ganze See schwappte langsam auf und ab, und mit ihm das kleine Boot. Sorla wurde schlecht, aber wenigstens bedeutete dies, dass er seinen Körper wieder spürte.

„Hii-o! Was ist ve'gangenes Jah' geschehen?" Das Wesen nestelte die Jahrestafel unter den Grabbeilagen hervor und erläuterte: „Ich bin nicht neugie'ig, abe' SIE will, dass ich es vo'lese." Damit wandte es sich der riesigen bleichen Masse zu und intonierte gelangweilt:

„Im d'eihunde'tundzwölften Jah' unte' Gneli dem

Gewaltigen.
Am Tage Zwischen den Jah'en:
So'le-a-glach, Sohn de' Taina, und Gwimlin,
Gnomkind aus dem Ki'satten,
ve'schwanden ohne jegliche Spu'.
Im E'lenmonat:
De' ve'schwundenen Kinde' halbe' wu'de
zwei Tage lang get'aue't.
Im Schlehenmonat:
Eine Ho'de von a'glistigen, üblen Ch'ebil wu'de
nahe dem Ki'satten anget'offen und ve'nichtet.
Im Eichenmonat:
De' Ältesten'at zu Gnomskoll beschloss in seine' Weisheit,
eine Handelsexpedition zu den Weißen Be'gen
auszusenden.
Im B'ombee'monat:
G'este de' Wande'e' weilte vie' Tage im
Pelkoll,
um Neuigkeiten übe' Taina zu übe'b'ingen.
Im Efeumonat:
Glibe die Schöne schenkte de' Gnomenheit
das männliche Kind Gwolli.
Im Schilfmonat:
Ein schaue'liche' D'ache wu'de,
no'dwä'ts fliegend, gesichtet.
Dem Neuen Jah' möge folgende' Ve's aus den
Beiläufigen Sp'üchen des
Zweiten E'zdenke's de' Gnomenheit
zugeeignet sein:
    Meine Liebe zeigt di'
    Das Atmen de' Be'ge;
    Im Lächeln Anods
    Leuchtet dein Blick.
Hii-o! Nichts Besonde'es also!"

Das Wesen warf die Tafel ins Wasser. „Wenden wi' uns dem Essen zu!" Mit geübten Fingern wischte es den Kranz und die gepressten Blüten beiseite, dass sie in den See fielen, auseinander trieben und langsam versanken. Den gleichen Weg gingen zwei gefüllte Wasserschläuche und ein kleiner, blitzender Edelstein. Nun aber kam es zu den wesentlichen Dingen und gab auch den beiden Kindern: Nüsse, geflochtene Kuchen, getrocknete Apfelscheiben und vor allem geräucherte Bratschnecken! Sorla fühlte sich neu belebt. Gwimlin jedoch mümmelte missmutig an einem Apfelring und meinte, etwas Lebendiges, Krabbelndes würde ihm mehr behagen. Obwohl er, Atne sei Dank, zurückverwandelt war, schien ihm noch Schneckentum anzuhaften. Ein Stückchen Nuss geriet in Sorlas Zahnlücke, wo vor drei Tagen ein Milchzahn ausgefallen war. Was hieß drei Tage? Es war doch ein Jahr vergangen! Wieso war kein Zahn nachgewachsen?

„Bin ich denn nicht älter geworden in diesem Jahr?" fragte er mit vollem Mund.

„Hii-o! Dies ist heue' die e'ste F'age!"

„Nein!" rief Sorla, aber schon brauste der Wind hohl über den See und erstarb in einem Schmatzen. Eine Frage unnütz vergeudet!

„Hii-o! Dein Milchzahn, So'la, hat di' die Antwo't gewiesen. Als das Jah' sich neu zu d'ehen begann, entzog SIE sich dem Fluss de' Zeit. Die K'aft des Beha"ens wuchs mächtig in IH' und zwang, ve'stä'kt du'ch Tainas Amulett, auch euch hinab in den langsamen Atem de' Be'ge. Gwimlin machte diese E'fah'ung schon einmal; damals gab sie ihm das Leben, diesmal die Gestalt wiede'. So lagt ih', wie SIE und ich, eine Nacht im Todesschlaf, wäh'end die Welt um ein Jah' alte'te. Hii-o!"

Wie alt mussten das Wesen und die bleiche „SIE" sein, dachte Sorla, doch er beneidete sie nicht. Was für ein Leben war das schon, hier im Dunkeln festzusitzen und jeden Tag eine Jahrestafel zu lesen oder gar bloß vorgelesen zu bekommen! Sich von Grabbeigaben zu ernähren! Bleich und aufgedunsen irgendwelchen Schlamm in sich aufzusaugen!

Da brauste der hohle Wind auf, stärker als je zuvor; schon trieben Wellen über den See, und der Wind wollte nicht abklingen, dumpf orgelte er, dass die riesige Höhle widerhallte. Das Wesen erhob sich mit zornblitzenden Augen. Es schrie mit ganzer Kraft, doch kaum zu vernehmen gegen das Brüllen der bleichen SIE.

„Hii-o! Dein Denken, So'la, zeigt keine Eh'fu'cht. Du hast nicht viel beg'iffen! Hättest du gef'agt, wer SIE ist, dann wä'e di' eines de' Tiefen Myste'ien des U'g'undes offenba't wo'den. Deine F'agen wa'en obe'flächlich, doch SIE blieb geduldig, weil du ein Kind bist. Jetzt abe' stellt keine F'agen meh', denn SIE hat nicht länge' Geduld mit euch. Geht sofo't. Hii-o!"

Das Wesen riss eines der Ruder hoch und schwang es wild. Zugleich flutete eine Woge von Todesangst über Sorla hin, die aus seinem Inneren kam oder aus dem dumpfen Heulen des Windes. Von Grauen geschüttelt, sprang er ins Wasser und schwamm blindlings davon.

*

Nur langsam verebbte das Grauen, Sorla schwamm zügiger, gleichmäßiger, wie er es am Fluss bei Laschre gelernt hatte, und er besann sich: wo war Gwimlin? Doch im Umkreis, den der schwebende Glygi sanftblau erhellte, schimmerte nichts als Wasser. Was befand sich im Dunkel dahinter? Sorla wagte nicht, nach Gwimlin zu rufen. Sollte er den Glygi bitten, sein Leuchten einzustellen, um keine Ungeheuer anzulocken? Nein, es war schlimmer, im Dunkeln einer unbekannten Gefahr entgegenzutreiben! Sorla verharrte wassertretend und lauschte. Von fern glucksten wie üblich fallende Tropfen, nahe und lauter pochte sein Herz; sonst war alles still. Er hatte Gwimlin im Stich gelassen! So benahm sich kein Freund! Er musste zurückschwimmen. Doch was hieß „zurück", wenn alles gleich aussah? Ohne Wellen aufzuwerfen, schwamm er dorthin, woher er glaubte, gekommen zu sein. Nach einiger Zeit überwogen die Zweifel. War er im Kreis geschwommen? Ratlos ließ Sorla sich treiben. Sehr dumm hatte er sich heute angestellt; das fing schon mit der blödsinnigen Frage an. Wegen der Echsengerippe hätten sie fragen mögen, wegen der wandelnden und hilfreichen Metallstatue vielleicht, vor allem aber, wie man sicher zu den Gnomen zurückkam. Vorbei und vertan!

Aus dem Dunkel tauchte eine nassglänzende Felswand ins Licht des Glygi. Sie schien nach links zu treiben, und Sorla erkannte, dass eine Strömung ihn daran vorbeizog. Sie führte zum Abfluss des Sees, also musste Sorla nur dagegen anschwimmen, um zurückzufinden. Aber so sehr sich Sorla anstrengte, er kam nicht von der Stelle. Schneller und schneller zog die Strömung ihn mit. Wo das Wasser auf vorspringende Felsen traf, schäumte es hoch und zeigte

Sorla die Gefahren. Noch konnte er ihnen ausweichen, doch aus dem Dunkel, in das Sorla hineingezogen wurde, erscholl ein betäubendes Donnern. Mit einem Mal riss es ihn hinab, brauste in seinen Ohren und drehte ihn um und um.

Sorla hatte am Fluss gelernt, lange unter Wasser zu bleiben. Er rollte sich zusammen, Kopf zwischen den Beinen, Arme fest um die Knie geschlungen, und ließ sich kopfüber, kopfunter umherwirbeln. Mehrfach schürfte es ihn an Felsen entlang, dann prallte er gegen etwas Hartes, schluckte Wasser und schlug um sich. Da packte ihn die Wucht des Wassers an Armen und Beinen und schmetterte ihn hin und her.

Als Sorlas Bewusstsein wiederkehrte, schmerzte sein ganzer Leib. Er hing kopfüber und hustete Wasser auf die Felsen dicht unter ihm. Einige Schritte weiter toste der Gischt vorbei. Sorla versuchte seine Lage zu verstehen, während noch immer Wasser aus seinen Lungen floss. Was hielt ihn fest? War er eingeklemmt? Aufgespießt? Er stemmte die Hände gegen den Felsen unter ihm, um sich freizuwinden. Da durchfuhr ihn ein stechender Schmerz, und Sorla wusste, dass der rechte Arm gebrochen war. Was tun? Er konnte hier nicht hängen bleiben! Mit dem linken Arm stützte er sich auf und wandte vorsichtig den Kopf.

Da hockte eine ungeheure Magwolpa. Ihre Fühlhörner ragten grau und faltig dicht über seinem Gesicht, der Kopf mit den grässlichen Zahnreihen hielt Sorlas Rumpf gepackt. Hier gab es kein Entkommen.

Aber das Ungeheuer legte ihn vorsichtig auf dem Felsen ab, hüstelte und brummte: „Mein lieber Sorla! Dass du die Fährnisse überlebtest, beglückt mein Herz gar sehr. Ich wähnte dich schon in Urskals Reich der Toten."

„Gwimlin?!"

„Fürwahr, mein lieber Sorla! Lass meine Gestalt dich nicht schrecken; hat sie mir doch dazu verholfen, uns beide zu retten. So vernimm! Kaum verfügtest du dich ins Wasser, als ich schon folgte. Gar bald gewann ich den Eindruck, als falle das Schwimmen mir absonderlich leicht. Ja, ich schnellte und tummelte mich durch das Nass, und als die Strömung zu arg wurde, entschlüpfte ich behende dem Zugriff des Wassers und warf mich an die Felsenwand, allwo ich entlang kroch. Da erst kam mir bei, meine Gestalt habe sich wiederum, doch ohne wissentliches Zutun diesmal, zur Magwolpa gewandelt, was sich denn auch bewahrheitete. Des ungeachtet war ich es wohl zufrieden, sintemal ich in Gnomengestalt der Stromschnellen Tücken gewisslich nicht überlebt hätte. So harrte ich hier deiner, gar sehr um dein Wohl besorgt, lieber Sorla! Wie klopfte mein Herz, da dein Leib im Wasserfalle herabschoss, um im Strudel leblos zu kreisen! Ins Wasser zu schnellen und hurtig dich zu bergen war eines. Wie froh bin ich, dass ich, obschon Magwolpa, die Gabe des Sehens nicht entbehre! Und so sind wir, Atne sei Dank, wieder beisammen. Nun sprich, was ist's mit dem Arm?"

Ohne zu denken, hob Sorla ihn an und schrie vor Schmerz auf. Es war beiden klar, dass der Oberarm geschient gehörte; aber womit? Schließlich verfiel Sorla darauf, seine Stiefel auszuziehen und die Fußlappen abzuwickeln. Mit dem einen Lappen umwand er fest den Oberarm, mit dem anderen wollte er den angewinkelten Arm am Oberkörper festbinden, um ihn stillzulegen, doch hätte es dazu zweier Hände bedurft.

„Kannst du mir nicht helfen?"

„Ich habe keine Hände, lieber Sorla."

„Und wenn du dich zurückverwandelst?"

„Nur als Magwolpa, lieber Sorla, werde ich den weiteren Weg bestehen und, so Atne will, auch dir helfen können."

Sorla blickte auf das Wasser, das hier das gischtende Becken unterhalb des Wasserfalls verließ und – noch in Sichtweite – zwischen engen Felswänden ins Dunkle davon schoss. Es gab hier keine Ufer, nur diesen einen Felsvorsprung, auf den ihn Gwimlin gerettet hatte. Sorla sah ein, dass Gwimlin recht hatte (obwohl er noch kein besonderes Zutrauen zu den Fähigkeiten einer Riesenschnecke hatte), und er erkannte jetzt auch, wo sie waren: unterhalb jenes Wasserfalls, auf den sie gestern – nein, vor einem Jahr! – ratlos geblickt hatten.

Sorla versuchte erneut, seinen Arm am Körper festzubinden. Es war äußerst mühsam, doch da auch die festgebundene Hand ein wenig mithelfen konnte, gelang es zuletzt. Erschöpft zog er die Stiefel über die nackten Füße.

Die Magwolpa packte ihn behutsam mit ihren schrecklichen Zahnreihen und glitt ins tobende Wasser. Selbst eine Forelle hätte sich kaum müheloser tummeln können. Dabei hielt die Magwolpa Sorla über das Wasser, wich ihm zuliebe turbulenteren Stellen aus, übersprang gefährliche Stromschnellen und erregte insgesamt Sorlas hemmungslose Bewunderung. Überraschend senkte sich die Höhlendecke, so dass zum Atmen kein Raum blieb. Das Wasser schwemmte Sorla und die Magwolpa strudelnd den engen Gang in den Felsentrichter hinunter. Hier leuchtete kein Glygi. Sorla hielt die Luft an und spürte an den Erschütterungen, dass die Magwolpa selbst jetzt noch bestrebt war, Schaden von ihm abzuwenden, indem sie hin- und herschnellte oder einen Aufprall gegen die Felsen mit dem eigenen Leib auffing.

Genauso überraschend wurden sie plötzlich von der Strömung nach oben gerissen; es wirbelte und brauste um Sorlas Kopf. Schon durchbrachen sie den Wasserspiegel und befanden sich in ruhigem Gewässer. Wenige Momente später glommen vertraut die beiden Glygis auf, und Sorla sah, dass sie in einem breiten unterirdischen Strom dahintrieben.

„Nach rechts, lieber Sorla!" ächzte die Magwolpa. „Lass uns schleunigst das Ufer erreichen!" Sie hatte Sorla losgelassen und hing erschöpft in der Strömung. Sorla musste die Magwolpa, obwohl er selbst nur einen Arm bewegen konnte, mitziehen. Das war mühsam, und sie trieben eine weite Strecke den Strom hinunter, ehe sie endlich das Ufer erreichten. Die Magwolpa kroch aus dem Wasser und sackte zusammen.

Sie war auf Gnomgröße geschrumpft, und wie Sorla sie betrachtete, verschwammen ihre Umrisse und verschwanden; zuletzt hingen noch die faltigen Fühlhörner in der Luft, dann lösten auch sie sich in seltsam flirrenden Nebel auf.

„Gwimlin?"

Keine Antwort. Sorla tastete entsetzt den Lehmboden ab. Da war nichts außer einer nassen, eingedrückten Stelle im Lehm und darüber dieser halb durchsichtige Nebel. Sorla setzte sich daneben und wartete ratlos. Allmählich erschienen – zunächst verschwommen, dann zunehmend klarer – Gwimlins Umrisse: ein Stiefel, der zweite, die Beinkleider, schließlich der Kittel. Aber wo waren die Hände? Der Kopf? Atne sei Dank, auch sie formten sich nun zur gewohnten Gestalt des kleinen Freundes.

„Gwimlin?"

Noch immer keine Antwort. Oder war da nicht etwas? Sorla beugte sich herab und hörte Gwimlin wispern: „... der Schlangenfluss ... die Brutstätte grässlicher ... wir müssen ..." Hier brach das Flüstern ab. Gwimlin war ohnmächtig geworden.

Was tun? Wenn dieser Strom der „Schlangenfluss" und Gwimlins unklares Gestammel als Warnung ernstzunehmen war, mussten sie schnell von hier verschwinden. Doch wohin? Im Schein der Glygis sah Sorla nur ein Stück Ufer sowie ein wenig vom Fluss; wie immer Felswände und Höhlendecke beschaffen sein mochten, sie lagen außerhalb dieses Lichtkreises. Was mochte im Dunkeln lauern?

„Mein lieber Glygi", flüsterte Sorla mit belegter Stimme, und er sah, wie dieser, vor ihm schwebend, heller aufglomm. „Schon wieder muss ich dich bitten, uns den Weg zu weisen; vom Fluss weg und möglichst rasch zu den Gnomen zurück. Kannst du ..."

Der Glygi verschwand. Auch Gwimlins Glygi war nicht mehr zu sehen, so dass Sorla mit seinem reglosen Freund in völliger Finsternis saß.

*

Sorla fiel ein seltsames Geräusch auf, das sich vom gleichmäßigen Rauschen des Stromes abhob; ein gewaltiges schubweises Platschen arbeitete sich flussaufwärts heran. Mit seinem heilen Arm versuchte Sorla Gwimlin wachzurütteln. Er regte sich nicht. Da tastete Sorla nach Gwimlins Gesicht und schlug ihn. Gwimlin zuckte zusammen. Noch einmal schüttelte Sorla Gwimlins Schulter: „Wach auf! Schnell!" Gwimlin seufzte.

„Hast du mich gerufen, lieber Sorla?"

„Gwimlin! Etwas Entsetzliches kommt! Hörst du es?" Das Platschen drang bedrohlich nahe.

„Tara sei gnädig!" flüsterte Gwimlin. „Es ist ein Quasrat!" Sorla spürte, wie Gwimlin sich hoch rappelte, zusammenbrach, wieder aufstand und irgendwie stehen blieb. Sorla stützte ihn mit seinem heilen Arm.

„Schnell weg!" Gwimlin bebte in Todesangst.

„Bloß wohin?"

„Weg, schnell!" Gwimlin stolperte blindlings los und zog Sorla in der Finsternis hinter sich her. Sorla stapfte durch weichen Lehm, kurz darauf fühlte er die harten Rundungen von Steinen, auf denen er mit seinen verschmierten Stiefeln ausglitt und lang hinschlug. Gwimlin war stehen geblieben und griff nach ihm mit zitternder Hand.

„Steh auf, Sorla, schnell!"

Das ungeheure Platschen im Fluss war lauter geworden. Sorla sprang hoch, und weiter flohen sie, Hand in Hand, im Dunkeln eher stolpernd als laufend. Plötzlich leuchteten links von ihnen zwei Glygis auf. Die Kinder rannten darauf zu, als sei dort die ersehnte Rettung; doch öffnete sich nur eine geräumige

Nebenhöhle, in welche die Glygis wegweisend voraus schwebten. Die Kinder folgten ihnen über Felsbrocken, feuchten Lehm und Felsschrägen hinauf. Schließlich blieben sie um Atem ringend stehen. Das Platschen war nicht mehr zu hören.

„Vielleicht haben wir Glück", keuchte Gwimlin nach einer Weile.

„Wieso?"

„Wenn der Quasrat uns noch gar nicht bemerkte, wird er weiter den Fluss hoch kriechen, an uns vorbei."

„Und wenn er uns doch bemerkt hat?"

„Dann wird er uns verfolgen bis zum Ende. Ein Quasrat gibt nie auf."

Sie lauschten, noch immer Hand in Hand; Stille. War der Quasrat flussaufwärts verschwunden? Waren sie ihm also entkommen? Da verkrampfte sich Gwimlins Hand, seine Augen waren entsetzt aufgerissen. Ein schleifendes Geräusch klang vom Eingang der Nebenhöhle; und Sorla wusste, dass ein riesiger Körper über die lehmigen Steine herankroch. Der Quasrat hatte den Fluss verlassen und war hinter ihnen her!

Panisch rannten sie weiter. Die Höhle stieg stetig an, der Boden war glatt; ausgewaschen, flachgeschmirgelt von Jahrtausenden, als diese Höhle noch Wasser führte. Sie kamen rasch voran. Dann aber türmten sich vor ihnen scharfkantige Felstrümmer, Teile der Höhlendecke, die irgendwann herabgebrochen waren und nun am Boden zerschmettert lagen. Die Kinder sahen sich verzweifelt an. Diese Felsen konnten sie nur mühsam überwinden, der Quasrat aber würde einfach darüber wegkriechen. Wie sollten sie ihm da noch entkommen?

„Sorla?"

Gwimlins Augen begannen so hell zu glänzen wie in den unbeschwertesten Zeiten.

„Ja?"

„Erinnerst du dich des Murmelspiels?"

„Ja?" Was sollte das jetzt?

„Und wie die ehrenwerten Gnome, welche Gneli den Gewaltigen trugen, ausglitten?"

„Ja, aber ..."

Gwimlin beugte sich zu einem Felsbrocken und berührte ihn mit seinem Glygi. Dabei presste er die Augen zusammen und murmelte leise. Der Felsbrocken erzitterte, rundete sich, die Kanten versanken, und schon lag da eine kopfgroße Steinkugel. Knirschend setzte sie sich in Bewegung, rollte langsam an Sorla vorbei, wurde schneller und holperte rumpelnd den Höhlengang hinunter. Inzwischen war Gwimlin bereits beim zweiten, dritten, fünften Felsen und schickte in dichter Folge die Kugeln den Gang hinab. Er war schon weit in das Trümmerfeld vorgedrungen, und da hier die Kugeln wegen des herumliegenden Schutts nicht von alleine losrollten, griff Sorla ein, wälzte sie, kaum dass sie entstanden waren, unter Gwimlins Händen weg und schickte sie auf die Reise. Bevor man auf hundert hätte zählen oder die Zwölf Regeln des Guten Umgangs Miteinander hätte aufsagen können, war das Trümmerfeld abgeräumt. Sorla und Gwimlin richteten sich schweißtriefend auf.

Sorlas gebrochener Arm schmerzte, doch war ihm das jetzt egal; er lauschte dem fernen Rumpeln der letzten Kugeln. Schon schlugen sie gegen etwas, was kein Fels war: der Quasrat! Sie hörten das wütende Vorwärtskriechen und hilflos-massige Zurückrutschen, den Kampf des Ungeheuers mit den Riesenmurmeln. Sorla lachte. Gwimlin aber blickte ernst.

„Wir dürfen nicht verweilen, lieber Sorla. Bald wird der Quasrat jenes Hindernis überwunden haben, um seine Jagd wieder aufzunehmen." Sorla nickte, und weiter eilten sie die steil ansteigende Höhle hinauf. Bei Gwimlin, den nur die Furcht vor dem Quasrat vorübergehend neu belebt hatte, machte sich die Erschöpfung wieder bemerkbar. Er blieb häufig stehen, atmete schwer, und Sorla musste ihn schließlich an der Hand mitziehen. Als sie nach einiger Zeit erneut das schaurige Schleifen vernahmen – schwach, aber unverkennbar – war es nur die schlimme Bestätigung der längst gehegten verzweifelten Erwartung. Einige Schritte weit stolperte Gwimlin nun schneller als zuvor, brach dann aber zusammen.

„Ich kann so schnell nicht ausschreiten, wie es unsere Lage erfordert", stöhnte er. „Geh voran, lieber Sorla, auf dass zumindest du gerettet seiest!"

Sorla schüttelte den Kopf und zog Gwimlin wieder hoch. Langsam schleppten sie sich weiter, zu langsam; denn das Kriechen und Scharren war deutlich näher gekommen. Es muss uns etwas einfallen, dachte Sorla. Um hungrige Wölfe abzuschütteln, wütende Bären abzulenken, was habe ich am Fluss gelernt?

„Gwimlin?"

„Ja, lieber Sorla?"

„Ob wir uns einfach verstecken können? In einer Nische oder hinter einem Felsen? So dass der Quasrat vorbeikriecht?"

„Das ist nicht möglich, lieber Sorla. Er würde uns unverzüglich aufspüren."

„Kann der Quasrat so gut sehen?"

„Überhaupt nicht; er ist fast blind. Ihn leitet sein Geruchssinn."

Eine Hoffnung blitzte in Sorla auf. Er zog seine Stiefel aus.

„Wozu gehst du barfuß, lieber Sorla?"

„Es soll den Quasrat aufhalten. Vielleicht frisst er die Stiefel oder riecht daran."

Gwimlins kleines Gesicht war voller Zweifel, er kam jetzt aber rascher vorwärts, als wäre das Ende nicht unausweichlich. Das Kriechen hinter ihnen wurde lauter, kam näher und näher; dann brach es ab. Sorla atmete auf. Gwimlin drückte seine Hand, reden konnte er nicht. Weiter hasteten sie, Sorla voraus, Gwimlin an der Hand gezogen hinterdrein.

Der Gang mündete in eine größere Tropfsteinhöhle. Die weißgrauen Säulen und bucklig versinterten Felsen erschwerten das Durchkommen, doch folgten die Kinder, kletternd, rutschend, keuchend, den sie leitenden Glygis und gelangten schließlich zur Mündung eines breiten behauenen Stollens, der nach oben weg führte. Der Stollen war so steil, der Boden so glatt, dass man ihn nicht hätte hochsteigen können, wären nicht kleine Trittstufen hineingemeißelt worden, uralt und rundgeschliffen, aber noch brauchbar. Gwimlin klomm sie auf allen vieren empor, Sorla stieg, ihn schiebend, hinterher.

Nach einiger Zeit hörten sie aus der Tiefe hinter sich ein Poltern und Krachen: der Quasrat wuchtete sich durch die Tropfsteinhöhle.

„Oh Sorla!" stöhnte Gwimlin.

„Zieh deine Stiefel aus, schnell!" antwortete Sorla. „Oder besser, nur einen!"

Gwimlin gehorchte wortlos, und Sorla stellte den Stiefel hinter sich in eine Trittstufe; vorsichtig, damit er nicht in die Tiefe kollerte. Dabei verlor er selbst das Gleichgewicht und rutschte am Stiefel vorbei den Gang hinunter. Gwimlin schrie auf, Sorla griff wild um sich, doch er fand keinen Halt. So rollte und glitt er tiefer und tiefer und schlug zuletzt gegen etwas Hartes.

Die riesigen Hornschuppen fühlen, sich hochrappeln und panisch den Gang wieder empor stürzen war die Sache eines halben Augenblicks. Als er klar zu denken begann, hörte er grässlich laut das Kriechen und Scharren; der Quasrat war dicht hinter ihm. Trotz der Todesangst fühlte Sorla einen verrückten Stolz in sich, dem Ungeheuer von der Schnauze gesprungen zu sein; und während er laut keuchend die Stufen empor jagte, erklang in seinem Kopf wieder und wieder der Satz Laschres: „Wer Elritzen fangen will, muss flinker als Elritzen sein."

Auch jetzt war Sorla schneller als der Quasrat und gewann rasch an Vorsprung. Er jagte an dem in der Trittstufe stehenden Stiefel vorbei. Gwimlin war nicht mehr da; etwa hundert Trittstufen weiter oben sah Sorla ihn mühsam vorankriechen.

„Oh Sorla! Wie schön, dich zu sehen!" Gwimlin wollte noch mehr sagen, doch musste er erst nach Atem ringen: „Mutmaße nicht, ich wollte davonlaufen! Mir schien, bis du wiederkommst, sollte ich vorangehen, da ich so langsam bin."

Sorla klopfte ihm begütigend auf die Schulter und schob ihn weiter. Hinter ihnen war es wieder still geworden – der Stiefel! – und sie setzten alles daran, den so gewonnenen Aufschub zu nutzen.

*

Der Gang wurde ebener. Schließlich mündete er in eine weite Höhle mit tiefhängender Decke und schräg abfallendem Boden. Vor undenklichen Zeiten war hier eine Schicht weicheren Gesteins herausgewaschen worden und hatte diesen Raum hinterlassen. Sorla sah sich um. Es boten sich drei Möglichkeiten weiterzugehen. Seitlich zweigte ein einladend breiter Gang ab. In der Decke zeigte sich ein Loch, in das man wie in einen Kamin hineinsteigen konnte. Sorlas Glygi jedoch schwebte ein paar Schritte weiter rechts und wies den Weg. Sorla zog Gwimlin vom Boden hoch und fasste ihn mit dem gesunden Arm unter. So stolperten sie gemeinsam die Schräge hinauf quer durch die Höhle. Weit hinten aus dem eben verlassenen Gang hörten sie wieder das scharrende Kriechen des Quasrat. Wortlos zog Gwimlin den zweiten Stiefel aus und stellte ihn auf den Felsboden. Dann eilten sie weiter.

Sie folgten den Glygis in einen breiten, doppelt gnomhohen Spalt, in dem die Kinder immer wieder seitlich wegrutschten und sich nur mühsam vorwärts arbeiteten. Wenigstens hält der Stiefel den Quasrat eine Zeitlang auf, dachte

Sorla. Da hörte er das grausige Scharren hinter sich, viel näher als je zuvor; der Quasrat ließ sich von Stiefeln nicht mehr ablenken.

„Lass mich hier liegen, lieber Sorla", keuchte Gwimlin. „Welche Wahl haben wir noch? Mit mir wird der Quasrat sich zufrieden geben, und du magst unversehrt entkommen."

Sorla antwortete nicht. Nur großes Glück konnte hier noch helfen, dachte er verzweifelt. Hatte nicht das Jahresorakel ihn unter den Schutz Atnes gestellt? Und war heute nicht der Tag Zwischen den Jahren? Auch wenn ein Jahr seitdem vergangen war, mochte das alte, vorjährige Orakel vielleicht gerade noch gelten! Atne hilf! flehte Sorla mit aller Inbrunst. Atne hilf! Alles Glück des kommenden Jahres brauche ich jetzt! Was ist ein Jahr Unglück, wenn ich Gwimlin lebend heimbringe! Hilf uns jetzt! Das Scharren kam näher.

„Sieh doch, Sorla!" rief Gwimlin. Der Felsspalt verbreiterte sich vor ihnen zu einer Höhle, und an der gegenüberliegenden Seite versperrte ein riesiges bronzenes Tor den Weg.

„Nun ist es aus!" stöhnte Sorla.

„Mitnichten, lieber Sorla! Es ist unser Tor! Erinnere dich Gerkins des Wächters!" Er machte sich von Sorlas Arm frei und schleppte sich aus eigener Kraft hinüber. Auch Sorla hatte jetzt begriffen; er packte einen Stein und hämmerte gegen das Tor, dass es dröhnte.

„Mach auf, Gerkin!" schrie er. „Schnell!"

Nichts geschah, nur das Scharren im Gang klang erschreckend nahe.

„Gerkin! Wir sind es! Sorla, Gwimlin!"

Eine Klappe öffnete sich im Tor, und Gerkins helle Augen blitzten sie misstrauisch an. Dann erkannte er sie und strahlte vor Freude.

„Frena sei Dank! Wer hätte geahnt, dass ihr noch lebt!"

„Schnell, Gerkin! Lass uns hinein!" rief Sorla wieder. Dieser schaute verwundert, dann verschwand sein Gesicht, und die Klappe fiel zu. Sorla stöhnte vor verzweifelter Ungeduld, denn das grausige Scharren des herankriechenden Quasrat war schon so nahe, dass er glaubte, er müsse das Ungeheuer jeden Moment im Gang auftauchen sehen.

Endlich hörten sie, wie Gerkin die Querriegel beiseite wuchtete. Zugleich aber sah Sorla, wie die dunkle Masse des Quasrat sich durch den Spalt heranzwängte. In wenigen Augenblicken würde er diese Höhle erreicht haben, sich frei bewegen können und ...

„Gerkin! Schneller!" schrie Sorla. Jetzt endlich erbebten die großen Flügel des Tores, ein Spalt bildete sich. Sie hörten Gerkin ächzen, wie er das Tor aufzudrücken versuchte. Sorla eilte hinzu, und sobald der Spalt breit genug war, griff er mit der freien Hand dazwischen und zog mit aller Kraft. Die Torflügel waren so groß, so massig, sie schienen sich kaum regen zu wollen, aber mit jedem Atemzug gaben sie ein wenig nach, wurden rascher und schwangen auf einmal weit auf, so dass Sorla gerade noch zur Seite springen konnte, um nicht an der Wand zerquetscht zu werden.

„Weshalb so eilig, meine Lieben? Und wo befandet ihr euch, dieweil wir uns grämten?" fragte Gerkin. Im selben Moment zerfiel sein Lächeln, und entsetzt hauchte er: „Der Quasrat!"

Sorla fuhr herum. Der schuppige Kopf des Quasrats füllte fast die Höhle. Er schwenkte blind hin und her, das riesige Maul schnappte auf und zu, auf und zu ... Sorla schob Gwimlin durch das Tor.

„Mich soll er fressen!" schrie er.

„Nein, lasset uns das Tor schließen!" wimmerte Gwimlin.

Da drängte sich Gerkin an ihnen vorbei und hob den Speer.

„Ich bin der Wächter! Zu spät ist es, das Tor zu schließen. Doch kenne ich den Weg, den Quasrat zu töten. Tara sei mir gnädig!" Er packte den Speer mit beiden Händen, die Spitze nach oben.

So schritt Gerkin der Wächter dem Quasrat entgegen und sprang in das torweit offene Maul. Krachend schlugen die Kiefer zusammen. Der Kopf schnellte hoch, fiel zur Seite, brach zu Boden. Aus dem Schädel ragte blitzend die Spitze von Gerkins Speer.

ELFTES KAPITEL: GESPRÄCHE ÜBER SCHLANGEN

Gerkin der Wächter wurde mit allen Ehren, die einem Helden der Gnomenheit gebühren, bestattet. Auch brachte man Tara der Falkenäugigen ein Opfer in der Hoffnung, sie möge vorläufig das Volk der Pelkoll-Gnome verschonen. Wie grausam hatte sie gelauert! Ein ganzes Jahr wartete Gerkin, vom Orakel gewarnt, darauf, dass das Ende ihn sicher und tödlich ereilen würde. Tara die Jägerin musste sich an seinem Wissen geweidet und seine Standhaftigkeit genossen haben! Erst in der letzten Stunde des Tages Zwischen den Jahren schickte sie ihm den Quasrat, auf dass er sich als Held beweise.

Sorla war bei der Bestattung anwesend, aber in seinem Wundfieber entging ihm fast alles. Auch die Nachricht, die Greste der Wanderer ihm hinterlassen hatte, berührte ihn nicht: Taina lebe in Ailat-Stadt, aber als er endlich das Haus ausfindig gemacht habe – die Villa des Kaufmanns Hafendis nahe der Tuchfärbergasse – sei sie von dort verschwunden, niemand wisse wohin.

Zunächst schien es, als würde Sorlas Arm nicht mehr heilen, und Girlim der Schweigsame (der mit gleichem Recht hätte der Heiler heißen müssen) befürchtete schon, ihn abtrennen zu müssen. Nicht der Knochenbruch bereitete Girlim die eigentlichen Schwierigkeiten, sondern Sorlas Verband war ungeschickt angelegt gewesen und hatte das Blut zu sehr abgeschnürt, obendrein hatte die Flucht den Arm mehrfach in Mitleidenschaft gezogen, doch fühlte Sorla die Schmerzen erst, als der Quasrat tot und sie in Sicherheit waren. Der Arm war geschwollen und blau angelaufen, die Hand ohne Gefühl, im Oberarm pochte ein dumpfer Schmerz. Im Körper wütete das Fieber. Wenigstens gelang es Girlim, den Wundbrand abzuwehren und das Fieber zu vertreiben. Zwei Wochen änderte sich nun der Zustand des Arms weder zum Besseren noch zum Schlechteren. Gilse die Hilfreiche legte ihre Moosflechten-Umschläge an, und Girlim bemühte sich täglich mit seinem heilkräftigen Glygi, Gefühl und Leben in den Unterarm zurückzuholen – alles vergebens.

Eine merkwürdige Wende zeichnete sich am Ende der dritten Woche ab – in einer Vollmondnacht, wie die kalenderbewussten Gnome notierten. Gilse wickelte gerade die alten Umschläge von Sorlas Arm. Sie stutzte und hielt den Glygi näher hin. „Das Leben kehrt zurück, mein lieber Sorla!" jubelte sie. Sorla beugte sich vor und sah, dass der Unterarm seine blaue, tote Färbung verloren hatte. Ein rosa Schimmer war zurückgekehrt. Gilses Freude aber war plötzlich verflogen. Prüfend fuhr sie mit dem Mittelfinger über Sorlas Arm.

„Höchst seltsam", murmelte sie. „Neue Haut, fürwahr. Und doch ..." Angeekelt fuhr sie zurück: „Frena steh mir bei! Es fühlt sich an wie Schlangenhaut!"

Sorla betastete den Arm und spürte tatsächlich die zartschuppige Haut einer jungen Schlange. Er fand aber nicht, dass man sich davor ekeln müsse. Gilse hatte sich auch beruhigt und sagte: „Dies ist wohl eine Täuschung unserer Sinne, oder deine Haut, im Bemühen ihrer Genesung, hat sich zusammengezogen, als fröre sie. Zuvörderst musst du ruhen, morgen wollen wir erneut danach sehen." So geschah es, und am Morgen war von einer Schlangenhaut keine Spur zu entdecken. Der Arm aber genas nun innerhalb weniger Tage.

*

„Mein lieber Sorla."
„Ja, Gilse?"
„Gneli der Gewaltige begehrt dich zu sprechen."
„Und die zwei Bratschnecken? Ich gehe dann nachher."
„Nachher? Lieber Sorla, wen der Gewaltige ruft, solcher hat unverzüglich zu erscheinen."

Seufzend machte sich Sorla auf den Weg zur Versammlungshalle. Ihm schwante nichts Gutes, denn konnte Gneli nicht ihm die Schuld an allem geben? Damals, als Gwimlin zögerte weiterzugehen, hatte Sorla ihn gedrängt; von jenem Mangel an Rücksicht rührte alles weitere her. Am schlimmsten war, dass Gerkin der Wächter ihretwegen sterben musste.

„Hier bin ich, Gneli." Sorla blickte nur kurz in Gnelis helle Augen, dann sank sein Blick auf die zittrige Hand, die das leuchtende Steinzepter hielt, und heftete sich schließlich auf den Boden vor Gnelis Thron, als sei dieser derzeit das Interessanteste in der Halle.

„Sorle-a-glach, Sohn der Taina. Vernimm, dass in der Zeit deines Siechtums Gwimlin vom Kirsatten treulichst Bericht erstattete, was euch in den Tiefen des Pelkoll widerfuhr und wovon gar manches mich höchlich erstaunte.

Doch ist es nur an einem, dessenthalben ich nach dir sandte, denn es bereitet mir Sorge und Kümmernis."

„Ich weiß, Gneli. Ich bin schuld an Gerkins Tod."

„Das mag wohl sein, Menschenkind. Doch dientest du Tara der Falkenäugigen. Was sind wir, wenn Götter uns zu ihren Zwecken brauchen! Nein, es ist ein ander Ding. Sieh mich an, Sorle-a-glach!"

Zögernd blickte Sorla auf. Was mochte schlimmer sein als seine Schuld an Gerkins Tod?

„Als du mit dem Alten Moos Zwiesprache hieltest und dieses deiner Bitte nicht willfahrte, beschworst du es beim Namen der Großen Schlange. Was gab dir jene Ungeheuerlichkeit ein?"

Das also war es! Wie lächerlich im Grunde! Sorla blickte nun Gneli gerade in die hellen, alten Augen. „Ich lernte am Norfell-Fluss eine große Schlange kennen. Sie ist klug und mächtig. In meinen Träumen gibt sie mir guten Rat."

In Gnelis Gesicht erstarrte jede einzelne Falte. Mit schmalen Lippen sagte er: „Girsu der Dunkle erzählte von bedenklichen Vorkommnissen am Norfell-Fluss. Sag an, was liegt jenem Scheusal an dir?"

„Meinst du die Schlange, Gneli? Sie sieht mich als kleine Schlange. Ich bin aber ein Menschenkind."

„Menschenkind!" Gneli hob langsam, zittrig den Arm und richtete das Steinzepter auf Sorla. „Zur kleinen Schlange hat sie dich gemacht, wenn du das nicht schon vorher warst!"

„Aber ..."

„Uns Gnomen gilt, was in dir schlangenhaft ist, als schlecht, verderblich für die Gnomenheit. Daher ist deines Bleibens im Pelkoll nicht länger."

In Sorlas Kopf wirbelten Schreck und Ärger. Mehrere Male versuchte er eine Antwort, Erklärung, Gegenrede. Aber was war zu sagen, wenn Gnelis Entscheidung gefällt war?

„Schlangen haben auch ihre Weisheit", sagte Sorla schließlich trotzig. „Was soll an ihnen schlecht sein?"

Gneli schloss die Augen. Er schwieg so lange, und seine Brust hob und senkte sich so flach und langsam, dass Sorla schon glaubte, er sei über seinen Gedanken eingeschlafen. Doch dann hob Gneli das alte Haupt und sah Sorla aus hellen Augen freundlich an. „Wir wünschen dir fürderhin alles Gute, Sorle-a-glach, Sohn der verehrten Taina. Du bist noch ein Kind, und dein Los ist hart. Finde deinen Weg."

*

Sorla besuchte reihum die Gnome, um sich zu verabschieden. Der Grund seiner Verbannung war ihm vorausgeeilt.
„Also irrte das Schwert Schlangenjäger nicht!" sagte Gonli der Waffenmeister zufrieden.
„Was ist an Schlangen so schrecklich, Gonli?"
„Kein Gnom kann vergessen, dass sie durch viele Jahrtausende uns als leichte Beute jagten. Unsere Erzfeinde sind sie immerdar." Und Gonli funkelte Sorla so zornig an, dass dieser sich rasch empfahl.
Golbi der Schreiber blickte von seinem Folianten auf, als werde er nicht gerne gestört. Er strich den dünnen, weißen Bart, räusperte sich und sagte:
„So ist also offenbar geworden, was in dir schlummert, Sorle-a-glach. Edelsteine in dir zu finden vermeinte ich und opferte dir meine Zeit. Als klug hast du dich erwiesen, doch klug sind viele Schlangen auch."
„Was ist an Schlangen so schrecklich, Golbi?"
„Ihre Klugheit nützen sie, dich zu täuschen. Mit der Macht ihres Geistes lähmen sie deinen Willen. Würde und Weisheit eines Gnomes achten sie nicht. Sie spielen mit dir, und was dir heilig ist, darüber kriechen sie hinweg." Golbi hatte vor Wut zu zittern begonnen; er presste seine geballten Fäuste gegeneinander.
„Unsere Erzfeinde sind sie immerdar", flüsterte er. Sorla verbeugte sich geschwind und ging.
Hinter der Kammertür von Glibe der Schönen erklang das zufriedene Lallen von Gwolli, dem Gnomensäugling. Sorla klopfte zweimal und trat dann ein. Glibe erschrak, als sie ihn sah, und stellte sich rasch vor ihr Kind.
„Lebe wohl, Glibe, du und dein Kind."
„Ich dachte, du seiest schon fort, Sorle-a-glach. Was hält dich noch hier?"
Zum erstenmal seit Gnelis Beschluss begannen Sorlas Augen zu brennen.
„Ihr habt unrecht!" rief er. Das Kind fing an zu schreien, und Glibe beugte sich darüber, es zu beruhigen. Ihr Blick strafte Sorla.

„Ich bin keine Schlange", fuhr Sorla leiser fort. Die Tränen flossen jetzt über sein Gesicht. Glibe lächelte unsicher und trat zu Sorla, um ihm mit einer Windel seine Tränen abzuwischen.

„Ich heische Verzeihung, Sorla. Ich vergaß, dass du selbst noch ein Kind bist."

„Sag, Glibe, was ist so schrecklich an Schlangen, dass du sogar vor mir Angst hast?"

„Erschröcklich ist, dass man Schlangen nicht trauen darf. Denn sie missachten jegliche Wahrheit. Für sie ist alles auch sein Gegenteil. Anfang oder Ende, Freund oder Feind, ja oder nein; alles ist ihnen einerlei. Wo ist da Sicherheit?" Sie blickte Sorla mit ihren hellen Augen an. „Girsu sagt, du habest Verständnis für einen Chrebil gezeigt. Für einen Chrebil! Wie wäre es, Sorla, wenn dir die klaren Begriffe fehlten? Wer dürfte dir trauen? Fürwahr, es gilt: wes Wort man nicht trauen kann, wer die klaren Gesetze der Gnomenheit nicht versteht, der ist unser Erzfeind immerdar!"

Sorla wollte das nicht auf sich bezogen wissen, aber da er rot wurde und nur noch stottern konnte, ging er schnell.

Gobil der Steinschleifer stand gerade auf einer Trittleiter, um aus dem obersten Regal ein Kästchen zu holen, als Sorla seine Werkstatt betrat. Hastig legte Gobil das Kästchen zurück, sprang auf den Boden und sah Sorla aus seinen hellen Augen wachsam an.

„Wohlan, Sorle-a-glach, zu welchem Behufe bist du hier?"

„Ich möchte mich verabschieden, Gobil."

„Dass du von meinen Unterweisungen noch nutznießen wolltest, habe ich nicht gemutmaßt."

„Etwas will ich doch wissen, Gobil. Weshalb sind Schlangen so schrecklich?"

Gobil kramte seinen Brustbeutel unter dem Wams hervor, nestelte ihn auf und holte den kleinen funkelnden Stein hervor. „Weshalb, Sorle-a-glach, ist dieser Stein wertvoll?"

Was sollte die Gegenfrage? „Weil wir in ihm die Seele der Berge sehen können."

„Du hast meine Lehren wohl bewahrt, Menschenkind. Das zeitlos Beständige in seinem Glanz, danach fürwahr streben wir Gnome! Nun nenne mir, da du so klug bist, des hellen Edelsteines genauen Widerpart."

„???"

„Dunkle Wasser! Und was sind Schlangen anderes als Ausgeburten dunklen Wassers! Abscheuliches Gewürm, das aus den Sümpfen kriecht, in Höhlengewässern lauert! Und merke ihre Gestalt: ein Sinnbild sich windender Flüsse, schlängelnder Rinnsale, formlos schlüpfend und schleichend! Grausiges Gezücht, unsere Erzfeinde immerdar!"

„Was ist an Flüssen schlimm? Ich habe gerne am Fluss gelebt."

Gobil richtete einen funkelnden Blick auf Sorla. „Oh ja, Menschenkind! Der Fluss ist dein Zuhause, nicht der Pelkoll! Geh nach Hause, Flusskind!"

*

Gimkin der Vielseitige war damit beschäftigt, einen Goldklumpen mitten auf der Werkbank erscheinen und verschwinden zu lassen.

„Das kann Girsu der Dunkle auch", sagte Sorla. „Er ließ Gold im Norfell-Fluss erscheinen, und drei Zwerge sprangen gierig ins Wasser."

Gimkin lachte, sah aber Sorla aus den Augenwinkeln prüfend an. „Gnomengold, mein Sorla, ist bloßes Blendwerk; jeder Gnom vermag solches vorzugaukeln. Doch bedarf es häufiger Übung."

„Dass Schlangen zu Täuschung und Betrug neigen, ist also nicht so schlimm? Was ist dann so schrecklich an ihnen?"

Gimkin wurde ernst. „Wohlan! Ich will dir Erhellendes künden, so wahr ich Gimkin der Schlangenkenner genannt werde." Er griff nach seiner Pfeife, die irgendwo neben ihm in der Luft erschien, und paffte ein paar süßduftende Wolken in die Luft. Die Schwaden wirbelten durcheinander, und Sorla sah ganz deutlich, dass sie eigentlich kleine Schlangen waren, die sich zu Knäueln fanden, entwirrten und immer schneller umeinander kreisten, bis sie ein großer Ball zu sein schienen, der sich in Luft auflöste und verschwand.

„Wisse, Sorla, dass das Schlangengezücht aus solch alten Zeiten herrührt, dass uns Gnomen deucht, wir seien bloße Kindlein neben ihnen. Von jeher waren sie da und glauben sogar, dass die ganze Welt nichts sei als das Ei der Ersten Großen Schlange. Wir messen dem keine Bedeutung bei, obschon die Tiefen Mysterien des Urgrundes ..." Gimkin unterbrach sich und hustete. „Dieser Tabak ist doch recht stark. Was ich dir bedeuten will, ist, dass die Denkweisen der Schlangen in uralten Zeiten entstanden, als wenig galt, was uns heilig ist. Sie wollen uns nicht verstehen, wir können sie nicht verstehen. Unheimlich sind sie und unsere Erzfeinde immerdar."

Gimkin legte die Pfeife achtlos neben sich in die Luft, wo sie schwebend verharrte, zögerte kurz und fasste dann Sorlas beide Hände.

„Mein lieber Sorla, Kind unserer schönen Taina! Gneli der Gewaltige durfte anders nicht entscheiden. Ohnehin war dein Besuch allhier nicht auf Dauer gedacht. Und stieß dir dein Kopf nicht schon etliche Male an unserer Gänge Decke? Du musst hinaus in die Welt."

*

Germol den Kunstschmied, Gombo den Kleinen Bären, Gribo den Meisterschützen, Grisele die Schlosserin und viele andere Gnome und Gnominnen besuchte Sorla. Die meisten waren bestenfalls zurückhaltend, nur wenige halbwegs freundlich wie Gimkin. Auch zu Girsu dem Dunklen kam er.

„Sieh an, Sorla, das tapfere Menschenkind! Es fügt mir Weh zu, Befremdliches über dich zu vernehmen. Wer sich auf Schlangen beruft, verrät den Geist der Gnomenheit."

„Das hatte ich nicht so gemeint."

„Wohl mag das sein, doch ist es geschehen."

„Was ist an Schlangen so schrecklich, Girsu?"

„Schlangen, mein Sorla, bilden kein Volk. In einem Volk leben heißt auch für das Volk leben. Eine Schlange kennt keine Treue, keine Pflicht, sie kennt nur sich. Gerkin der Wächter starb den Heldentod, zwei Kinder zu retten und das Tor zu seinem Volk zu bewachen! Nie würde eine Schlange als Held handeln noch im Gegner den Helden achten. Daher fürchte ich Schlangen über alles. Was mir als Gnomenkrieger heilig ist, missachten sie und nutzen es zu meinem Schaden."

„Und Chrebil? Sind die nicht schlimmer?"

Girsu hätte vor Abscheu fast auf den Boden gespuckt, besann sich aber. „Chrebil sind ein verderbtes Geschlecht, wahrhaftig! Doch wissen sie um ihre Bosheit. Schlangen hingegen kümmert nicht, was gut, was böse sei; solcherlei Denken ist ihnen gar fremd. Was aber ist es, das sie denken? Unheimlich sind sie mir und machen mich zittern bis ins Mark! Es bleibt dabei, unsere Erzfeinde sind sie immerdar."

Girsu zog sich verlegen an seinem weißen Bart; er schien um einen Entschluss zu ringen.

„Höre, mein Sorla. Ich kenne dich; du handeltest oft wie ein Gnom. Auch Gwimlin berichtete Treffliches von dir. Drum will ich, was über dich verlautet, allzu sehr nicht gewichten. Doch hast du Unbill über andere gebracht aus Selbstsucht. Wer weiß auch, was in dir schlummert? Drum muss es sein, dass du uns verlassest. Gehabe dich wohl, mein kleiner Freund!" Und als er Sorlas Hand schüttelte, blinkten Tränen in seinen hellen Augen.

*

Gilse die Hilfreiche stand in der Küche vor einem Haufen Tunnelflechte und klopfte Fladenteig.

„Komm näher, Sorla, mein Lieber! Sieh hier den Napf süßen Muses, und sei getrost."

„Ich wäre gerne bei euch Gnomen geblieben, Gilse!" flüsterte Sorla unter Tränen, aber schon mit vollem Mund. Gilse legte ihren Arm um seine Schulter – ohne sich recken zu müssen, da er auf einem Schemel saß – und wischte seine Tränen fort.

„Abschiede tun weh, mein lieber Sorla, und müssen doch sein."

„Weshalb habt ihr solche Angst vor Schlangen, Gilse?"

Gilse sah ihn nachdenklich an.

„Höre, Sorla, die Sage von Gemenkinnens Sieg über die Schlangen. Vor undenklichen Zeiten, als es noch keine Menschen gab und das Volk der Elfen mächtig und weit verbreitet war, lebte Dheanfiol, eine Fürstin der Elfen. Sie war schön wie der Mond, und als sie badete, belauschte sie Brothenfimpir, ein wandernder Zwergenkrieger. Er tat ihr Gewalt an und schleppte sie mit sich. Sie gebar ihm viele Kinder, dieweil sie gefangen in den Weißen Bergen schmachtete. Nach zweimal hundert Jahren gelang es den Elfen, Dheanfiol auszulösen, indem sie ihr Gewicht zweimal in Gold bezahlten. Denn Gold gilt den Zwergen mehr denn Ehre und Liebe. So kehrte Dheanfiol in die Wälder zurück, und mit ihr gingen die Kinder, die Brothenfimpir gezeugt hatte. Die Kinder hatten die spitzen Ohren der Elfen und liebten das Schöne wie jene, doch waren sie klein von Wuchs und geschickt im Umgang mit Steinen. Die Elfen nannten sie Ganomoi, das heißt 'die Kleinen', und lächelten über sie. Da berieten sich die Ganomoi, und unter ihnen war Gemenkinnen der stärkste, denn er war Brothenfimpir, seinem Vater, ähnlich. Er rief, er werde sie in ein Land führen, da die Elfen nicht herrschten. Da folgten sie ihm und kamen in die Gegend beim Kirsatten. Es lebten aber hier viele Schlangen sowohl in den Bergen als auch am Fluss und in den Wäldern, und das Leben der Ganomoi war viele Jahre in großer Gefahr. Da erbarmte sich Dheanfiol ihrer und sandte ihnen das Schwert Schlangenjäger, das im Besitz der Elfen gewesen war seit je. Und Gemenkinnen schwang das Schwert und tötete die Schlangen, wo er sie fand. Zuletzt trat er an gegen die Großen Schlangen vom Kirsatten. Mit Schlangenjäger in der Rechten wagte er sich in ihr Nest und erschlug sie alle. Es waren aber diese die letzten ihres Geschlechtes im weiten Land. So gewann Gemenkinnen, der Gnomenheld, ein Reich für sein Volk, und er gedachte, Hütten zu bauen in den Wäldern am Fluss, wie er es bei den Elfen gesehen hatte. Zum Zeichen, dass dies Gnomlande seien, hieß er den Fluss, der zwischen dem Pelkoll und dem Kirsatten fließt, den Gnomfluss. Es traten aber allerlei Wesen vor Gemenkinnen und schalten ihn. Denn die Schlangen waren eine ehrwürdige Rasse von altersher, weit älter als das Volk der Elfen, und sie galten als weise und mächtig und genossen großes Ansehen. Da schwoll der Zorn in Gemenkinnen, und er rief, lieber wolle er mit seinem Volk in dunklen Bergen hausen, wie es die Zwerge tun, als seine Feinde länger rühmen hören. Seit jener Zeit leben die Gnome in den Bergen."

Sorla hatte den Napf längst leergekratzt und den Löffel weggelegt. „Gibt es bloß hier Gnome, Gilse?"

„Nein, unser Volk lebt weit verbreitet. Auch hörte ich diese Sage schon mit anderen Namen von Bergen und Flüssen, so dass wir nicht wissen, wo Gemenkinnen der Gnomenheld bestattet liegt."

„Aber Schlangenjäger ist wirklich im Pelkoll."

„Derzeit befindet sich das Schwert bei den Nordland-Gnomen. Auch wir hatten es vor zehn Dutzend Jahren von anderen Gnomen erbeten. So wandert Schlangenjäger von Berg zu Berg, wie es gebraucht wird."

Sorla begann in der Küche umher zu schielen, was es sonst noch zu essen gebe. Gilse schien es nicht zu merken. „Hat meine Geschichte deine Frage beantwortet, Sorla?"

„Welche Frage?"

„Weshalb wir Gnome Schlangen so schrecklich finden."

„Ich weiß nicht, in der Geschichte sind sie nicht so schrecklich. Eher Gemenkinnen, wie er alle ausrottet."

„Lasse das anderen Gnomen nicht zu Ohren kommen, Sorla. Du verstehst, wir Gnome empfinden lieber die Schlangen als schrecklich."

„Ja, vielleicht."

Gilse strich Sorla über das Haar und stellte ihm einen Tiegel Waldbeerenkompott hin. Er solle sich noch einmal satt essen, meinte sie, und überhaupt dürfe er nicht glauben, er müsse alleine zu Laschre gehen, denn sie werde ihn begleiten.

*

Überall hatte Sorla nach Gwimlin gesucht. Doch sein kleiner Freund war unauffindbar. Also ging Sorla in die Schlafkammer, um sein Gepäck zu holen: einen kleinen Rucksack, mit Fürsorge und Proviant von Gilse gepackt, ein kleines Messer (ein Geschenk von Girsu) und, am Rucksack befestigt, seine zusammengerollte Schlafdecke. Die Stiefel hatte irgend jemand neu gefettet, der Wollumhang war gewaschen und geflickt. Also gab es keinen Vorwand mehr, länger zu bleiben. Gilse war ebenfalls reisefertig, und nun erst, als Sorla sich zum letzten Male in der Schlafkammer umsah, brach der Kummer aus ihm hervor. Er schluchzte dermaßen, dass Gilse ihn an der Hand führen musste, denn er war blind vor Tränen.

Von der Versammlungshalle gingen sie in den langen Gang, der zum Geheimen Eingang führte. Das vertraute hellblaue Schimmern seines Glygi nahm Sorla nur verschwommen wahr. Plötzlich blieb Gilse stehen.

„Sei gegrüßt, Girlim!"

Sorla wischte die Tränen fort und erkannte aus fast zugeschwollenen Augen den schweigsamen Gnom im blinkenden Harnisch, den Freund Gerkins des Wächters, den selbstlosen Heiler. Girlim sagte auch jetzt nichts, sondern strich Sorla über den Kopf. Da wurden Sorlas Augen wieder klar, und der Kummer war vergessen. Eigentlich wurde es längst Zeit, zurückzukehren zu Wald und Fluss, zu frischer Luft und freiem Himmel! Wie konnte er nur hier die Zeit vertrödeln?

Girlim lächelte und blinzelte ihn mit hellen Augen an. Sorla umarmte ihn, dann strebte er, Gilse hinter sich herziehend, dem Ausgang zu.

ZWÖLFTES KAPITEL: DIE KARLEK-HANAN

Der Schnee schimmerte grellweiß in der Sonne. Selbst blinzelnd konnte Sorla die Helligkeit ringsum kaum ertragen. Der Pfad lag verschneit, doch wusste Gilse den Weg vorbei an Felsspalten und über den halb vereisten Bach. An einer Felsschräge verloren Sorlas klamme Finger den Halt, er glitt aus und fiel auf den Rücken. Stöhnend rappelte er sich auf. Aber noch jemand stöhnte da; irgendwo hinter ihm! Er drehte sich um, und wieder jammerte es hinter seinem Rücken. Gilse kam vorsichtig den Abhang herab und sah, wie Sorla sich drehte.

„Ist dir nicht gut, Sorla?"

„Hörst du nichts?"

„Ja, Sorla! Dein Rucksack stöhnt!"

Hastig zog Sorla die Arme aus den Gurten und warf den Rucksack von sich.

„Au! Nicht schon wieder!" ächzte der Rucksack. Gilse und Sorla näherten sich vorsichtig.

„Sprich, oh Rucksack, weshalb zeterst du?" wollte Gilse wissen.

„Ich bin mitnichten ein Rucksack!" jammerte es. Gilse runzelte die Stirn, doch Sorla dämmerte ein Verdacht.

„Gwimlin, bist du es?"

„Ein wenig vielleicht, lieber Sorla. Oh, wie meine Fühlhörner schmerzen!"

„Eine Magwolpa bist du!"

„Ein wenig vielleicht, lieber Sorla, nur wenig!"

„Wo steckst du? Komm heraus!"

„Oh nein! Ich verspüre gar große Scham ob meiner Gestalt!"

Sorla aber löste das Deckenbündel vom Rucksack und rollte es mit Schwung auseinander. Da purzelte eine winzige Gestalt schreiend in den Schnee. Es war Gwimlin, handspannengroß, dazu splitternackt und froschgrün. Den haarlosen Kopf zierten zwei rosige Fühlhörner.

„Kalt ist es, kalt!" schrie der Winzling und hastete zur Wolldecke zurück, wo er sich zwischen den Falten verbarg. Jetzt erst begann sich Gilse von ihrer Überraschung zu erholen. Sie beugte sich herab und sprach begütigend. „Lieber Gwimlin, so offenbare uns bitte, was dir widerfuhr."

„Oh Gilse! Wie tröstlich deine Stimme mir klingt! So wisse, ich war fest entschlossen, Sorla zum Fluss zu begleiten. Zu diesem Behufe fiel mir bei, ich sollte mich verkleinern, um mich in Sorlas Gepäck zu verbergen. Die Verwandlung schien mir vorzüglich gelungen. Doch gedachte ich nicht der vormals beschworenen Gestalten von Frosch und Magwolpa, die sich mit Macht dazu gesellten. Das Ergebnis saht ihr. Oh ich Armer!"

„Verwandle dich doch zurück", schlug Sorla vor.

„Oh, es geht nicht! Diese Gestalten wurden zu oft beschworen; sie hängen am Leben und mögen sich nicht zurückverbannen lassen!"

Ratlos sahen Sorla und Gilse einander an. Helfen konnten sie Gwimlin nicht, doch beschlossen sie, ihn mit zu Laschre zu nehmen, um nicht umkehren zu müssen.

Ein knackendes Geräusch ließ sie herumfahren. Ein Dutzend Schritte entfernt unter den Bäumen lauerten fünf Wölfe. Sie waren groß, aber am Ende eines harten Winters ausgemergelt; die Rippen stachen ihnen fast durch das struppige Fell, und in ihren gelben Augen glühte Hunger. Zwei Wölfe lösten sich vom Rudel und trabten in weitem Kreis um Sorla und Gilse, bis sie in deren Rücken gelangten. Die anderen drei schlichen geduckt näher.

Sorla dachte an das kleine Messer in seinem Rucksack, doch er wagte nicht, sich zu bücken. Wie sehr hatte er verlernt, im Wald zu überleben! Wo waren seine Umsicht und Schläue geblieben? Er hörte, wie Gilse Atnes Gunst erflehte; auch Gwimlin murmelte in seiner Wolldecke vor sich hin. In den Zweigen flatterten Meisen futtersuchend umher und scherten sich sonst um nichts.

Ein sirrendes Geräusch zerschnitt die Stille, ein Wolf brach zu Boden. Die Läufe zuckten und wurden starr.

„Danke, Atne!" flüsterte Gilse hinter Sorla.

Wieder sirrte etwas scharf und böse, ein zweiter Wolf fiel lautlos in den Schnee. Der dritte schnupperte ratlos an seinen stummen Gefährten, knurrte leise und trabte hinüber zu den beiden Wölfen oberhalb von Sorla und Gilse. Sorla ließ ihn nicht aus den Augen. Er sah, wie Gilse einen Stein in ihre Schleuder legte, diese kraftvoll wirbelte und mit einem Ruck den Stein sausen ließ. Der getroffene Wolf heulte auf, fuhr herum und leckte sich die Hinterkeule. Die beiden anderen wichen zurück.

„Daneben", entfuhr es Gilse. „Dies war der letzte Stein."

„Nimm den Glygi", flüsterte Sorla. Gilse sah ihn entsetzt an und schüttelte den Kopf.

Die drei Wölfe kamen zögernd näher, der Getroffene hinkend hinterher. Sie merkten, dass ihre Beute wehrlos war, und stellten erwartungsvoll die Ohren. Sorla war verzweifelt. Wie konnte Gwimlin in seiner Decke noch immer vor sich hin murmeln! Jetzt kicherte er sogar! Da verschwammen die Umrisse des hinkenden Wolfes und veränderten sich grässlich: haarlos und grün wie ein riesiger Frosch, dazu mit wulstig rosigen Schneckenfühlern! Die anderen beiden Wölfe wichen zur Seite und witterten misstrauisch. Sie begannen zu knurren, die Rückenhaare sträubten sich. Der Grüne – nichtsahnend – drohte zurück. Die beiden anderen legten die Ohren nach hinten und zogen die Lefzen hoch. Auch der Grüne wollte die Zähne blecken, doch war sein Froschmaul zahnlos. Schon schnappte einer nach ihm, er wich zurück. Im selben Moment sprangen ihn beide Wölfe an.

Gilse stieß Sorla mit dem Ellbogen an, sie sollten sich vorsichtig in den Schutz der Bäume zurückziehen. Im Rückwärtsgehen tastete Sorla nach dem Rucksack, doch wurde ihm dieser zugereicht von Gwimlin, der, wohlbekleidet und in normaler Gnomenkindgröße, mit der Wolldecke überm Arm grinsend dastand. Aus sicherer Entfernung beobachteten sie, wie die zwei Wölfe das grüne Ungetüm zerfleischten.

*

Der Gnomfluss rauschte vertraut. Wasseramseln schwirrten vorbei, saßen schwanzwippend auf umspülten Steinen oder tauchten unter die glitzernden Eisränder am Ufer. Die Luft roch nach Wald und Schnee. War hier nicht das Glück? Da fiel Sorla sein Stoßgebet an Atne ein: für Gwimlins Rettung wollte er ein Jahr lang auf Glück verzichten. Bisher war Atne gnädig gewesen; war ihm die Schuld erlassen?

Gilse hatte fünf rundliche Kiesel für ihre Schleuder aus dem Ufereis gehackt und drängte zur Eile.

Sie folgten dem nördlichen Ufer flussaufwärts bis zu einer Furt. Von Stein zu Stein springend, gelangten sie zu einer ins Wasser gestürzten Fichte und, deren Stamm wie eine Brücke benutzend, zum Südufer.

Ein übler Geruch wehte Sorla entgegen. Von weiter vorne hörte er seltsame Geräusche. Er schlich alleine voraus, um nachzusehen. Unter einem alten Holunderbaum wühlte eine Wildsau schmatzend und grunzend in etwas herum: in der Leiche eines Mannes. Der Kopf mit rotem Bart und blonden Zöpfen war noch gut zu erkennen, der Rumpf aber war zerfleddert. Schnaufend stieß die Sau ihren Rüssel tiefer in die Eingeweide.

Sorla taumelte bleich zu Gilse und Gwimlin zurück. Stockend berichtete er von der Wildsau und ihrem grausigen Mahl.

„Üble Vorzeichen gewisslich", meinte Gilse kopfschüttelnd, wollte sich aber weiter nicht äußern.

Das Glücksgefühl hatte Sorla verlassen.

*

Dort war die vertraute Lichtung. Mehrere graue Felsblöcke lagen verstreut am Ufer.

„Squompahin-laschre!" rief Gilse. Keine Antwort.

„Squompahin-laschre! Dein Sorle-a-glach ist heimgekehrt!" Nur das Glucksen der Wellen unter den Eisrändern des Ufers war zu hören, in der Ferne ein paar Krähen.

„Weshalb vernehmen wir keinerlei Antwort?" fragte Gwimlin besorgt.

Sorla zuckte die Schultern. „Laschre!" rief er. „Ich bin's, Sorla!" Die Krähen, das Wasser, sonst nichts.

„Höchst seltsam", sagte Gilse. „Sie mag zwar einsilbig sein, doch guten Freunden nicht zu antworten ist befremdlich."

Sorla rannte zu den Felsblöcken hin und befühlte sie. Eiskalt, einer wie der andere. Gilse und Gwimlin kamen nach und beobachteten Sorlas Bemühungen. Schließlich brach er seine Suche ab und sah Gilse an, sprachlos vor Kummer und Enttäuschung.

„Es ist wohl zu langweilig hier", gab Gwimlin zu bedenken. Gilse sah ihn verständnislos an.

„Ich meine, Gilse, wer mag schon hier sitzen und mit keinem reden?"

„Sie hat auch früher hier gesessen, Dutzende von Jahren!" warf Sorla ein. Aber, wenn Laschre nicht weggegangen war und dennoch nicht antwortete, vielleicht nicht mehr antworten konnte? Diesen Gedanken wollte Sorla nicht weiterführen; er sah sich mit brennenden Augen um, ob irgendwo Rettung vor der schlimmen Gewissheit wäre. Da fiel ihm der Pfad auf; breit in den Schnee getrampelt, führte er weg vom Fluss in den Wald.

Gilse folgte Sorlas Blick und runzelte die Stirn. „Erinnerst du dich, Sorla, der Waldwiese mit dem Elsbeerenstrauch? Allwo du Tainas Amulett fandest?" Bevor Sorla nicken konnte, hatte sie sich bereits auf den Weg gemacht, und Sorla und Gwimlin blieb nichts übrig, als eilig zu folgen.

Sorla kannte den Weg; es ging die Anhöhe hinauf, vorbei an kahlen Sträuchern und Bäumen, wo er früher Beeren fand und Nüsse, dann durch dichten Wald bis zur altvertrauten Lichtung. Schnee bedeckte die Wiese, der Trampelpfad führte hinüber zum Elsbeerenstrauch in der Mitte. Quer davor zeichnete sich eine Reihe von Felsblöcken dunkel gegen den Schnee ab. Früher waren die nicht hier, erinnerte sich Sorla. Als er näher heranging, sah er, dass die Reihe sich in weitem Kreis um den Elsbeerenbusch fortsetzte. Innerhalb des Kreises bewegte sich ein dunkler, riesiger Klumpen.

„Laschre!" schrie Sorla und rannte los. Der Klumpen erstarrte in der Bewegung: ein Felsblock im Schnee.

„Laschre! Ich bin's, Sorla!" Einige Atemzüge lang geschah nichts. Dann, sehr langsam, streckte sich der mächtige Arm Sorla entgegen. Die steingraue Pranke tastete Sorla ab und hob ihn hoch in die Luft.

„Lang warst du weg", brummte die wohlvertraute, heißgeliebte Stimme. Die Pranke setzte Sorla wieder in den Schnee. Der Arm zog sich zurück, Laschre schwieg. War das die ganze Begrüßung? Sorla war ein wenig enttäuscht. Nun kamen auch Gilse und Gwimlin dazu.

„Sei gegrüßt, verehrte Squompahin-laschre! Gar lange hatte ich nicht das Vergnügen, Worte mit dir zu wechseln. Und sieh hier Gwimlin vom Kirsatten, den wir wohl Gwimlin den Wandelbaren nennen werden, so er mannbar geworden; zur Zeit noch zur Lehre im Pelkoll, ein Freund Sorle-a-glachs."

Das Flusstrollweib hockte bewegungslos und schwieg.

„Nun, oh Squompahin-laschre, so verrate uns doch, zu welchem Behufe du jene Felsen zum Kreis um den Elsbeerenbusch geformt? Welch gewaltige Arbeit fürwahr, selbige Felsen allhier zu versammeln!"

„Frena zu Ehren", brummte Laschre, „wie Taina es tat."

Gilse sah Laschre verdutzt an, öffnete den Mund, aber Laschre hielt das Gespräch für beendet. Schon bewegte sie sich auf den Waldrand zu: ein grauer,

223

riesiger Klumpen in dreibeinig humpelndem Galopp. Wo ist ihr zweiter Arm, dachte Sorla, während er, Gilse und Gwimlin dem Flusstrollweib zum Fluss hinterher eilten.

*

Es war für die Gnome nun doch zu spät geworden, zum Pelkoll zurückzukehren. Also errichtete Gilse für Gwimlin und sich ein kleines Zelt. Für Wärme sorgte ihr Glygi. Sorla hingegen verbrachte seit bald zwei Jahren die erste Nacht wieder in Laschres Arm, warm festgehalten, wie eingewachsen im Fels.

Seine Träume waren nicht gut.

Er war allein auf einer Waldlichtung, unter einem Holunderbaum stand eine alte Vettel, die drohte ihm mit dem Stock und keifte mit ihrer Fistelstimme: 'He, Kindchen! Pass auf, dir soll es schlecht gehen! Schlecht!' Da rannte er weg, aber hinter allen Bäumen lugte ihre krumme Nase hervor, und sie drohte ihm mit dem Stock.

Es war schon hell, als Sorla aufwachte. Der Himmel war dunstig bezogen. Gilse hatte eine kleine Angel ausgeworfen, und Gwimlin stocherte begeistert im ersten Lagerfeuer seines Lebens. Laschre ließ Sorla aus ihrem Arm, damit er hinter die Büsche austreten konnte. Als er zurückkam, hatte Gilse eine Forelle gefangen, hielt sie auf einen Stock gespießt über das Feuer und sprach mit Laschre.

„... und zuletzt sahen wir die Leiche eines rotbärtigen Mannes, der wohl im Herbst getötet und ausgeraubt worden war."

„Der Mann war hier", brummte Laschre. Ihr Arm zuckte ins Wasser, und schon zappelte in der Pranke eine große Forelle, die Laschre sich ins Maul stopfte. Nach einiger Zeit, der Fisch war längst geschluckt, fügte sie hinzu: „Taina schickte ihn."

„Und, was hat er gesagt?" rief Sorla aufgeregt.

„Ich sprach nicht", orgelte die Bassstimme. „Er schrie. Er suchte dich. Im Frühjahr wollte er wiederkommen." Sie schnaufte voll Missmut zum Zeichen, dass das Thema erschöpft war.

Sorla zitterte vor geheimer Wut. Er konnte es sich vorstellen: Jener rotbärtige Mann, treu in seiner Aufgabe, wagte sich in das einsame Tal des

Gnomflusses vor, wie es ihm beschrieben war, von Taina vermutlich, rief nach Laschre, ohne Antwort zu bekommen, schrie seine Botschaft in die Ansammlung von Felsen, hoffend, dass er gehört werde, kehrte enttäuscht um und geriet in einen Hinterhalt, vielleicht von Chrebil, die er mit seinem Rufen angelockt hatte. Was mochte er gedacht haben zuletzt?

Sorla fiel auf, dass alle aßen.

„Fängst du mir einen Fisch, Laschre?"

Laschre hockte reglos.

„Ich habe Hunger, Laschre!"

„Du bist groß", brummte Laschre. „Fang selber."

Sorla starrte sie an. „Das Wasser ist zu kalt!"

Sie aber wuchtete sich wortlos hoch und eilte in jenem seltsam dreibeinigen Galopp dem Wald zu.

„Was hat sie, Gilse?"

„Höchst seltsam fürwahr, lieber Sorla. Eine herzlichere Aufnahme hätte ich dir wohl gewünscht."

Den restlichen Vormittag verbrachte Sorla, nachdem ihm Gilse eine Forelle gefangen und gebraten hatte, damit, Gwimlin zu zeigen, wo er damals spielte. „Unter diesen Steinen, Gwimlin, sitzen leckere Krebse!"

„Ich bin doch keine Magwolpa, lieber Sorla."

Ein Eisvogel strich grellblau flirrend über das Wasser und verschwand im überhängenden Gebüsch.

„Sieh, Sorla! Welch Ergötzen für die Augen! Ein fliegender Kristall! Welche Wunder birgt dies schöne Tal! Oh wäre mir vergönnt zu bleiben!"

„Klar! Gilse sagt bestimmt ja. Ich zeige dir dann alles, und wenn erst der Sommer kommt ..."

Gwimlin strahlte. Als sie, munter Pläne schmiedend, zum Lagerplatz zurückkehrten, war Laschre schon da.

„Sorle-a-glach!" dröhnte sie. Sorla sah sie an, doch eine Zeitlang schwieg sie. Dann aber, seltsam leise gegen das Gemurmel des Wassers unter dem Ufereis, brummte sie: „Ich brauche dich nicht mehr. Geh weg."

Sorla sausten die Ohren. Er schwankte und setzte sich. Gwimlin stand mit offenem Mund. In das Schweigen der Kinder sprach Gilse:

„Haben meine Ohren mich getrogen, Squompahin-laschre? Ist an deinem Herzen kein Platz mehr für dieses Kind?"

Laschre hockte da, stumm wie ein Fels. Langsam hoben sich die massigen Arme vom Leib ab. Laschres linke Pranke griff unter die steingrauen Falten der rechten Armbeuge, zog ein zappelndes Kind ans Sonnenlicht und setzte es ab. Dann ein zweites. Und noch eines. Drei blondsträhnige, braungrünhäutige Kinder krabbelten nackt umher und leckten am Schnee.

„Ich nenne sie 'Karlek-hanan', die 'Blonden Steine'", murrte Laschre. Damit legte sie die Arme wieder an und erstarrte zum Felsblock.

*

Wie Sorla in der Felswand des Pelkoll verschwand, hatte Laschre einen Schmerz gefühlt, dumpf und bohrend. Sie hatte Trauer bisher nicht gekannt und glaubte, sie müsse sterben. Doch als sie einen Tag und eine Nacht dort gehockt hatte, lebte sie noch immer. Sie wanderte flussaufwärts zur Lichtung mit den Felsblöcken und wartete. Der Sommer verging. Sie wunderte sich, wie lange einer brauchte, zu lernen, ein Amulett am Hals zu befestigen.

Taina fiel ihr ein; auch jene hatte Schmerz gefühlt.

„Dort ist Fellmtal. Geh."

Taina hatte sie verstört angesehen, den Mund geöffnet, aber da war nichts mehr zu sagen. Laschre, Sorle-a-glach an sich gepresst, hatte sich umgedreht und war zurück gerannt in die Berge. So rasch konnte Taina nicht laufen, auch nicht so ausdauernd. Von der Kuppe eines Hügels nördlich von Fellmtal hatte Laschre beobachtet, wie Taina stehenblieb, die Hand an die Brust gedrückt, und zu Boden fiel. Bis schließlich Taina aufstand und der Stadt zuging, hatte Laschre gewartet und sich dann wieder nach Norden gewandt, den Gnomlanden zu.

Jetzt aber war die Stelle unter ihrem Arm leer geworden. Als der Winter kam, sorgte sie sich, ob das Kind im Pelkoll friere. Zur Wintersonnwend kamen Gnome vom Gnomskoll herab, die waren auf dem Weg zum Fest im Pelkoll, und sie erzählten Laschre, was Sorla bei den Chrebil erlebt hatte. Da konnte Laschre nicht ruhig hocken bleiben; sie machte sich auf, überquerte den Norfell-Fluss und jagte Chrebil. Es tat ihr gut, die Faust auf sie zu schmettern, dass sie am Boden zerbarsten.

Im Frühjahr kehrte sie an den Gnomfluss zurück, um Sorla zu erwarten. Sie hörte von Gimkin, Sorla sei wohl tot. Dies hieß, ihre Einsamkeit sollte nicht mehr enden. Dumpf hockte sie und trug die Trauer ohne Hoffnung. Sie erschrak, als in ihrem Bauch sich etwas regte. Dann begriff sie. Sie saß einen Tag nur da und zitterte vor Freude. Danach begann sie, Felsblöcke zur Waldlichtung hoch zu rollen, und schmückte den blühenden Elsbeerenbusch mit einem Kreis. Das war ihre Art, Frena zu opfern: goldenes Haar wie Taina hatte sie nicht.

Die Wehen setzten in der Mitte des Schlehenmonats ein; zur gleichen Zeit wie Sorlas Geburt vor neun Jahren. Niemand half ihr, als sie niederkam, doch hätte sie Hilfe weder erwartet noch gebraucht. Das Flusstrollweib sammelte die Neugeborenen in die Hautfalten unter den breiten Armen und entdeckte, dass ihre grauen Zitzen geschwollen waren und troffen vor Milch.

So lebte Laschre im Glück und dachte wenig an Sorla. Im Herbst kam ein Mensch und rief nach Sorla und Laschre. Sorla war tot, und der Mann störte beim Stillen, also blieb sie stumm. Im Winter wurde ihr öde vom eintönigen Fisch. Sie durchstöberte die Waldränder und fand gefrorene Schlehen, trockene Hagebutten oder vorjährige Holzäpfel, Elsbeeren, Speierlingsbirnen, die noch an den Zweigen hingen. Die schmeckten ihr süß, auch gab sie manches, zu Mus zerkaut, den Karlek-hanan. So hatte es damals Taina für Sorla getan.

Oft stand sie im Steinkreis vor Frenas Elsbeerenstrauch; dessen Äste waren längst leer, und sie wusste nicht recht, weshalb sie gekommen war.

„Laschre!" Als Sorlas Stimme hinter ihr ertönte, erstarrte sie und konnte es nicht glauben. Etwas in ihr schmälerte die Freude, aber sie brauchte Zeit, um herauszufinden was. In der Nacht wärmte sie Sorla in einem Arm und die Karlek-hanan im anderen, da spürte sie, dass sie nicht Sorlas Mutter war. Sorla war ein Menschenkind, was sollte er bei ihr?

Doch würde es wehtun, ihm das zu sagen.

*

Zum erstenmal sah Sorla, am Westhang des Pelkoll stehend, weit unter sich und den Maronenwäldern die Siedlung Stutenhof, wo einst seine Mutter arbeitete. Hier mündete der Gnomfluss in den Fluss Eldran, der breit und schnell vom Norden heranströmte. Wie schmächtig wirkte da der Gnomfluss; fast ein Bach nur, der hier schon sein Ende fand! Sein Wasser aber floss weiter im Eldran, in ferne Länder und zum Meer. Davon hatte Sorla gehört, jetzt weckte es Sehnsüchte. Stutenhof, mit Schindeldächern und Palisadenzaun, lag dort unten, umgeben von Pferdekoppeln und kleinen Feldern. Hier wohnten Menschen, sie würden ihn aufnehmen. Er warf unschlüssig den Glygi von einer Hand in die andere – hin und her. Dann aber gab er sich einen Ruck. Sorla ging den Abhang hinunter, dem Menschendorf entgegen.

GLOSSAR

Ailat: ein kleineres Land, benannt nach der Stadt Ailat. Es erstreckt sich von der Ailat-Bucht (mit der Hauptstadt) mit dem Fluss Eldran als Hauptverkehrsachse nach Norden bis zu den Grauen Bergen. Allerdings ist nördlich Fellmtals der Herrschaftsanspruch des Herzogs von Ailat recht ungeklärt, auch gibt es dort keine klaren Grenzen.

Ak'men: Gott der Diebe und Akrobaten.

Altes Moos: Ein besonderes Moos tief im Pelkoll

Alte Straße: führt von der Ailat-Bucht am Fluss Eldran entlang nach Norden in die Grauen Berge. Wurde wohl schon benutzt, als hier noch Elfen lebten.

Amulett Tainas: ein winziger Schild aus silberhellem Metall. Leuchtet im Dunkeln. Es schützt vor untoten Wesen.

Anod: der Sonnengott. Sein Vater war der Riese Urskal.

Arsatten: ein Gnomberg in den Gnomlanden.

Asing: siehe Münzsystem

Atne: Göttin des Glücks. Ihre Töchter sind Dana, Frena, Tara und Mala.

Atnes Stern: ein Drudenfuß, wobei die fünf Zacken für Atne und ihre vier Töchter stehen.

Batiflim: es gibt dort eine Schatzkammer, und diese zu berauben ist Tok-aglurs höchstes Ziel, sagt er.

Bratschnecken: Sorlas Leibgericht bei den Pelkoll-Gnomen

Brothenfimpir: ein Zwergenkrieger aus den Weißen Bergen, lebte vor undenklichen Zeiten und ist vielleicht nur eine Sagengestalt. Vater von Gemenkinnen.

Buntes Pferd ("Zum Bunten Pferd"): Das Gasthaus in Stutenhof.

Burothrir: ein Zwerg aus den Grauen Bergen. Sein roter Bart ist gegabelt, die Zipfel sind mit Knoten geschmückt.

Chrebil: eine üble menschenähnliche Rasse, halb menschengroß, mit graugrüner Haut, tierischen Fratzen und roten Augen, die nachts glühen, das Tageslicht aber nicht ertragen.

Dana die Liebreizende: Göttin der Liebe und des Frühlings. Eine der vier Töchter Atnes, schlank wie eine Birke, mit langem Haar, weißer Haut und rotem Mund. Die weißrote Apfelblüte ist ihr Zeichen.

Dheanfiol: eine Elfenfürstin aus längst vergangener Zeit. Mutter von Gemenkinnen.

Durethin: ein Zwerg aus den Grauen Bergen. Sein brauner Bart ist nicht geflochten, aber unter den Gürtel geklemmt.

Eldran: ein großer Fluss, der in den Grauen Bergen entspringt, bei Fellmtal die Flüsse Norfell und Fregnas aufnimmt und im Süden bei Ailat-Stadt ins Meer mündet.

Elfenstraße: Eine Elfenstraße führt z.B. am Norfell-Fluss entlang und über die Grauen und Weißen Berge bis zum Wald von Ramagon am Elbsee.

Erste Große Schlange: Nach Ansicht der Schlangen ist die Welt nichts als das Ei der Ersten Großen Schlange.

Fellmtal: Ort, wo die Flüsse Eldran, Fregnas und Norfell zusammenströmen. Der alte Teil liegt am Ostufer des Eldran, dort ist der große Pferdemarkt. Der neue Teil liegt am Westufer an der Alten Straße. Hier gibt es Gasthäuser etc.

Flasse: im Sommer meist nackt, im Winter mit wunderlicher Pelzkleidung bedeckt. Hat langes, zotteliges braungraues Haar. Lebt einsam auf der Weideninsel des Eldran-Flusses. Er kann gut heilen und hat noch andere überraschende Qualitäten.

Flusstrollweib: es gibt nur eines; siehe Squompahin-laschre.

Frena die klug Waltende: Göttin, Schützerin der Frauen und des Hauses. Tochter Atnes. Sie wird mit weiblichen Formen dargestellt. Ihr Zeichen ist der reife Apfel.

Ganomoi: d.h. in der Elfensprache die "Kleinen"; so nennen die Elfen die Gnome.

Gemenkinnen: nach einer Sage der erste Gnom, Sohn der Elfenfürstin Dheanfiol und des Zwergenkriegers Brothenfimpir. Er bekam von seiner Mutter das Schwert Schlangenjäger.

Gemmele die Gütige: Gnomfrau, half bei Sorlas Geburt.

Gerkin der Wächter: ein Pelkoll-Gnom. Girlims Freund

Germol der Kunstschmied: Gnom aus dem Pelkoll. Sehr feinsinnig und grober Arbeit daher abgeneigt.

Giblo der Händler: ein Kirsatten-Gnom, der stellvertetende Anführer aus Hauptmann Grestes Trupp.

Gilse die Hilfreiche: Gnomfrau im Pelkoll, dort verantwortlich für die Küche. Sehr geschickt im Umgang mit der Schleuder.

Gimkin der Vielseitige: Gnom aus dem Pelkoll und Tainas besonderer Freund.

Girlim der Schweigende: ein Pelkoll-Gnom. Er könnte auch der Heiler heißen. Gerkins Freund.

Girsu der Dunkle: Gnom aus dem Pelkoll. Er und Sorla erleben gemeinsame Abenteuer südlich vom Kirsatten.

Gleste: eine Gnomfrau aus dem Pelkoll.

Glibe die Schöne: Eine Gnomfrau aus dem Pelkoll, Expertin für Kalenderkunde, Astronomie, Rechenkunst etc.

Glure: eine Gnomfrau aus dem Pelkoll.

Glygi: jeder Gnom bekommt bei seiner Geburt einen Gnomenstein, der ihn begleitet und mit seltsamen Eigenschaften versehen ist.

Gneli der Gewaltige: Sippenchef der Pelkoll-Gnome.

Gnome: eine menschenähnliche Rasse, halb menschengroß, lebt z.B. in den Gnombergen östlich des Eldran. Braunes, faltiges Gesicht, helle, blitzende Augen, meist weißes Haar. Die zugespitzten Ohren verraten elfische Verwandtschaft.

Gnomengold: sieht aus wie Gold, ist aber nichts.

Gnomenstein: siehe Glygi

Gnomfluss: Ein kleinerer Fluss, der bei Stutenhof in den Fluss Eldran mündet. Er entspringt im Bereich der Gnomberge Rück, Ralkoll und Persatten.

Gnomlanden: Das Gebiet am Gnomfluss

Gnomskoll: in den Gnomlanden der wichtigste Gnomberg, da dort der Ältestenrat (Ratssitzungen der Sippenchefs der einzelnen Gnomberge) stattfinden. Nahe dem Quellgebiet des Gnomflusses gelegen.

Gobil der Meisterschleifer: ein Pelkoll-Gnom, selbst für Gnome sehr schmächtig gebaut, aber ein Edelstein-Kenner.

Golbi der Schreiber: ein Pelkoll-Gnom, Experte für Bücher, Schriften und Sprachen. Sein zweites Interesse ist die Wissenschaft vom Auffinden edler Steine im Berg.

Goli der Furchtlose: Gnom aus dem Pelkoll, ein Onkel Gimkins und großer Kämpfer.

Golsten der Heiler: ein Gnom aus dem Kirsatten. Einer aus Hauptmann Grestes Trupp.

Gombo der Kleine Bär: Gnom aus dem Pelkoll, etwas beleibt und manchmal ungeschickt.

Goni der Älteste: Sippenchef der Kirsatten-Gnome.

Gonli der Waffenmeister: Gnom aus dem Pelkoll. Er bewahrt das Schwert "Schlangenjäger".

Goste: eine Gnomfrau aus dem Pelkoll.

Graslu Steinfinder: ein Gnom aus dem Kirsatten. Einer aus Hauptmann Grestes Trupp.

Graue Berge: Gebirgskette im Norden des Landes Ailat. Dort entspringen die Flüsse Eldran, Norfell und Fregnas.

Graumin: ein Gott der Schneewichte

Greste: genannt Hauptmann Greste, später Greste der Wanderer. Ein Gnom aus dem Kirsatten

Gribo der Meisterschütze: Gnom aus dem Pelkoll. Er hat bemerkenswerte scharfe Augen.

Grisele die Schlosserin: Eine Gnomfrau aus dem Pelkoll, Expertin für Feinmechanik (Armbrustkonstruktionen, Schlösser, Fallen) und knifflige Fragen.

Grole der Starke: ein Kirsatten-Gnom. Einer aus Hauptmann Grestes Trupp.

Große Schlange: Sorla beruft sich auf sie, ohne wirklich zu wissen, was er da sagt. Siehe auch "Erste Große Schlange".

Grottenschlangen: Große Schlangen, die in Höhlen und im Bergesinneren leben. Sie wurden von den Gnomen in ihrem Gebiet ausgerottet.

Growe der Starke: Ein Gnom aus dem Lorkoll.

Gute Sprache der Berge: Gemeinsame Sprache der Gnome und Zwerge. Kehlig und wohlklingend.

Gwimlin: ein Gnomenkind aus dem Kirsatten, zur Lehre im Pelkoll. Er wird später Gwimlin der Wandelbare genannt.

Gwolli: ein Gnomenkind im Pelkoll.

Hafendis: ein Kaufmann in Ailat-Stadt. Seine Villa ist in der Tuchfärbergasse.

Hende-raska: das fliegende Pferd Anods, ein Geschenk Urskals.

Heril der Hengst: einziger Mann auf einem Gehöft nördlich von Stutenhof. Lange blonde Haare, in Zöpfen geflochten, kräftiges Aussehen. Ein Barbar aus der Taipal-Steppe, den es an den Fluss Eldran verschlug.

Hii-o: vielleicht der Name, auf jeden Fall der ständige Ausruf eines echsenähnlichen Wesens, das der "SIE" dient.

Hohe Auen: das Quellgebiet des Norfell-Flusses am Südrand der Grauen Berge. Dort lebt die Sippe der Hochland-Ombina.

Hochland-Ombina: Eine Sippe von Ombina in den Hohen Auen.

Hrudo: abgedankter Soldat, zuständig für die Sicherheit in Stutenhof.

Irmigleddin: Ein in alten Sagen erwähnter Wald, in dem eher finstere Gestalten anzutreffen sind.

Jahresorakel: wird bei den Pelkoll-Gnomen an Wintersonnwend aufgeführt.

Kalender: Bei den Menschen und menschenähnlichen Rassen gilt, zumindest im Bereich zwischen Ailat am Meer und dem fernen Nordland, folgender Kalender: das Jahr hat dreizehn Monate mit je vier siebentägigen Wochen. Das sind 364 Tage. Dazu kommt der "Tag zwischen den Jahren". Die Monate werden bei den Gnomen mit Steinen, bei den Menschen, sofern sie naturverbunden leben, mit Bäumen in Verbindung gebracht.

Karlek-Hanan: wird im Register des ersten Sorla-Bandes nicht erklärt.

Kirsatten: ein Gnomberg nahe der Mündung des Gnomflusses in den Eldran. Pelkoll und Kirsatten sind in den Gnomlanden die beiden südlichsten Gnomberge.

Krewe der Sauhirt: hütet die Schweine der Stutenhofer und züchtet große Hunde mit weißem Fell.

Krill: ein Schneewicht.

Kriteis: Hauptstadt von Kratos (westliche Provinz des hernostischen Reiches), berühmter Seehafen mit sehr alter Geschichte. Es soll hier geheime Katakomben geben, behauptet Tok-aglur.

Lorkoll: ein Gnomberg im nördlichen Bereich der Gnomlande, beim Ursprung des Gnomflusses.

Magwolpa: eine riesige Höhlenraubschnecke, die im Innern von Bergen lebt. Sie hat in ihrem hasenschartigen Maul scharfe Zähne, ist blind, spürt aber die Bewegung ihres Opfers.

Mala die Furchtbare: Göttin des Todes und der Ruhe. Eine der vier Töchter Atnes. Sie ist schwarzgekleidet und verschleiert, nur ihre bleichen Lippen sind zu erkennen. Sie herrscht mit Urskal über das Reich der Toten. Ihr Baum ist die immergrüne Eibe.

Maren: genannt Frau Maren, erscheint vorläufig nur als mahnendes Gewissen für Tok-aglur, und zwar als halb durchsichtige Erscheinung, vorzugsweise nachts.

Minzen-Muhme: eine Ombi-Frau aus Muck Rotbocks Dorf auf den Hohen Auen. Sie verkauft Süßigkeiten auf dem Markt von Fellmtal.

Mondfrau: der Mond, als Frau gedacht.

Moosfladen: eine gesunde und - getrocknet - haltbare Nahrung der Gnome. Wird gerne als Reiseproviant verwendet.

Nordlandgnome: Gnome im fernen Norden.

Ofkoll: ein Gnomberg in den Gnomlanden.

Oltop der Kahle: Anführer einer Bande von skrupellosen Glücksrittern. Sein Schädel ist kahlrasiert. Seine Lieblingswaffen sind Lederpeitsche und Wurfdolch.

Ombina: eine menschenähnliche Rasse, noch kleiner als Gnome, aber rundlicher und mit dichter Körperbehaarung.

Pelkoll: ein Gnomberg, liegt nahe der Mündung des Gnomflusses in den Eldran.

Penta: die Frau, die auf Herils Hof die Macht hat. Ihre Töchter heißen Perte und Prata.

Perte: eine der beiden Töchter Pentas.

Prata: eine der beiden Töchter Pentas.

Quasrat: Der "Greuliche Donnerwurm" lebt im Innern von Bergen.

Quorra: ein Stamm der ein Schneewichte.

Rabenreiter: Schneewichte, die auf Kolkraben reiten.

Rad der Erlaubten Neugier: siehe Jahresorakel.

Rafell: durchstreift die Gnomlande, singt und kann gut mit dem Speer umgehen.

Ralkoll: ein Gnomberg in den Gnomlanden.

Ramlok: Gott der Pferde und der Winde, aber auch der männlichen Kraft und überhaupt der körperlichen Gesundheit, wird vorwiegend von den Reiterbarbaren in der Taipalsteppe verehrt, hat aber auch sonst verstreute Anhängerschaften. Normalerweise ein Männergott, wird aber in extremen Kulten (z.B. auf Herils Hof) zum Mittel einer Frauenherrschaft. Die Ulme ist ihm geweiht.

Riesenheim: einsames Bergland nördlich der Weißen Berge.

Schlangenjäger: ein berühmtes Schwert der Gnome, das gewöhnlich von Gonli dem Waffenmeister im Pelkoll aufbewahrt wird.

Schneewichte: menschenähnliche Rasse, aber kaum zwei Handspannen groß. Ohne Kleidung, aber mit dichtem weißem Pelz. Nur das Gesicht ist nackt.

Schweinsberg: so nennen die Menschen den Pelkoll (siehe dort)

Seedorf: eine Siedlung nördlich von Stutenhof, an einem See gelegen, dessen Ausfluss schließlich in den Eldran mündet.

Sidh: Elfenmischlinge; ein altes, mit den Elfen befreundetes Volk von hoher Kultur, aber wie die Elfen in ihrer Verbreitung in den letzten tausend Jahren sehr zurückgegangen. Am Ostrand der Bucht von Rodnag gibt es, angrenzend an den großen Elfenwald, das Königreich Sidhland.

SIE: ein riesiges Wesen tief im Pelkoll. Wer mehr über "Sie" wüsste, der hätte vielleicht Einblick in die Tiefen Mysterien des Urgrundes gewonnen. Diese aber werden von den Gnomen geheimgehalten.

Squompahin-laschre: (d.h. "alter, einsamer Fisch), das Flusstrollweib am Oberlauf des Gnomflusses. Die Eltern waren ein Felsentroll und eine Flussnixe. Squompahin-laschre ist weit über hundert Jahre alt, was aber bei ihr nicht viel bedeutet.

Stutenhof: eine befestigte Siedlung an der Mündung des Gnomflusses in den Eldran. Hier werden Pferde und Schweine gezüchtet, auch kommen Flößer, Köhler und Holzfäller vorbei. Bekannt sind die Pferde von Stutenhof: robuste, kleine Pferde mit grauem Fell.

Tag Zwischen den Jahren: der Tag nach der Wintersonnwende und damit nach dem Ende des Jahres. Er liegt also zwischen dem letzten Tag des Holundermonats und vor dem ersten des Birkenmonats. Siehe auch "Kalender"

Taina: eine junge Frau mit unklarer Herkunft. Sie hat Elfenblut in den Adern, wie man an den leicht zugespitzten Ohren erkennen kann. Sie hat hellblondes Haar und grüne Augen.

Taipalsteppe: weites Grasland nördlich der Weißen Berge, östlich von Riesenheim.

Tannes: ein junger Bauer aus der Gegend bei Seedorf. Seine Schwester lebt in Stutenhof.

Tara die Falkenäugige: Göttin der Jagd und des Heldenhaften Untergangs. Sie hat goldenes Haar und hüllt sich in ein Federkleid, wodurch sie als Falke fliegen kann. Besonders fürchtet man die "Nacht der Tara", vom sechzehnten zum siebzehnten Tag des Schlehenmonats.

Thorandir: ein Zwerg aus den Grauen Bergen. Sein roter Bart ist kunstvoll geflochten.

Tok-aglur: ein Dieb, zugleich Prinz des Kaiserreichs von Hernoste. Trägt vorzugsweise dunkle Kleidung, hat schwarze Locken und auf dem Gesäß ein Mal, das einem umgekehrten Herz ähnelt. Er besitzt ein besonderes Seil.

Tunnelflechte: schmeckt bitterfade, soll aber gesund sein, sagt Gilse.

Urskal: der Fürst der Nebligen Tiefen: Gott des Totenreichs und der Dunkelheit.

Verdammte der Tiefe: Ein längst untergegangenes Geschlecht echsenähnlicher Wesen, deren Skelette von einer magischen Lichtkugel am Leben gehalten wurden. Ihr Reich liegt tief im Pelkoll.

Vier Schwestern: Atnes vier Töchter Dana, Frena, Tara und Mala.

Warre: ein Schneewicht.

Weiße Berge: Ein Gebirgskamm, der sich nördlich der Grauen Berge und parallel zu ihnen erstreckt.

Wiglu-Su: ein geisterähnliches Wesen; langlebig und recht ichbezogen.

Zweiter Erzdenker der Gnomenheit: Von ihm sind im Volk der Gnome viele Verse und Sinnsprüche überliefert.